이상문학상 작품집

2017년도 이상문학상 작품집
제41회 대상 수상작 구효서 〈풍경소리〉 외 5편

2017년도 제41회 이상문학상 작품집

풍경소리 외 5편

문학사상

제41회 이상문학상

대상 수상작 선정 이유

대상 수상자 : 구효서

대상 수상작 : 중편소설 〈풍경소리〉

《문학사상》 이상문학상 심사위원회는 2017년도 제41회 이상문학상 대상 수상작으로 구효서 작가의 중편소설 〈풍경소리〉를 선정합니다. 구효서 작가는 1987년《중앙일보》신춘문예에 단편 〈마디〉가 당선되어 등단한 후 삼십 년 동안 치열한 작가정신과 전위적인 형식 실험을 통해 한국 현대소설의 서사 미학을 새롭게 정립하는 데에 크게 기여한 중진 작가입니다. 구효서 작가는 그동안 첫 창작집《노을은 다시 뜨는가》(1991) 이후《깡통따개가 없는 마을》(1995),《도라지꽃 누님》(1999),《시계가 걸렸던 자리》(2005),《별명의 달인》(2013) 등을 내놓았고 장편소설《늪을 건너는 법》(1991),《내 목련 한 그루》(1997),《악당 임꺽정》(2000),《나가사키 파파》(2008),《랩소디 인 베를린》(2010),《동주》(2011) 등을 통해 자신의 작품 세계의 폭과 깊이를 계속 개척해 왔습니다.

2017년도 이상문학상 대상 수상작으로 선정한 구효서 작가의 〈풍경소리〉는 중편소설의 형태를 통하여 소설적 주제의 해석에 중량감을 높일 수 있게 되었고, 그 창작 기법과 문체의 실험이 절묘한 조화를 이룸으로써 높은 소설적 성취에 도달한 작품으로 한국문학사에 길이 빛날 것으로 믿습니다. 특히 인간의 삶과 그 운명의 의미를 불교적 인연의 끈에 연결시키면서 새로운 해석을 가능하게 하고 있는 이 작품은 가을 산사의 풍경과 사찰을 찾아온 주인공의 내면세계를 절묘하게 결합시켜 묘사한 감각적인 문체로 소설적 감응력을 더욱 높여주고 있습니다.

이상문학상 심사위원회는 이 작품의 주제의식과 뛰어난 기법, 그리고 문체를 주목하면서 심사위원 전원일치로 2017년도 제41회 이상문학상 대상 수상작으로 선정합니다.

2017년 1월

이상문학상 심사위원회

권영민, 권택영, 김성곤, 윤후명, 정과리

차례

1부

대상 수상작

그리고

작가로서의 구효서

대상 수상작

구효서

풍경소리

1957년 인천 강화에서 태어나 목원대 국어교육과를 졸업했다. 1987년 《중앙일보》 신춘문예에 단편소설 〈마디〉로 등단했다. 소설집 《노을은 다시 뜨는가》 《확성기가 있었고 저격병이 있었다》 《깡통따개가 없는 마을》 《도라지꽃 누님》 《아침 깜짝 물결무늬 풍뎅이》 《시계가 걸렸던 자리》 《저녁이 아름다운 집》 《별명의 달인》, 장편소설 《늪을 건너는 법》 《낯선 여름》 《라디오 라디오》 《비밀의 문》 《나가사키 파파》 《랩소디 인 베를린》 《동주》 《타락》 《새벽별이 이마에 닿을 때》 등이 있다. 한국일보문학상, 이효석문학상, 황순원문학상, 한무숙문학상, 허균문학작가상, 대산문학상, 동인문학상 등을 받았다.

성불사 깊은 밤에 그윽한 풍경소리.

라고 적으니 어딘지 머쓱.

성불사의 밤이 깊은 건 맞고, 풍경소리 들리는 것도 사실이지만 그윽한지는 모르겠다. 그윽하다는 게 뭔지도 잘. 아, 갑자기 객수라는 말이 떠올랐다. 떠올라서 깜짝 놀랐다. 뭐지 이건? 갑자기 떠오르는 건? 한자는 모르겠다. 객수. 이런 말이 떠오르다니 참.

역시 달라진 건가. 슬슬 달라지는 건가. 생각지도 못한 말인데. 써먹은 적도 없는 말인 것 같은데. 객수. 성불사에 온 지 사흘이 지났다. 달라질 때도 된 건가. 뭔가 달라질 거라고 했다. 달라지고 싶으면 성불사에 가서 풍경소리를 들으라고 서경이가 말했다…….

미와는 오늘도 노트에다 슥삭슥삭 적었다. 풍경소리를, 들으라고, 서경이가, 말했다……. 그렇게 슥삭슥삭. 요를 깔고 엎드려 이불로 등을 덮은 뒤 촛대를 노트 가까이 끌어당기고.

형광등 켜고 써도 돼요. 얼마든지. 괜찮아.

낮에 주승이 말했다.

형광등요?

미와가 물었다.

방 천장에 달린 거. 형광등이잖아요, 그거.

아, 형광등.

형광등이 없다면 그만이지만 있을진대 켜지 않을 까닭이 없잖아요. 응. 절이라고 밤에는 불 다 끄고 자고 그러지는 않아요. 안 그래도 돼요.

아.

그러니 얼마든지.

네. 저, 그런데, 쓰는 데는…… 촛불이 좋아요. 네.

미와가 말했다. 형광등을 켜면 창살문에 바깥의 풍경그림자가 비치지 않았다. 촛불을 켜면 창살문에 풍경그림자가 어른거렸다. 이 말을 미와는 하지 않았다.

그런가?

주승이 고개를 끄덕였다.

네.

미와도 끄덕였다.

솔바람이 불었다. 미와의 긴 머리카락이 날렸고 주승의 흰 눈썹 끝이 흔들렸다.

요즘은 다들 노트북컴퓨터던데, 응, 객실은 스프링…… 노트를 쓰네. 아, 수첩인가? 노트북컴퓨터가 없다면 모를까…… 있다면 써야지.

일반적인 노트보다는 작고 수첩보다는 큰 것을 미와는 갖고 있었다. 거기에다가 밤이고 낮이고 연필로 슥삭슥삭 조금씩 적었다. 주승은 미와를 객실이라고 불렀다.

노트북컴퓨터는…… 네, 갖고 오지 않았어요.

그렇군.

얇은 나폴리 피자 도우 같길래, 에, 이걸 샀어요. 사 봤어요. 지질이 그렇잖나요? ……아무래도 노트 쪽에 가깝지 않으려나 이거?

피자를 좋아하는구먼?

몹시 그렇긴 하지만 바라나시 차파티 같았더라도 샀을 걸요. 맛, 그런 거 때문에 샀을 리가 없잖아요. 노튼데. 감촉 때문에 샀어요.

감촉?

종이 두께, 감촉, 에, 그런 거요. 연필로 쓰면 슥삭슥삭 작은 톱질할 때 나는 소리가 나고요.

그런가? 작은 톱…….

주승이 또 고개를 끄덕였고,

에. 아주 작은 톱. 그런 게 있다면요.

미와도 또 끄덕였다.

노트북컴퓨터라면, 그래, 슥삭슥삭 그런 소리가 나지 않겠지.

에. 안 나요.

주승은 요사채 툇마루에 미와와 나란히 앉아서 분황사탑을 바라보았다. 뾰족한 턱을 들고 바라보았다. 분황사탑 꼭대기는 푸르디푸른 하늘이었다.

수봉이 가사 없는 승복 차림으로 절 마당을 휘적휘적 가로지르다가 멈추었다. 주승과 미와를 바라보았다. 주승과 미와는 분황사탑 위 하늘만 바라보았다. 수봉은 건너던 절 마당을 마저 건넜다. 휘적휘적.

하늘 가운데로 나 있는 흰 비행운 빗금을 올려다보다가 저것은 상처일지도 모르겠는 거야, 라고 미와는 노트에 적었다. 슥삭슥삭 적었다. 저 하늘은 어쩐지 짜릿한 데가 있잖아, 라고.

쓰르라미가 울었다. 미와와 주승은 한동안 쓰르라미 소리에 묻혀 있었다. 아까 갔던 방향과 이번에는 반대 방향으로, 그러나 언제나 같은 걸음걸이로 수봉이 절 마당을 가로질렀다. 휘적휘적. 주승이 턱을 내리고 미와에게 물었다.

사람…… 죽여요?

네?

미와가 되물었다.

소설 같은 거 쓰는 거 아닌가요?

주승은 소띠였고 80세였다. 목소리나 그런 것은 소심한 여덟 살.

글……쎄요.

미와는 서른 두셋쯤 보였다.

소설? 소설이 아니라고 할 자신이 없었다. 나는 소설을 알지 못했으니까. 소설이라니. 읽는 건 싫어하지 않았지만 쓸 줄 몰랐고, 쓸 엄두를 내지 않았고, 낼 필요가 없었고(당연하지 않은가), 그래서 소설이려면 어찌해야 하는지 몰랐다, 진짜. 그러니까 소설이 아니라고 말하려면, 그러려면 어찌해야 하는지도 모르는 거지. 글쎄요, 라고 대답하길 참 잘했어. 응. 그런 생각을 하며,

하여튼 아, 안 죽여요, 사람. 네. 저는.

이라고 말해 버렸다. 말하고 나서는 더 할 말이 없어서 하늘을 바라보았다.

그래도 소설이 돼요?

분황사탑 꼭대기로 길고 흰 비행운이 한 개 더 지나갔다. 아앗! 또 하나 지나간다, 하고 손가락 끝으로 그것을 따라갔다. 하늘이 무언가에 의해 난자를 당한다는 느낌이 잠깐 들었지만 나는 그 느낌을 노트에 적지도 않고 아무 말도 안 하고 가만히 있었다.

하늘을 이고 있는 분황사탑은 나무더미라던가? 두었다가 땔나무로 쓰려고 죽은 나무를 베어다 쌓다 보니 영락없는 분황사탑이 되어버렸다던가? 규모도 꼭 경주의 그것만 하다 하고. 역시 이런 얘기는 수봉스님이 잘했다. 성불사에 엘피가스통이 들어오면서 땔나무더미는, 쓸 일이 없으니까, 탑 모양을 그대로 유지하게 되었다는 것. 엄청 큰 나무 분황사탑이 이제는 새집과 벌집이 되었다는 것. 그곳에서 버섯이 잘 자란다는 것도 수봉스님의 얘기.

자기 말이 쓰르라미 소리에 묻혀버린 줄 알고 주승이 다시 나한테 물었다.

그런 소설도 있어요?

성불사의 한낮 쓰르라미 소리는 아, 정말, 드릴로 두개골을 지이이이잉 뚫는 것 같았다. 그런데 머리가 아프거나 그러지는 않았다.

에?

죽이지 않는 소설.

모르겠지만, 에, 되지 않을까요. 죽이지 않아도 소설이?

앞의 질문에 늦게 대답하고 있었다, 나는.

그런 소설도…… 있다고요?

최근에 읽은 소설을 후딱 떠올리고(그래 봤자 단편 세 개? 네 개?) 자신 있게 대답했다. 큰 소리로.

있어요! 그런 소설.

그리고 생각했다. 어떤 것을 소설이라 여기기에 주승은 저런 말을 하지? 또 생각했다. 주승이 읽은 소설은 뭘까? 어떤 거지? 그러다 아무 생각 않기로 했다. 아무 생각 않기로 하면 아무 생각도 안 났다. 주승도 아무 생각 없이 물은 건지도 모르잖아, 라는 식으로 받아들이면 쉽게 생각이 멈추었다. 정말 그랬다. 과연 달라지는 걸까, 나는. 생각이 멈추다니. 생각을 멈추다니. 사흘째 풍경소리를 듣고 있으니까? 그러니까?

아닐지도 모르지. 객수라는 말도, 뭔가 달라지는 조짐 때문이 아니라 정말로 객수 때문에 객수라는 말이 떠올랐는지도. 그랬는지도. 나는 지금 서울의 내 방을 떠나 먼 성불사에 와 있으니까. 잘 구워진 밀전병 같은, 그런 종이 위를 달리는 연필 소리. 이런 게 언제나 고소하고 맛있고 정겹기는 해도, 응, 여기는 낯선 타지인 거다.

핸펀도 안 써요?

주승이 물었다.

핸……펀이요?

노트북컴퓨터도 안 쓴다면서.

나는 웃음이 나오려는 것을 꾹 참았다. 참았는데도 크크, 어쩔 수 없이 조금은 흘러나왔다. 노승이 핸펀이라고 하니까 갑자기 핸펀이 뭔가 했잖아.

써……요.

쓰는 걸 보지 못했는데.

근데 안 쓰기로요. 여기 있는 동안은. 에.

없다면 모를까 있는데 아낄 거 뭐 있어요.

하여튼 여기 있는 동안만요.

그렇구나.

네.

그렇군.

주승이 자꾸 귀여워졌다. 귀여워해도 되나?

부재중 전화가, 그럴 거야, 분황사탑처럼 쌓였을 거야. 그걸 알면서도 나는 전원을 켜지 않았지. 하늘은 높고 성불사는 편했으니까. 이런 곳에서 객수라니. 객수. 객수.

밤 풍경소리가 들렸다. 밤이나 낮이나 풍경소리를 듣는 게 나의 일. 낮에는 쓰르라미 소리에 섞인 풍경소리. 밤에는 솔바람에 섞인 풍경소리. 바람이 불지 않으면 풍경소리는 생기지 않겠지. 풍경소리는 풍경소리일까 바람 소리일까. 가끔 생각했지만 오래 생각하지 않았다. 풍경소리를 글자로 쓰려면 어떻게 적어야 할까. 생각해 보았으나 그것도 오래 생각하지 않았다.

주승은 풍경을 퐁탁이라고 한다나. 풍경을 풍탁이라고도 하고 금탁이라고도 하고 첨마라고도 한다는 걸 나는 수봉스님께 들어 알았다. 경쇠라고도 하고 풍령이라고도 한다는 걸. 아, 한 가지 것에 이름이 많기도 하지. 그런데 주승은 풍경을 꼭 풍탁이라고만 하면서, 발음할 때는 퐁탁이라고 한댔다. 퐁탁. 그렇게 잘못 발음한다는 것이 수봉스님의 주장. 나는 잘 알 수 없었지만 그런 것도 같았고.

풍탁이라니깐요.

수봉스님이 말하면,

누가 뭐래, 퐁탁.

주승이 말했다.

퐁탁이 아니라 풍탁.

그래, 퐁탁.

이런 식이었다, 둘은. 둘에게 풍탁퐁탁은 티격태격과 같은 말인 셈. 내가 보기엔 그럴 필요가 없을 것 같았는데 둘은 자주 사소한 실랑이를 벌였다. 서로의 어딘가를 긁으며.

아이 참. 풍탁이라니까요. 땡강땡강.

그래, 퐁탁. 띵강띵강.

띵강띵강이 아니라 땡강땡강.

그러니까 인마 니가 아직 멀었다는 거다.

멀었는지는 몰라도 퐁탁 띵강띵강은 아니죠.

개 주제에 까불긴.

개라니요?

너는 개로군 개로구나 개야 개지 라고 말하잖아.

언제요? 개로군 개로구나 개야 개지 라고 말하죠.

봐, 그렇게 말하잖아.

안 그렇게 말한다니까요.

아이쿠, 나무 관세음보살. 나무 아미타불. 나무 대세지보살. 나무 보광월전묘음존왕불.

주승은 수봉스님을 걸핏하면 너, 인마, 라고 불렀다. 그것도 귀여워. 하지만 마흔 살 정도 아래라고 해도 승가의 법도는 그게 아니지 않나? 모르겠다. 수봉스님도 호락호락하진 않았다.

수봉스님의 말을 듣다 보면 '먹을 만했던 게로군'을 '먹을 만했던 개로군'이라고 발음하는 것 같기도 했다. 집안이 좋은 개야. 집안이 좋은 개지. 이렇게. 하지만 나는 확신이 안 섰다. 수봉스님이 그렇지 않다고 우기고, 내가 확신을 가질 일도 아니니.

하여튼 부처의 이름 중에 그토록 긴 이름이 있다는 것을 나는 처음 알았다. 보광월전묘음존왕불? 긴 이름인데 똑바로 다 들었다. 다 들렸다. 내 귀에는 주승의 발음에 별다른 문제가 없어 보였다.

풍탁. 바람이 치는 목탁이라는 뜻인가? 예쁜 이름이다. 풍령은 바람이 흔드는 방울? 나는 매일 그런 소리를 듣고 있는 것이었다. 열심히. 그러기 위해 온 거니까. 성불사에. 하지만 풍경소리를 글자로는 어떻게 적어야 할지 여전히 몰랐다. 아무리 들어도 땡강땡강도 떙강떙강도 아님.

커피 같은 것도 되나요?

미와가 공양간에 들어서며 좌자에게 물었다.

되다마다요.

좌자는 곧장 가스레인지로 향했다. 새소리가 공양간의 작은 창구멍을 통해 흘러 들어왔다.

함씨가 일어서서 밖으로 나가자 미와는 그가 앉았던 자작나무 식탁에 앉았다. 식탁은 그것 하나뿐이었으니까. 앉아서 미와는 새소리와 쓰르라미 소리와 바람 소리를 들었다. 풍경소리를 들었다. 창구멍 밖으로 하늘을 보기 위해 고개를 낮게 숙였다. 하늘은 구름도 비행운도 없이 깨끗했다. 하늘 냄새라도 맡으려는 것처럼 미와는 콧구멍을 벌름거리며 흡흡 숨을 들이켰다.

공양간에서 나간 거구의 함씨가 창구멍 밖을 스쳐 지나갔다. 그의 몸이 창구멍을 가려 잠깐 어두워졌다. 놀란 미와가 숙였던 고개를 번쩍 들었다. 함씨가 지나가자 공양간이 다시 밝아졌다.

좌자가 따뜻한 질그릇 잔을 미와에게 건네고 맞은편에 앉았다.

잘 마시겠습니다.

미와가 고개 숙여 인사했고 좌자가 마주 고개를 숙였다.

절에서 커피가 될까 싶었거든요.

미와는 커피를 한 모금 마셨다.

되다마다요. 성불사니까.

누구에게나 그러듯 좌자는 두꺼운 안경알 속의 작은 눈으로 상대를 뚫어지게 바라보며 말했다.

그리고 좌자니까. 맞죠?

미와가 말했다.

그렇습니다. 나는 성불사의 공양주 좌자입니다.

좌자가 환하게 웃자 하얗게 센 그녀의 귀밑머리가 환해 보였다. 미와는 좌자에게 잘 적응해 가는 것 같았다. 미와도 환하게 웃었다.

왜 좌자에요?

첫날 미와가 물었었다.

이곳에서는, 왜라고, 묻지, 않습니다.

좌자가 정색하고 뚝뚝 끊어서 말했다. 절 마당 팽나무 그늘 아래서였다.

성불사에서는 누구도 왜라고 묻지 않는 것은 사실이었다. 어쩌다 그렇게 되었는지 아무도 몰랐다. 하지만 성불사에 오는 사람들은 왜라는 말을 빼고도 모든 대화가 가능하다는 것을 금방 알아차렸다. 미와는 그것을 알아차리기 전이었으므로 좌자의 말이 이상하고 좀 무서웠을 것이다. 말끝에는 언제나 미소를 띠었지만 어쨌든 좌자의 말은 뚝, 뚝, 끊는 식이었으니까.

미와가 왜 미와냐고 물으면, 대답할 수 있겠어요?

좌자의 말은 발음이 정확하고 느리고 저음이어서 늘 뱀이 기어가는 것처럼 서늘했다. 팽나무 그늘도 서늘했다. 말끝에 짓는 미소만 따뜻했다.

아름다운 기와랬……어요. 미와. 예, 성불사 기와 같은.

기와가 왜 아름답냐고 물으면, 대답할 수 있겠어요?

미와는 더는 입을 열지 못하고 꾹 다물었다. 좌자의 질문이 우주를 묶는 끈보다 길어질지도 모른다는 걸 직감했던 걸까. 하여튼 그랬었다.

그런데 이제 왜라는 말을 쓰지 않는 것에 익숙해진 만큼 미와는 좌자와 가까워진 것 같았다.

맛있네요. 아, 맛있어. 정말.

질그릇 잔을 자작나무 식탁에 내려놓으며 미와가 눈을 반짝반짝거렸다. 좌자가 깍듯이 고개를 숙여 응대했다.

셰셰.

앗, 중국 사람이에요?

미와가 튀어 오르듯이 외쳤다.

그래서 좌자였던 거예요?

미와의 목소리가 공양간의 지붕을 뚫을 것 같았다.

좌자는 두꺼운 안경알 속의 작은 눈으로 미와를 뚫어지게 바라보았다.

아, 아, 또 제가 오버했군요. 미안해요, 좌자.

미와는 얼른 딴소리를 했다.

그런데 참 이상해요, 좌자.

무엇이 이상합니까?

좌자의 음성은 여전히 차분하고 서늘했다.

저 여기 온 지 사흘이 되었는데요.

그랬지요. 사흘.

미소만 따뜻했다.

어디서 왔냐고 묻는 사람이 하나도 없어요.

그랬던가요?

그랬어요. 주지스님, 수봉스님, 영차보살, 좌자 모두. 왔나 보다 가나 보다인가요?

그럴 리가…….

그럼 뭘까요? 궁금해하지 않는 건.

좌자는 천천히 고개를 낮추었다. 자작나무 식탁 아래까지 머리를 낮추었다. 계속 낮추었다.

뭐하세요?

미와가 물었다.

미와가 아까 이렇게 하길래. 궁금해서.

해보니…… 어떤가요?

고개가 아픕니다.

하늘이 보이나요?

궁금해하는 것을 궁금해하는 것은 이토록 힘들군요.

좌자는 참 알 수 없는 사람.

이라고 생각하면서도, 알 수나 있는 것일까, 알아야 하는 걸까, 라는 생각도 들었다.

낮에 좌자가 끓여준 커피도 커피가 아니었잖아. 무슨 풀뿌리를 달인 물인지는 몰라도 커피가 아닌 것만은 분명했다. 그런데 커피가 아니라고 좌자가 말하지 않아서 나도 커피가 아니군요, 라고 말하지 않았다. 커피가 아니면 안 되었던 것도 아니었으니까.

나는 그것이 무엇이든, 그래, 맛있으면 되었다는 투의 느긋한 마음이었을 것이다. 좌자와 함께일 때 나도 모르게 그런 상태에 이르곤 했으니까. 그녀가 일러준 많은 새 이름과 꽃 이름도 실제 이름과는 어쩌면 커피와 풀뿌리만큼의 거리가 있을지도 몰랐다. 하지만 그런다고 느긋한 마음의 상태가 달라질 것 같지 않았다. 좌자가 이상하다는 생각도 전혀 안 들었고.

오늘 밤에도 별이 바람에 스치운다.

라고 적으니 역시 쫌 머쓱. 그래도 슥삭슥삭, 구운 전병 위를 달리는 연필 소리는 좋기만 하다. 별을 스치운 바람이 객실 처마의 풍경을 흔드나? 객실에 엎드려 촛불을 끌어당기고, 풍경소리를 듣거나 풍경소리에 대해 쓰면서, 나는 창호지에 비치는 풍경의 그림자를 바라보았다. 달빛에 젖은 창호지는 푸르렀고 풍경의 검은 윤곽은 또렷했다. 별을 스치운 바람이 검은 풍경의 그림자 곁으로 다가와 벌나

비처럼 맴돌았다. 풍경소리는 풍경에서 나는 소리가 아니라 바람이 묻혀온 별 소리일까……. 이렇게 적자니 왠지 오글거려.

달라지고 싶으면 성불사 풍경소리를 들으랬지. 서경이가 떠올랐다. 나는 풍경소리에 점점 익숙해져 갔다. 고개를 낮추고 공양간 창구멍을 통해 보았던 한낮의 가을 하늘 그거, 내가 본 거나 좌자가 본 거나 그게 그거 아니었을까. 생각했다, 풍경소리를 들으며. 이런저런 생각을 했다. 아무 생각이나 했다.

키가 작고 동글동글하고 허리둘레에 알맞게 살이 오른 좌자. 의젓한 장독 같았다. 의젓하고 단단하고 오래된 장독. 걸을 때도 발바닥과 땅바닥과의 간극이 거의 없지. 안정되고 곰살스러워 보이는 사람, 좌자. 엄마와 같은 임진생 용띠. 좌자를 볼 때마다 엄마에 관한 뭔가를 문득 짐작해낼 것 같았으나 금방 막막해졌다. 엄마라면 언제나 막막해지고 말지. 엄마는 좌자와 너무 다른 사람.

좌자는 곧장 곧장 무엇을 하는 사람이고. 커피 같은 것도 되나요? 라고 물었을 때도 되다마다요, 라고 곧장 대답했다. 그리고 곧장 가스레인지로 향했다. 그런 식. 말과 동작 사이에 틈이 없는 사람. 동작과 동작이 곧장 이어지는 사람. 그 사이에 있게 마련인 생각이나 사고나 번민 같은 게 날렵하게 제거된 사람. 머뭇거리는 법이 없었다.

엄마는……. 엄마는 말과 동작, 동작과 동작 사이의 틈이 비정상으로 비대해진 사람. 그래서 말과 동작, 동작과 동작이 곧장 이어지지 못하고, 한없이 멀고 멀어지기만 하다가, 끝내는 서로를 잃어버리고 말았지. 그런 사람이었던 엄마.

궁금한 거라면 또 있어요.

나는 좌자에게 말했다. 좌자는 그때까지도 자작나무 탁자 아래로 고개를 낮추고 있었고.

뭔가요?

왜라고 묻고 싶을 땐…… 그럼 어떻게 해야 하나요?

그렇군.

에?

그렇군.

왜라고 묻는 대신 그렇군, 이요?

그래요.

그렇군이라고 말한다고요?

그래요.

어떤 여자가 있었어요. 나는 이야기를 시작했다. 여자 나이 서른이 넘어 첫 아이를 낳았는데 아이가 크도록 아이에겐 아버지가 없었어요. 없었대요, 라고 고쳐 말했다. 여자는 결혼도 하지 않았고 딸애한테는 아버지가 없다고만 했대요, 라고.

미혼모라고 하면 될 것을 나는 좌자에게 그런 식으로 말하고 있었다. 엄마라고 하면 될 것을.

스물네 살이 되어 나는 상경해서 나노블록 회사에 취직했고 엄마는 나를 낳아 키운 충청북도 영동에서 여전히 살았다. 혼자서 심심하지? 라고 물을 때마다 엄마는 무슨 소릴, 상철이가 있잖니, 라고 말했다.

고양이 이름이 왜 상철입니까?

좌자가 이렇게 묻기라도 바랐던 걸까. '왜?'를 사용하는 좌자를 보고 싶었던 걸까. 그랬을지도. 나는 상철이가 고양이 이름이었다고 말하면서 좌자를 슬쩍 바라보았으니까. 좌자는 어느새 자세를 똑바로 하고 앉아 두꺼운 안경알 속 작은 눈으로 나를 바라보며 말했다.

그렇군. 고양이 이름이었군요.

패배감을 떨치며 나는 계속 이야기했다.

〈뜨거운 양철지붕 위의 고양이〉에서 온 이름인데요, 여자는 양철을 생철이라고 했어요. 했대요. 굳이 그렇게 말하는 데는…… 네, 역시 이유가 없었어요. 생철. 몰라요, 까닭을. 생철이 상철이가 된 사정도. 그런 사람이었어요. 알 수 없는 게 한두 가지가 아닌 여자였대요.

상철이는 진짜 뜨거운 양철 지붕에서 굴러떨어진 고양이 새끼였다. 내가 집을 떠나던 해 여름의 일. 엄마는 24년 동안 방 안에서 레고만 쌓던 내가 자신의 품을 떠나버리자 상철이를 움켜쥔 거였다. 노란 고양이. 상철이라는 이름을 처음 들었을 때 상철이가 아버지의 이름은 아니었을까 생각하다 생각을 박박 지웠다. 몇 번을 다시 태어난대도 엄마는 그런 통속이라면 여전히 치를 떨 사람이었으니까. 그런 사람이 미혼모가 되었다니 아, 정말 알 수 없는 일. 그러나 알 수 없는 일은 엄마의 마지막에서도 일어나고야 말았다. 인생의 대미마저 엄마는 알 수 없는 일로 장식해 버리고 말았으니까.

알 수 없는 여자의 이야기를, 나는 알 수 없는 좌자 앞에다 늘어놓았다.

그렇군요.

좌자가 고개를 끄덕이고서 말했다.

육십이 넘어 미국인 연하의 남자와 결혼을 했군요.

그리고 한국을 떠나버렸죠.

미국으로?

남자의 어머니 집이 미국에 있었대요.

한국에 남은 딸은 좀 외로웠겠네.

엉망이었대요. 완전.

음. 미국인 남자의 어머니가 여자와 나이 차이가 얼마 나지도 않고 뭐 그런저런 것들 때문이었겠지요. 게다가 남자가 엄청 마마보이였다면서요. 딸로서는 엄마가 걱정도 되고 해서 기분이 좋을 리 없었겠네요.

아뇨. 남자가 여자를 만난 것은 남자의 어머니가 세상을 떠난 지 2년이나 지난 뒤였대요.

아, 2년.

딸의 멘탈이 엉망이 되었던 건 상철이 때문이었대요.

그렇군요. 상철이.

좌자는 끝내 왜, 라고 묻지 않았다.

남자가 사랑한 것은 상철이었다니 말 다 했죠.

그렇군요.

상철이를 갖기 위해 여자와 결혼한 거래요.

…….

그런데 여자는 그걸 알고도 남자와 결혼했대요.

…….

두 사람이 한 고양이를 너무 좋아해서, 고양이와 떨어질 수 없어서 결혼의 방식으로 고양이를 공유한 것이라나요.

…….

좌자는 말이 없었다. 나도 말을 멈추고, 숨을 깊이 들이키며, 좌자를 바라보았다.

뭘…… 좀 먹을까요, 우리?

좌자가 서늘하게 말했다. 갑자기 배가 고파진 것을 그녀는 어떻게 알았을까.

될까요?

되다마다요.

성불사니까?

공양주니까.

좌자는 웃고 곧장 일어나 조리대로 걸어갔다.

엄마는 지난달 와이오밍 주 텐 슬리프 메모리얼 파크에 묻혔다. 죽어가면서도 엄마는 나에게 사정을 알리지 않았다. 그래서 나는 아무것도 몰랐다. 미국인 남자는 엄마가 죽었다는 사실을 전화로 알리며, 알리지 말아달라는 엄마의 부탁을 받았으나 이렇게 고인과의 약속을 어기고 있노라 말했다. 결혼 전부터 엄마는 치료를 거부한 채 혼자 병을 앓고 있었다며. 작지만 물빛 맑은 호수가 내려다보이는 언덕에 누웠노라며 남자는 우는지 한동안 말을 잇지 못했다.

나는 어찌해야 할지 몰랐다. 어찌해야 할지. 서른 넘은 나이에 아비 없는 아이를 몰래 낳아 24년을 장물인 듯 숨겨 키우고, 그 딸이 품을 떠난 뒤에는 아비시니안 상철이를 혼자 보듬다가, 상철이를 좋아하게 된 웬 연하의 미국 남자를 만나서, 상철이를 위해서라며 그와 결혼을 감행하고, 미국엘 가고, 이제는 죽어 호수가 내려다보이는 타국의 언덕에 묻힌 여자를, 나는 어찌해야 할지 몰랐다. 몰라서 나는 미국인 남자에게도 무슨 말을 해야 할지 몰랐다.

상철이는요?

내가 한 말은 고작 그것.

고양이는요?

다시 물었다. 미국인 남자가 목멘 소리로 말했다.

밥을 안 먹어요.

네?

밥을 안 먹는다고요.

그제야 미국인 남자가 한 말이 모두 한국어였다는 걸 나는 처음 깨달았다. 그 사람 역시 나로서는 어찌할 수 없는 남자라는 것도. 그리고 고양이 울음소리를 들었다. 수화기를 통해 들려오는 고양이 울음소리. 상철이는 미국인 남자의 어깨에 올라앉은 것 같았다. 나를 향해 하는 말인 것처럼 고양이는 길게 울고 또 울었다. 자꾸 울었다. 상철이 울음소리. 그 소리였다. 그 소리에 나는 그만 모든 게 엉망이 되고 말았다. 나를 한순간에 엉망으로 만들어버린 게 상철이 소리인 것은 분명했다. 그러나 어째서 그리되었는지는 알 수 없었다. 알 수 없었다.

자나 깨나 고양이 울음소리의 환청에 시달렸다. 먼 미국의 로키산맥 끝자락에서 울려오는 상철이의 울음소리에 사로잡혔다. 나를 쥐고 흔드는 소리의 정체를 알지 못한 채.

과연 어디에서 오는 것이며 그것은 무엇일까. 나는 아무 일도 못할 것 같았다. 아무 일도 못했다. 〈단두대의 이슬 마리앙투아네트〉

라는, 5만 4천여 개가 소요되는 전시용 나노블록 모형을 3일 만에 당겨 완성해 버렸고, 남은 일정과 연차를 합쳐 휴가를 얻었고, 내 방에 틀어박혔다. 그리고 이 모두가 예정된 일인 것만 같아 소스라치게 놀랐다.

뭔가 달라지고 싶을 땐 성불사에 가서 풍경소리를 들어…….

두 달 전 서경이가 했던 말이 떠올랐던 것.

무엇이 어떻게 달라진다는 건지. 성불사에 가서 풍경소리를 듣고 싶긴 했으나 그때는 달라지고 싶다는 생각 따윈 없었다. 툭하면 상철이와 엄마와 미국인 남자가 함께 찍은 사진이 휴대전화로 날아오던 때였다. 그래도 성불사에는 한번 가보고 싶었고, 그래서 나에게도 뭔가 달라지고 싶은 게 생겼으면 좋겠다는 생각까지 했었다.

그러다 상철이의 소리에 사로잡혔던 것. 사로잡히고 나서 짐작하게 되었다. 서경이의 말에는 처음부터 성불사보다는 풍경소리에 방점이 찍혀 있었던 것이라고. 풍경소리. 상철이의 소리. 그리고 이 모두가 예정된 일일지도 모른다는 것.

무엇이 어떻게 달라지더냐? 서경이에게 묻지 않았다. 묻지 않고 조용히 이곳으로 왔다. 성불사에 다녀오고 나서 7킬로나 빠졌지 뭐니. 이런 말이 서경이의 입에서 튀어나오지 말란 법이 없었다. 실제로 서경은 최근 부쩍 날씬해졌고 남자 친구와의 사이도 많이 좋아진 것처럼 보였다. 남자 친구와 사이가 좋아지면서 나와 그와의 관계에 보이던 그녀의 지나친 관심도 사라졌다. 나는 누구에게도 그에 관해 더는 말하고 싶지 않았다. 듣고 싶지도 않았다. 그를 생각하면 분황사탑만큼 쌓여 있을 부재중 전화와 문자 메시지가 떠올라 마음이 지저분해졌다.

풍경소리가 상철이의 환청을 어떻게 해주지 않을까. 그와의 문제를 어떻게 해주지 않을까. 내심 나는 그런 걸 기대했을 것이나 그것만으로는 성불사에 올 수 없었다. 아니면 말고. 그냥 조용히 휴가나 보내고 와도 되니까. 그래도 되잖아? 라는 퇴로를 애써 마음속에 장만하고서야 짐을 쌌다. 어쩐지 겁이 났으니까.

짐에서 노트북컴퓨터는 뺐다. 대신 지질의 감촉만으로도 고소한, 가볍고 작은 노트를 한 권 샀다. 연필 세 자루와 함께. 오는 날부터 휴대전화의 전원을 끄고 나는 이것저것 적기 시작했다. 슥삭슥삭. 오늘도 적다 보니 주승의 말이 떠올랐다. 사람 죽여요? 죽이지 않고도 소설이 돼요? 내가 죽인 것은 아니지만, 그리고 내가 쓰는 것이 소설도 아니지만, 오늘 나는 글에다 엄마의 죽음을 넣었던 것이다. 죽음. 누군가의 죽음 없이는 정말, 글이라는 건 되지 않는 걸까. 이런 바보 같은 생각을 하다가, 내가 이곳에 온 것은 엄마의 죽음과도 관련이 있겠지, 라고 중얼거렸다. 주승의 엉뚱한 질문에 담겼던 뜻이 이것이었을까? 하고.

하여튼 상철이 소리가 아닌 소리를 들어보려고, 그 소리 아닌 소리에 집중해 보려고, 나는 잘 구워진 차파티 지질의 노트를 샀다. 그랬을 거야. 노트를 산 것은 정말 잘한 일이었다. 이 노트 무지 맘에 들어. 아무거나 적으면서 스삭스삭 연필 지나는 소리에 귀를 기울이는 것도. 쓰면서 풍경과 바람과 새소리를 듣고 주승의 목탁소리와 수봉스님의 염불소리를 떠올리는 것도. 공양간의 도마질 소리를 적는 것도. 맘에 들어.

도마질 소리가 멈추었다. 좌자가 오지그릇에 담긴 음식을 자작나무 탁자로 내왔다. 도마질 소리가 사라지자 쓰르라미 소리가 좁은 창구멍으로 반죽처럼 밀려 들어왔다. 솔바람 소리도 섞여 들어왔다. 창밖엔 오후의 가을볕이 넘실거렸다.

먹어봐요.

좌자가 미와에게 권했다.

배고픈 걸…… 어떻게 딱 아셨어요?

어떤 얘기를 할 땐 배가 고파지잖아요.

배가 고파지는 얘기?

그런 게 있어요. 잘은 모르지만 왠지 배가 막 고파지는 얘기가.

음! 으으음. 으음!

미와가 갑자기 신음소리를 냈다. 입을 벌리지 못하고. 입 속에 음식이 있었으므로.

좌자가 흐뭇하게 미소 지었다.

저마, 저마 마이어. 저마. 와아. 머디? 어더게 마드으거에요 이거?

소리가 겨우 빠져나올 만큼만 미와는 입술을 벌렸다.

어떻게 만드는 거냐구요?

에.

보다시피 특별한 건 없어요. 이건 드릅나물무침이잖아요. 드릅을 가시에 찔리지 않게 잘 다듬어서, 슴슴한 소금물에 데쳐서…….

좌자가 서늘한 목소리로 설명했다.

에.

미와가 끄덕였다.

데칠 때는 밑동부터. 봐요, 그쪽이 굵으니까. 데쳐지는 동안 찬물을 준비해 뒀다가…….

여전히 느리게 말했다.

에.

여전히 끄덕거렸다.

데쳐지면 곧바로 찬물로직행열기를빼고꼭짜고된장으로버무리면끝. 성불사 가을드릅나물무침이에요.

좌자의 말이 갑자기 크고 빨라졌다가 허망한 듯 끝났다.

끝이에요?

끝이에요.

다에요, 그게?

다에요.

이건요?

표고버섯무침이잖아요. 말려 놓았던 거니까 먼지를 싹싹 털고 미지근한 물에 30분쯤 불려요.

에.

불린 물은 찌개나 육수로 사용할 거니까 버리지 말고 보관하고요.

에.

불은 표고를 얇게 썰어서 들기름에살짝볶다가된장에무치면끝.

역시 그게 다?

다에요.

된장 맛인 거네요, 다.

그래요, 된장 맛. 그리고 성불산에서 함씨가 따온 재료 맛.

아까 그분?

네, 그분.

양념이라곤 된장밖에 없나요?

된장밖에 없어요.

매일 먹었던 음식들이 다 된장 양념?

네.

설마.

정말.

그런데도 다 다른 맛이고 그토록 맛있었을까.

맛있나요?

네. 매일매일. 염치없이 끼니때만 기다리는 걸요.

고마워라.

얼마나 맛있는지 몰라요. 다른 비법이 있을 거야. 맞죠?

미와는 드릅나물을 입에 넣고 밤과 잣이 든 흑미밥을 입에 넣고 다시 표고버섯을 입에 넣었다. 잔뜩 넣었다.

비법은, 없습니다.

되자뿌이아고오?

된장뿐입니다.

오오지?

오로지.

기가, 기가 마혀서.

많이 드세요.

끼이대도 아이데 이거…….

끼니때도 아닌데 폐가 될까 봐요?

에.

미와는 세차게 끄덕거렸다. 음식을 한 입 가득 문 채. 세차게. 끄덕 끄덕.

가을 드릅 표고 이런 거, 없다면 모를까 있으니 먹어야죠. 많이 드세요.

컥.

그때 그만 사레가 들렸다.

기도가 막혔는지 미와의 얼굴이 붉게 팽창하기 시작했다. 참지 못하고 공양간 밖으로 뛰쳐나갔다. 금방이라도 재채기와 함께 음식물이 튀어나올 것 같았으나 눈물만 펑펑 나왔다. 입 안의 것은 어느새 꿀꺽 넘어갔으나 기도는 쉽게 트이지 않는 것 같았다.

팽나무 아래 쪼그리고 앉아 미와는 눈물을 철철 흘렸다. 저도 멋쩍은지 실실 웃으며. 좌자가 다가와 미와의 등을 천천히 쓸었다. 미와의 다급한 발짝 소리에 놀란 쓰르라미들이 일시에 울음을 그쳤다. 그러자 팽나무 이파리들이 쏴아, 바닷소리를 냈다.

땅 위에 드러난 팽나무의 거대한 뿌리 위로 미와의 눈물과 콧물이 떨어져 내렸다. 미와의 등에서는 좌자의 손이 여전히 부드럽게 원을 그렸다.

아, 정말로 기가 막혔었나 봐요, 좌자.

이제 좀 트여요?

된장뿐이라는 말에, 맛에, 그만. 후우 후우.

믿기지 않나요?

정말 믿기지 않아요.

하지만 사실인 걸요.

그리고 저, 그것도 성불사 투인가요?

성불사 투……요?

없다면 그뿐이지만 있을진대…… 이런 식으로 하는 말.

주지스님 말투인데 하하, 저도 모르게 그만.

아, 주지스님.

그것 때문에 사레가……?

아뇨. 사레는 된장 때문.

된장.

네, 놀라워서. 된장이. 좌자가.

땅 위로 드러난 거대한 팽나무 뿌리. 성불사에서는 그것을 타조의 발이라고 불렀다. 그러고 보니 정말 그랬다. 좌자와 나는 그, 타조의 발가락 하나씩을 차지하고 앉았다. 좌자는 큰 발가락 나는 작은 발가락.

좌자가 의젓하고 단단하고 오래된 장독 같다는 느낌. 그것은 우연한 것이 아니었다. 그녀는 된장 요리사, 된장 요술사였던 셈. 그래서 사레가 들렸던 모양이다. 그녀에게 장독 같다는 말은 차마 안 했지만 사레가 된장 때문이었던 것만은 사실.

딱히 할 일이 없는 오후였으므로 좌자와 나는 하늘을 바라보며 쓰르라미 소리를 들었다. 풍경소리를 들었다. 그것이 할 일이었다.

오후여서 좀 더웠다. 팽나무 이파리들이 끝없이 바닷바람 소리를 냈다.

팔랑거리는 작은 잎들을 하염없이 쳐다보자니 아련하고 간지럽고 재채기가 날 것 같고 졸렸다. 사레들렸던 게 떠오를 때마다 졸다가도 혼자 멋쩍어 웃었다. 좌자는 내가 왜 웃는지도 모르고 따라 웃었고.

분황사탑을 쌓은 것이 함씨라는 것을 알았다. 한때 성불사의 땔감을 혼자 감당했었다고.

무언가를 쌓는 데는, 네에에, 도사거든요, 그이가.

혼자 감당했으나 땔감은 언제나 충분했고 넘쳐서 탑을 쌓기 시작한 거랬다.

또 뭘 잘 쌓나요?

돌담. 최고지요. 옹벽도 잘 쌓지만 집을 에두르는 돌담 있잖아요. 정말 튼튼하고 예뻐요. 절 아래 안마을 돌담들도 그이가 다 쌓은 거예요. 저것 봐요. 죽은 나무들로 쌓긴 했지만 저 엄청난 것도 정말 분황사탑 같잖아요?

분황사탑을…… 아세요?

몰라요.

아.

하지만 정확할 거예요. 보나마나.

네에.

요즘은 죄 석유고 가스고 시멘트고 그러니 그이도 할 일이 많이 없어졌어요. 아직도 여전히 농사짓고 나물 뜯고 약초 캐서 성불사 식구를 다 먹여 살리긴 하지만.

절 식구는…… 아닌가 보죠?

농사짓는 사람이에요. 절 아래쪽에서.

그런데 왜 그런 걸 혼자서 감당할까요? 라고 묻고 싶었지만,

그렇군요.

라고 나는 말했다.

시줏돈도 안 들어오는 절이니까죠 뭐.

왜 절에 시주를 안 하는 걸까요? 라고 물으려다가 역시,

네, 그렇군요.

라고 나는 대답했다. 몸 속 어딘가가 시원해졌다.

주승도 수봉도 천하태평이잖아요. 하하.

좌자는 팽나무 꼭대기를 바라보며 천하태평으로 웃었다.

내 눈엔 함씨가 지나치게 크고 지나치게 느리고, 미안한 말이지만 모든 것에 둔감해 보였다. 적어도 예쁘거나 정확한 것하고는 거리가 먼 사람 같았다. 외모도 안 생긴 축. 좀 많이 안 생긴 축. 계속 미안한 말이지만.

오늘 공양간에서 마주쳤을 때도 그는 나를 인식하지 못했다. 못하는 것 같았다. 주의력이 현저히 떨어지는 사람? 그런 생각이 또 한 번 들었지. 계절에 맞지 않는 옷과 수습한 기미가 전혀 보이지 않는 앞섶. 그런 것만으로도 많은 것을 알 수 있는 것 아니던가. 아닌가?

함씨는 한 손에 무언가를 한 알 쥐고 있었는데 하도 손이 커서 그것이 앵두인 줄 알았다. 그것을 자작나무 식탁 위에 내려놓았을 때에야 나는 그것이 자두라는 걸 알았다. 쥐면 앵두 놓으면 자두.

커피 같은 것도 되나요?

나는 좌자에게 물었다. 자두였어, 속으로 중얼거리며. 함씨는 나를 바라보지 않았다. 이어붙인 자작나무 판자 사이의 좁은 직선 틈새로 그는 자두를 굴렸다. 틈새가 좁아서이기도 하고 자두가 구슬 같은 완전 구형이 아니어서 자두는 자꾸 직선 틈새를 이탈해 멋대로 굴렀다.

되다마다요.

좌자가 일어서서 곧장 가스레인지 쪽으로 향했고 함씨는 희끗한 머리를 벅벅 긁었다. 긁으며 자두를 다시 집어 조심스레 굴렸다. 자두는 직선 틈새를 자꾸 벗어나다가 탁자 아래로 굴러떨어졌다. 새소리가 공양간의 작은 창구멍으로 미어져 들어왔다.

함씨가 일어서서 밖으로 나갈 때까지 나는 공양간에 막 들어서던 모양 그대로 서 있었다. 그러고 있었다는 걸 그때는 몰랐지. 함씨는 바닥에 떨어진 자두를 한동안 바라보았다. 제가 던져놓은 장난감을 제가 바라보며 갸웃거리는 상철이 같았다.

그가 하도 자두를 은밀히 노려보는 바람에 자두가 어느 한순간 저 스스로 튀어 오르거나 굴러 도망칠 것처럼 보였다. 나까지 눈을 뗄 수 없게 했다. 그때 잠깐 동안은 정말 그럴 것 같은 긴장이 감돌았다. 자두에 쑥 다리가 생겨나 막 도망칠 것 같은. 하지만 자두가 그럴 리 없잖아? 그는 자리에서 일어나 바닥의 자두를 집어 들었다. 웬일로 어깨에 힘을 잔뜩 주고, 으잇샤, 한껏 멋을 부려 집어 드는 바람에 그의 몸이 약간 균형을 잃었다. 자두 한 알 집어 올리는 데 그토록 큰 힘을 쓰다니. 왜 저래? 그의 덩치에 하나도 어울리지 않는 동작이어서 나는 공연히 깜짝 놀라고 말았지 뭔가. 뭐야? 왜 저래? 놀란 맘이 가라앉기도 전에 그는 자두를 쥔 손의 엄지손가락 지문으로 자신의 콧잔등을 슥 문지르며 후룩 코를 들이마셨다. 그리고는 유유히 밖으로 사라졌다. 아아아. 나는 바닥에 주저앉을 뻔. 함씨 때문이 아니라. 함씨 때문이었나? 하여튼 '무언가'에 의해, 내가 참말로 엉뚱깽뚱한 시공에 던져져 있다는 자각이, 나를 후려쳤던 것.

그 무언가는 무엇일까. 상철이의 울음일까. 엄마의 죽음일까. 휴대전화에 쌓일 그의 문자일까. 날씬해진 서경이? 나는 무섭고 좀 어지러웠던 듯. 무엇이 나를 이곳에다 패대기친 것일까. 그런 생각 때문에.

나는 가까스로 자작나무 탁자에 기대어 앉았다. 고개가 자꾸 밑으로 내려갔다. 슬슬. 자꾸자꾸. 창구멍 밖으로 하늘이 보였다. 하늘은 구름도 비행운도 없이 깨끗했다. 좌자가 따뜻한 질그릇 잔을 탁자에 내려놓았을 때에야 간신히 정신을 차렸던가.

그분. 말하는 걸 못 들은 것 같아요.

타조의 작은 발을 쓰다듬으며 나는 하늘을 바라보았다.

함씨요?

네.

해요. 가끔.

타조의 큰 발을 쓰다듬으며 좌자가 말했다.

앗! 비행운이다.

나도 모르게 큰 소리로 외쳤다. 맘껏 외쳤다. 팽나무 이파리 너머 하늘 한가운데로 길고 흰 칼자국이 스윽 지나갔다.

좌자도 고개를 젖히고 하늘을 올려다보았다. 우리는 오래오래 말없이 올려다보았다.

성불사에 경찰 공무원 둘이 다녀가던 한낮, 미와는 객실에 엎드려 노트에 이런저런 소리를 적었다. 스삭스삭, 스와와와, 쓰쓰쓰스, 탁탁탁탁, 똑똑똑똑. 네 글자씩 적어 내려갔다. 뜨뜨뜨뜨, 오이오이……. 성불사에 두 경찰 공무원이 다녀가는 걸 미와는 알지 못했다.

스삭스삭 옆에다가 미와는 '내가 무언가를 적을 때'라고 썼다. 스와와와에는 '팽나무 이파리 흔들릴 때', 쓰쓰쓰스에는 '쓰르라미가 두개골을 뚫을 때.ㅋㅋ', 탁탁탁탁에는 '좌자가 도마질할 때', 똑똑똑똑에는 '소심한 주승이 목탁 칠 때'라고 나란히 적었다. 뜨뜨뜨뜨에는 '수봉스님 목탁 칠 때'라고 쓰고 오이오이에는 '수봉스님 염불할 때'라고 적었다. 그리고 한 줄 더 적었다. '수봉스님은 염불의 경구 끝을 길게 끌다가 마침내는 모두 '이'로 끝낸다. 이상하다'라고 덧붙였다. 한 줄 더 적었다. '무안이비설신의이, 무색성향미촉버이, 무안계이, 내지무의식계이, 무무며이, 역무무명지이……. 이렇게'라고.

그러는 동안 열어놓은 객실 문으로 한낮 햇살이 들어와 미와의 엎드린 허리와 엉덩이를 지나갔고 다시 방을 빠져나와 댓돌을 지났고 객실의 맨 오른쪽 기둥을 지나 소각장 쪽으로 살금살금 기어갔다.

미와가 경찰들을 봤다면 젊은 경찰이 권총을 만지작거리며 내는 소리도 적었을까.

늙은 경찰이 모자를 벗으며 요사채 툇마루에 풀썩 앉았다.

아구구구.

소리를 내며 앉았다.

아구구 죽갔다.

라며. 그리고 흐흐 웃었다.

젊은 경찰은 선 채로 허리에 찬 권총의 총구 부분을 검지로 톡톡 건드렸다. 권총이 권태롭게 끄덕거렸다.

아무래도…… 그거겠죠?

젊은 경찰이 물었다.

응. 이거라니까.

늙은 경찰의 이마에 난 선명한 모자자국이 어딘지 서글펐다.

아구구 죽겠다. 네, 그게 맞는 것 같네요.

그렇다니까.

젊은 경찰이 큭큭 웃었고 눈부신 한낮 햇빛 때문인지 늙은 경찰은 인상을 찌푸렸다.

얼마 뒤 수봉이 가사 없는 승복차림으로 그들 곁으로 왔다. 역시 휘적휘적. 쓰르라미 소리가 소낙비처럼 쏟아졌다.

별일 없지요?

제복 앞섶을 헤친 채 늙은 경찰이 손부채를 부치며, 대답 없는 수봉에게 다시 물었다.

조용하니 별일 없는 것 같네요, 그죠?

그렇지요. 조용하니 별일 없는 개지요.

수봉이 대답했다.

그럼 가보겠습니다.

늙은 경찰이 일어서서 천왕문 쪽으로 느적느적 걸음을 옮겼다. 조금 전 두 외국인이 함께 이곳을 다녀간 모양이라고 젊은 경찰이 수봉에게 말했다. 늙은 경찰은 천왕문을 지나며 아아아, 속닥하니 조오타, 라고 말했다. 한 사람은 한국말을 전혀 모르는 캐나다 사람이고 한 사람은 한국말에 많이 서툰 프랑스인이었는데 이 절에서 아구구가 곧 죽을 거라며 신고를 했다고, 신고를 했으니 안 와 볼 수도 없는 노릇이었다며 젊은 경찰이 수봉에게 킥킥 웃으며 말했다.

아, 이런 일이 있긴 있네요, 스님.

아구구가 곧 죽을 거라는 말을 이 절에서 누가 했답디까?

수봉이 물었다.

그래니.

그래니?

네, 스님. 그래니.

그……랬군요.

수봉이 고개를 끄덕였다.

하여튼 이런 일이 있긴 있네요, 스님.

젊은 경찰은 똑같은 말을 했다.

뭐 다 그런 개지요.

수봉이 끄덕였다.

젊은 경찰은 허리에 찬 권총의 총구를 계속 검지로 건드렸다. 남자들이 소변 보고 오줌 터는 모양 같았는데 그럴 때마다 헐거운 권총집에서 더걱더걱 권총 흔들리는 소리가 났다. 더걱더걱. 더걱더걱.

소리를 적었다. 풍경소리는 적지 못했다. 땡강땡강으로도 적고 띵강띵강으로도 적었다가 지웠다. 땡강땡강으로 적으려니 어쩐지 수봉스님 편을 드는 것 같았고 띵강띵강으로 적으려니 주승을 편드는 것 같았다. 편들 마음 같은 건 진짜 조금도 없었지만, 적으니까, 마음이라는 게 참 이상하게, 저절로 편드는 것처럼 되었다. 팅강탱강으로 적었다가도 에이, 지워버렸다. 다른 소리들을 적어 봤다. 스삭스삭, 스와와와, 쓰쓰쓰스, 탁탁탁탁, 똑똑똑똑. 그리고 뜩뜩뜩뜩, 오이오이 같은 것.

아침 열 시쯤이었나. 세면장에서 손수건을 빨고 객실로 오다가 (아, 저녁에 빨래 걷는 걸 그만 깜빡했다!) 대적광전 옆 나무벤치에 앉은 주승과 좌자를 보았다. 등받이 없는 평평한 나무벤치. 그 위로 아침 햇볕이 떨어져 내렸다. 주승과 좌자가 그곳에 나란히 앉아 물끄러미 허공을 바라보았다. 완전 부부 분위기. 보다 보니 처음 보는 광경이 아니라는 생각이 들었다.

둘은 허리를 꼿꼿이 펴고, 실눈을 뜨고, 말없이 허공을 응시했어. 싱크로율 백퍼센트. 아, 저런 참선도 있나 싶게. 그들이 바라보는 것은 하늘이 아닌 허공일 거야. 나는 짐작했다. 성불사에 온 뒤로 나는 함부로 짐작하는 버릇이 생겼는데, 그래 놓고 반성하지 않는 버릇도 덤으로 생겼다.

하늘보다 가깝지만 하늘보다 아득한 것. 그런 것이 허공이라고, 주승과 좌자를 보면서 나는 또 함부로 확신했다. 함부로 그러는 게 점점 재미있어졌다.

그들 발치에는 맨드라미가 피어 있었다. 붉은 기운이 뚝뚝 흘렀다. 나는 걸음을 멈추고 한참 동안이나 그들을 바라보았으나 그들은 내 기척을 알아차리지 못했다. 밀랍인형 같았다. 오래오래 그러고 있었다.

그들이 바라보는 것이 허공이라는 확신이 들었듯, 허공으로부터 날아오는 어떤 소리에 귀를 기울이는 것이라고 생각했다. 확신과 생각은 나에게서 나온 것이 아니었다. 그것이 나를 관통해 버렸을 뿐이라는 느낌? 이 느낌이 너무도 분명했던 나머지, 함부로 확신을 해 놓고도 나는 하나도 멋쩍지 않았어. 그래서 반성도 않고 재미만 있는 걸까. 내 버릇이 아니었던 것?

그 소리는 어떤 소리일까. 그들이 듣는 소리. 허공에서 오는 소리. 연필로 적을 수 있는 소리일까. 들을 수나 있는 소리일까. 소리라면 들을 수 있고 적을 수 있는 거겠지만 나는 그들과 그다지 멀리 떨어져 있지 않았으면서도 그 소리를 듣지 못했다. 스삭스삭, 스와와와, 쓰쓰쓰스, 탁탁탁탁, 뚝뚝뚝뚝. 이런 소리는 아니었을 소리. 뜩뜩뜩뜩, 오이오이. 이런 소리도 아닐 것만 같은 소리. 왠지. 아, 모르겠다.

서산의 그림자가 길어져 성불사가 어두워질 무렵 영차보살이 객실로 와서 나를 불렀다.

공양간에서 미와 님을 초대합니다.

영차보살은 어스름에 보아도 깜짝 놀랄 만큼 미인이었다. 예쁜 귀신 같다는 생각을 얼른 해버렸다. 나이 들고 햇볕에 탄 절 아랫말 농부였으나 그녀에게서 발하는 고운 광택은 조금도 감추어지지 않았다. 그러니 귀신이지.

초대요?

나는 자리에서 벌떡 일어났다.

그래요. 초대.

그녀만 보면 무언가 하염없이 여엉차 끌어올리는 모습이 절로 연상된다고? 그래서 주승이 지어주었다는 순우리말 법명이라고? 그녀는 그럼 무엇을 그리 여엉차 끌어올리는 걸까. 주승은 그녀에게서 무얼 본 거지? 혹시…… 그녀는 자신의 미모를 평생 여엉차 끌어올리는 건 아닐까. 아닐까 생각하다가 미안 미안. 이 내 못 말리는 속물기.

초대라는 말에 반응하는 경박한 몸짓도 못 말리기는 마찬가지. 하지만 할 수 없어. 그게 나니까. 고무공처럼 통통통통 튀어 나는 공양간으로 달려갔다.

노란 콩고물 떡에서 김이 모락모락 났다. 5층짜리 정사각형 시루떡. 떡쌀이 희고 두툼해서 포근했다. 성불사에서는 시루떡의 층과 층 사이에 팥을 쓰지 않았다. 쓰지 않았는데, 이번에는 맨 위층 표면에 글자를 새기기 위해 수십 알의 팥을 썼다. 늦은 감이 있지만 미와를 위한 환영 케이크였던 셈. 맨 위층 표면에 팥으로 새겨진 글자도 '환영'이었다.

상자 같은 것으로 높게 돋우어진 떡이 자작나무 탁자 한가운데 모셔져 있었다. 떡 가까이에서 푸른 사과와 포도, 방울토마토와 귤이 예쁜 색을 빛냈다. 과일들 자리 바깥 둘레에는 호박고지와 푸른 시레기무침이 놓였고, 그 옆으로 보르도 무와 래디시와 당근을 넣어

담근 컬러풀한 백김치가 자리했다. 잣과 기장이 들어간 잡곡밥과 참기름에 무친 기와버섯을 넣고 끓인 무국. 특별한 저녁 공양이었다.

미와가 촐랑촐랑 공양간으로 들어섰다. 그리고 멈칫 놀라 섰다. 김이 모락모락 나는 5층짜리 포근한 떡 뒤로 주승과 수봉과 좌자와 영차가 차려 자세로 나란히 서 있었던 것.

사람은 넷뿐이었지만 도열이라는 말에 어울릴 광경이었다. 워낙 큰 눈을 미와는 더 크게 뜨고 꼼짝없이 멈추어 있었다. 먹음직스런 만찬이 차려진 긴 자작나무 식탁을 사이에 두고 4대 1로 마주하는 형국. 미와는 심복들이 호위하는 원수의 은밀한 처소에 불현듯 홀로 내습한 복수의 화신? 그런 씬 같았다. 네 사람의 표정에 웃음기라곤 없었으니까. 미와를 노려보는 것 같았으니까. 아니라면, 그냥 뻥한 표정이었달까. 떡에는 '환영'이라고 써놓고. 따뜻한 김도 모락모락 나는데.

긴장과 적대가 아닌 엄숙과 숙연의 분위기였던 것인데 서툴렀을 뿐이다. 엄숙해야 할 이유를 알지 못했던 미와는 얼떨떨 놀랐을 뿐이고. 아닌 게 아니라 공양간의 분위기는 코미디일 뿐이었는데 여전히 연기에 서툰 네 명과 얼떨떨한 한 명 때문에 어정쩡한 긴장은 쉽게 풀리지 않았다.

장난이나 허투가 아닌 진실한 배려와 관심. 네 사람의 뜻은 그것이었을 텐데 진지함에 서툴렀던 나머지 그만 긴장과 적대 같아지고 말았다. 미와는 그걸 알 리 없었고.

네 명이 표정 없이 나란히 서 있는 게 아무래도 화엄성중 같았는지 미와는 그만 두 손을 얼른 모으고 죄지은 사람처럼 꾸벅 고개를 숙였다. 대적광전에 들를 때마다 오른쪽 벽면의 무서운 화엄성중 탱화를 보고 그랬듯.

그러자 네 명의 준비된 반응이, 마침내, 미와를 향했다. 그들은 표정을 풀고, 미소 지으며, 중창단 같은 제스처로 각자 한 손을 쑥 앞으로 동시에 내밀며,

어디서, 오셨습니까?

라고 합창했다.

어서오세요거나 환영합니다가 아니었다. 미와는 그들의 합창에 얼른 화답하지 못했다.

다시 무표정해졌던 네 사람이, 이번에는 조금 더 활짝 웃으며 더 큰 소리로 합창했다. 제스처도 컸다.

어디서, 오셨습니까?

서울에서요, 라고 말해버렸네. 아. 꾸벅 고개를 숙이며. 아니면 뭐라고 대답한단 말인가. 객실에서 오는 중입니다, 라고 말해야 했나? 그러면 웃거나 다시 물을 것 같았다. 화낼지도. 그래서 서울에서요, 서울에서 왔는데요, 라고 말했다.

충북 영동에서 왔습니다, 라고 말할 걸 그랬나. 이미 대답해버린 뒤였다. 다행히 그들이 웃지도 다시 묻지도 않아서 대답을 잘한 건가 보다고 생각했다. 하지만 뭐가 뭔지 몰라서 그들에게 그냥 막 바보같이 웃어 주었다.

서울, 객실, 영동……. 떡을 먹고 밥을 먹으면서도 나는 내가 어디서 온 거지? 하고 속으로 나에게 물었다. 보르도 무와 래디시로 빛깔을 낸 백김치가 하도 맛있어서 깜빡깜빡 잊었다가도 문득문득 다시

물었다. 엄만가? 내가 온 곳이? 아버지?

천천히 많이 드십시오.

주승이 나를 보며 세 번째 똑같은 말을 했다.

맛있어서요. 음, 정말 맛있어요. 스님은 맨날 이런 거 드셔서 좋겠다.

주지스님은 어째서 갈수록 만만하게 여겨지는 걸까. 귀여운 걸까. 밥 먹을 때는 밥 먹는 거만 생각하라던 스님의 말을 잊고 이런 건방진 생각을 또 했다. 맛있는 밥을 먹으며. 엄마든 아버지든 나에겐 알 수 없이 아득한 곳, 서울이나 그 어떤 장소보다 훨씬 멀고 막막한 곳이라는 생각을 하며.

오래오래 쉬면서요, 응? 좋은 거 많이많이 먹어요.

그래도 될까요, 스님?

없다면 모를까, 응? 영차보살의 음식이 이렇게나 좋고 많은데 하염없이 먹을 수밖에. 사는 거 별거 아뇨.

주승이 웃었다. 바람 새는 것 같은 웃음. 만만한 주승이었지만 웃음소리만큼은 언제나 수상했다.

그렇게 해요, 얼마든지.

영차보살이 말했다.

떡과 백김치. 영차보살 솜씨입니다. 오늘의 호박고지도.

좌자가 말했다.

고맙습니다. 너무 맛있습니다. 정말. 정말요.

정말 맛있어서 나는 정말 맛있다고 정말로 여러 번 고개를 주억거리며 말했다. 정말 정말 정말. 내 앞에 놓인 세계는 성불사도 풍경소리도 사람도 바람도 아니고, 오로지 밥 오로지 떡 오로지 백김치인 것 같았다. 나와 밥, 나와 떡, 나와 백김치. 세상은 그렇게 나와 맛있는 것들로만 이루어져 있다는 생각에 빠졌다. 한없이 황홀했다.

오늘의 호박고지도 된장양념뿐인 것 같은데요?

내가 좌자에게 물었고,

물론이에요. 기막혀서 사레들리는 된장.

좌자가 웃으며 대답했다.

영차보살 솜씨라면서요. 된장 요술사는 좌자 아니던가요?

좌자가 내 한쪽 귓바퀴에 입술을 가까이 댔다. 그리고 바람을 불어넣듯 말했다.

실은, 영차보살이 진짜지요. 된장 마술사.

그런……가요?

나는 영차보살의 된장을, 응, 그냥 버무리기만 하는 사람인 걸요.

눈을 들어 나는 영차보살을 바라볼 수밖에. 그제야 영차보살이 나를 바라보고 있었다는 것을 알았다. 먹는 것에 푹 빠진 나를, 줄곧, 바라보고 있었던 것. 정말 잘 먹겠습니다, 맛있습니다, 진심으로 그녀에게 말하고 싶었으나 내 입에서는 다른 말이 튀어나왔다.

정말 미인이세요.

주승은 잠이 들고 객이 홀로 듣는구나.

라고 적어도 이젠 그다지 머쓱하지 않네. 정말 주승도 성불사도 모두 잠들고 나만 홀로 깨어 있어서 그럴까. 밤이 되면 성불사는 적막에 갇혔다. 아, 대단한 적막. 대적광전의 대적이 바로 그런 뜻이라고 수봉스님은 나에게 말했고, 야 웃기는 소리 마라 대적은 인마 소리가 너무 커서 들을 수 없는 소리인 게야, 라고 주승은 수봉스님한테 말했다. 응? 무슨 말인지.

어쨌든 수봉스님도 주승도 좌자도 모두 잠들고 객실의 작은 촛불만 소리 없이 탔다. 소리라면 연필이 노트 위를 지나는 소리와 푸른 창호지에 검은 그림자로 어른거리는 풍경소리뿐. 적막이 적막 속으로 아주 사라지려 할 때마다 풍경이 한 번씩 울어 적막이 적막으로 남아 있게 했다. 적막을 적막이게 하는 것은 소리? 이렇게 적고 땡강땡강 띵강띵강 풍탁퐁탁을 이어 적다가, 지웠다. 아무려나 나 홀로 깨어 들었으므로 풍경소리는 어쩐지 나만을 위한 소리 같았다.

상철이 소리가 전혀 안 들리는 것은 아니었다. 다만 들려도 한결 편해졌다. 소리라기보다 그것은 기억이거나 환청에 가까운 것이어서, 라고 생각하면 들려도 견딜 만했으니까. 상철이에게서 애써 벗어나려 하지 않고, 들리려면 들리라지, 했더니 소리의 날카로움이 훨씬 줄었다. 풍경소리가 점점 맑아져서 나는 그 풍경소리에 더 많은 것들을 의지하게 되었다.

적막한 밤이라서일까, 저녁의 일이 오롯이 떠올랐다. 어째서 그들은 엄숙하고 숙연했던 거지? 분에 넘친 저녁 공양에 취해서 나는 성찬의 연원 따위 따져보지 못했다. 먹기에 바빴어. 쉼 없이 입에 넣고 맛있어 맛있어 고개가 부러질 만큼 끄덕였을 뿐. 내 혀가 미친 거 아닌가 싶게 정말 맛있었으니까.

먹는 중간에 간신히 생각나기는 했다. 어디서 왔냐고 묻는 사람이 하나도 없더라고 했던 내 말을. 하지만 그것은 셰셰라는 말 때문에 내가 좌자를 중국인으로 경박하게 오해해 버린 것을 얼버무리기 위한 수선이었을 뿐이잖은가. 내 그 말을 잊지 않고 물어줄 양이면 그냥 지나는 말로 집은 어디요? 하면 될 것을. 그런데 눈부시게 잔뜩 한상 차려놓고, 명부의 대왕들처럼 근엄하게, 넷이서, 합창으로 묻다니.

어디서 왔느냐고 물은 게 아니었나? 아니었을까? 그렇담 서울에서요, 라는 내 대답으로 상황이 끝났던 건 뭐지? 더는 묻지 않았으니까. 잘 대답했다는 뜻이잖아? 어디서 오셨습니까? 서울에서요. 끝. 끝이었으니까, 그걸로. 그리고 밥 먹기 시작. 그들도 언제 물었냐는 듯 웃고, 많이 먹어라, 영차보살의 솜씨다, 진짜 된장 마술사다, 그런 말만 하지 않았던가. 나는 미친 듯 먹었고. 주승은 천천히 천천히 먹으라 하고. 그렇게 이상한 저녁 공양이 끝나 성불사에는 밤이 왔고 주승도 잠들고 나만 홀로 깨어 적막과 너나들이 하는 풍경소리를 듣고 있는 것이다.

내가 온 곳이 객실이라고 하거나 영동이라고 했다면, 그랬다면 그들의 반응이 어땠을까? 달랐을까? 아니, 내가 온 곳이 객실이며 서울이며 영동인 것이 사실이었으니 무어라고 답했든 더는 묻지 않았을지도. 그런데, 음, 그런데 나는 영동 이전에는 그럼 어디서 온 거지?

이래서 나는 다시, 생각할 때마다 음울해지고 마는, 엄마와 아버지라는 존재에 붙들리지 않으면 안 되었다. 엄마는 나로서는 아무래도 떠올릴 수 없는 와이오밍 주라는 곳의 메모리얼 파크에 묻혔고 아버지는 처음부터 없었다. 나의 처음에 단세포쯤으로 간여했을지는 모르나 그 뒤로는 어디에도 있지 않았다.

엄마는 어디에서 왔던 걸까. 이런 상념에 휘둘릴 때마다 상철이 울음소리가 선명했었다. 알 수 없는 곳에 묻혔듯 엄마는 알 수 없는 곳에서 왔던 건 아닐까. 탄생을 캐묻고 원망하고 저항하고 소리를 질러도 반응하지 않던, 이승 사람 같지 않던 엄마. 감각기관이 없기라도 한 것처럼 나의 억지와 고집에 참 고요히도 무감했던 사람. 그런 사람이 생크림과 휘핑크림 전문가였다는 건 언제나 수수께끼였다.

영동은 물론이고 대전과 또 어디더라? 김천. 그 여러 곳의 제과점과 카페에서도 엄마가 만든 생크림만을 원했다. 엄마가 만든 생크림을 원료로 쓴다고 해도 휘핑크림을 엄마처럼 만들어내기는 쉽지 않았던 듯, 엄마는 자주 급한 부탁을 받고 먼 출장길에 나섰다. 그럴 때마다 나는 거대한 레고 무더기와 함께 방에 갇혔다.

정확한 유지방률과 교반의 속도와 강도. 그것이 휘핑크림 노하우의 전부였다. 끝. 그러나 여간해서는 엄마의 맛을 흉내 내지 못했다. 교반감각뿐 아니라 크림의 색과 맛을 구별하는 능력이 남달리 뛰어났던, 그토록 민감했던 사람이 어째서 나에게만은 무감했는지. 말이 없었는지. 매정했는지. 아, 싫다. 나를 볼 때마다 어쩔 수 없이 불편한 아버지가 떠올랐기 때문이라고 말한다면 나는 얼마든지, 정말 얼마든지 그런 엄마를 이해할 수 있을 것 같았다. 그래서 그러는 거냐고 물으면 엄마는 말이 없었고 여일하게 매정했지.

태어난 방에서 내가 24년을 견딜 수 있었던 것은 레고, 내가 엄마의 배 속에서부터 끌고 나온 것만 같던 레고 덕이었다. 레고만 있으면 나는 배가 고파도 울지 않았고 늦어지는 엄마가 그립지도 않았어. 엄마는 특별히 먼 출장을 가거나 그래서 내가 좀 더 심심할 거라고 여겨지면, 넘치게 많은데도 불구하고 새로운 레고를 방에다 들이부었지.

레고가 많은 건 좋았으나 적다고 해도 나는 상관하지 않았다. 엄마가 방 안에 레고를 자꾸만 들이부었던 것은 심심하거나 외로운 나를 위해서가 아니라 미안함 때문이었다. 내가 알지. 그러나 공연한 미안함이었어. 나도 엄마의 딸답게 엄마의 미안함 따위 신경 안 쓴 지 오래였으니까. 전국 레고 블록 쌓기 대회에서 역대 최연소 우승자가 되었을 때도 엄마와 나는 함께 기뻐했으나 기쁨의 이유는 각자 달랐다. 당연히.

24년을 버티게 했던 것이 레고만이었을까. 나는 이 말을 안 할 수가 없네. 좋아, 고백하는 것이다. 나는 누구보다 엄마의 휘핑크림을 좋아했고 물리지 않았다는 것. 엄마는 그날 교반한 것 중 가장 잘된 크림을 집으로 가져왔고, 갓 뻗어 나온 흰 울금 뿌리 같은 손가락으로 그중 일부를 떼어 내 입술에 묻혀주었지. 나는 그 순간들을 잊을 수 없다. 내가 일찍이 안 것은 엄마의 휘핑크림이 세상에 다시없는 맛이라는 것이었고, 내가 오랫동안 몰랐던 것은 집을 뛰쳐나가지 못했던 이유가 레고 때문인지 엄마의 휘핑크림 때문인지에 대한 거였다.

내 입술에 묻혀 주던 크림은 백옥이라는 이름의 난초꽃잎 같았다. 그것을 핥아먹고 만족해하는 나의 낯을 유심히—계기의 눈금을 들여다보듯—살피고서야 엄마는 하루의 피로를 풀었어. 그윽이 고개를 끄덕이며. 나머지 크림은 냉장고에 보관했다가 다음 날 새로운 크림 원료에 반드시 넣었다. 그걸 엄마는 종자크림이라고 했다. 그런 식으로 수십 년간 휘핑크림의 맛을 이어나간 거라고.

엄마는 영동에서 가장 큰 제과점에 적을 두고 있다고 했으나 그 제과점에서 엄마를 보았다는 사람은 아무도 없었다. 유령이지 뭔가. 그러나 엄마는 하루도 빠짐없이 제과점에 간다며 나갔다. 생크림이든 휘핑크림이든 엄마가 그것을 만드는 장면을 나는 한 번도 보지 못했다. 엄마는 어디에 갔다 왔으며, 어디에서 살았던 것일까.

나노블록 업체에 특채되어 집을 떠나게 되었을 때 나의 시원은 엄마가 아닌, 엄마보다 더 먼 곳일지도 모른다는 생각을 처음 했다. 내가 집을 떠나고 나서도 엄마의 출근은 여덟 달 동안 계속되었지. 그러나 여덟 달 동안뿐이었어. 집을 떠나던 즈음 엄마의 손 빛도 크림 맛도 변해 있었던 것이다. 그래서 나는 집을 떠난 이유가 새로 나온 나노블록의 매력과 특채 때문인지 맛이 변한 엄마의 휘핑크림 때문인지 알지 못했던 것.

일을 안 하게 된 뒤로 엄마는 상철이만 키웠지. 나와 레고가 없어진 방에서 엄마와 상철이가 살았다. 그러다 낙엽이 바람에 불려가듯 엄마는 연하의 남자를 만나 상철이와 함께 휘익 미국엘 갔고 지금은 호수가 내려다보이는 공동묘지에 누워 있는 것이다.

꼭 엄마 때문은 아니겠지만 엄마를 생각하면 어딘가 세상이 몹시 쓸쓸해지면서 상철이의 환청이 귓가를 맴돌기 시작했다.

아, 그런데 아무리 생각해도 오늘 나의 대답은 웃겼어. 집을 떠난 뒤로, 나의 시원이 엄마보다 더 먼 곳일 거라는 생각을 지운 적이 없었는데. 그랬는데 어디서 왔느냐는 근엄한 질문에 서울에서요, 라고 대답하다니. 그곳에서는 겨우 9년을 머물렀을 뿐인데.

그리고 한 번 더 나는 네 사람 앞에서 바보가 되었다. 정신을 못 차리고 맛있게 음식을 먹고 있었는데, 그래서 주승이 옆에서 천천히 드십시오 천천히 드십시오 라고 몇 차례나 말했는데, 걸신들린 것처럼 쩝쩝거리고 먹다가 그만,

왜요?

라고 내가 물었던 것.

공양간의 분위기가 급속 냉각되었다. 그대로 멈춰라! 모든 사물이 멈추었다. 세상이 딱딱하게 굳은 채로 약간 흔들렸던가. 나는 좀 어지러웠다. 뭐지?

아아, 왜요. 왜요였다. 왜? 라고 물었던 것이다, 내가. 내가 그만.

뒤늦게 깨달았으나 이미 뱉은 말이었고 수습을 할 수 없었다. 수습할 방법도 없었다. 그래도 그렇지, 어쩜 네 사람 모두 기겁을 하는 모습이란 말인가. 어쩌다 왜요? 라고도 물을 수 있는 것 아닌가. 나는 그들의 뻥한 표정에 그만 짜증이 났던가. 아니다.

짜증은 그에게서 비롯된 거였다. 나의 남자가 되기에 아무 결격사유가 없다고 믿는 그. 내 생각도 같았다. 그에게는 객관적인 결격사유라는 게 없었다. 유일한 결격사유라면 내가 그를 좋아하지 않는다는 거. 그래서 동료 이상으로 그를 받아들일 수 없다는 거였다. 그 사람을 내치다니. 니 취향 완전 쩐다는 거 알아? 서경이는 자기 남친 앞에서도 그를 완벽한 남자라고 여러 번 추켜세웠다. 추켜세우는 것도 모자라 서경이는 화를 냈다. 나에게 막 화를 내며 넌 후회할 거야,

라고 절규 같은 걸 했다.

그가 완벽한지 어떤지 니가 어떻게 아는데? 마침내 서경이의 남친이 서경이에게 물었다. 미와에게 왜 화를 내는데? 왜? 서경이 남친은 서경이보다 더 크게 화를 냈다. 나는 속으로 서경이의 남친을 매우매우 응원했다. 그들은 그 뒤로 서로 한동안 안 만났다. 그는 여전히 나를 따라다녔고.

좋아서 따라다니는 것이라며 따라다니는 것을 혼자 정당화했다. 나 같은 사람이 따라다니면 너의 가치가 올라가니까, 음, 말하자면 따라다녀 주는 거지. '완벽한' 그였기에 그런 말을 하지는 않았지만 나는 그가 자꾸 따라다녀서 경찰에 신고했다.

낮에 경찰이 왔었어요.

수봉스님이 주승한테 하는 말을 듣고 나는 놀라 물었다.

왜요?

공양간이 얼어붙었다.

처음 공양간에 들어섰을 때 그들이 보였던 뻥한 표정이 다시 연출되었다. 왜요? 내 목소리가 좀 크긴 했지. 뻥한 표정이 오래갔다. 잠자코 있으면 뜨악한 분위기가 언제까지고 계속될 것 같았다.

아, 그렇군요.

역시 나도 모르게 나온 말이었다. 그렇군요. 공양간의 분위기가 눈 녹듯 녹았다. 너무 쉽게 녹자 나는 그들이 왠지 야속해졌다.

그나저나 키가 콩나물처럼 길고 밋밋하고 성격 안 좋고 눈딱부리고 퉁명하고 어리석은 나를 그는 어째서 포기하지 않는 걸까. 이래저래 나는 잠 못 이루고, 모두가 잠든 성불사 깊은 밤에, 처마 끝 풍경소리를, 홀로 들었다.

주승과 좌자가 대적광전 옆 나무벤치에 나란히 앉아 있었다. 미와가 발소리를 죽이며 그들 뒤쪽을 지나갔다. 맨드라미는 나무벤치 앞쪽에도 피어 있었고 나무벤치 뒤쪽에도 피어 있었다. 주승과 좌자는 붉은 빛 뚝뚝 흐르는 작은 맨드라미 밭 한가운데 놓여 있는 것처럼 보였다. 언제나 그 자리에서는 그랬듯 두 사람은 허공의 어느 한 점에 시선을 고정한 채 꼼짝하지 않았다. 바람이 그들의 이마를 스치고 지나갔다.

미와는 맨드라미를 밟지 않으려는 듯 기척도 내지 않고 살금살금 걸었다. 발밑을 살피고, 주승과 좌자의 꼿꼿한 등을 바라보고, 그들이 주시하는 허공을 바라보다가, 다시 발밑을 살폈다. 그렇게 걸어 미와는 수봉이 기다리는 대적광전의 북면 추녀 밑에 다다랐다.

없다면 모를까, 있는 거니 한번 같이 봅시다.

대적광전 외벽의 심우도를 가리키며 수봉이 말했다.

주지스님처럼 말씀하시네.

미와가 말했다.

없다면 모를까 있는 거니 객실과 함께 보거라 하시니까, 네, 그러니까 보는 개지요.

주지스님의 명령?

덕분에 데이트하는 개지요.

수봉은 벽면의 심우도를 올려다보았다. 여러 장면이 병풍처럼 이어진 벽화를 미와도 올려다보았다.

수봉은 게걸음을 걸었고 미와도 수봉을 따라 게걸음을 걸었다. 천천히 걸었다. 아주 천천히. 그리고 대적광전 외벽의 삼면을 다 돌아, 열 장면 중 마지막 벽화에 다다랐다.

내내 아무 말씀 안 하시네요.

미와가 말했다. 마지막 장면은 커다란 원이었고 그것이 전부였다.

아무것도 묻지 않았잖아요.

수봉이 말했다.

아무것도 모르니까요.

그냥…… 음, 네, 보기만 하면 되는 그림이에요.

주지스님이 같이 보라고 하셨다면서요. 설명 좀 해줘라, 그런 뜻 아니었을까요?

마지막 장면이 그려진 위치에서는 주승도 좌자도 보이지 않았다.

데이트 좀 해봐라, 그런 뜻이었던 개죠.

설명 좀 해줘요. 설명 데이트.

초동이 소를 찾잖아요. 아까 시작 장면에서 봤잖아요. 그러다 찾았어요, 소를. 좋아서 소 등 위에 올라타서 초동이 피리를 불어요. 삘릴리 삘릴리 이렇게. 그러다 소가 스윽 사라지고 초동도 스윽 사라져요. 사라진 자리에 텅 빈 빵.

빵요?

영이라고도 하고 공이라고도 하고 빵이라고도 하는 것.

저 원?

네. 지금 보고 있는 똥그런 거.

그리고요?

끝.

끝났어요, 설명?

…….

설명이 아니잖아요. 본 대로 말한 거잖아요.

더 어떻게 말하나?

이럴 거면 저 혼자 봐도 되는 거잖아요.

수봉이 없다면 모를까 수봉이 있으니 둘이 보라는 개지요.

아아, 스님은 좀 짓궂은 듯.

하하하.

크게 웃다가 웃음에 사레들린 듯 수봉은 뚝 그쳤다. 그리고 목을 길게 빼 주승과 좌자 쪽을 기웃거렸다.

수봉스님한테 만족한 설명을 듣지 못했다. 수봉스님은 초동의 피리 얘기만 했는데 그건 아무래도 심우도의 본론이 아닌, 곁다리인 것 같았다.

저 그림이요. 찾는 이도 찾은 소도 스윽 없어지고 마는 그림이잖아요. 그러면 저 피리, 피리소리도 없어지는 거잖아요. 어디로 갔을까요, 피리소리는.

수봉스님이 말했다.

없어졌는데 어디로 가요? 없어졌다며요?

내가 물었다.

아주 없어지는 것 같지 않으니까요. 초동도 소도 아주 없어지는 건 아니잖아요.

사라지는 거라면서요?

대신 빵이 되었잖아요. 봐요. 영, 공, 빵으로 있잖아요. 저렇게.

그럼 피리소리도 영, 공, 빵으로 있게 되는 건가?

나는 마지막 장면의 영, 공, 빵을 올려다보았다.

사라졌으니까…….

수봉이 은밀히 말했다.

들을 수 없는 소리가 돼버리고 말았겠지만 그건 우리가 들을 수 없게 됐을 뿐 어딘가에는 있다는 개지요.

있다고요?

영, 공, 빵처럼요.

그럼 혹시…… 대적?

미와도 은밀하게 응대했다.

대적?

주지스님이 그러셨잖아요. 대적은 소리가 너무 커서 들을 수 없는 소리라고.

아, 아. 이런.

수봉의 눈이 휘둥그레졌다.

거기로 돌아간 거 아닐까요, 피리소리도?

자신도 깜짝 놀란 듯 미와가 말했다.

떨리네.

떨려요?

떨려. 주승은 그럼 대적까지 듣는 건가?

수봉이 다시 고개를 길게 빼고 몇 걸음 옆으로 움직여 주승과 좌자 쪽을 훔쳐보았다. 그들의 뒷모습을. 그들은 여전히 홀린 듯 허공을 주시하고 앉아 있었다.

가끔요. 네, 가끔 그런 생각을 했거든요. 목탁 치며 보광월전묘음존왕불을 연호할 때 말인데요.

말하는 수봉의 머리 위에 영, 공, 빵이 걸려 있었다.

보광월전묘음존왕불이라고 했죠. 언제나 경구의 끝을 '이'로 길게 끌며 끝내잖아요, 스님은. 속으로 중얼거렸을 뿐,

아, 네. 보광월전묘음…….

하고 나는 시치미를 뗐다.

묘음존왕불이요.

아, 네. 묘음존왕불.

밝은 달빛 아래 묘음이라는 뜻인데요.

고양이 소리?

내가 묻고 내가 놀랐다. 고양이 소리 부처라니.

고양이 소리도 묘음이지만 여기서는 묘한 소리라는 뜻이에요. 묘음.

아.

밝은 달빛 아래 묘한 소리의 부처.

소리가 부처구나.

부처인 소리가 어떤 소리일까 나도 궁금했거든요. 보광월전묘음존왕불을 염송할 때마다.

아.

너무 커서, 네, 들을 수 없는 소리일 수도 있겠네요. 소리 부처. 부처 소리. 묘음. 주승의 말이라면 귀담아 듣지 않았던 내가 미욱했던 게지요.

그런……가요?

모든 소리의 근원 같은 거 아닐까요? 소리의 부처. 들을 수는 없지만 들을 수 있는 모든 소리를 들을 수 있게 하는 소리. 영, 공, 빵의 소리.

그런 소리를 일컬어 누군가는 천뢰라 했고 누군가는 옴이라 했고 누군가는 태초의 말이라고 했다. 저들 미와와 수봉은 묘음이라고도 대적이라고도 영, 공, 빵의 소리라고도 했다. 그러나 일컫는 말은 일컫는 대상과도, 뜻과도, 하나일 수 없으니 무어라 일컫든 제대로 일컫는 게 아니고 마는 시절이 되어버렸다. 이름이 해당 만물을 잃고 만물이 해당 이름을 잃어 이제는 임의의 약속과 간주로만 겨우 만물의 이름을 대신하는 시절이 되었으니.

이름과 만물이 하나였던 시절의 이름은 지금처럼 종이 위에 적거나 입을 통해 전화로 옮길 수 있는 이름이 아니어서 이름이라 할 수 없었다. 그래서 지금의 어떤 말과 이름으로도 나는 일컬어질 수 없는 소리인 것이다.

나. 나를 드러내고야 말았으니 고백하건대 나는 다만 그런 소리일 뿐이다. 듣게 하는 소리는 들을 수 없고 보게 하는 빛은 볼 수가 없다고 할 때의 그 소리.

나는 종종 주승과 좌자의 넋을 하릴없이 빼앗고, 바람 한 점 없는 밤 요란하게 풍경을 울리며, 미와로 하여금 지구 반대편 고양이 울음소리와 로키산맥의 바람 소리를 듣게 하고, 염불하던 수봉을 묘음에 떨게 하는 것이다.

수봉이 나를 영, 공, 빵이라 한들, 주승과 미와가 나를 대적이라 한

들, 그것이 내 이름은 아니어서 영, 공, 빵 따위로는 나를 설명할 수 없으니…… 나는 다만 가끔씩 사람의 혼을 후려치듯 빼앗고, 잠에서 홀연 깨어나게 하거나 또한 꿈속에다 과격하게 빠뜨리며, 찰나일망정 세상이 소리이고 소리가 세상의 전부임을 두려워하며 겪게 할 뿐이다.

서경이한테도…… 말했었나요?

미와가 물었다.

무얼요?

밝은 달빛 아래 묘한 소리의 부처.

피리 얘기만 했어요. 삘릴리 삘릴리. 어디로 갔을까 그 소리는, 이라고 말했을 개요.

풍경소리를 들으라고 했거든요, 서경이가. 달라지고 싶다면.

풍경소리가 들렸다. 미와가 고개를 들어 대적광전 처마 끝에 달린 풍경을 올려다보았다. 하늘빛이 밝고 환했다. 풍경의 실루엣이 바람에 흔들렸다. 공양간 쪽에서 밥 익는 냄새가 났다.

그래서 미와도 풍경소리를 찾아온 개로군요. 달라지려고.

그런…… 셈이겠지요.

그래 찾았나요?

매일 듣는 걸요.

그래 달라졌나요?

모르겠어요.

어떻게 달라지기를 원하는 개요?

수봉은 주승의 퉁탁과 떵강떵강을 마음에 안 들어 하면서도 자신은 걸핏하면 개요, 개로군요, 개라지요, 라고 말했다. 그런 것은 부자가 똑 닮았다. 그들이 부자지간이라는 것은 성불사에서 좌자와 나만 아는 사실이었다.

상철이 소리가 안 들리게요.

미와가 말했다.

상철이 소리?

묘음이요.

하.

고양이 소리요.

아.

초등학교 때 틀니를 했던 친구가 있었어요, 라고 수봉스님이 말했다. 그 친구 이름이 상철이였어요, 라고.

신기해서 애들이 자꾸 틀니를 빼보라고 성화를 했죠. 과자와 사탕을 주면서. 그런데도 죽어라 안 보여주는 거예요. 나중에 나한테만 말하더라고요. 과자와 사탕 때문에 망했는데 자꾸 과자와 사탕을 주면 어떡하냐고요.

엄마가 키우던 상철이 소리가 그치지 않아요.

내가 말했다. 우리의 머리 위에는 여전히 영, 공, 빵이 있었고.

풍경소리를 찾아 들으면 그칠지도 모르겠다고 생각했던 개로군요. 상철이 소리가.

말하자면…… 네에.

내버려두는 것도 방법인데.

상철이 소리를요?

벗어나고 싶다는 맘이 못 벗어나게도 하니까요.

아.

상철이도 내버려두니까 지가 빼서 보여주더라고요. 틀니를.

달라진 거네요!

나는 눈을 반짝거렸다. 그랬을 것이다.

틀니가 보고 싶다는 내 맘이 사라지니까 안 보여주고 싶다는 저쪽 맘도 사라진 개죠.

아.

심우도 아래서 이런 얘기는 너무 빤하고 지겹잖아요?

아닌 것 같은데요.

틀니를 빼서 보여준들 뭐하겠어요. 이미 안 보고 싶어졌는데. 더는 이전의 내가 아닌데.

이런 얘기 서경이한테도 했던 거로군요.

했던 개로군요, 라고 말이 나올 뻔해서 나는 깜짝 놀랐지 뭔가.

그랬겠지요 뭐. 상철이 얘기는 안 했겠지만, 그래도 맥락은 대충.

아아, 나도 얼른 안 벗어나고 싶어져야 되겠다.

사람이 달라지는 얘긴데 쉽지는 않아요.

사람까지?

말했지만, 더는 이전의 내가 아니게 되는 개라오.

어떻게 해야 될까요?

기도를 해야죠.

어떻게?

풍경소리를…… 들으세요.

에?

나는 또 어려워졌다. 아, 절에서 하는 소리들은 어렵다. 이런 말들 다 싹 사라지고 한 번에 숙 통하는 소리는 없을까. 영, 공, 빵이라면 가능할까. 밥 익는 냄새가 구수하더니 공양간의 편경이 울렸다. 공양간 문간에 걸린 편경은 얇고 납작한 돌판. 밥때가 되면 좌자가 뿔 방망이로 뗑, 하고 한 번 쳤다. 딱 한 번 쳤다. 배고프면 크게 들리고 배고프지 않으면 안 들릴 정도로 딱 한 번. 크지도 작지도 않게. 나에겐 언제나 굉음이었지만.

나는 뗑이라고 썼던 것을 떵이라고 고쳐 적었다가 둘 다 슥슥 지웠다. 오늘 점심 공양도 염치없이 맛있었다. 풍경소리를 잘 들어야 할 것 같은데 나는 먹는 것에 빠진 것 같았다.

대적광전의 본존불인 비로자나불은 형상도 없고 소리도 없는 부처다. 그래서 전혀 설법하지 않는 부처, 라고 수봉이 말했다. 미와는 걸으며 들었다. 수봉과 좌자와 미와가 은행나무 길을 걸어 절 아랫말 쪽으로 내려가고 있었다.

시주가 안 들어오니 자경이라도 해야 하거든요, 라고 좌자가 미와에게 말하자 땅도 없는데 무슨 자경? 일당 뛰는 개지, 라고 수봉이 맞받았다. 머리에 수건을 두르고 호미를 들고 셋은 고구마를 캐러 산 아랫말 쪽으로 향했다.

사실은 싯달타 부처님도 열반하실 때 나 아무 설법도 안 했다, 한 마디도 안 했다 잉, 하고 돌아가셨다는 거 알아요?

수봉이 말했다.

그럼 금강경 화엄경은요? 부처님이 설하신 거 아닌가?

미와가 물었다.

별도 센데 공연히 따라나서는 거 아닌가요? 그냥 객실에서 쉬시지. 글이나 쓰면서.

좌자가 미와에게 말했다.

팔만사천경을 설하시고 나 아무 말도 안 했다 하시니 뺑도 그런 뺑이 있을까요?

수봉.

묘음으로 하시나?

미와.

글은 무슨 글을 쓰시나요? 객실에서 맨날. 소설 같은 건가요?

좌자.

묘음? 역시 그런가? 우리가 잘 못 알아듣는 소리로?

수봉.

하시긴…… 하시겠죠?

미와.

아, 난 완전 왕따구만.

좌자.

고구마 넝쿨은 이미 먼저 거두어 밭두렁 한쪽으로 옮겨진 뒤였다. 여름내 잎과 줄기에 감추어져 있던 붉은 땅이 발가벗겨진 모습. 멀리까지 흙내가 끼쳤다. 넝쿨을 걷어낸 밭주인 함씨와 영차보살이 밭 가장자리에 나란히 앉아 잠시 숨을 돌리고 있었다. 가을볕이 맨 흙과 밭두렁과 두 사람의 어깨 위로 떨어져 내렸다.

내외가 보기 좋네.

좌자가 말했다. 함께 고구마를 캐기로 한 마을 사람들이 하나둘 밭으로 모여들기 시작했다.

붉은 흙이 가득 품고 있을 고구마. 그걸 상상하느라고 나는 좌자에게 금방 되묻지 못했을까. 그랬나? 발가벗은 밭은 막 출산을 앞둔 신열 오른 임산부처럼 가쁜 숨을 몰아쉬었다. 봉긋한 이랑의 풋풋한 숨결. 그것이 바람에 묻어오자 금방 배가 고파오는 것 같았다. 전분 액즙을 마구 흘리며 막 캐낸 햇고구마를 와삭와삭 씹어먹는 상상을 했다. 나는 요즘 돼지 같다는 생각을 멈출 수가 없어. 그런 생각하느라 좌자의 말을 못 들었거나, 들었어도 뭔 말인지 몰랐거나. 그것보다는 믿지 못했거나. 그래서 금방 묻지 못했거나. 그들이 부부라는 사실이 믿기지 않아서.

부부에요?

결국 묻고 나서 나는 더 놀랐지. 놀라운 것을 내가 말하고 내가 들을 때 더 놀라는 거니까.

좌자도 수봉도 대답하지 않았다. 이 양반들도 내 말을 못 들은 건가? 들었어도 뭔 말인지 모르는 걸까.

저 두 사람요?

숨이 막혀올 즈음 수봉스님이 되물어주었다.

에.

나는 스스로 바보 같다는 생각을 하며 고개를 세차게 끄덕였다.

함씨하고 영차보살하고요?

좌자가 다시 물었고 나는 끄덕이던 고개를 멈추지 않았다.

에.

달리 말할 수 없지요. 부부를 뭐라 달리 말하나?

좌자가 말했고,

내외, 부처, 안팎, 또…… 불경에서는 항배라고도 하지요.

수봉스님이 웃으며 말했다.

딸 둘은 서울에서 대학 다니고…….

우리가 밭에 다다라 봉긋하게 솟은 이랑 하나씩을 차지하고 쪼그려 앉자 함씨와 영차보살이 일어서서 밭을 등졌다.

딴 데로 가나 봐요!

내가 탐정처럼 말했다.

여긴 우리들한테 맡기고 또 다른 일 하러 안마을로 가는 개지요. 워낙 일이 많아서요, 저 두 사람.

수봉스님이 말했고 좌자가 이어 말했다.

미와는 그런데…… 벌에 쏘인 사람 같아요, 지금.

에?

봐, 놀라서 되우 겁먹은 사람 같잖아요.

미녀와 야수, 미녀와 킹콩인데 놀라 겁먹지 않을 수 있을까. 함씨와 영차보살이 안마을로 난 길로 들어섰다. 고구마를 캐야 하는데 나는 나란히 걷는 그들의 뒷모습을 오랫동안 바라보았다. 좌자와 수봉스님은 나에게 뭐라 하지 않았다. 그들이 멀어질수록 그들 위의 하늘이 높아졌다. 들판은 더 넓어졌고 햇빛은 더 눈부셔졌다.

무언가 하염없이 여엉차 끌어올리는 모습이 절로 연상된다고 해서 지은 법명이라나. 영차. 영차보살. 그녀가 걷는 저 길은 큰 노를 젓듯 여영차 견디며 지나가는 생이라는 생각을 하자 참을 수 없는 죄책감이 몰려들었다. 정체도, 어디에서 몰려든 것인지도 알 수 없는 죄책감. 그리고 말할 수 없이 달콤했던 휘핑크림이 사무쳐왔다.

가당찮은 무례를 범하는 거라고 여겼다. 그녀에게. 그러면서도 나는 영차보살에 대한 느낌을 떨치지 못했다. 선고된 숙명을 너끈히 사랑해내는 자의 엄숙하고도 쓸쓸한 행로. 그런 느낌. 그러나 이번에도 내 생각과 느낌이 아니라 그것은 나를 관통해가는, 나로서도 어쩔 수 없는 어떤 것이었다. 이전의 어느 한때 그것은 주승을 통과했던 서슬이 아니었을까.

황태살을 결따라 잘게 찢는 영차보살 옆에서 좌자도 미와도 황태살을 찢었다. 바짝 마른 포였으나 껍질 벗긴 황태의 살 무늬가 너무도 선명했다. 황금처럼 노란 마른 살 위로 방추형 겹무늬가 촘촘하게 지나갔다.

고구마를 캔 뒤 미와는 느지막이 좌자를 따라 안마을 구경을 왔다. 수봉은 현물 품삯으로 받은 고구마를 지고 성불사로 돌아갔다. 안마을은 외부인들이 성불사를 드나들 때 이용하는 큰길에서 한참이나 벗어난 곳에 있었다. 폭이 그다지 넓지는 않으나 제법 깊어 보이는 짙은 물이 마을을 휘돌아 흘렀다.

그곳 커다란 장독대 한편에 앉아 영차보살은 손끝으로 황태의 마른 살을 찢었다. 황태의 결을 한 올 한 올 풀어냈다. 찢는 것이 아니라 황태의 몸에서 탄력 있는 노란 실을 뽑아내는 것 같았다.

잣는 거랄까.

좌자가 말했고 영차보살이 웃었다.

실을 잣듯이요?

미와가 말했다.

실을 잣듯, 살에 깃든 평생의 시간을 풀어내는 거죠.

좌자가 말했고 영차보살이 아까처럼 웃었다.

황태 평생의 시간요?

살아서 물속의 시간, 죽어서 덕장의 시간.

지금 좌자의 말투가 어딘지 다른 거 아세요?

몸을 스치고 간 숱한 바다의 물살들. 몸에 박힌 그 순간순간의 일렁임이 실처럼 가늘고 바늘처럼 빛나는 살결들이 된 거예요.

아.

좌자는 한쪽을 가리켰다.

봐요. 한 마리의 몸에서 나온 살의 결이 얼마나 엄청난지.

좌자가 가리키는 곳을 미와가 바라보았다. 사자 한 마리가 웅크린 듯한 황금 솜 무더기.

저게 황태 한 마리에서 나온 양이에요?

영차보살은 여전히 말이 없었다.

된장에 들어가는 거예요. 영차보살의 서른여덟 가지 된장 중 황태장이라는 이름의 특별한 된장에 들어가는 것.

된장이 되는 거구나.

영차보살이 맛을 잣는 방법이죠. 맛을 불러오는 일. 한 알의 대추에 올올이 새겨진 바람과 햇볕의 시간들을 고스란히 불러와서 대추장을 만들죠. 모든 된장이 그런 식인 거예요.

된장 홍보대사 같으셔요, 좌자는. 말도 잘하고. 요리도 잘하시고.

하하. 내 말이 아니에요. 다 영차보살의 말.

네?

내가 앵무새처럼 졸졸 따라하니까 이제 영차보살은 입 딱 다물고 저렇게 웃음만 살살 흘려요. 살살. 저 웃음, 섹시하지 않아요? 오, 끔찍해.

그만해요 좌자.

영차보살이 입을 열었다.

나는 황태향이 좋고 대추향이 그냥 좋을 뿐이에요. 황태는 어쩜 죽어서도 이런 향을 낼까 싶어요. 사람은 몇 생을 수행해야 이런 향을 낼까. 퇴계의 시에 그런 게 있다죠. '내 전생에는 밝은 달이었지, 몇 생애나 더 닦아야 매화가 될까…….'

봐. 말이 장난이 아니잖아요? 매화장도 있거든.

좌자가 낮은 소리로 살짝 끼어들었고 영차보살이 이어 말했다.

향은 이승과 저승 여러 승을 관통한대요. 황태향도 이승에서만 깃든 것이 아니겠지요. 누생의 향기랄까, 매향도 황태향도. 미안해요. 말하다 보니 잘난 척하는 말을…….

좌자가 하하 웃었다. 영차보살이 얼른 자리에서 일어나 저만치 놓여 있는 장독으로 걸어갔다. 뚜껑을 열고 된장을 손끝으로 한 자밤 떴다.

내 손이 깨끗하다고 믿어주면 황태장 맛을 볼 수 있어요.

영차보살이 미와에게 손가락을 내밀었다. 오후의 가을볕이 그녀의 울금 뿌리 같은 손가락과 밝은 빛깔의 황태장 위로 떨어져 내렸다.

눈부신 기시감. 나는 그것에 사로잡혔다.

고구마를 캐서 저는 손이 깨끗하지 않으니까요.

중얼거리며 어린 아이처럼 입을 벌렸다.

그리고는 곧, 사레가 들릴 것처럼 기가 막혀 숨을 멈추었다. 이건가? 이런 것인가? 이런 느낌이었던가?

한참 뒤에 나는 후우 가까스로 숨을 내쉬었다.

무어라 말할 수 없는 황태장 맛을 입 안 가득 느끼며 나는 함씨가 쌓았다는 안마을의 돌담들과 역시 그가 쌓았다는 돌 축대 위의 거대한 장독대의 전경을 떠올렸다. 그것들과 맞닥뜨렸을 때도 기가 막혀 숨을 멈추었었으니까.

돌담과 장독대와 황태장 맛. 모두 그 느낌을 말로 표현할 수 없는 것들이었다. 말문이 막힌 나를 무찔러오던 충격. 말이 아닌 말의 기세에 눌려 나는 속수무책 눈과 귀와 입을 열고 한동안 멍하니 서 있었지.

한 사람이 쌓은 거라고는 도저히 믿기지 않는 안마을 집과 집 사이의 돌담. 마을 전체를 크게 에두르는 돌담. 길이와 폭과 높이로만 따져도 수십 명이 십수 년을 쌓아도 다 못 쌓을 규모였다. 그렇게밖에 안 보였어. 한 사람이 천년을 살며 쌓는다면 모를까. 그런 것을 혼자 손으로 쌓겠다 하고 정말 혼자 다 쌓았다니. 도깨비의 힘을 빌리지 않고는 가능하지 않은, 장관이었다.

게다가 그는 부지런한 농사꾼이었고 성불사의 땔감과 먹을거리까지 감당했던 사람이었다지 않은가. 한곳에 쌓으면 산이 되고도 남을 둥글넓적한 돌들. 그것들은 단단하면서도 부드러운 곡선의 담장을 이루며 집과 집, 감나무와 감나무 사이를 휘돌았다. 감을 비끼며 떨어져 내리는 주황빛 햇살 때문에 담장의 둥글넓적한 돌들은 빵처럼 따뜻했고.

장독대도 그냥 장독대였던가. 장독대는 함씨가 사람의 허리 높이로 돋우어 올린 타원형의 돌 축대 위에 자리하고 있었는데, 내 눈에는 돌 축대의 둘레가 1킬로미터를 넘는 듯했다. 타원형의 거대한 지대 위에 들어찬 거라고는 빽빽한 장독, 장독뿐이었다. 오로지 장독뿐. 장독 장독 장독. 저 끝 쪽 장독들은 아슴아슴하여 보이지도 않았어.

그 장독대 한쪽 귀퉁이에 자리하고 앉아 황태살을 잣는 영차보살의 모습. 나무에서 내려다본다면 한 개의 작은 점에 지나지 않았을 테지. 수많은 개개의 장독 안에는, 영차보살의 말에 따르면, 누생을 통하여 깃든 향기들이 가을볕에 익어가고 있었던 것이다. 이건가? 이런 것인가? 이런 느낌이었던가? 말 아닌 말의 기세라는 것, 말없이 설파되는 세상이라는 것이?

그런데 저어, 불가에서는 동물성을 섭취하지 않지 않나요?

역시 나는 미와. 내가 어디 가겠어? 눈치도 맥락도 없이 던지고 보는 질문이라니. 하지만 거두어들이기에는 늦었다. 말이란 그런 것.

영차는 뭐…… 스님도 절 사람도 아니잖아요.

좌자가 얼른 말했다.

된장에 황태를 넣지 말아야 하는 이유보다 넣어야 하는 더 큰 이유가 있으면 넣지요.

영차보살이 말했다.

아.

갑자기 어딘가 옹색해지는 기분이 들다가 나는 고개를 끄덕였다. 끄덕끄덕. 풀뿌리 달인 물을 커피라고 해도 말없이 잘 마셨던 나를 떠올리며. 어째서 엄마 앞에서는 한 번도 이래보지 못했을까, 엄마를 끄덕여주지 못했을까 생각하며. 작은 이유 때문에 더 큰 이유를 몰랐던 나 자신과 세상에 없던 휘핑크림의 맛을 떠올리며. 나는 자꾸 고개를 끄덕였다.

그때까지 입 안에 감돌던 황태의 잔향을 나는 꿀꺽 삼키고 영차보살에게 말없이 엄지를 척 들어보였다.

영차보살이 웃었다.

몇 생을 여영차 이어오고 있는 사람의 향기가 그녀에게서 났다.

난폭하게 깨어났다. 어젯밤의 일을 나는 이렇게 적는다. 난폭하게 깨어났다고.

아무 꿈도 없었다. 몸이 불편한 데도 없었고. 언제나 맛있는 좌자표 저녁 공양으로 속도 아주 편했었다. 이번에는 조금만 먹되 맛있게 먹자 하고 조금만 먹되 맛있게 먹었다. 파슬리의 녹색 향이 손끝에 오래 남아 있었다. 노트에 이런저런 글을 적다가 밤 열 시쯤 촛불을 끄고 잠들었던가. 그러다 깼던 것이다.

나에게는 자다 깨는 일이 다반사는 아니었으나 그렇다고 특별한 일도 아니었다. 악몽도 없었고 춥지도 덥지도 않았지. 그런데도 나는 난폭하게 깨어났다고 적는다.

치즈를 살짝만 건드려도 철컥 일어서고 마는 무서운 톱니 트랩. 그것처럼 내 상체가 어둠 속에 발딱 일어섰다. 일어섰을 것이다. 기억을 짚어보건대 그렇다는 말.

무엇이 내 몸에 그토록 격한 탄력을 불러일으켰을까. 물론 알 수 없지, 아무것도. 과격한 동작이었으나 내 의지가 아니었으므로 나는 그것을 난폭한 깨어남이라고 말하는 것이다.

무언가를 생각할 짬도 없는 아주 잠깐 동안의 깨어남. 그때는 아무것도 몰랐고 아침이 되어서도 기억나는 것이 없었다. 시간이 더 지나고 나니 몇 개의 불투명한 이미지가 떠올랐고 그것에 대한 유추가 가능해졌다. 이미지 차원을 아주 벗어난 유추는 아닐지라도.

헉.

이 소리가 내 목구멍에서 튀어나왔는지, 그것을 내 귀로 들었는지 알 수 없으나 가장 먼저 떠오른 것이 그 청각 이미지였다. 언제 일으켰는지 모르나 내 상체는 이미 방바닥과 꼿꼿하게 수직을 이룬 상태였으므로 수평에서 수직으로의 이동이 찰나적이었다는 것을 짐작할 수 있었어. 그 찰나에 튀어나온 것 같았던 찰나의 소리. 헉.

그때 내 눈에 들어왔던 것. 뭐더라? 푸르고 어스름한 막의 형상이었는데 벽이었는지 허공이었는지 분간할 수 없었다. 내가 내 수정체를 본다면 그런 느낌이었을까. 잠깐 동안의 갑작스런 깨어남이 남긴 거라고는, 그런 흐린 몇 개의 인상뿐. 어쩌면 내 몸에 각인된 뚜렷한 두 가지 징후 때문에 다른 것의 기억이 상대적으로 혼미해진 건지도 몰랐다.

몸에 각인된 두 가지. 하나는 머릿속이 깨끗이 비어 아주 넓고 하얗다는 것. 새하얗다는 것. 그래서 이 느낌은 뇌의 것이 아닌 몸의 감각이라고 짐작하는 것이다. 나머지 하나는, 무당의 방울소리처럼 귀를 파고들던 맹렬했던 풍경소리. 그 둘 말고는 분명한 게 아무것도 없었다.

어젯밤의 난폭한 깨어남은 그렇게 3, 4초간 이어졌던 듯. 벌떡 일어섰던 상체가 다시 풀썩 고꾸라질 때까지 3, 4초 동안, 내 하얗게 텅 빈 머릿속으로 요란한 풍경소리가 무찌르듯 흘러들었던 것.

주승도 수봉도 좌자도 잠든 성불사. 바람 한 점 없고 달빛만 고요했다. 대적광전 뒤편의 큰 숲이 뒤채는 소리는 아무나 들을 수 없는 것. 그나마도 성불사에 깃든 사람들은 모두 깊은 잠에 빠졌으니.

주승과 수봉과 좌자에겐 성불사가 가정인 셈이었다. 그러나 그렇다는 것은 나와 좌자만 알 뿐 주승도 수봉도, 영차도 객실의 미와도 알지 못했다. 어미인 좌자가 입을 열지 않는 것은 어쩌면 부처의 세상에서는 주승과 수봉이 부자지간보다 더 막대한 관계라고 생각하기 때문인지도 몰랐다. 아니면 수봉이 주승과 자신이 아닌 더 아득한 데서 기원했다고 여기는지도. 그리 여긴다면 좌자가 어찌 입을 열겠으며 입을 연들 무슨 얘깃거리가 되겠는가.

어쨌거나 성불사의 밤은 각자의 방에서 잠든 그들을 달빛과 함께 꼭꼭 품었다. 객실의 미와도 촛불을 끄고 잠든 지 오래. 나만 깨어 그들을 굽어보지만 나는 원래 잠을 모르는 터라 깨어 있는 거라고도 할 수 없었다. 바람이 잦아들고 밤이 깊어 모든 사물이 딱 정지해 고요하고 적막해도 모든 소리의 연원인 나마저 잠들거나 사라지지는 않는 것이다.

미와가 뒤척였다. 이승에서의 엄마의 짧은 삶이 무슨 원망이나 미련의 빌미가 될까마는, 미와는 그래도 깊이 잠들지 못했다. 세상에 다시없었다던 휘핑크림의 맛, 그 백옥 난 같았다던 빛깔 하나로도 연화장의 인연이었을 것을, 미와에겐 그것이 맛과 색으로만 강렬했었기 때문일까.

미와는 헉, 소리를 내며 잠에서 깨어났다. 승과 승을 가르는 찰나의 소리. 상체를 일으켜 세운 것도 찰나였다. 발딱 일어나 앉은 그녀의 몸이 활시위처럼 팽팽했다. 놀라 자두만 하게 커진 눈은 흰자위 없이 온통 새카맸다. 어쩌나. 잠결에 내몰린 곳이 어떤 시공인지도 모른 채 미와는 팽팽했던 몸을 벌벌 떨었다.

바람 한 점 없이 달빛만 교교한 밤이었으나 풍경소리를 들려주어 미와가 잠들 수 있도록, 나는 허공에 주문을 넣었다. 기함한 미와가 안쓰러웠다.

객실 창호지 문에 어린 푸른 달빛. 달빛과 함께 떨어져 내린 풍경의 둥근 몸체와 물고기 모양의 추가 푸른 창호지에 검은 윤곽으로 또렷이 박혔다. 바람 없는 한밤중이었으므로 그림자는 꼼짝도 하지 않았다. 꼼짝도 하지 않았으나 풍경소리가 울리기 시작했다.

그 소리를, 미와는 들었을까. 창졸간에 깨어나 처음에는 팽팽하게, 그러고는 이내 벌벌 떨다가, 끝내는 휘청거리던 미와의 상체가 풀썩 고꾸라졌다. 그녀가 다시 깊은 잠에 빠진 뒤로도 풍경소리는 한동안 그치지 않고 홀로 울었다. 성불사 깊은 밤에.

휴대전화에 전원을 넣으니 그에게서 걸려온 부재중 전화가

168통, 문자 메시지가 54개.

널 이해할 수 없어. 나를 이해시켜 봐. 나를 설득하든지 해보라고.

전원을 넣자마자 그에게서 전화가 걸려 왔고,

너 나한테 이럴 수 있어? 이래도 돼? 들어줄 테니 말해 봐. 이러는 이유든 사정이든 심리든. 네가 무슨 일로 괴롭다면 그것을 가장 잘 해결해 줄 유일한 사람은 나야. 그걸 몰라? 정말 몰라서 그래? 어떻게 이제야 전화를 받아?

그의 외침이 쏟아져 나오기 시작했다.

나를 설득할 수 없다면 너는 내가 하자는 대로 해야 돼. 그래야 되는 거야. 좋아, 내가 떼를 쓰기 위해 네 말에 설득력이 없다고 우겨댈 수도 있겠지. 어처구니없게도 너는 나를 그런 놈으로 보니까. 그러니까, 그러니까 내가 아닌 네 친구나 네 친구의 남자 친구, 그런 제3자들이라도 설득을 해봐. 네가 할 말이 있다면, 할 수 있다면 그렇게 해보라고. 그들이 지금 이러는 널 납득한다면, 그런다면 내가 네 말을 믿겠어…….

팽나무 아래서 나는 그의 전화를 받았다. 그의 말은 내가 팽나무 이파리를 다 셀 때까지도 끝날 것 같지 않았다. 나는 오래오래 기다려 그에게 말했다.

이제야 알겠어.

뭘?

그가 물었다.

네 소리를 들으니 알겠어.

소리?

응, 소리.

어떤 소리?

안 되겠는 소리.

뭐?

소리를 들으니까 안 되겠다는 생각이 들었어.

왜?

왜냐고?

응, 왜?

내 소리가 안 들려?

무슨 소리야? 들려.

내 소리가 안 들리지?

들린다니까.

내 소리가 안 들리는 모양이네.

뭐? 야, 들려. 너 미쳤어? 미와야!

나는 귀에서 휴대전화를 천천히 내렸다. 통화 종료를 누르고 전원을 껐다. 주승과 좌자가 나무벤치에 앉아 바라보곤 하던 허공으로 눈을 돌렸다.

미와가 캐리어를 끌고 은행나무 길을 내려갔다. 그녀가 올 때와 다름없이 그녀가 떠나는 지금도 성불사는 가을 한복판이었다. 수봉이 쓸어놓은 마당에는 대빗자루의 흔적이 해변의 잔물결 자국처럼 남았다. 허공을 날아온 몇 잎의 산벚꽃 단풍이 물결 자국 사이사이에 내려앉았다.

은행나무 잎이 눈처럼 덮여서 은행나무 길은 바닥이 보이지 않았다. 노란 길 위로 까만 은행나무 그림자가 철로의 침목처럼 가로로 누웠다. 그 위를 미와의 캐리어 바퀴가 돌돌돌 소리를 내며 지나갔다.

고구마 밭 밭두렁에 작동을 멈춘 관리기 한 대가 햇살을 받고 있었다. 다른 작물을 파종할 준비를 막 끝낸 고구마 밭은 굵은 빗으로 빗은 듯 고랑과 이랑이 가지런했다. 더는 고구마 밭이라고 할 수 없는 새 밭. 방금 이랑 작업이 끝난 붉은 밭에서 진득한 흙내가 피어올랐다. 관리기 엔진의 열기도 식지 않은 것 같은데 함씨는 어디로 간 것일까. 나는 잠시 멈추어 왔던 길을 돌아보았다.

멀리 대적광전의 용마루와 분황사 나무탑 꼭대기가 보였다. 오랜만에 비행운 하나가 하늘 가운데를 비꼈다. 언제나 무섭기만 했던 대적광전의 화엄성중을 떠올렸다. 언젠가 다시 오겠습니다. 두 손을 모아 그쪽을 향해 합장을 했다.

캐리어 손잡이를 최대한 늘여 잡고 돌아섰다. 가야 할 길이 내 앞에 나른하게 놓여 있었다. 햇살로 한 차례 심호흡을 하고 발을 내디뎠다.

그 소리를, 미와는 들었을까. 바람 없이 홀로 울었던 어젯밤 그 풍경소리를? 나는 궁금해서 미와 쪽을 향해 소리를 내보기로 했다. 미와가 내 소리를 알아들을까?

발을 내딛는데, 뒤에서 소리가 나에게 물었다.

어디로, 가십니까?

멀고 깊은 곳에서 들려오는 소리. 아니면 주승과 수봉스님, 좌자와 영차보살의 합창 같기도 한.

나는 소리가 들려오는 쪽으로 고개를 돌렸다. 성불사를 에워싼 나무들이 저마다 단풍을 뽐냈다. 언제 나를 봤느냐는 듯 시치미 떼는 고즈넉한 사찰의 가을 풍경이, 떠나지도 않아 성급한 향수부터 불러일으켰다.

소리를 듣는구나. 어젯밤 풍경소리도 들었겠구나. 그럼 잘 가시오. 나는 그녀를 향해 말했다. 바이.

그 소리에 나는 답하지 못했다. 길을 걸으며 두고두고 나에게 물어야 할 질문이라고 생각했다.

나는 한 손을 높이 들어 성불사를 향해 흔들었다. 그리고 말했다. 고마웠습니다, 모두들. 바이.

자선 대표작

구효서

모란꽃

*

버릇이다, 일종의. 글 쓰는 것. 이유나 목적은 없다. 중얼거리는 거다. 날이 징허게 좋네, 꽃이 미친 듯 피어야, 아야, 뼈마디 무너지겄다……. 하염없이 중얼거리던 엄마를, 딸이라서, 닮은 걸까.

나도 끝없이 그랬다. 된장찌개가, 쉬었어. 뉴스를 보면 세상이, 온통, 미친 것 같애……. 그러고도 모자라, 글로 썼다. 엄마는 글 같은 건 쓰지 않았다. 오랫동안 관절염에 시달리다, 엄마는 사 년 전 아버지 곁으로 가셨다. 생전에 연필이나 볼펜 쥐는 걸 못 봤다.

글로 쓴다고 달라지는 건 없었다. 두서없고, 뒤죽박죽이었다. 누구한테 보여줄 것도 아니었다. 내 맘대로 썼다. 누가 볼 일도 없었다. 컴퓨터에 써넣고 비밀번호로 잠갔다. 그렇게 쓴 게 천 쪽이 넘는다. 이걸 내가, 다, 썼다구? 워낙 말이 어눌해서 글이란 걸 쓰려고 했던 걸까.

아이 참, 말 좀 제대로 빨리 할 수 없어? 언니와 동생들은 성화다. 자주 말이 헛나와, 나는 상추를 쑥갓이라 하고, 쑥갓을 시금치라 한다. 빨래 개켜서 냉장고에 넣어야 한다고 한다. 그 애 성이 뭐니? 라고 해야 할 것을, 그 애 성 있니? 라고 묻는다. 글을 쓴다고 그런 게 나아지지도 않는다. 소용없는 일. 버릇이라고 할밖에. 끝없이 중얼거리는 게 버릇이듯이.

엄마는 쉴 새 없이 중얼거렸다. 숨 쉬는 거나 마찬가지였다. 시상 참 모를 것투성이여, 나가 왜 사는 중 알았으면 진즉 못 살았을 거이다……. 엄마의 엄청난 말들이 허공에 흩어졌다. 글로 쓰니까, 허공에 흩어지지 않았다. 그러나 쓸모 있는 내용도 아니고, 다시 거들떠보지도 않을 것들이었으니, 흩어져 사라지는 거나 마찬가지였다.

중학생 딸과 초등학생 아들 얘기가 가장 많았다. 서로 결사적으로 싸운다, 시끄러워서 골이 흔들린다, 쟤들은 어디서 뚝 떨어진 걸까, 내가 낳은 애들일까, 낯설다, 왔다갔다 수선 피우는 놈들이 지겹다, 갖다 버릴까, 난 지금 여기서 뭘 하는 거지? 내가 꿈꾸었던 삶이 아니잖아, 이런 건 아니었을 텐데…….

남편 얘기도 있다. 연애할 때부터 지금까지 한 가지 체위밖에 모르는. 불가사의하지, 않아? 어느 날 친구에게 전화로 묻고 말했다. 집중도 안 되고, 이게 뭔가 싶어서, 하루는 뒤로 해보라고, 했지. 그랬더니 자꾸 빠진다고, 안 되겠다는, 거야. 친구는 갑자기 진지해져서 대답했다. 하고 싶은 맘 코딱지만큼도 없는데 체위만 현란해봐. 생각만 해도 끔찍하잖니? 친구의 이 얘기도 글로 써뒀다. 친구 말 들은 뒤로 남편에게 그냥 하던 대로 하라고 했다. 집중이 안 되고 집중하고 싶지도 않을 때 나는 생각했다. 어째서 이 남자와 결혼했던 걸까. 곱씹어도 답을 알 수 없었다. 곰곰이 생각할 겨를도 없이 '토요일밤'이 저 혼자 부르르 진저리치며 끝났고, 금요일까지의 육 일이 마냥 여유로웠다.

그런 내용들이었다. '글을 쓴다'고 하면 왠지 멋진 느낌이지만, 하나도 멋질 것 없었다. 엄마는 중얼거리며 한숨을 쉬었고, 나는 중얼거리며 뭔가를 적는다는 것뿐.

글 쓰는 일과 인연이 없었던 건 아니었을까. 초등학교 때 반공 웅변 원고를 쓴 적이 있었다. 말이 느리고 정확치 않아 웅변 연사로 나설 수 없었다. 원고만 쓰라고 담임이 말했다. 어째서 나에게, 불쑥, 원고를 쓰라지? 혼자 중얼거리는 나한테 친구가 말했다. 우리 반에서 니가 일등이잖아. 그래, 나는 일등이었다.

텅 빈 도서대출실에 호젓하게 앉아 있는 게 좋았다. 창문 너머로 반짝이는 바다와 김양식장과 전목선을 바라보는 것이 좋았다. 조용해서 바람소리며 새소리가 잘 들렸다. 그 시각 다른 애들은 지겨운 산수 문제를 풀고 있을 거란 생각을 하니 우쭐하는 기분마저 들었다.

대출실 창밖만 바라보다 종례시간에 임박해 부랴부랴 원고를 마쳤다. 북한에 사는 내 또래 어린이에게 보내는 편지글이었다. 사흘 뒤, 내 원고를 갖고 연단에 오른 여자애는 꼴찌를 하고 펑펑 울었다. 새로 산 그 애의 분홍색 옷소매가 눈물로 젖었다. 웅변 원고는 그런 식으로 쓰는 게 아니라고 교감선생님이 평했다. 담임선생님은 내 원고가 가장 훌륭했다고 은밀히 말해주었다. 나는 담임선생님이 갑자기 무서워졌다.

글을 써도 다시는 남에게 보여주지 않았던 게 그 때문인지는 모르겠다. 그 뒤로도 나는 일기 말고도, 중얼거리듯 혼잣글을 썼다. 나는 반공 웅변 원고를 쓰기 훨씬 전부터 뭔가를 쓰는 아이였을지도 모른다.

*

모란꽃 때문에, 이 글을 쓰게 됐다. 모란꽃은 펄 벅의 소설이다. 시골집에 그 책이 있었다. 교과서 이외의 유일했던 책.

표지뿐 아니라 앞뒤로 서너 페이지가 뜯겨나간 책이었다. 큰언니가 빌려왔거나 구해온 책이었을 것이다. 제목도 알 수 없었다. 방구석에, 아버지의 때 전 목침과 함께 뒹굴던 것. 집은 좁고 식구는 많아 이리저리 발길에 채어 뜯기고 찢긴 거겠지. 딸 여섯, 아들 하나였으니.

"들국화?"

첫째 동생이 말했다.

내 위로 언니, 언니, 오빠. 아래로 동생, 동생, 동생이 있다. 나는 한가운데고, 딸로서는 셋째. 동네 사람 그 누구도 우리집 딸들 순서를 몰랐다. 니가 성숙이냐? 니가 정희더냐? 물으면 우리는 아뇨, 아뇨, 라고 답하는 게 일이었다.

"들국화는, 무슨……. 모란!"

내가 말했다. 책 제목. 자신할 순 없었지만, 자매들끼리 말할 때는 이상하게 단호해진다.

"모란꽃!"

둘째 동생이 말했다.

"난 몰라."

막내.

단호한 게 어찌 나쁜일까. 사소한 것에 단호해지면 싸움이 된다. 시끄럽게 우기다가, 식식거리다가, 순천에 사는 큰언니에게 내가 전화했다.

"얘들이, 박박, 우기는 거 있지, 참 내……."

우긴 건 언니지……. 전화하는 동안 둘째가 구시렁거렸다. 난 암말도 안 했는데……. 첫째 동생이 기어들어가는 소리로 말했다. 첫째 동생은, 우기지는 않았다.

첫째 둘째 언니는 고향 섬을 떠나 가까운 순천에 살고, 나머지는 모두 서울에 올라와 한 구區에 옹기중기 모여 있다. 나와 세 동생은 가끔 한 집에 모여 칼국수를 끓여먹었다.

"형부하고 점심 먹고 있어. 지난번 전복 택배 보낸 건 잘 받았냐?"

"아이 참, 전복 얘긴 따, 로 하고, 그 책 제목, 말이야. 얼른."

"느린 주제에 성질 급하긴……."

"얼른! 꽃 이름, 이었잖아."

"해당화?"

"끄, 끊어!"

끊자마자 둘째 언니에게 전화했다.

"그 책, 제목. 언니는 뭐, 였는지, 알겠어?"

"그런 책이 있었냐?"

아유, 아, 안녕히 계세요, 하고 탁 끊어버렸다. 판결이 나지 않았으므로 나와 둘째 동생은 얼마간 더 말없이 식식거리며 숨을 골랐다. 막내는 남의 일이란 듯 칼국수를 먹었다. 나도 결, 혼 전엔 저, 랬는데 사람이 조, 조잡해졌어…….

"그런데, 그 책, 언제 없, 어진 거지? 언젠가부터 안, 보였어."

내가 소리를 낮췄다. 공연한 일에 성내고 나면 금방, 내가 왜 이러지, 싶어지니까. 아무것도 아닌 것에 시도 때도 없이 목숨 거는 내가 싫으면서, 고쳐지지도 않는다. 우길 거면 길게나 우기든지.

"정말 그랬어."

첫째 동생이 말했다.

"난 몰라."

막내.

"그거 도서지역 책 보내기 운동 한다고, 학교에서 책 내라고 해서 내가 갖다 냈어."

둘째 동생이 말했다.

"그걸? 표지도 없, 고 책장도 떨, 어진 걸?"

달려들 것처럼, 내가 말했다.

"그럼 어떡해. 집에 있는 책이라곤 그것뿐이었는걸."

"하기야, 그랬지……."

첫째 동생.

"하기야는, 무슨 하, 기야야. 도서지역, 이라면 우리 고향이 도서, 지역이잖아."

내가 말했지만, 말하고 보니 정말 그랬다. 가난한 섬 학생에게 도서지역에 보낸다며 책 가져오라던 섬 선생은 누구였을까? 그 선생, 누구였냐? 따지려다 말았다.

"책이 너무 좀 그래서…… 내가 표지도 새로 만들고 제목도 그럭저럭 예쁘게 써서 냈거든. 그래서 알아. 모란꽃이야."

구질구질한 책을 어느 섬 어느 학생이 받았을까. 그 학생도 참 한숨이 나왔겠다 싶으니 웃음이 나왔다.

"맞는 것 같다, 언니. 언니도 영 틀린 건 아니잖아. 모란이라고 했으니까……. 완전 틀린 건 나지. 들국화랬잖아. 나는 그걸 읽었는지조차 모르겠어. 내용이 전혀 떠오르지 않아."

"모란이가 주, 인공이잖아. 주인마, 님 몸종." 내가 말했다. "그러면서 주, 인댁 도련님을 사랑, 했어. 당돌하게."

"당돌하긴……."

또 너니, 싶어 둘째를 째려봤다. 둘째가 움찔하며 말했다.

"……난 불쌍하던데."

"불쌍, 하긴. 주인댁 도령 앞에서 고, 개 똑바로 들고, 말도 또박 또박, 사랑한, 다고 말하고, 분수에 넘, 치는 짓을 얼마나 잘했는, 데."

"허구한 날 울었잖아. 모란만 나오면 나는 가슴이 아팠는걸."

"매사에 너, 어쭙잖게 센, 티해서 모란이가 그렇게 보인 것, 뿐이야."

"상대가 잘생긴 유태인 남자여서 더 그렇게 보였나?"

"중국, 얘기야 그거. 유태인, 은 무슨."

"언니는……. 모란이 사랑했던 게 유태인 집안의 아들이었잖아. 이름이 대비든가 데이비든가 그랬어."

"너, 딴 소설하고, 헷, 갈리는 거다."

"아니야."

"기야."

첫째 동생이 조용히 나섰다.

"언니는 위아래가 분명한 사람이니까 모란이 좀 당돌하게 보였을 거고, 너는 센티해서 걔가 불쌍하게 보인 거겠지."

"그래. 뭔 상관이야?"

막내가 거들었다.

아무 상관, 없다고? 얘가 우, 기잖아. 내가 언제 우겼다고 그래. 우긴 건 언니잖아. 티격태격했다. 첫째가 하 참, 기운도 많으시네들, 하며 말렸다. 마흔이 되면서 걸핏하면 짜증을 내는 내가 또 금방 싫어졌다.

끝내 오빠에게 전화를 걸었다. 동생들이 돌아가고 난 뒤였다.

"그 책, 건넌방 아버지 목, 침 곁이나 시렁 위에 있, 곤 했잖아. 표지, 다 떨어진 거."

오빠는 응, 응, 건성으로 대답하더니,

"그 방에 무슨 시렁이 있었냐? 시렁은 작은방에 있었어."

라고 말했다.

"그 책 제목이 뭐, 였는지 아느냐니까 시렁은, 웬……."

"니가 건넌방에 시렁이 있었다고 하니까 그러지. 그 집에 안 간 지 사오 년 됐다고 벌써 감감하냐?"

"건, 넌방에 시렁이 있었지 왜, 없었어?"

나도 모르게 빼락, 소리를 질렀다. 눈물이 날 만큼 내가 낯설었다.

책 제목을 알려다 시렁으로 옮겨가버렸다. 언니나 동생들에게 또 시렁을 확인해야 할까. 그러다 또 다른 걸로 옮겨가버리면? 골치 아파 수화기를 떨어뜨렸다. 이유 모를 상실감이 몰려왔다. 삶이 나에게서 한 발짝 더 멀어지는 것 같았다. 아득히 멀어진 걸 무시로 느끼고 있었지만.

*

시렁 얘기가 책 때문에 나왔듯이, 책 얘기는 토주 때문에 나온 거였다.

엄마가 돌아가신 뒤로 시골집은 폐가로 방치돼 있다가, 지난겨울 새 주인에게 팔렸다. 건물을 새로 짓는다고 했다. 기반공사를 해야 하니 토주를 치워달랬다나.

집 판 돈 오빠가 반을 가졌으니 그 일은 오빠가 알아서 할 일이었으나, 직장을 핑계로 미꾸라지처럼 빠졌다. 오냐오냐 키워서 그래. 좋은 건 혼자 다 갖고, 싫은 건 죽어도 안 하고……. 옛날부터 못됐던 오빠를 탓하며, 서울의 세 자매가 모였다. 누가 토주를 치울 것인가로.

공사하는 사람이 알아서 치울 일이지 어째서 우리한테 치우라지? 라고 말하지 못했다. 겁났기 때문이었다. 치우는 사람도 치우는 사람이지만, 누가 치우든 재앙이 우리에게 닥칠 것 같았다.

시골집 장독대 곁의 그것. 물건도 아니고 장소도 아닌 그걸 토주라 불렀다. 영락없는, 막힌 아궁이였다. 작은 아궁이 입구 같은 걸 널판으로 막아놓은 것.

물론 아궁이는 아니어서 주변에 그을음 같은 건 없었다. 부뚜막 같은 것도 있을 리 없었다. 작은 흙둔덕 밑을 사각으로 파고 널판때기로 막아놓은 거였다. 위에는 뽀리뱅이가 무성하게 자랐다.

아무도 그걸 열 수 없었다. 열기는커녕 건드리지도 못했다. 동티가 난다고 했으니까. 토주는 집집마다 있었던 모양인데, 당시 마을에는 그게 두 집밖에 없었다. 우리집과 달기네 집. 다른 집에도 건드리면 동티나는 물건이 있기는 했다. 그것은 장독대 주변에, 작은 짚도롱이 모양으로 삐죽하니 서 있었다.

막힌 아궁이 모양도 작은 짚도롱이 모양도, 이름이 다 토주였다. 터주 아냐? 다른 지역 출신들은 그렇게 물었으나 우리 마을에선 하여튼, 토주였다.

누가 만든 건지는 아버지도 몰랐다. 그곳에 처음 집을 짓고 살았던 몇 대조 할아버지였겠지, 그렇게만 짐작했다. 누가 언제 어째서 만들었는지는 알려고도 하지 않았다. 함부로 손대거나 훼손하면 큰일 난다는 게 무서웠을 뿐이다.

두 집에만 남아 있던 걸 봐도, 아주 오래된 건 분명했다. 오래된 만큼, 잘못 건드리면 재앙도 클 것 같았다. 우리는 토주 근처를 지날 때 부들부들 떨었다. 무언가가 그 안에, 수백 년 동안 웅크리고 있는 것 같았다.

우리가 볼 수 있었던 건, 입구를 막은, 오래돼서 나뭇결이 완연히 도드라진 널빤지뿐이었다. 옹이와 나뭇결무늬가 으스스했다. 구리종의 비천상 같기도 하고 구름문양 같기도 했다. 슬쩍 보기만 해도 기분이 나빠졌다. 된장을 푸러 가다 그 무늬를 보면 발바닥이 땅에 쩔꺽 달라붙었다. 우리에게 치워달라는 이유가 있었다. 그들도 겁나는 거였다.

"터주라는 게 그냥, 도자기 같은 것에 곡식이나 뭐 그런 거 넣어놓는 거래. 아니면 기껏해야 한지라던데. 집 지은 날짜나 가옥의 방위, 그런 거 쓴 종이."

첫째 동생이 말했고,

"터주가 아니라 토주잖아, 언니. 도자기라면 무서울 거 뭐 있어. 아무래도 난 겁나고 싫어. 그 속에 뭐가 있을까, 생각만 해도 오싹해."

둘째 동생이 말했다.

"뭐, 특별한 걸까? 기껏해야 사리탑 같은 데서 나오는 함 종류 아닐까?"

"그럼 언니가 가서 치워."

"으, 싫어 얘. 내가 왜 치워?"

둘은 서로 눈치만 봤다. 늘 그렇듯 막내는 자기와는 상관없는 일이라는 식이었다. 동생들의 시선이 슬슬, 잠자코 있던 나한테 모아졌다.

"배, 고프다. 칼국수 끓, 일게."

나는 자리에서 일어섰다. 토주를 떠올리니 다리가 후들거렸다.

되는 일이 없다고, 술 먹고 토주에 발길질했던 재학이네 아버지는 수로에 빠져 죽었다. 사흘 만에 건졌는데 눈구멍이며 귓구멍이며 콧구멍에 장어가 득실거렸단다. 발로 찬 게 아니라, 발로 차려다 벗겨진 고무신만 가 부딪쳤을 뿐이었다는데도 그랬다. 장독대 갈 때마다 토주를 바라보며 시부렁거렸던 효숙이네 엄마는 내리 육손이를 둘이나 낳았다. 이유 없이 산 속에 들어가 파라티온 먹고 자살한 이장

집 둘째, 학교에서 점심도시락 잘 까먹고 수업 받다 느닷없이 바닷가로 달려가 물속으로 들어간 뒤 한 달 만에 광양만에서 발견되었다는 근필이 동생도, 어떻게든 토주를 잘못 건드렸을 것이라고 사람들은 믿었다.

토주를 업신여겨 화를 입었다는 얘기는, 다 모으면, 국사교과서보다 두꺼울 것이다. 수십 수백 년 전 얘기부터 몇 년 며칠 전 얘기까지 망라했으니까. 마을에 닥쳤던 모든 불행은 결국 토주 때문이란 것. 어르신들의 그 어떤 당부나 호통보다 말 없는 토주의 위력이 훨씬 셌다.

토주에 쌀뜨물을 잘못 끼얹어 시름시름 앓게 된 처녀에게, 죽기 전 짝이나 지어주자고 마을 사람들이 나섰다. 뜨내기로 흘러들어와 이집 저집 허드렛일 거들던 청년과.

바닷가 헌 집을 손보아, 그곳에 두 젊은이를 들였다. 곧 죽을 여자란 걸 알면서도, 청년은 처녀를 지극정성으로 사랑했다. 처녀는 아주 예뻤고, 청년이 평소 그녀를 사모했다는 걸 마을 사람들은 알고 있었다.

여자의 창백한 낯빛은, 노을을 받으면 겨우 조금 핏기가 살아났다. 그래서인지 처녀는 노을이 질 때마다 마당가 바위에 나앉아 지는 해를 바라보았다. 그런 그녀의 모습을 나도 몇 번 본 적 있다. 어렸던 내 눈에 그녀의 희고 갸름한 얼굴은 서양 인형처럼 예뻤다. 눈이 마주치면, 그녀는 힘 하나 없는 얼굴로 살짝 웃어주었다. 불쌍하고 무섭고, 동티가 나에게 옮는 거 아닌가 싶어 마주 웃어주지도 못했다.

어느 날 노을이 지는데도 그녀가 보이지 않았다. 죽었다고 했고, 청년은 그녀를 이불에 싸서 칡밭 구렁에 묻었다고 했다. 그 뒤로 청년도 마을에서 자취를 감추었다. 내가 고등학교에 다니느라 순천으로 나와 살 때, 청년이 잠시 섬에 들러갔다는 얘길 들었다. 새 아내와 아이 둘과 함께. 그들은 죽은 여자의 부모를 찾아 자식처럼 절을 했고, 여자의 부모는 눈물로 그들을 맞았고, 그들은 자주 찾아뵙겠노라 인사를 남기고 섬을 떠났다고 했다. 그 뒤로 정말 다시 섬을 찾았는지는 알 수 없었다.

그 이야기는 마을에 전설처럼 남았다. 죽음을 앞둔 예쁜 처녀와 청년의 곡진한 사랑, 진홍빛 노을과 바닷가 언덕의 작은 집, 여자 부모와 청년의 새 가족에게도 애틋하기만 했던 사연이어서 그랬을 것이다. 그 애절한 얘기는 토주의 위력을 더, 의심의 여지없이, 받아들이게 했다. 노을에 붉게 물들던 그녀의 창백하면서도 비현실적인 얼굴을 떠올리면, 지금도 나는, 대체 그 막힌 아궁이 속에는 무엇이 웅크리고 있는 걸까 소스라치게 궁금해진다.

그래서였을까. 칼국수를 끓여내며 나는 딴소리를 했다. 시골집 툇마루와 우물가와 고욤나무 얘기. 지붕 위로 기어오르던 박덩굴 얘기. 그러다 건넌방에 뒹굴던 책 얘기로 옮아갔고, 동생들도 덩달아 책 얘기에 열을 올렸다. 모두들, 토주로부터 도망치고 싶었을 것이다.

그랬던 것인데, 책 제목부터 내용까지 다 헷갈리게 됐다. 건넌방에 시렁이 있었는지도. 오빠라고 제대로 안다고는 할 수 없는 일. 그리고, 그 많은 소문의 진원이었던 토주도 다시금 궁금해졌다.

*

화장대 위에, 책이 놓여 있었다. 모란꽃. 빛바랜 청회색 하드커버. 표지엔 제목이 없었다. 책꽂이에 책을 꽂을 경우 보이는 부분, 그곳에 금박의 '모—란—꽃'이 세로쓰기로 적혀 있을 뿐이었다. 그리고 제목보다 조금 작은 글씨, '펄 벅 著'. 그 밑에, 도서관 분류번호인 듯한 흰색의 '823.8855.pe한'이 더 작은 가로글씨로 씌어 있었다. 표지에 제목이 없는, 걸 보니 겉표지가 따, 로 있었던 거야, 라고 나는 중얼거렸다.

얼른 집어 들지 못하고, 엄지와 검지로 책 모서리를 살짝 잡은 채, 어디가 앞이야? 한 번 뒤집었다 다시 뒤집었다. 낯설었다. 고향집에 있던 책은 아닌 것 같았다.

—될 수, 있으면 좀, 오래, 된 걸로요.

딸애의 영어 과외선생한테 부탁했다. 부탁하기 전 공립도서관과 몇 개의 대학도서관 도서 목록을 인터넷으로 검색했다. 교보 영풍 예스24 알라딘에는, 재고는 커녕 품절 표시도 없었다. 목록 자체가 없었다. 과외선생의 대학에도 여러 권의 모란꽃이 있었다.

도서관에는 생각보다 많은 모란꽃들이 있었다. 재출간본을 포함해 국립중앙도서관 같은 곳엔 아홉 권, 대학도서관들에는 대략 다섯 권 정도의 모란꽃이 있었다. 서로 다른 출판사의. 시골집에 있던 것과 똑같은 책을 골라낼 수 없었다. 시골집에 있던 책 자체가 불분명했으니까.

각각 1959, 1975, 1962, 1962, 1976, 1978, 1976, 1972,

1974년도에 출간된 책들. 아무거나 찍을까 하다가 과외선생이 왔길래 말했다. 그냥, 좀 오래, 된 걸로…….

굳이 책을 구해볼 생각까진 없었다. 그날, 그 정도에서 그칠 일이었다. 토주 때문에 책이 딸려 나온 것뿐이었으니까.

그런데 둘째 언니가, 생각났다, 며 전화를 해왔다.

"목련꽃이었던 것 같애."

"됐어 그, 만해."

전화를 끊으려고 했다. 모란꽃이든 목, 련꽃이든 상, 관없어, 라며.

"일부러 전화를 해줘도 지랄이야. 궁금하다며? 나도 그거 읽었단 말이야."

지랄, 이라니? 걸핏하면 속을 긁는 언니에게 을러댔다.

"너 옛날부터 그 잘나빠진 공부 하나 잘한다고 세도 부렸잖아. 그런 니가 어째 소설책 제목 하나 기억 못 한다니 그래. 이제 그 머리 망가진 거냐?"

내가 언제, 세도를 부렸다, 고 그래? 소리를 질렀다.

"유태인이 혈통을 보전하느냐 중국인과 피를 섞느냐 그런 소설이었잖아."

내 말에는 아랑곳 않고 언니는 크고 빠르게 말했다. 크고 빠르게만 말하면 나를 당해낼 수 있다고 착각하는 자매들이 지겨웠다. 한가하게 펄, 벅이 그런 소설 썼겠다, 글쎄 아, 안녕히 계시라니깐요, 말하고 끊었다. 공부 잘한다는 생각은 고릿적에 접었고, 잊어버렸네요, 혼자 중얼거렸다. 그런데 나 아닌 사람들은 그걸 갖고 아직도 나를 쑤셔댄다. 혹시 나도 아주 잊은 건 아니지 않을까. 이토록 따분하게 살고 있다는 게 부당하다고 여기는 따위로.

전화는 둘째 언니에게서만 온 게 아니었다. 첫째 동생도 무슨 통화 끝에 꼬리를 달았다.

"내 생각에도…… 당돌하진 않았던 것 같았는데, 모란이."

협공 당하는 기분이었다. 내가 뭘 잘못했다고 이러지들?

막내까지 전화를 걸어,

"토주 그거…… 미신이래. 믿을 거 못 된대. 다른 사람이라면 몰라도 언니는 그런 미신 안 믿을 거 아냐?"

결국 나한테 치우라는 건가? 그런가 하면 오빠는,

"시렁은 분명 작은방에 있었어. 그 위에 이불, 베개 올려놨었잖아. 책은 모르겠고."

라며 툇마루, 신방돌, 펌프 물, 헛간, 문짝들, 옥수수 기직, 쟁기며 보습이 어디에 어떤 모습으로 있었는지 시시콜콜 늘어놓더니, 나중에는 마당에서 토장국 끓여먹던 얘기며 모기장 치던 얘기, 술 먹고 쓰러진 아버지 찾아 풀숲을 뒤지던 얘기까지 쉬지 않고 쏟아냈다. 그러면서, 생각나냐? 생각나냐? 되물었다. 생각이나 나겠냐는 투였다, 시렁도 모르는 게. 도대체 형제들의 저 적개심은 어디서 생겨난 걸까.

책이 있었는지도 모르는 주제에, 시렁은 무슨. 오빠는 오빠가 알고 있는 게 전부라고 믿는 거겠지.

일거에 뭔가를, 본때 있게 평정해버려야겠다는 심사로 책을 주문한 걸까. 모란꽃의 오리지널한 모습을 보면, 저 왕왕거리는 형제들의 거품 같은 고집들이 깨끗이 정리될 것 같아서였을까.

어쩌면 어떤 실체와 맞닥뜨리고 싶었을 것이다. 나를 둘러싼 모든 것들은 지금껏, 나와 동떨어져 있었으니까. 무엇 하나 나와 착 붙어 있질 않았다. 늘 거리감이 있었고, 비켜났고, 부유하는 듯했고, 비위가 상했고, 불명확했다. 애착을 못 느꼈다. 그랬으면서, 그랬기 때문에, 바로 이거다! 라는 기분을 언제나 목말라 했다. 어딘가에 내 진짜 삶이 준비돼 있는데 길을 잘못 들어 그곳을 못 찾고 있을 뿐이라 생각하면 애가 탔다.

차라리 피켓 하나 만들어 들고 길거리에 나가 구걸하는 게 낫지 않을까 생각한 적이 있었다. 내 별로 돌아가게 한 푼만 줍쇼, 라는 피켓. 보름간 유럽여행에서 돌아오던 날이었다.

재작년 가을에 불쑥, 유럽여행을 떠났었다. 뭔가에 쫓기듯 무작정 떠났다. 아이 러브 스쿨에 초등학교 동창회가 떴다는 소문을 듣고 들어가 한 줄 메모를 남겼던 게 그렇게 됐다. 늘 뭔가를 쓰던 버릇대로 아이들과 남편 얘기를 네댓 줄로 남겼다.

—네가 결혼할 줄은 몰랐어.

댓글이 달렸고, 정희 너 정말 결혼한 거 맞아? 라는 댓글이 또 달렸다. 나는 누구에게도, 결혼하여 이렇게 살 사람이 아니었다. 내 생각도 같았다. 유럽 갈 거야! 남편은 입을 다물었다. 남들 다 가는 해외여행을 어째서 여태껏 가지 못했을까를 생각하니, 다른 건 다 그만두고, 그런 각성 없이 산 내가 견딜 수 없었다. 일주일 뒤 집을 나섰다. 남편이 공항까지 태워다주었다. 공항까지 가면서도 아무 말 하지 않았다.

보름은 눈 깜박할 사이에 지났다. 스위스 산골짝 차가운 옥빛 물에 얼도록 발을 담그고 있었던 순간을, 돌아오는 비행기 안에서 수백 번도 더 떠올렸다.

리무진 버스에서 택시로 갈아탔다. 택시에서 내려, 아파트 단지까지의 완만한 경사를 캐리어를 끌고 올랐다. 들들들, 캐리어 바퀴 돌아가는 소리가 났다. 한낮이었다.

505동이 보였고, 나는 잠깐 걸음을 멈추어 십팔 층을 올려다봤다. 그리고 다섯 걸음 걸었고, 다시 멈추었다. 다시 네 걸음 걷고 멈추고……. 집이 점점 가까워졌다. 뒤돌아, 왔던 길로 가버리고 싶었다. 어딘가에 있을 내 별로.

그 별 같은 것과, 맞닥뜨리고 싶었던 걸까. 나는 대학생인 과외선생에게 책 대출을 부탁했다. 만지고, 느끼고, 직접 확인하고 싶었다.

*

시골집에 있던 책이 정확히 어떤 거였는지도 모르면서, 화장대 위의 책이 낯설었다. 모란꽃. 펄 벅. 그 책이 아닐 수 없는데, 아닌 것만 같았다.

잠든 짐승 만지듯 손가락 끝으로 조심스레 책장을 들췄다. '펄 S 벅 著. 元昌燁 譯. 哲理文化社 刊. 定價 1200圓. 檀紀 4294年 9月 5日 發行.' 단기 4294 밑에 누군가 연필로 '—2333' '1961년'이라고 적어놓은 게 보였다. 나보다 팔 년이나 먼저 세상에 나온, 화폐개혁 이전의 책이었다. 언니는 그 오래된 책을 어디서 구했던 걸까. 언니가 구한 건 맞을까. 혹시 부모님이? 연필 쥔 엄마를 보지 못했듯

책 읽는 모습도 나는 못 봤다. 아버지는 농지개량조합이나 어촌계에서 나온 서류들을, 눈을 심하게 찡그리고 훑어보는 게 전부였다.

'북쪽 호남성湖南省에 있는 개풍開封에 늦은 봄이 찾아왔다'라고 소설은 시작됐다. 세로쓰기였다. 활자는 아주 작았고, 조판이 엉성해 삐뚤어진 글자들이 보였다. 얼른 책을 닫았다. 눈이 금방 피로해졌고 가슴이 답답했다. 내처 읽을 수 없었다. 다 읽기나 할 수 있을까. 무엇보다, 바로 그 책이야! 라는 확신이 없었다. 우리집에 있던, 내가 봤던 그 책은 지금, 어디에 있을까, 중얼거렸다. 꼭 그 책이 아니더라도, 그것과 똑같은 판형의 소설이 어디엔가는 있을 것 같았다. 그 책과 이 책은 다른 걸까.

책을 곧 돌려줘야 했으므로 애들 다니는 문방구로 가져가 전권을 복사했다. 청회색 하드커버의 책은 A4용지로 바뀌었다. 한 장에 두 페이지씩, 전부 이백칠십육 페이지였다. 문갑 서랍에 넣어두었다. 읽어야겠다는 맘이 좀처럼 생기지 않았다. 내용이야 다 같을 거였는데 여전히 낯설었고, 자꾸만 그 책이 이 책이 아니란 생각만 들었다.

둘째 언니에게서 전화가 왔다. 또 무슨 말로 속을 긁으려는 걸까. 너, 아무래도 그거 아직도 모르는 것 같더라. 언니가 말했다. 웬일로 은밀한 목소리였다.

"경희가 준식이 좋아했던 거."

경희라면 첫째 동생.

"준, 식이?"

누구지? 이름의 주인공을 떠올리느라 나는 눈을 껌벅거렸다.

"준식이 때문에 경희 죽으려고도 했어야."

"아, 개, 허당?"

나와 같은 학년이었던 초등학교 동창. 겉모습 멀쩡한 걸 빼면 뭐 하나 쓸 만한 게 없었던 남자아이였다.

"봐. 니가 걜 허당이라고 하니까, 다들 너한테는 그 얘길 못 했던 거야. 경희 상처가, 너무 컸어."

듣고 있자니 조금 혼란해졌다. 경희가 준식이를? 그 때문에 죽으려고도 했다? 말도 안 돼, 라고 하려다 언니의 목소리가 예전 같잖게 은밀해서 참았다.

"그, 랬어?"

"넌 너만 알고, 딴 사람 맘은 그렇게도 몰랐어야. 경희가 도대체 몇 달을 울었는지 알아?"

딴 사람 맘은 그렇게도 몰라……. 얼마 전에도 딸한테서 비슷한 말을 들은 적 있었다. 아이들과 남편과 고깃집에서 저녁을 먹었다. 맛이 있어서 맛있다고 했더니, 엄마 그런 말 첨 하는 거 알아? 라고 딸이 말했다. 내가 그랬, 니? 몇 번쯤은 한 걸로 아, 는데……. 그러자 남편이 쏘듯이 말했다. 단 한 번도 안 했어! 말에 잔뜩 힘이 들어 있었다. 맛있는 저녁 대접받았으니 아빠한테 사랑한다고 말해봐. 딸의 말을 못 들은 척 창밖을 내다보았다. 외식이라면 당연히 맛있어야 하니까, 맛있어도 말을 안 했던 것 같았다. 하지만 맛이 없을 땐, 뭘 이런 델 데려와? 분명하게 짜증을 냈었다. 엄만 엄마만 알지. 딸은 그렇게 말했고, 나는 내가 왜 거기에 앉아 그런 말을 들어야 하는 건지 알 수 없어 혼란했다.

둘째 언니의 말을 듣고 혼란해질 수밖에 없었다.

경희는 준식이에게 관심조차 없었으니까. 그건 누구보다 내가 잘 알았다. 경희에 관한 거라면 내가 모르는 게 없을 정도였다. 서울로 올라오기 전 나와 경희는 순천에서 자취를 했다. 성깔 없는 경희가 나는 좋았고, 경희도 내 말이라면 다 믿어주었다. 그런 경희만은 정말 언니답게 보살폈다. 그때나 지금이나 숨기는 것 없이 잘 지냈고, 맘도 가장 잘 맞았다.

군에 간 준식이가 경희에게 편지를 보낸 적은 있었다. 순천에서 자취를 할 때였다. 경희는 답장을 하지 않았다. 왜, 안 해? 내가 묻자, 남자들 군대 가면 아무한테나 편지하는 거잖아, 라며 통 관심을 보이지 않았다. 그래도 좀 그, 렇잖아. 내가 대신 답장을 써 주었다. 물론 경희 이름으로. 그때도 나는 아무거나 버릇처럼 쓰고 있었으니까. 그러고 보니 뭔가를 끼적인 역사가 길긴 길었다. 하여튼 그러거나 말거나 경희는 상관하지 않았고, 준식이에게서 온 편지를 읽으려고도 하지 않았다.

몇 통의 편지를 주고받았는지는 정확히 알 수 없었다. 준식이 제대를 하고 한참이나 더 시간이 지났을 때 나는 그에게 말했다. 그거, 사실은 내가 쓴, 거였어. 준식이는 떡볶이를 먹으며 말했다. 그런 줄 알았어. 글투를 보면 알잖아.

허당다운 싱거운 말인 줄 알았는데 준식이는 나한테 걸핏하면 떡볶이를 먹자고 했다. 지겹게 따라다니더니, 나를 좋아한다고 했다. 떡볶이 맛이 확 잡쳐서 다시는 만나지 않았다. 놈이 어떻게 되든 상관없었다. 언젠가부터 순천바닥에서 그의 모습이 보이지 않았다.

"경희는 왜, 준식이에게 답장, 하지 않았던 걸까?"

언니에게 물었다.

"경희는 이미 알고 있었던 거지. 준식이가 널 좋아한다는 걸."

"허당 갠 어째서, 나한테가 아니라 경희, 한테 썼지?"

"니가 오죽 깐깐했냐? 그러니까 경희한테 보내도 니가 읽어볼 거라고 생각했던 거지."

"웃기네, 걔."

"웃기긴. 어쨌든 니가 답장 써주었잖아. 결국 너하고 편지 주고받은 거잖아. 그런데도 걔가 허당이냐?"

"경희는 바보같이, 왜 말, 안 했을까?"

"준식이 맘 빤히 뵈는데 어쩌? 경희, 그런 애잖아."

"죽으려, 고 했다고?"

"많이 아팠어, 걔."

짠해지려는 게 싫었다.

"그깟, 일 갖고……."

"그렇지. 너에겐 그깟 일이지. 아무렴."

"그래도……."

"괜한 말 했다, 내가. 좋아하는 사람이 언닐 좋아해서 아닌 척 꾹 참는 것도 죽을 맛이었을 텐데, 그 사람이 언니한테 보기 좋게 차이고 자취를 감추었어. 허당이니 바보니 그러지 마. 넌 순정이 얼마나 무서운 건지를 몰라."

언니가 긁는 방식은 이전과 확실히 달랐다. 내 대꾸가 수그러들긴 처음이었다. 누구보다 경희를 잘 안다고 믿었던 나였다. 죽으려 했다고? 왜 내가 몰랐을까. 몇 달 동안 울었다면 몰랐을 리 없었다. 어떤 식으로 죽으려 했을까. 몇 달 동안이나 울고 있었을 때 나는 어디에 있었던 걸까. 경희와는 하루도 떨어져 있던 날이 없었다. 기억에만 없는 걸까. 가장 가깝고 잘 알고 좋아했고 믿었던 사람의 끔찍한 슬픔을 기억 못 하다니. 바로 곁에서 고통으로 몸부림치고 있었다는데.

어떻게 된, 거야? 중얼거리면서도 나는 경희에게 전화하지 못했다. 몸이 떨렸다. 떨리는 손으로, 수화기 대신 서랍을 끌어당겼다. 모란꽃이, 비밀문서처럼 얼굴을 내밀었다. 난 무얼, 얼마나 알고 있는 걸까.

*

'성 안에 심어진 살구나무는 성벽을 향하여 꽃을 활짝 피웠다.' 소설은 이어졌다. '허나 성 밖에 늘어선 넓은 들의 나무는 붉으레한 봉오리 채로 유월절逾越節을 맞고 있다.'

소설 시작 세 번째 문장에서 유월절이 등장했다. 유태인 축제일. 바로 이어진 문장은 '며칠 전부터 에즈라 벤 이스라엘네 집 정원은 잔치에 알맞도록 잘 가꾸어놓았다'였다. 중국 호남성 개풍이란 곳이 큰 배경이지만 작은 배경은 분명 유태인 집안이었다.

세 줄만 읽어도 다 드러나는 것을, 딴 소설과 헷갈리는 거라며 둘째 동생을 타박했다. 그런 책 있었느냐던 둘째 언니마저 유태인 얘기라고 했다. 내가 잘못 안 거였다. 유태인이란 독일이나 미국 쪽하고만 관련 있을 거라 여긴 탓일까. 어쨌든 틀렸다. 생각도, 기억도.

읽어갈수록 더 낯설었다. 번역이 매끄럽지 못한 건지, 60년대식 어투 때문인지 문장이 어색했다. '기분이 들군 했다' '이러나서 축배를 마셨다' '시므륵하게 앉아 있는' '젓메기들을 놓고 맺은 약속' '대비드에게 닥아섰다' '다시는 안 그럴테야요' '아푸리카나 유롭을 거쳐 여러 나라에 보내여 물건을 사오게 하는 장사였다' 등등. 이야기에 몰입되지 않았다.

모란이 등장하면서 겨우 읽혔다. 데이비드의 편지를 허락도 없이 가필하는 것도 모자라, 분부도 내리지 않았는데 제멋대로 그것을 쿵첸의 딸에게 전해주는 모란이 나왔다. 봐, 내가 맞아. 나는 중얼거렸다. 다시 읽어도 애처롭거나 불쌍한 모란은 안 보였다. 잠시 잠깐 그런 인상이 없진 않았으나, 종이라는 신분에 대한 동정일 뿐 모란 개인에 대한 느낌은 아니었다. 모란은 당돌했다.

내가 맞다는 생각이 들자, '장난'을 '작난'이라 쓴 것도, '머금고'를 '먹음고'라 표기한 것도 타당하게 보였다. 장난이 작난作亂에서 온 것 아닌가, 머금고도 먹음고에서 온 것 아니던가.

그러다, 다시 혼란해졌다. 모란이 사랑하던 데이비드와 끝내는 함께 사는 줄 알았는데 여승이 되었다. 데이비드는 유태인 목사의 딸 리아와 혼인하려다 결국엔 중국인 거상의 딸 쿠에일랑과 결혼하여 아이를 다섯이나 낳았다. 맥빠지는 결말은 기억에도 없었고 믿기지도 않았다.

'페이킹'이란 지명도 이상했다. 데이비드가 아내와 여행 중 오래 머물렀던 '페이킹'에는 섭정 중인 서태후가 있었다. 그들은 서태후를 직접 만나기도 했다. '베이징'이거나 '북경'이어야 하지 않았을까. 202페이지에서 237페이지에 이르는 동안 '페이킹'이란 지명은 수도 없이 반복됐다. 펄 벅의 원본은 어떨까.

그러고 보니 서랍 속 모란꽃도 번역본이며 복사본이었다. 각기 다른 출판사의, 연도를 달리한 여러 번역판형 중 하나. 다른 번역본들은 어떨까. 중국이나 일본이나 유럽에 있을 더 많은 번역본들. 미국에서 출간된 영어판 모란꽃들은 내용이 다 같을까.

갑자기 세계 각지의 도서관에 수도 없이 피어 있을 모란꽃들이 한꺼번에 떠올라 어지러웠다. 모란꽃으로 뒤덮인 지구. 사람들 머릿속에 남아 있는 숱한 모란꽃들. 원본은 어디 있을까. 그것은 펄 벅의 원고를 충실히 조판하고 교정했을까. 엄격히 말해 원고만이 원본이라면 그것은 펄 벅 유족들이 보관하고 있을까. 원고에 기록된 내용은 정확한 걸까. 펄 벅도 더러는, 어디선가 누구에게 들은 정확치 않은 소문들을 인용한 건 아닐까. 원고에 기록된 느낌이나 생각들은 진정 펄 벅 자신의 것일까. 그 또한 선대 누군가의 복사된 느낌과 생각들을 복사한 건 아닐까……. 그만! 모란꽃을 다시 서랍에 던져 넣고, 탁, 소리가 나게 닫았다. 내가 쓴, 천 페이지도 넘는 글들이 머릿속에서 뭉게뭉게 피어올랐다. 컴퓨터는 꺼져 있었다. 검은 모니터를 노려보았다. 안쪽 어딘가에 내가 중얼거리며 갈겨쓴 글들이 거대한 짐승처럼 웅크리고 있을.

잃어버린 일기장과 잡기장까지 더하면 내가 시도 때도 없이 썼던 글들은 대체 얼마나 될까. 그것들은 컴퓨터 혹은 벽 저편에, 검고 무겁고 형체 불분명한 흙더미로 쌓여 있었다. 가끔은 고래처럼 한숨을 쉬고, 두엄처럼 열기를 내며, 풀썩 주저앉았다 다시 들썩거리는 어두운 한천질. 그 혐오스런 인상에 압도되어 몸이 오싹 움츠러들었다.

소용없고 쓸데없는 것들의 무덤. 지금까지 살아오며 내뱉은 푸념과 허텅지거리, 시샘과 원망의 썩은 물웅덩이였다. 일없이 반복되고, 그러면서 그치지도 않고, 뭐 하나 분명치도 않은 느낌과 경험 들이, 까닭 없이 오가는 바람처럼 배회하다 중얼거리며 가라앉은 티끌과 먼지 들이었다. 사실도 진실도 진심도 아닌 글더미. 내 것도 아닌 것들. 소용없고 쓸모없는 짓의 무심한 반복을, 수십 년이나 지속해 오다니. 무엇 때문일까. 허망…… 했다.

*

"나, 야."

경희에게, 전화했다.

"응, 언니. 왜?"

미안해.

"그냥."

"언니 뭐 해, 지금?"

난 왜 그때 몰랐을까?

"그냥 있, 지 뭐."

"슬기는?"

정말 미안하다.

"학원, 갔어."

"지웅이는?"

"걔도, 학원."

"언니 심심하구나?"

"매일 그, 렇지 뭐. 늘 똑, 같지."

"우리집에 올래?"

"아니. 곧 저녁, 인데……."

"언니, 좀 이상해. 무슨 일 있어?"

"없어. 뭐, 가 있겠니."

"싱겁긴."

내가 생각해도 정말 싱거워.

"이런 내가 너, 싫지 않, 니?"

"무슨 소리야? 언니가 왜 싫어?"

정말이니?

"그럼 좋, 아?"

"우리 언니 아무래도 무슨 일 있는 것 같다. 시골집 그 토주 때문에 그래? 그건 오빠가 알아서 해야 해."

"그건 내가 하, 기로 했어."

스윽, 나온 말이었다.

"오빠가 그러래? 치사하게. 아님 큰언니가 그러래?"

"그냥, 내가 하기로 했, 다니까."

"오빠 언니들도 알아?"

"지금 결, 정한 거야."

"지금?"

"응, 지금."

"왜?"

"몰, 라."

"언니 무슨 일이 있긴 있구나. 말 좀 해봐, 답답해."

경희 목소리는 맑고 높고 빨랐다. 내가 전화로 듣고 싶었던 게 그거였다. 고마워, 속으로 중얼거렸다.

금방 말이 퍼졌다.

"그래, 미안하다. 내가 좀 바빠서……."

미안한 기색 하나 없이 오빠가 전화했다. 괜찮겠니? 라는 말조차 안 했다.

"내려오면 나한테 들러. 말린 전어 잔뜩 있어."

큰언니도 전화했다. 오빠 친구가 토주 때문에 당한 적 있지 않냐며 언니는 오빠를 두둔했다. 나도 그 일은 알고 있었다. 교회에 다니던 오빠 친구가 토주에 흙을 끼얹었었다. 많이도 아니고 모래 한 줌이었다나. 섬에는 교회가 없었다. 부모 모르게 뭍의 교회를 다니던 그가 꼬리연한테 죽임을 당했다. 연줄 끊어진 누군가의 꼬리연이 하필 그의 집 외양간에 떨어져 내렸다. 코앞으로 펄렁이며 떨어지는 꼬리연에 기겁한 소가 외양간을 뛰쳐나오다 바닥의 낫을 밟고 미끄러졌다. 낫이 부메랑처럼 튀어올라 오빠 친구의 뒷목에 꽂혔다. 사태는 농담 같았지만 죽음은 가차 없고 처참했다.

그를 죽게 한 것이 낫이었고 소였으나, 마을 사람들은 꼬리연이 그를 죽였다고 여전히 농담 같은 말을 했다. 그를 죽인 게 토주였다고 말하기가 겁났던 걸까, 아니면 운명이었다고 말하기가 싫었던 걸까. 이도 저도 아니라면 정말로 꼬리연이 죽였다고 믿었던 걸까.

오빠 친구가 정말 토주에 모래를 뿌렸는지는 아무도 몰랐다. 다만 그가 교회엘 다녔고, 미신을 업신여겼다는 소문만 돌았다. 그것으로 죽음의 이유는 충분했다. 어떤 곳이든 사람은 다치고 죽었다. 어이없는 사고들을 고향에서는 토주 탓으로 돌렸을 뿐이다. 살아 있는 사람들에겐 어쨌든, 이유라는 게 필요했을 테니까.

토주를 처리하러 가겠다는 나에게 오빠 친구 얘길 들먹이다니. 태평한 언니. 말린 전어 얘길 하다가, 참 그 책, 해당화 맞지? 라고 물었다. 맞아, 라고 나는 대답했다. 해당화가 아니라는 게 언니에게 무슨 상관일까. 나에게도 이미 오빠 친구 얘기 따위는 상관없었다. 결정한 뒤였으니까. 누군가 토주를 치워야 한다면 내가 치우겠다고.

이유는 없었다. 경희와 통화하던 중 나도 모르게 해버린 말이었다. 몸속 깊은 곳에서 서서히 부상하다가 어느 순간 그 말이 수면 위로 툭 튀어올랐다. 못할 것 없지, 중얼거렸다. 경희에게 미안했던 것과 관련 있을까. 알 수 없었다. 막연한 예감에 나를 맡겼을 뿐이다. 아무래도 내가 하게 될 거라는. 어째서인지는 모르지만 그곳에 가야 될 것 같았다. 그런 예감의 일부가 슬며시 욕구로도 변했다. 가고 싶다……. 소문에 대한 두려움은 없었다. 기대나 호기심도 없었다. 가고 싶다, 가야 하지 않을까, 라고 되풀이해 중얼거리는 내가 낯설긴 했다. 예감도 욕구도 아닌, 이끌림 같은 거였을까.

둘째 언니가 전화했다.

"내, 가, 치울, 까?"

나보다 더 말이 느렸다.

"아니 내가 치워."

나는 빠르게 대답했다.

*

고향 섬을 찾을 때마다 길은 점점 좁아졌고 건물들도 더 낮아졌다. 손을 뻗으면 석면 슬레이트 추녀에 닿았다. 분홍색 수성페인트를 칠한 초등학교와 중학교 건물이 쌍둥이처럼 보였다. 구 년을 한결같이 그곳에서 배우고 뛰어다녔다는 사실이 꿈같았다. 길, 집, 학교는 옛 모습 그대로였으나, 그대로여서 낯설었다. 액셀러레이터에 발을 살짝 올려놓고, 멈추지 않은 채, 텅 빈 운동장을 천천히 한 바퀴 돌아 나왔다.

보리가 누렇게 익던 언덕밭, 바닷바람에 종일 나부끼던 콩밭, 근필이 동생이 돌연 뛰어들었다던 앞바다도 그대로였다. 많은 사람이 살았고, 많은 사람이 떠났는데도, 울적할 만큼 고즈넉했던 고향 섬은 예전 그대로 적막했다.

고향집을 지척에 두고 마을을 배돌았다. 자귀나무 서 있던 친구 집을 바라보고, 돌미나리 자라던 개울을 지났다. 지는 노을에 쓸쓸해지던 바닷가의 그 집, 처녀의 짧은 사랑이 안타깝게 사그라지던 풍경이 되살아났다.

그러다 모란꽃을 보고 차를 멈추었다. 집도 축사도 폐쇄되어 햇살만 가득한 어떤 집 뒤뜰이었다. 누구네 집이었는지 기억나지 않았다. 모란꽃을 보고서야, 그 꽃이 어떤 계절에 피는지도 몰랐다는 걸

깨달았다.

예전 한때 모란꽃이 빨갛다고만 생각했던 적도 있었다. 왜 그렇게 생각해? 누군가의 질문에 김영랑 시를 들이대며 기고만장했었다. 〈모란이 피기까지는〉! 거기에 그렇게 나오잖아. 그 뒤 십여 년이 지나서야 모란꽃이 빨갛지 않다는 사실을 알았다. 자색이었다. 자주색이거나, 검은빛을 띤 붉은색. 빨간색이 전혀 아니라고는 할 수 없었다. 참담했던 건 다시 찾아본 김영랑의 시 어디에도 빨갛다고 씌어 있지 않았다는 점이었다. 빨갛다고도 자색이라고도 검붉다고도 씌어 있지 않았을 뿐 아니라, 색깔에 대한 언급 자체가 없었다.

그런 모란이, 폐가 뒤뜰에 수북이 피어 있었다. 모란밭이라 할 만했다. 검푸른 잎이 무성했고 줄기는 굵고 거칠었다. 한눈에 보아도 그곳에서 백수십 년을 피고 지고 자라고 뻗으며 얼크러진 것 같았다. 꽃밭을 처음 보다니. 나는 대체 무얼 보고 느끼며 자랐던가.

주인의 손길은 멈추었지만 꽃들은 대체로 탐스러웠다. 검붉은 날개의 큼지막한 새들이 떼 지어 내려앉은 듯했다. 꽃의 무게를 견디지 못한 줄기와 가지가 휘었다. 노란색 알고명 같은 많은 수술들과, 그 더 안쪽 수줍은 듯 상기된 암술 몇 개를 보듬고 있는 꽃송이들. 모습이 똑같지는 않았다. 작고 크고, 오므리고 펴진 꽃들. 더러는 영랑 시에서처럼 뚝뚝 떨어져 내린 것도 있었다.

매년 가지마다 피어올랐고, 피어오를 꽃들이었다. 백 년이 넘도록 수도 없는 꽃이 그 자리에서 저토록 피었다가, 역시 영랑의 시에서처럼 천지에 모란은 자취도 없어졌다가, 다시 오월이 되면 피어오르는 꽃들. 이미 지고 없어진 수천수만의 꽃들과 새롭게 필 수천수만의 꽃들은 분명 다른 꽃일 테지만, 그것들은 모두 눈앞에 피어 있는 것과 다름없는, 모란꽃이었다. 그 어떤 하나만을 일컬어 진정 모란꽃이라 할 수 있단 말인가.

고향집터는 황량했다. 철거를 막 끝낸 뒤였다. 붉은 흙 속에, 부서진 벽과 지붕의 잔해가 언뜻언뜻 보였다. 바다에서 불어온 바람이 메마른 땅 위를 훑고 지나갔다. 몇 대를 살아왔던 고향집 최후의 모습은 처참했다. 우리집 터가 맞을까 싶게, 부지는 좁았고 초라했다. 헐려 평평해진 땅 위에 포클레인 바퀴자국이 어지러웠다.

여기가, 마당이었던가? 발 디딘 땅을 내려다보며 중얼거렸다. 부엌이었나? 이리저리 옮겨 다니면서 안방이며 건넌방의 위치를 가늠했다. 감을 깎아 말리던 광, 시렁이 있었다던 작은방, 개똥참외 먹던 마루, 김칫독 묻었던 고욤나무 밑을, 겅둥거리며 짚었다.

제대로 알 수 없었다. 제대로 짚었다고 말해줄 그 무엇도 없었다. 눈에 보이는 것은, 모든 게 무너져 내린 평지뿐이었다. 메말라 흐리흐리해진 흙 가운데 서서 눈을 감았다. 아련히 떠오르던 고향집은, 눈을 뜨자 감쪽같이 사라졌다.

감은 눈 속에만 서 있는 집. 나는 중얼거렸다. 이곳을 떠나면, 다시 이곳에 와보지 않는다면, 고향집은 오래오래 서 있겠지. 이곳에 오지 말라고 해야겠어, 언니 오빠 동생들에게도. 시렁이 건넌방에 있었든 작은방에 있었든 무슨 상관일까. 오빠가 기억하는 것, 내가 기억하는 것, 다른 형제들이 기억하는 그 모든 것들이 다 내 고향집인 걸…….

마른 흙더미 몇 곳에 눈길을 주었다. 그중 어디엔가 있었을 모란꽃을 떠올렸다. 표지가 뜯기고 페이지가 떨어져나가 제목조차 알 수 없었던 낡은 책. 바람이 불어와 땅 위의 먼지며 검불들을 쓸고 지나갔다. 책의 낱장들이 휘리릭 넘어가는 것 같았다. 책의 낱장들도 마른 흙 빛깔이었다.

형제들마다 제목이며 내용을 다르게 알고 있는 책. 그리고 읽을 때마다 자꾸 달라지는 책이었다. 책은 한 권이 아니라 여러 권인 셈이었고, 내용을 조금씩 달리 알고 있다 해도 그것 모두 모란꽃이었다.

*

나는 놀라지 않았다. 고추묘목 지지대였을, 지팡이만한 나무막대기를 주워 토주를 열었을 때 나는 아무렇지도 않았다. 열기 전부터 대수롭지 않다고 여겼는지도 모른다.

무너진 집터 한쪽 끝에 토주가 있었다. 저게 그거였나 싶게 작고 초라했다. 소꿉장난하려고 만든 부뚜막 같았다. 사람이 떠나고 집도 무너져서였을까, 소문의 위력 따위는 느껴지지 않았다. 그곳 주변이 장독대였다는 사실 만큼은 분명했다. 널빤지로 막아놓은 보잘것없는 사각구멍. 널빤지 나뭇결무늬는 예전 모습 그대로였다.

나무막대기 뾰족한 끝으로 널빤지 한쪽 가장자리를 콱 찔렀다. 틈이 생기며 흙이 쏟아졌다. 힘을 주어 두어 번 더 틈을 찔렀다. 벌어진 틈새로 막대기를 깊이 밀어 넣고 비틀었다. 널빤지는 맥없이 떨어져 내렸다.

생일케이크 박스 하나 정도의 어두운 사각공간이 열렸다. 바닥과 천장, 좌우 벽과 뒷벽이 모두 구들장 같은 넓적한 돌이었다. 오랜 세월 빛이 차단됐던 구멍치고는 깨끗했다. 텅 비어 있었으나 나는 놀라지 않았다.

그 안에 어떤 용기가 놓여 있든, 용기 안에 무엇이 들었든, 나는 그걸 처리해야 했다. 다른 땅에 옮겨 묻을 것인가, 불에 태울 것인가, 아니면 바다에 던져버릴 것인가. 처리하기 전에 약식으로라도 의식 같은 걸 치러야 하는 것 아닌가. 서울을 떠나오기 전에 궁리했어야 했다. 북어나 막걸리 한 통 정도는 준비했을 만했다. 나는 아무런 궁리도 하지 않았다. 그런 나에 대해 놀라지 않았다.

경희에게 전화를 걸어, 그건 내가 하기로 했어, 라는 말을 스윽 뱉었을 때 이미 예감했던 걸까. 내가 만지고 보고 있었던 건 널빤지뿐이었다. 검은 옹이 주위를 여러 줄기 나뭇결이 휘도는 묘한 무늬. 나를 놀래키고 식구들의 오금을 저리게 했던 건 그 널빤지며 그 무늬였다. 널빤지는 그 안쪽에 무언가를 숨기고 있었던 게 아니라, 그 안쪽에 아무것도 없다는 걸 숨기고 있었던 것이다.

그 별것 아닌 널빤지를 한 손에 들고, 멀리 바다를 내려다보았다. 어린 시절 나는, 작은 섬을 뒤덮던 무섭고 황당한 소문들 때문에 간이 콩알만 해지곤 했다. 토주가 아니었다면 그 많은 사람들이 사고를 당하지 않았을까.

바닷바람을 한껏 들이켜고 천천히 내뱉었다. 널빤지는 제법 무거웠다. 차 문을 열고 뒷좌석에 내려놓았다. 형제들이 알면 나가자빠질지 모르지만, 거실 한편에 놓으면 그럭저럭 그윽한 인테리어가 될 것 같았다.

나는 이 얘길 쓰기로 했다. 쓸데없는 글더미에 티끌과 먼지를 더하는, 또 한 번 무심한 짓의 반복일지라도.

그 속절없는 일에 애초부터 무슨 이유나 목적이, 있었던 건, 아니었질 않은가. 버릇처럼 숨처럼 그래온 것뿐이니까. 사십 년간 하염없이 이어져오기만 한 거였으니까. 그리고 이어져갈 거니까.

차가 연륙교를 빠져나와 뭍에 막 다다랐을 때 엄마의 중얼거리는 소리가 들렸다. 시상 참 모를 것투성이여, 나가 왜 사는 중 알았으면 진즉 못 살았을 거이다…….

수상 소감

구효서

가다듬고 처음의 순간에 다시 서게 하는

깜짝 놀랐습니다. 수상소식을 듣는 순간 기쁨이 먼저 차올랐었다는 걸 숨기지는 못하겠습니다. 그러나 입이나 몸은 즉각적으로 그 기쁨을 표현하지 못했습니다. 더는 문학상을 받지 못할 거라고 생각해왔기 때문이었습니다. 어느새 받는 쪽보다는 주는 쪽이 더 어울리는 문단의 선배가 돼 있었기 때문이었습니다.

사실은 다른 사정도 있었습니다. 과연 내가 제대로 쓰고 있는 걸까, 내심 졸아 지내던 참이었으니까요. 슬슬 그런 때가 된 것입니다. 한때는 나도 웬만큼 쓰는데 왜 상을 안 줄까, 솔직히 방자했던 적도 있었습니다. 함께 시작한 친구들이 승승장구하며 상을 휩쓸 때 저는 그저 조용했었으니까요. 이순원, 박상우, 윤대녕. 얼마나 화려한 나의 소설친구 술친구들입니까. 이들은 너무나도 가까이 있어 눈부신데 상은 너무 멀리 있어 아득했습니다.

상복이 없는 작가로 오랫동안 지내왔었습니다. 저는 괜찮은데, 정말 괜찮았는데 친구들과 지인들은 저 앞에서 공연히 미안해했습니다. 그래서 저는 안 괜찮은데 괜찮은 척하는 사람이기도 했습니다. 본의 아니게 주변에 폐를 끼치는 것 같았지요. 제가 무슨 생각을 하든 상관없이 저는 그런 사람이 되어버렸습니다. 괜찮아, 정말 괜찮다니까! 외치면 외칠수록 저는 정말 안 괜찮은 인간이 되었습니다. 그래서 아, 음, 나도 상을 하나 얼른 타서 이들을 미안하게 하지 말아야지, 그러기 위해서라도 타야지, 이런 생각까지 하게 되었지만 그게 어디 맘대로 되는 일입니까. 저에게 문학상은 여전히 요원했습니다.

그런데 상복이라는 것은 이상한 데서 오기 시작했습니다. 큰 아이가 곧 대학에 들어가야 하는데 등록금 준비가 하나도 돼 있지 않아 쩔쩔 맬 때부터였으니까요. 그렇게 2005년 가을부터 덜컥 시작된 수상이 희한하게도 작은 아이의 마지막 학기 때까지 이어졌습니다. 큰 아이와 작은 아이가 다섯 살 차이라서 그랬을까요. 문학상 수상도 10년 동안이나 이어졌습니다. 그것도 등록금 납부 기일에 딱딱 맞추어서 말입니다. 그러다보니 납부 기일이 다시 임박하면 어디서 소식이 오지 않을까 내심 기다리는 한심하고 변태적인 소설가가 돼 버리기도 했습니다.

이제 큰 아이에게도 작은 아이에게도 돈 들어갈 일이 없어졌습니다. 그래서 기이한 소설가는 더 이상 아무것도 바라지 않게 되었나 봅니다. 그저 평생 소설이나 열심히 쓰자, 잘 써보자, 그런 다짐뿐이었지요. 그런데 잘 안 써졌습니다. 내가 써 놓고도 종종 자뻑으로 음흉하게 미소 짓던 때가 언제였던가. 정말 언제였던가.

내가 쓴 소설이 내 맘에 안 드는 것 같은 지옥이 따로 있을까요. 애들 먹이고 가르치느라 아등바등 써내려가던 때의 고통에 비할 바가 아니었습니다. 소설가에게 소설이 안 써진다는 것, 못 쓰게 될지도 모른다는 불길함에 무시로 휘둘리는 것. 고통이라는 말도 사치스러울 공포였습니다.

저 말고도 소설에 낚인 운명의 영혼들에게는 마땅한 공포겠지요. 아이들을 먹이고 가르친다는 명분은 가소롭거나 아니면 차라리 행복한 핑계였습니다. 소설가에게는 소설을 쓴다는 것 이외의 그 어떤 명분도 없다는 사실을 무섭게 깨닫습니다. 내가 깨닫는다기보다는 깨달음이 나를 무찌르듯 육박해옵니다. 이 전율 앞에서 저는 한없이 졸아든 채 맨손으로 절벽을 오르듯 한 줄 한 줄 적습니다. 한 번 쓰고 열 번 읽던 것을 한 번 쓰고 백 번을 읽습니다. 일주일 걸리던 분량에게 한 달을 내어줍니다. 작업은 한없이 더디고 더디고 길고 길어집니다.

그래도 이 작업을 한 순간도 멈출 수 없는 것은, 쓰지 못하면 그 순간부터 즉각 존재를 환수당하는 것이 소설가의 운명이기 때문입니다. 이것을 과연 내가 좋아서 선택한 일이라고 할 수 있겠습니까. 공포와 전율에 휩싸일 수밖에 없는, 더 진짜 잔혹한 이유가 있습니다. 아무려나 그저 쓴다고 소설가의 생명이 유지되는 것이 아니라는 것입니다. 쓰되, 다른 것이 아닌 소설을 써야 하는 것이니까요. 소설이랍시고 썼는데 소설이 아니라면 쓰지 않는 것만 못하고 그것은…….

이런 절박한 계제였으니 제가 심히 깜짝 놀라지 않을 수 없었습니다. 상이라니요. 그렇겠습니다. 놀라움 없는 기쁨이 기쁨이겠습니까. 그리고 생명 연장의 기쁨을 이길 기쁨이 있을까요. 놀랐지만 고맙게 상을 받습니다. 십년감수가 아닌 십년가수加壽가 되는 거네요. 정말 기쁩니다.

오랫동안 뵈어온 선배님들이지만 이 자리를 빌려 새삼 심사위원 선생님들께 깊은 감사의 말씀을 드립니다. 제 소설을 오래 읽어 와 주신 독자 여러분, 사랑하는 가족, 오래 함께 써온 친구 순원, 상우,

대녕. 그대들을 떠올릴 때마다 한사코 뭉클해지는 것만으로도 나는 너끈히 스무 권의 책을 더 쓸 것 같습니다.

저는 정유년 닭띠 해에 태어났습니다. 그리고 1987년에 소설가가 되었습니다. 자연인의 나이 60, 소설가의 나이 꼭 30입니다. 30년 전 저는 등단을 했고 그해《문학사상》에 입사를 했고 그해 결혼을 했고 그해 아버지가 되었습니다. 올해가 정유년 닭띠 해입니다. 모든 것의 시작이었던 그해에, 소설인생의 처음이었던 고마운《문학사상》에 다시 와 섰습니다. 새 출발이 아니고 무엇이겠습니까. 감개가 그지없습니다.

이 상 문 학 상

나의 문학적 자서전

구효서

꾸준히 꾸물거리다

오전 아홉 시에 출근한다. 오후 여섯 시에 퇴근한다. 내 집은 노원구 중계동이고 작업실은 공릉동이다. 삼천리호 자전거를 타고 출퇴근한다. 왕복 50분 거리다.

자전거를 타는 이유는 다리의 근력을 키워 무릎을 보호하기 위해서다. 일부러 언덕이 있는 길을 택한다. 오른쪽 왼쪽 모두 무릎수술을 했다. 한 번은 작업실 바닥에 걸레질하고 일어서다가 다쳤고, 또 한 번은 버스에서 내리다가 다쳤다. 지극히 일상적인 몸놀림이었지만 어느 순간 무릎에서 딱 소리가 났고 주저앉았다.

운동부족이죠. 수술 전후로 의사가 한 말은 그것이 전부였다. 의사는 기분이 나쁜 듯했다. 문제의 원인이 명백한데 뭐 더 붙일 게 있겠는가 싶었겠지. 얼마나 운동을 안 했으면 도무지 그 모양이었겠느냐는 거였겠지. 그래도 그렇지 의사라는 사람이 뚱하기는. 나도 속으로 부아가 났다. 환자한테 막 오버해도 되는 건가. 환자 없이 의사 있나?

근데 말을 못했다. 아이구, 의사 생각해서 다치셨어영? 의사가 그럴 것 같았다. 정형외과 의사한테 그런 말 듣기 전에 나는 이미 오래전에 신경외과 의사한테 똑같은 말을 들었었다. 운동부족이죠. 어쩔 수 없이 디스크 수술을 했다. 내 건강을 염려하던 윤성근 시인의 따뜻한 독촉과 채근 덕이었다.《문학사상》직장 동료였던 그는 척추전문병원으로 나를 끌고 갔다. 그런데 시인은 정작 자신의 건강을 못 챙기고 일찍 세상을 떠났다.

다른 자전거도 아닌 삼천리호를 타는 것도 허리 때문이었다. 자전거 자체는 다리의 근력을 키우기 위한 거였지만 굳이 삼천리호였던 이유는 허리 때문이었다. 멋진 로드자전거나 산악자전거는 물론 하이브리드 같은 평범한 자전거도 엄두를 못 낸다. 하나같이 핸들바의 높이가 안장보다 낮다. 다 높여봐야 안장과 겨우 수평을 이루는 정도. 그런 자전거를 탔다가 허리가 도져 죽는 줄 알았다.

마침내 찾은 것이 삼천리호 자전거인데 이게 딱 좋다. 고향의 우체부가 동숙의 노래를 부르며 달리던 것과 똑같은 모델이다. 중학교 1학년 때 가방 걸고 도시락 싣고 코스모스 길을 달려 학교와 집을 오가던 것과 완전 똑같다. 그래서 좋은 게 아니라 어디까지나 핸들바가 안장보다 높아서. 디스크가 시원찮은 나에게는 안성맞춤이어서. 친구 이순원도 일찌감치 디스크(정확히는 요추간판탈출증) 수술을 했다. 양귀자 선생도 수술한 걸로 알고 있다. 돌아가신 박영한 선생도. 전수조사를 하면 훨씬 많은 소설가가 허리병에 시달린다는 걸 알게 될 것이다. 요즘 특위가 유행인데 소설가 요추간판탈출증 치료를 위한 특별위원회 즉, '소요특위' 같은 건 안 생겨주나. 어쨌거나 그 소설가들도 다 의사에게 한마디씩 들었을까. 운동부족이죠.

왜들 운동을 안 했을까. 내리 책상에만 앉아 있었을까. 몰라서 묻는 게 아니다. 너무 잘 알아서 묻는 거지. 뭉클하고 눈물겨워 묻는 거지. 왜들 책상에, 평생을, 꼼짝없이 붙들려만 있었을까. 무슨 질긴 마법이기에. 참 괴이쩍은 팔자도 다 있지. 매일 저녁 뱀장어를 백 마리씩 잡는 아버지가 김숨의 역작 〈모일, 저녁〉에 나온다. 하천에서 건져 올리는 게 아니라 뱀장어구이 식당에서 살아 있는 뱀장어의 목을 치고 껍질을 벗기는 일이다. 하루에 백 마리씩 매일. 함께 뱀장어를 잡는 아버지의 식당 동료 전씨가 어느 날 꿈틀거리는 뱀장어를 움켜쥔 채 바닥에 쓰러져 숨을 거두기도 한다. 소설 속 오늘은 아버지가 집 베란다에서 전어를 하염없이 굽는다. 전어를 하염없이. 전어를. 그것도 알고 보니 대가리만을. 왜 그러는 걸까 화덕에 붙어 앉아서 아버지는. 몰라서 묻는 것이 아니지 않은가. 물론 그 괴이쩍은 반복의 시간을 썩 안다고도 할 수는 없지만. 소주를 사러 나간 아버지는…… 영 돌아오지 않는다.

나는 사람들이 제발 보지 않기를 바라는 자세로 자전거를 타고 작업실을 오간다. 다리의 근력을 키우되 허리에는 무리가 가지 않는 삼천리호 자전거 탑승의 자세가 어떨 것 같은가. 아무리 설명해도 모를 것이다. 한번 딱 보면 누구나 금방 아하, 하고 킬킬킬 웃겠지만.

·

그런, 지상에서 가장 구린 자세로 9시에 출근을 하고 6시에 퇴근을 한다. 하염없는 9-6 삼천리. 그런데 또 왜 꼭 나인 투 식스여야 할까. 직장인도 아니고, 내가 내 작업실을 오가는데. 자영업인데. 자영업인가? (예전 이호철 선생 세대의 작가들은 세율적용 직업 세목에 소설가가 '일용잡직'으로 구분되었었다던가.) 하여튼 내가 내 맘대로 시간을 쓸 수 있는데(그러려고 전업 작가가 됐고 그러려고 좀 무리를 하여 작업실까지 갖게 된 것인데) 나는 이 점에서 '죽어라' 9-6원칙을 지키는 편이다.

이유를 대라면 어딘가 좀 슬퍼질 것 같아 머뭇거리게 되지만 실은 그 얘기를 하려고 공연한 삼천리호 자전거까지 꺼내 탄 것이니 되는 대로 살살 짚어보자.

9-6을 지키려 함은 9-6을 잊기 위해서다. 이걸 어떻게 설명하면 좋으려나. 나는 매일 매일 9시에 출근하고 6시에 퇴근한다. 하염없이 그리한다. 죽어라 그리한다. 그러면 나는 슬슬 9-6을 잊게 된다. 매일 듣는 똑같은 잔소리는 하나마나한 소리가 되는 것과 같은 이치랄까.

자전거 얘기가 나왔으니 자전거로 얘기해 보자. 자전거를 배울 때는 자전거가 탱크처럼 크고 무섭고 위험했는데, 그래서 주체할 수 없었는데, 자전거를 잘 타게 되면 자전거가 내 맘대로 움직여 주어서 결국엔 자전거의 존재감을 전혀 못 느끼면서 다만 상쾌한 봄 길을 맘껏 내달릴 수 있지 않은가. 컴퓨터 자판을 익힐 때는 더디고 헷갈려서 머릿속의 문장이 제대로 모니터에 적히지 않고 훼방을 당했는데 익히고 나면 자판은 물론 손마저 사라져서 맘먹은 문장이 신기하게도 곧장 모니터에 딱딱 뜨지 않던가. 이럴 때 자전거나 자판은 잊히고 사라지는 거라고 할 수 있지 않을까. 그래서 그것들은 나를 구속할 수 없는 거라고. 스스로 열심히 구속당해 구속을 이겨먹는 거라고도 할 수 있겠지. 피아노 배우기도 그런 것. 9-6을 지키려 함은 9-6을 잊기 위함. 이렇게만 말해도 어련히 알아들을까마는 설명이 참 쓸데없이 과했다.

시간으로부터 자유롭기 위해 시간을 지킨다는 말이 그러나 썩 멋져 보이지는 않을 것이다. 어딘가 구린 냄새가 날 듯. 나도 켕기는 구석이 있으니까. 내가 9-6을 지키려는 것은 꼭 그런 이유 때문만은 아닌 거니까. 슬퍼질 것 같다고 말한 까닭이 여기에 있다. 별로 밝히고 싶지 않은 나를 더 말해야 하니까.

최근에 들어서야 나는 나 자신에 대해 게으른 인간이 아니라는 판결을 가까스로 내렸다. 하지만 무던히도 꾸물거린다는 지적으로부터는 아직 한 발짝도 피할 수 없다. 나는 지금껏 꾸준히 꾸물거려온 것이었다. 부지런하게도 꾸물거려온 것. 어쩌면 맹렬하다 할 정도로. 그러니 게으른 건 아니지. 이런 궤변을 정당화하기 위해서는 하염없는 9-6 삼천리가 화려강산이라도 돼야 하는 것.

내버려 두면 종일 꾸물거리기만 할 거니까 스스로 만든 원칙을 오지게 거는 것이다. 9시 출근, 6시 퇴근, 무조건. 안 그러면 집을 나설 때부터 운동화를 신을까 샌들을 신을까 꾸무럭거린다. 하염없이 해찰을 부린다. 길을 가다가 어? 박태기가 피었네. 피었어. 대체 저걸 무슨 색깔이라 해야 좋을까. 굳이 딴 이름 붙일 필요 있어? 박태기 색깔이지. 다가가 기웃거리고 만져보고. 이쁘다. 그러다 뭔 나비라도 한 마리 보면 그걸 언제까지고 눈으로 뒤쫓는다. 쟤는 왜 혼자지? 원래 나비는 혼자였던가. 이런 도회에 무슨 나비가. 박태기도 꽃이니까? 꽃이지. 어쩌면 잰, 음, 왕따일지도 몰라 저 나비. 동화적 감성은 젬병이면서 그런 궁금증을 유치하게 언제까지고 연쇄시켜 간다. 말하자면 하염없이. 그러니 누구에게도 나는 꾸물거리는 사람으로 뵈는 거지. 진짜 꾸물거리는 거니까.

이런 내가 참 딱하면서도 아직 버릇을 버리지 못하고 있다. 대여섯 살이었던 해 고향 마을에서 뭔 큰 굿을 했다. 굿이 끝나고 시루떡을 나누어주는데 줄을 설 줄 몰라서, 다른 애들처럼 대들어 타낼 줄 몰라서 시루떡을 못 받아먹고 집에 와 펑펑 운 적이 있었다. 우는 것도 그 자리가 아닌 집에 와서야. 아직 지워지지 않은 상처라 환갑이 되어서도 주접스럽게 그 얘기다. 떡 받은 애들은 얼마나 맛있었을까. 남석이 그 새끼는 떡 못 받은 나를 눈곱만큼이라도 생각했을까. 하기는. 코딱지만큼도 생각 안 했으니 혼자 처먹지. 좋아. 나중에 너도 국물도 없어. 아, 난 언제나 애들을 제치고 떡을 받지. 난 왜 이래?

원망과 반성을 이불 속에서 이어나갔는데 그게 웬만해서는 그치지 않았다. 몇 시간이고 계속됐다. 나중에는 없던 사실까지 만들어 붙여서 친구를 한껏 미워하고 혼자 흥분하다가 너무 미워하는 것 같아서 결국엔 친구와 화해하고 함께 연자매만한 떡 덩어리를 사이좋게 뜯어먹는 꿈을 꾸었다.

박태기꽃을 보거나 나비와 마주치거나 갈림길을 만나거나 떡을 못 받거나 설령 받았더라도 나는 예외 없이 구시렁거리고 꿈지럭거렸다. 다시 말해 아무 때나 무슨 일에든. 꾸준히, 안 게으르게, 맹렬하게.

그러는 사이에 소설이 슬며시 끼어들었던 건 아닐까. 혼자 하는 긴 원망과 반성, 하릴없는 궁금증, 고의적인 음해, 상상을 넘어선 망상, 일방적인 착각과 환멸, 이 상시적이고도 꾸준한 꾸물거림의 수풀 사이로 소설이 비단뱀처럼 흘러든 것은 아닐까. 그렇다면 꾸물거리는 것이 허비가 아닌 생산일 수도. 소설의 경우라면 충분히 그럴 수 있는 것?

꾸물거림을 그저 벽癖으로만 알았는데 언젠가부터 나름 괜찮은 벽일 수 있겠다 하여 나의 꾸물거림에 처음으로 이름을 지어주었다. 유벽猶癖. 멋지지 않나. 유예부결猶豫不決의 버릇. 그러고 보니 여유당 정약용의 '유'도 같은 '유'.

나는 영화를 아주 이상하게 본다. 주인공이 연인과 함께 길모퉁이를 돌아 불야성의 대로로 접어드는데 나는 조금 전 연인 곁을 스쳐 어두운 건물 안으로 들어서던 행인이 궁금하다. 자꾸 궁금하다. 코트 깃을 올리고 약간 비틀거리며 그림자처럼 건물 안으로 스며든 메마른 사내. 그림자처럼일 수밖에. 엑스트라도 아닌 정말 그냥 행인 같았으니까. 그런데도 계속 궁금하다. 사내가 건물 안에 들어가 처음 만난 사람은 누구일까. 여자일까. 좀 뚱뚱하고 푸른 옷을 입은 여성? 어쨌거나 그녀에게 인사도 없이 사내는 창가로 빠르게 다가간다. 창밖에는 조금 전 모퉁이를 돈 두 연인이 대로로 접어들고 있다. 그러고 보니 사내가 위치한 곳은 2층. 물론 이런 장면은 영화에 없다. 상상하며 꾸물거리는 동안 영화는 진행되어 앞으로 쑥 가버린다. 그렇게 내가 보는 영화는 뚝뚝 끊어져 뒤죽박죽이 된다. 그렇다고 영화를 반드시 다시 보는 건 아니지만, 이런 식이기 때문에, 내가 본 영화들은 영화에 없는 장면들을 아무렇게나 포함한다. 소설이라고 다를 바 없다. 읽는 게 너무 느려서 지친다.

일테면 기 헬밍거의 〈겨울〉을 읽는다. 괄호 밖은 소설 원문. 괄호 안은 잡생각.

남자가 현관문을 열어놓은 채 집 안으로 몇 걸음 걸어 들어왔다.(카키색의 목재일 거야 현관문은. 그럴 거야. 그런 게 어울릴 거야. 나이테와 나이테 사이의 간극이 먼 아열대 식물의 단면. 그런 거. 가로로 켜지 않고 큰 톱으로 세로방향을 따라 아마도 어슷하게 빗겨 켰을 테니 나이테의 문양은 어쩌면 파문. 파도의 무늬? 카키색을 누가 콰이강 밑을 흐르는 물빛이라고 했던가. 유래가 그건가. 누군 힌두어라던데. 페르시아어? 흙먼지란 뜻이랬던가. 열어놓은 현관문 밖으로 발 부인을 질질 끌고나가? 남자가 그럴 것 같아. 걸어 들어오는 남자의 걸음걸이가 어째 접질린 개의 걸음이야. 어딘가 온전치 않아.) 그제야 남자의 얼굴을 알아볼 수 있었다.(이웃 따위는 재미없어. 뒤끝 있게 헤어진 첫 남자를 20년 만에 만나는 거지. 돈 관계 말고. 사랑 말고는 무엇으로도 해결되지 않는 관계인데, 음, 회복할 수 없는 거야 저 둘은. 남자의 몰골을 봐. 아주 결정적 증거를 갖고 남자는 여자를 고문할 거야. 야한 학대? 하, 안 돼. 제발. 지겨워 그런 건 이제. 여자를 얌전하게 대해 줘. 문은 계속 열려 있는데 행인은 없는 건가. 고립된 주택인가.) 깨끗하게 면도된 턱과 약간 슬픈 눈빛이 눈에 띄었다.(턱이 깨끗하다고? 근데 눈빛이 슬프다? 백인. 푸른 턱. 곱슬머리. 눈이 커. 푸르고 깨끗한 턱으로 슬픈 눈빛을 하고 있으니 성 안의 중급 관리쯤? 하급이 아니라 중급이야. 법률 대리인. 응. 이 여자는 엄청난 상속녀가 되는 거구나.)

이렇게 멋대로 읽는다. 나는 하루에 장편소설 한 권을 읽는다는 사람을 통 믿지 않는다. 나는 버스를 타려고 뛰어 본 적이 없다. 군대에서도 선착순은 언제나 맨 꼴찌. 꾸물거리니까. 소설 20페이지를 읽으면 두 시간 쉬어야 한다. 두 가지 일을 동시에 하면 뇌가 접질린다. 엉켜서 일을 망치고, 원상회복하는 데는 망칠 때까지 걸린 시간이 고스란히 또 든다. 카톡과 내비게이션을 안 쓴다. 어딜 찾아갈 때도 종이지도를 보는데 운전 중에는 보지 않는다. 갓길에 정차하고, 안경을 찾아 쓰고, 볼펜을 꺼내들고, 꾸물꾸물 낡은 지도를 척 펼친다. 한숨을 쉬고. 까짓 거 노래라도 부르면서. 하늘은 푸르고 애들은 잔뜩 불만인데 어디서 뜸부기 소리 같은 게 들린다. 논두렁을 꼬나본다. 뜸부긴데. 뜸부기가 뭔데요? 새. 새가 논에 살아요? 뜸부기. 뜸부기를 카빈총으로 쏘아서 살은 다 흩어지고 껍데기 털가죽만 남았던 뜸부기. 고향 조순경은 순경인지 농부인지. 중뿔나게 카빈총만 들고 다녔지. 뜸부기 뭐 먹을 게 있다고 쏴 그걸. 오래된 얘기네. 돌아가셨을 거야 조순경도. 새가 논에 사냐구요? 뜸부기니까. 아, 진짜.

고쳐지지 않는 유벽에 허담증. 그 꾸준한 꾸물거림과 중얼거림이 내 소설을 만들어왔다고 믿고 싶다. 그래야겠지. 그래야 내 삶의 많은 수수께끼들이 풀릴 둥 말 둥 하니까. 못 말리게 굼뜬 내가 그나마 겨우 정당화 비슷한 걸 얻을 수 있을 테니까. 아니어도 그만이겠지만 여기가 그런 말 하라는 자리니까. 잡생각들은 잡생각답게 순서없이 뒤죽박죽 쓸모가 없지만 그래도 모아 놓으면 나름 양도 꽤 되고 나에게는 소중하고 찬란해 뵈는 구석이 있다. 소설이란 쓸 데 없어 보이는 것들이 쓸 데 있는 것이 되는 현장인지도 모른다. 나같이 천성적으로 꾸물거리기만 하는 사람도 30년 넘게 무언가를 부지런히 만들어내게 하는 현장. 좋다.

그러려면 세상없어도 9시에 출근해서 6시에 퇴근해야 한다. 그러지 않으면 쌓이는 것들은 그냥 쌓이는 것들에 지나지 않을 테니까. 작업을 해야지 작업. 하염없는 9-6 삼천리가 그래도 뭔 구실이라도 얻으려면 꾸물댈 때 마냥 꾸물대더라도 에멜무지 기이한 자세로 '작업실' 가는 자전거를 멈추게 해서는 안 되겠지.

작가론 • **작가가 본 작가**

이순원 • 소설가

이 좋은 날의 품앗이, 혹은 빚 갚기

회사 다니는 사람들의 한해 업무가 시작되는 날이었다. 늦은 저녁에 구효서가 전화했다. 전에도 통화야 서로 가끔 하지만, 그날은, 더구나 그게 연초라 핸드폰에 친구 이름이 뜨자마자 직감적으로 오는 느낌이 있었다. 아, 이 친구에게 방금 좋은 소식이 들어왔구나. 그래서 나에게 어떤 원고 부탁을 하려고 하는구나. 이 바닥에서 30년쯤 벗하면 서로 이렇게 저절로 알게 되는 일들이 있다.

"야, 클랐어."

이건 이런 일에 우리가 늘 하는 소리다. 친구는 누가 사흘 안으로 자기에 대해 원고 하나를 써야 하는데 그걸 해달라는 것이었다. 글을 쓰는 친구끼리 이런 부탁을 하는 것은 정말 반갑고도 고마운 일이다. 살아가며 서로 이런 부탁을 할 기회가 많지 않다. 어쩌다 이런 저런 상을 받았을 때만 할 수 있는 부탁이다. 잡지에 작가특집 같은 걸 할 때에는 기획 단계에서부터 여유가 있어 편집자가 아주 넉넉한 시간을 두고 청탁한다.

이렇게 시간에 쫓겨 부탁하는 것은 어떤 상의 수상이 결정되고, 당장 그달 안으로 그에 대한 이런저런 원고를 채운 책이 나와야 할 경우이다. 그런 전화를 편집자가 작가에게 먼저 하기 어려워 작가끼리 먼저 부탁한 다음 다시 편집자가 그 작가에게 '빠른 원고 부탁'

전화를 하는 것이다. 짐작대로 '이상문학상'이라고 했다.

이 친구가 이런 전화를 하기 두 달 전에 내가 바로 그런 전화를 이 친구에게 했다. 형식과 오간 말도 똑같다.

"야, 클랐어."

"뭐가?"

"니가 나에 대해 뭐 좀 써줘야 해."

그때는 내가 녹색문학상 수상 통보를 받았고, 그 상을 주관하는 곳에서 거기에 들어갈 작가에 대한 얘기가 필요하다고 해서 그걸 이 친구에게 부탁했던 것이다. 그리고 열흘쯤 지나 다시 '동리문학상'이 결정되었을 때 이 친구가 "뭐, 다 쓸어 담네"라고 말해 그 말이 민망하고도 우스워 함께 킬킬거렸다.

그리고 이번에 이상문학상 수상 통보 전화로 함께 킬킬거리고 클클거렸던 것도 지난번에 써준 원고 빚을 너무 빠르게 받아가는 것 때문이었다. 두 달 만에 "클랐어" 하고 이 친구가 똑같은 방식으로 원고 부탁 전화를 한 것이었다.

자 그러면 써보자.

'구효서 작가가 상을 받으니 내가 받은 것처럼 기쁘다. 그럴 만도 하다. 그와 나는 동갑내기다. 나는 동갑내기를 보면 무조건 뭉클해져 버린다. 내가 살아온 세월을, 세상을, 고스란히 그도 겪어왔을 거라는 동질감 혹은 유대감 때문일까? 내가 빡빡머리로 중학교에 입학할 때 그도 빡빡머리로 중학교에 입학했겠지. 이건 틀림없는 사실일 테니까.

그는 한반도의 허리 서쪽 끝에서 태어났고 나는 동쪽 끝에서 태어났지만 한반도를 세로로 접으면 그의 고향 강화와 나의 고향 강릉이 데칼코마니처럼 딱 만난다. 강릉은 북위 37도 27분~54분, 강화는 북위 37도 31분~48분이니까. 그뿐인가. 그가 아버지 심부름으로 술도가에서 술을 받아오다가 주전자 꼭지에 입을 대고 막걸리를 쪽쪽 빨아 마실 때 나도 아버지 심부름으로 술을 받아 오다가 주전자 꼭지를 날름날름 핥았던 것이다. 주전자 뚜껑 아래 김치보시기를 끼워 넣는 것 하며 주전자 꼭지에 젓가락을 꽂아 들로 내가는 모양도 어쩌면 그리 똑같았는지.'

앞부분 따옴표 안의 글을 읽으며 아무도 이상하게 여기지 않았을 것이다. 그러나 이것은 두 달 전 구효서가 나에 대해서 쓴 글이다. '이순원'을 '구효서'로 바꾸고, '강화'와 '강릉'의 자리를 바꾸어 썼을 뿐이다. 딱 그것만 바꾸어도 이순원 작가론의 한 부분이 구효서 작가론이 되고, 구효서 작가론이 이순원 작가론이 된다. 살아가며 이런 인연도 참 쉽지 않다. 더구나 둘 다 같이 글을 쓰는 사람이다.

그러나 나는 체질적으로 '작가론' 같은 것을 잘 못쓰기 때문에, 그냥 이 친구와 나, 그리고 같은 시대에 태어나 함께 글을 써온 우리가 어울려 지내온 이야기를 하려 한다. '론'자보다는 이게 구효서에 대해서도 더 사람냄새가 나는 글이 되지 않을까 싶기도 하다.

그와 나는 문단에 나오자마자 만난 아주 오랜 친구이다. 우리는 1957년 같은 해에 태어났다. 위에 쓴 구효서의 말대로 우리나라 지도에 삼팔선처럼 그 아래 그것과 수평이 되게 또 하나의 금을 그으면 똑 같은 위도 상에 한 사람은 동쪽 끝인 강릉, 또 한 사람은 서쪽 끝인 강화에서 태어났다. 강릉에서 뜬 해가 강화로 지는데, 둘 다 지명에 '강'자가 들어간다. 이 '강'자를 지워내고, 이따금 우리는 그걸 '화릉지교'라는 말로 우리 사이의 우정을 얘기한다. 이러면 다른 사람들은 우리 사이가 무척 화기애애한 줄 아는데 꼭 그렇지만도 않다. 어떤 때는 원수보다 더한 사이이기도 하다. 우리가 처음 만난 것은 30년 전 중앙일보 신춘문예에서였다. 둘 다 소설을 응모했고, 최종심에서 두 작품이 다투다가 구효서가 〈마디〉라는 단편소설로 당선되고 내가 떨어졌다.

그 후 구효서는 그 상금을 밑천삼아 결혼을 했고, 《문학사상》 편집부에 들어갔다. 나는 다음 해 그 원수를 외나무다리에서 다시 만나는 식으로 구효서가 일하는 《문학사상》을 통해 중앙문단에 나왔는데, 이때 당선 통지를 해준 사람이 구효서였다. 다음 해 윤대녕도 그곳을 통해 나왔는데, 내가 나오던 해 《문학사상》 신인상 최종심에 박상우 · 윤대녕 · 이순원이 함께 있었고, 그 심사 절차를 진행한 사람이 구효서였다. 꼭 이게 인연이었던 것은 아니지만 아무튼 만날 사람은 어떻게든 만나게 되어 이 시기에 구효서 · 박상우 · 유정룡 · 윤대녕 · 이순원이 함께 어울려 참 엄청 마셔댔다.

주로 마포에서, 또 인사동에서 마셨던 것 같은데 지금이야 다들 이름 있는 작가로 성장했지만 그때는 자주 모여 마셔도 아무도 신경 안 쓰는 '변방에 우짖는, 아니 우짖지도 못하는 벙어리 새' 같은 문단말석들이었다. 처음부터 변방의 작가로 늘 그 자리에 모여 우리들끼리 그런 식으로 마셨는데 그러느라 30대가 거의 지나간 거 같다. 그게 얼마큼 시간이 지나니 그 변방의 자리가 마치 우리끼리 어떤 금을 그어놓고 모인 자리처럼 '왜 너희끼리만 모여 마셔?' 하는 모임이 되어버렸다.

그 시절의 일이다. 그때만 해도 노래방이 없었다. 이후 노래방이라는 게 생기면서 이 친구들이 술을 약게 먹기 시작했다. 윤대녕은 원래 술이 좀 약했던 거 같고, 나머지 친구들은 대충 마시고 노래방에 가고 싶어 했다. 거기 가면 구효서 · 박상우 · 유정룡이 서로 마이크를 잡겠다고 쌈박질을 한다. 그런데 나는 아무리 아름다운 노래도 폭력적인 침묵만 못하다고 여기는 사람이어서, 이 친구들 노래방 못 가게 하는 방법으로 폭탄주를 왼쪽에서 오른쪽으로 마구마구 돌려 그냥 술자리에서 다운시켜버리곤 했다. 그때 폭탄주에 제일 곤혹스러워했던 친구가 바로 구효서였다.

6 · 25때 난리는 난리도 아니었던 그때의 이런저런 술자리에서 함께 어울리다가 그 폭탄주의 유탄을 맞고 잠시 정신이 어질어질하셨던 분들 많으실 것 같은데, 그 원인 제공자가 바로 노래방을 좋아하는 구효서와 박상우이다. 요즘은 좀 달라졌는지 모르지만 좌우지간 노래방에 가면 마이크를 안 놓는다. 시간도 계속 추가한다.

그때까지만 해도 우리 집사람이 내가 밖에 나가 술을 마시고 좀 취해서 들어오면 덩치가 좋은 박상우나 유정룡이 우리 남편한테 이렇게 술을 줬구나 생각했다. 그런데 어느 날 내가 며칠 어디에 갔다 오니 반갑게 맞이하는 것이 아니라 눈빛이 아주 싸늘했다. 왜 그러지 하고 봤더니, 우리 집 거실 탁자에 구효서의 산문집 《인생은 지나간다》가 딱 놓여 있었다. 그 산문집에 지금도 네이버에 검색되는

'이순원의 폭탄주' 얘기가 나온다. 그 일을 강릉에 계시는 아버지까지 알게 되어 야단을 들었다. 비겁하게 그걸 글로 쓰다니. 이 친구는 받으면 꼭 받은 것만큼 언젠가는 그렇게 되갚음을 한다. 그런데도 나는 바다처럼 마음이 넓어 이렇게 좋은 말로만 친구를 위한 글을 쓰고 있다.

예전의 그 친구들이 모두 열심히 글을 쓰고 있는 것이 같은 세대의 작가로 너무 자랑스럽고 고맙다. 앞으로도 20년은 40대의 그 시절처럼 써야 할 친구들이고 길동무들이다. 우리가 술도 왕성하게 마시고 글도 왕성하게 쓰던 40대 시절, 내가 구효서에게 아주 크게 놀랐던 적이 있다. 어쩌면 본인은 그 일을 잊었을지 모른다.

어느 대학의 문학강연회에 함께 초대되어 갔을 때의 일이다. 한 학생이 나에게 "선생님은 언제 글을 쓰십니까?" 하고 묻고 또 한 학생이 구효서에게는 "소설을 쓰시는 선생님이 생각하는 산문정신이란 무엇입니까?" 하고 아주 심각하게 물었다. 나는 질문한 학생이 이해하기 쉽게, 또 내가 대답하기 쉽게 "보통은 때꺼리가 떨어지면 쓰는데, 늘 때꺼리가 간당간당해서 매일 씁니다" 하고 웃으며 대답했다. 그리고 구효서가 어떻게 대답할까, 궁금한 얼굴로 바라보았다. 이 질문에 산문이 어떻고, 뭐가 어떻고, 작품이 어떻고, 이렇게 대답하기 시작하면 한도 끝도 없이 골 아파지는데, 구효서가 그걸 명쾌하게 대답하는 것이었다.

"글이라는 것은 쓰다보면 잘 나갈 때도 있고 안 나갈 때도 있는데, 제가 생각하는 산문정신은 작가가 글이 잘 안 써질 때에도 끝까지 그것을 붙잡고 열심히 쓰는 것을 말합니다.”

이런 거야말로 고수의 문답이고, 실천의 문답인 것이다. 그때 나는 우리가 늘 함께 웃고 떠들고 마시지만 ‘저 친구야말로 나에게는 같은 길을 걸어가는 이 시대의 스승과도 같은 친구구나’ 하고 다시 한 번 생각하게 되었다. 나는 지금 누가 산문정신에 대해 물으면 그때 구효서가 한 말처럼 대답한다.

나는 대관령 아래에서 하늘과 산과 그 사이의 논과 밭과 나무와 땅을 보고 자랐다. 그게 세상의 전부인 줄 알았는데 내가 그렇게 자라는 동안 구효서는 강화에서 내가 자란 곳과 비슷한 농촌에서, 그러나 그곳 가까이 있는 바다를 보고 자랐다. 어린 시절 북한에서 뿌린 삐라를 산에서 한 장만 주워도 그게 아주 큰일이었던 내게 북한에서 뿌린 삐라를 포대에 담아와 경찰서에 가져다주는《라디오 라디오》를 읽으며 전혀 딴 세상의 이야기 같기도 했지만, 나보다 현실적으로 많은 이야기 세계를 가지고 있는 친구라는 것을 알았다. 젊은 시절 〈아이 앰 어 소피스트〉라는 아주 새로운 형식의 소설을 발표했을 때 나는 이 친구의 새로운 감각과 실험정신을 보았다. 강화에 놀러갈 때마다 〈시계가 걸렸던 자리〉가 있는 그의 옛집 동네를 찾아보고 싶어진다. 그는 생각도 깊고 사물을 바라보는 시선도 깊다. 그는 예순이 된 지금도 늘 실험하고, 또 용기 있게 그것을 밀고 나간다. 일상생활에서도 실수를 두려워하지 않는다. 삶에서만이 아니다. 어느 결에 나이가 들어도 글에서도 그가 늘 새로운 이유이다.

먼저 받은 글 빚을 갚는 자리에 지난가을 그가 내게 해주었던 말을 이제 나는 글자 하나 바꾸지 않고, 그대로 그의 몫으로 되돌려주어야 할 것 같다. 그는 내게 이렇게 말했다. 그러나 그것은 내가 지금 그의 문학에 대해 해야 할 말 그대로이다.

'그의 많은 작품에서 드러나듯이 그는 나무와 숲을, 하늘과 땅을, 그 사이에 살아 숨 쉬는 창생의 삶을 예사로이 보지 않는다. 푸른 즙과도 같은 그의 푸른 언어는 영혼이 푸르지 않고는 나올 수 없는 것들임을 나는 감히 안다고 하겠다. 그리하여, 그와 같은 해에 태어나 한반도의 중심이 아닌 동서 양끝의 넓고 푸른 땅에서 살았던 동년배의 코호트cohort로써 나는 그의 이번 수상을 내 일처럼 마냥 기뻐하며 축하하는 것이다.'

이정도면 나이를 먹는 것도 정말 즐거운 일이다. 비슷하게 나이를 먹는 친구가 있어서 더욱 그렇다. 아니, 나이를 먹을수록 더욱 비슷해져가는 친구가 있어서 그렇다.

다시 한 번 축하한다, 친구야!

뒤에서 애써온 가희, 지희 엄마도 축하드립니다. 그리고 이 빛나는 자리를 못 보시고 돌아가신 효서 어머니, 이런 좋은 친구를 대관령 너머 동쪽 끝에 태어난 저에게, 또 우리가 사는 세상에 보내주셔서 정말 감사합니다. 늘 함께 지켜봐주세요, 우리를.

이 상 문 학 상

작품론

〈풍경소리〉와 구효서의 작품세계

장두영 • 문학평론가

어디서 오셨습니까,
어디로 가십니까?

1. 없어야 있다

중편 〈풍경소리〉는 청명한 가을 하늘 아래 어느 한적한 시골 산사로 우리를 데려간다. 온갖 세속의 번잡스러움을 벗어난 그곳에서 우리는 주인공과 함께 소박하지만 아름다운 것들을 보고, 듣고, 맛본다. 한참을 맑고 깨끗한 것들에 둘러싸여 있다 보면 어느새 마음이 정화되는 느낌이 솟아난다. 주인공이 마음의 상처에서 벗어나는 모습을 지켜보고 있노라면 흐뭇한 미소도 짓게 된다. 그런데 겉으로 드러난 따뜻함을 한 꺼풀 벗기고 나면, 이내 뭔가 허전하고 텅 빈 것 같은 느낌이 밀려온다. 이런 적막하고 쓸쓸한 분위기는 과연 어디에서 유래하는가?

소설 속 산사 생활은 항상 무언가의 결여를 필요조건으로 한다. 이를테면 소설의 첫 장면을 채우고 있는 '슥삭슥삭' 연필 소리가 그러하다. "잘 구워진 밀전병 같은, 그런 종이 위를 달리는 연필 소리"를 들으려면 주변이 무척 조용해야 한다. 밤 깊은 산사의 객실이 그러하다. 한낮의 시끄러운 쓰르라미 소리가 없어진 시간, 인적이 드물어 때로는 적막감마저 감도는 곳이라야 아주 작은 톱으로 내는 소리 같은 '슥삭슥삭' 소리를 들을 수 있다. 즉, '슥삭슥삭'은 소리가 없어야 비로소 들을 수 있는 소리다. 정겨운 소리이되 고독 속의 정겨움이다.

주인공 미와가 성불사에 온 것은 풍경소리를 듣기 위해서다. "달라지고 싶으면 성불사에 가서 풍경소리를 들으라고 서경이가 말했다." 풍경소리 또한 주변에 소리가 없어야 들리는 소리다. 한낮의 성불사에는 여러 소리로 가득하다. '스와와와', 팽나무 이파리 흔들리는 소리, '쓰쓰쓰쓰', 시끄럽게 쓰르라미 우는 소리, '탁탁탁탁', 공양간 도마 소리, '똑똑똑똑', '뜨뜨뜨뜨', 스님의 목탁 소리. 저절로 작은 미소를 짓게 만드는 의성어들의 향연은 모두 도시의 소음이 사라진 자리에서 들리는 소리들이다. 그런데 그러한 소리마저 완전히 숨죽였을 때, 그제야 풍경소리는 잔잔한 제 목소리를 낸다. 소리가 없어야 소리가 있게 되고, 그 소리마저 없을 때 풍경소리가 있게 된다.

성불사의 묘미는 대개 없음과 있음이 교차하는 지점에서 생성된다. 공양간에서는 일체 다른 양념을 쓰지 않고 오직 된장으로만 맛을 낸다. 같은 된장으로 맛을 낸 것이지만 음식마다 다 다른 맛이고 그토록 맛있을 수가 없다. 다른 양념이 없으니, 평소 된장 속에 감추어졌던 여러 가지 맛이 뒤늦게 느껴졌을 터. 감탄을 자아내는 된장 맛은 새롭게 나타난 것이 아니라 본래부터 거기 있었다. 다만 다른 양념들에 가려져 있었기에 미처 알아보지 못했을 따름이다. 양념이 없어야 양념의 고유한 맛이 살아난다는 것, '없어야 있다'는 발상이 동일하게 적용된다.

성불사의 아름다움에는 청각, 미각뿐만 아니라 시각적인 것도 포함되며, 이 역시 없어야 있게 되기는 마찬가지다. 미와가 머무는 객실 창살문에 비치는 풍경그림자는 방 안에 켜둔 형광등이 없어야 볼 수 있다. 환한 형광등 불빛이 없어야 부드러운 달빛이 창살문에 그림자를 걸어준다. '푸르디푸른 가을 하늘'과 '붉은 기운이 뚝뚝 흐르는 맨드라미'는 또 어떠한가? 서울의 하늘도 같은 하늘이고, 서울의 화단에도 같은 꽃이 심어져 있건만, 미와는 바쁜 일상에 쫓긴 나머지 그러한 소중하고 어여쁜 것들을 놓치고 있었을 뿐이다. 본체를 가리는 번잡한 것이 사라졌을 때 그것은 아름다움의 형상으로 고개를 내민다.

'없어야 있다'는 원칙은 소설 전체를 관통하는 기본적인 상상력이다. 미와는 산사에 들어올 때 짐에서 노트북컴퓨터를 뺐고, 휴대폰 전원을 꺼두었다. 그녀는 서울에서의 일상을 대표하는 물건들을 잠시나마 없애고 나서야 산사의 아름다움에 들어갈 수 있었다. 산사 생활을 다룬 현재의 이야기와 병렬적으로 전개되는 기억 속 과거의 이야기에서도 결여의 상상력은 그대로 이어진다. 아버지가 없어 미혼모 엄마와 미혼모의 딸인 미와 자신이 있다. 엄마가 출장 가고 없을 때 미와에게는 레고가 있었다. 미와가 레고와 함께 집을 떠나자 엄마 곁에는 고양이 상철이가 있게 되었고, 엄마가 돌아가시자 상철이의 울음소리가 시작되었다는 식이다. 소설의 곳곳에서 '없음'과 '있음'은 지속적으로 교차한다.

여기에 이를 때, 이 소설은 '없음'에 관한 소설적 실험으로 간주할 수 있다. 소설 속 모든 소재와 상황들은 무언가가 없어야 있게 되는 것들로 가득하다. 얼핏 겉에서 볼 때는 따뜻하지만 자꾸 허전함을 느끼게 되는 것은 이런 이유 때문이 아닐까? 물론 이 소설에서 '없어야 있다'라는 발상법은 단순히 산사 체험의 즐거움이나 가족사와 관련된 과거의 정신적 상처를 그려내는 데만 그치는 것은 아니다. 소설 전반에 묻어 있는 불교적 색채를 고려할 때, 무엇보다 소설의 공간적 배경이 되는 성불사를 고려할 때, '없어야 있다'라는 모순형용은 불교적 진리와 연결된다.

2. 상처와 치유

엄마의 죽음이야말로 이 소설에서 가장 두드러지게 강조되는 '없음'이다. 엄마의 죽음을 알리는 전화를 받았을 때 고양이 울음소리가 시작되었고, 미와는 시도 때도 없이 들리는 고양이 울음소리를 피하기 위해 이곳 성불사에 오게 되었다. 엄마의 죽음이야말로 이 소설의 기원인 셈이다.

미혼모인 엄마는 무심하고 무감한 사람으로 기억된다. 엄마 없는 집에 혼자 남겨진 딸은 레고를 쌓으며 빈 집을 지켰다. 여기서 레고 쌓기는 외로움의 양을 측정하는 유용한 소설적 장치다. 전국 레고 블록 쌓기 대회 최연소 우승자가 되고, 나노블록 회사에 특채로 취직한 것은 딸이 혼자 감당해야 했던 외로움의 크기를 잘 보여준다. 그만큼 엄마를 향한 반발심도 커져갔을 것은 당연하다.

엄마의 죽음을 알리는 소식을 들었을 때, 미와의 반응은 무척 특이하다. 그녀는 슬퍼하지 않는다. 마치 자신이 겪었던 외로움에 대해 복수라도 하듯이 엄마의 죽음 앞에 애써 태연한 척한다. 그러나 그녀는 곧 심각한 무기력과 혼란의 상태에 빠진다. 부고 전화 너머로 들었던 고양이 울음소리가 이후에도 시도 때도 없이 들려왔고, 환청으로 인해 일상은 엉망이 되고 말았다. 겉으로는 엄마의 죽음을 슬퍼하지 않지만, 속으로는 심각한 정신적 타격을 입은 것이 분명하다.

프로이트의 설명에 따를 때, 미와는 현재 멜랑콜리 상태에 있으며,

그녀가 멜랑콜리에 빠지게 된 것은 엄마의 죽음에 대한 애도 작업이 제대로 수행되지 않았기 때문이다. 사랑하는 사람이 죽었을 때, 남아 있는 사람은 극심한 정신적 고통에 놓인다. 이때 적절한 애도 작업이 이루어져야 사별의 상처를 잊고 다시 일상으로 복귀할 수 있다는 것이 정신분석의 요지다. 극심한 무기력과 고통스러운 환청은 의식적으로는 엄마를 거부하지만 실제로는 엄마를 그리워하고 사랑하기 때문에 생긴 이상 반응이다. 무조건 회피한다고 회피할 수 있는 것이 아니라 애도를 완수해야 벗어날 수 있는 성질의 증상이다.

풍경소리를 들으며 노트에 글을 쓰는 일은 사실상 애도의 작업에 가깝다. 미와의 노트에는 '쓰쓰쓰쓰', '스와와와', '오이오이' 같은 예쁘장한 의성어들로만 가득할 것 같지만, 실상은 그렇지 않다. 무언가를 하루 종일 써대는 그녀를 본 주승은 그녀를 소설 쓰는 사람이라 오해하고, 사람을 죽이지 않는 소설도 있느냐는 엉뚱한 질문을 한다. 주승의 어이없는 질문으로 인해, 미와 자신은 숨기고 있지만 그녀가 엄마의 죽음에 관해 많은 생각을 하고, 그 생각을 글로 옮겼다는 사실이 간접적으로 드러난다. 겉으로는 슬퍼하지 않는다고 말하지만 속으로는 그리워하는 그녀의 심리와 똑같이 닮았다. 미와는 눈물 대신 '스삭스삭' 글쓰기로 엄마의 죽음을 애도하고 있다. 이것은 내면을 성찰하고 글로 옮기는 '서사의 힘'이 정신적 상처의 치유에 있어 매우 긴요함을 보여준다.

누군가에게 이야기를 들려주는 것도 애도의 작업이 된다. 미와가 공양간에서 좌자에게 엄마 이야기를 하는 대목이 그런 경우다. 미와는 마치 남의 얘기인 듯, '했대요'라고 표현하지만, 좌자는 그것이

미와 자신의 이야기임을 잘 안다. 그래서 미와는 상처에 대해 말하지만, 좌자는 거기서 그리움을 읽어낸다. 또 미와가 진정으로 슬퍼하고 있음을 알아준다. 넉넉한 마음씨의 좌자를 통해 미와의 상처는 보듬어질 수 있었다.

"왠지 배가 막 고파지는 얘기." 미와의 이야기를 들은 좌자는 그녀를 위해 음식을 내온다. 그러자 미와는 걸신들린 듯 허겁지겁 먹어치운다. 마음속에 쌓여 있던 쓸쓸함과 정신적 허기는 이와 같은 사소한 디테일을 통해 생생히 포착된다. 더욱 감탄을 자아내는 것은 그 다음 장면. 미와는 음식을 먹다가 갑자기 사레가 들리고, 기도에 걸린 음식물을 토해내려 한다. 그러나 정작 음식물은 튀어나오지 않고 "눈물만 펑펑 나왔다." 애써 슬픔을 외면하려는 미와가 마음의 문을 열고 울음을 터트리게 만든 것은 소박한 음식과 따뜻한 경청이다.

성불사의 식구들은 미와를 위로하고 격려한다. 그들은 그것을 말로 표현하지는 않는다. 그저 느긋하고 평화로운 성불사의 일상에 미와가 잠시 동참하여 편안히 구경하도록 허락하는 정도다. 그러나 성불사 식구들은 어떠한 화려한 언변과 과장된 몸짓보다 더 따뜻하게 미와를 껴안아준다. 이 소설의 첫 문장을 눈여겨보자. "라고 적으니 어딘지 머쓱"이다. 연달아 '객수'를 느낀다고 적어놓았다. 두 번째 "라고 적으니" 문장에서도 "여전히 머쓱" 상태, 객수 상태다. 그러던 것이 성불사 환영식 이후 달라진다. 시루떡 조각과 나물무침 몇 접시가 고작이지만, 마음의 허기를 채우기에는 충분했다. 그러니 "라고 적어도 이젠 그다지 머쓱하지 않네"라고 적는 것이 어색하지 않다. 음식을 같이 나누어 먹는 사람들이 곧 식구 아닌가. 성불사 식구들과 같이 밥을 먹고, 그들과 대화하면서 미와의 정신적 상처도 서서히 치유되고 있었다. 이 소설을 읽고 마음의 평화를 느낀다면 바로 이러한 치유의 상상력 덕분이다.

이러한 치유의 과정에도 불교적 색채는 발견된다. 조용히 내면을 들여다보고 그것을 글로 표현하는 것은 수행자의 참선에 가깝다. 낯선 사람들과 어울려 그들과 대화하는 것은 어쩌면 그들이 오래된 인연의 끈으로 연결되어 있기 때문일지도 모른다. 이 소설은 단지 엄마의 죽음을 슬퍼하는 이야기가 아니다. 육친의 정을 훌쩍 넘어서는 더 먼 곳에 관한 이야기로 도약할 준비가 되어 있다.

3. "왜?"라는 질문이 없는 곳

성불사는 "왜?"라는 질문이 없는 곳이다. 궁금해도 "왜?"라고 질문해서는 안 된다. 그저 "그렇군"이라고 받아넘겨야 한다. 그것이 성불사 생활의 제1수칙이다. 아마 스스로 생각해보라는 뜻이 아닐까, 남에게 질문을 하고 답을 구하려 하지 말고, 그것을 화두로 삼아 스스로 생각하라는 깊은 뜻이 담겨 있지 않을까 짐작해본다.

"왜?"라는 질문이 생략되어서인지, 이 소설에는 의도적으로 개연성의 법칙, 곧 플롯을 약화시키려는 흔적들이 나타난다. 엄마가 육십이 넘어 연하의 미국인과 결혼한 사실은 눈에 띄게 강조되어 있지만 엄마가 왜 그런 선택을 했는지에 관해서는 너무도 허술하게 방치되어 있다. 죽자 사자 매달리는 남친이 있어 168통의 부재중 전화와 54개의 문자 메시지 폭탄을 남겼지만, 그 남친이 왜 그런 행동을 하는지에 대해서는 도통 관심이 없다. 궁금증을 느낀 독자들이

"왜?"라고 물어봐야 소설은 아무런 답을 해주지 않는다. 이때 궁금해 하는 독자는 "왜"라는 질문을 거부당한 주인공 미와와 동일한 상태에 처한다. 독자들이 책장을 넘기다 잠시 궁금증을 가진 순간 어느 가을날 성불사 경내로 순간 이동하게 만드는 재미있는 수법이다.

플롯의 약화 대신 이 소설은 시점과 어투로 과감한 실험을 감행한다. 소설은 삼인칭 시점과 일인칭 시점을 교차시킨다. 삼인칭의 어조는 평온하고, 담담하다. 실제 작가를 연상해서인지 성인 남성의 어투를 닮은 듯하다. 일인칭은 가볍고, 밝다. 연필로 글을 쓰면서도 이모티콘 'ㅋㅋ'를 사용하고, 자신이 쓴 문장을 두고 '오글거린다'고 첨언하고, '완전' '싱크로율 백퍼센트' 같은 소녀 또는 젊은 여성의 어투를 따른다. 물론 이러한 가볍고 밝은 분위기는 엄마의 죽음으로 인한 슬픔을 애써 감추려는 몸부림에 지나지 않는다는 사실이 드러나면서 애처로움을 자아낸다.

그런데 일인칭의 어조는 소설이 전개되면서 변화한다. 애써 밝게 꾸민 표현이 사라지고, 말투는 점차 차분해진다. 달라지고 싶으면 성불사에 가서 풍경소리를 들으라 했는데, 정말 성불사에서 지내다보니 달라지기라도 한 것일까? 어조가 달라진 한편에서는 고양이 울음소리가 어느새 사라졌다. 급기야 소설의 후반부에 가서 일인칭의 어조는 삼인칭의 어조와 겹쳐져 서로 구분되지 않는다. 어쩌면 처음부터 삼인칭의 목소리와 미와를 통한 일인칭의 목소리는 하나였는지도 모른다.

특히 소설 후반부에 이르러, 일인칭 내에서 목소리의 주체를 변화시킨 시도는 무척 참신하다. 미와의 목소리로 이루어지던 일인칭 시점에 추가하여, '모든 소리의 연원', '소리의 부처'인 '소리'가 자신을 '나'로 지칭하며 존재를 드러내는 부분이다. 이로써 소설에서 운용된 시점이 세 개가 되었으니, 다소 혼란스러워 보이는 면도 있긴 하다. 그러나 소설의 첫 장면부터 등장했던 '풍경소리'가 오랜 침묵을 깨고 뒤늦게 설핏 모습을 드러낼 때, 그동안 쭉 인간사를 지켜보고 있었을 절대자를 향한 경외감이 소설적으로 적절히 표현되었다는 감탄이 터져 나온다. 두 개의 일인칭이 서로 대화를 주고받는 소설의 마지막 장면에서는 경외감을 넘어 절대자의 자애로움마저 느낄 수 있다는 점에서 신선함은 한층 더 하다.

공간의 변화 역시 흥미롭다. 소설의 첫 장면은 풍경소리가 들리는 성불사 객실이었다. 한밤중이라 혼자 있을 수밖에 없는 곳이다. 소설이 전개되면서 미와는 공양간으로 나가기도 하고, 성불사 마당으로 나가기도 한다. 타인과 대화를 나누게 되는 곳이다. 소설의 중반에 이르러 비로소 비로자나불을 모시는 대적광전으로 간다. 부처님의 말씀이 들려오는 곳으로 이제 나갔다. 그 다음은 산사 인근 마을로 나가고, 소설의 마지막 부분에서는 서울로 올라갈 것이 예고된다. 혼자 있다가, 누군가와 대화하고, 부처의 말씀을 접한 후, 인간세상으로, 다시 더 큰 인간 세상으로 나아가는 경로의 전개다. 협소한 곳에서 벗어나 점차 넓은 세상으로 진입하는 과정이기도 하다.

이러한 공간적 변화는 '심우도尋牛圖'의 이야기와 대응한다. 심우도는 선종의 수행단계를 소와 초동에 비유하여 도해한 그림으로 소설 속에서는 대적광전 벽면에 그려진 것으로 나온다. 간략히 줄이면, 수행 공부를 하다 공空의 의미를 깨달은 후 세상으로 나아가 대중을 구

제한다는 이야기다. 성불사에 온 미와는 그곳에서 생활하다 무언가 달라진 자기를 발견하였다. '허공', '대적', '영', '공', '빵' 등으로 지칭된 무언가에 대해 어렴풋한 깨달음을 얻었다. 그리고 소설의 결말에서 그녀는 다시 서울로 돌아간다. 미와가 풍경소리를 듣고 이제 달라졌듯이 서울에서의 삶도 이제 달라질 것이다. 바랑을 짊어지고 길을 떠나는 초동이 서울로 길을 떠나는 미와에 고스란히 겹쳐진다.

이제 이 소설은 불교적 가르침을 더 공부해야 제대로 읽을 수 있는 작품이 된 셈이다. 엄마에 대한 그리움은 인간의 죽음 이후의 세계에 대한 관심으로 확장되었다. 인간적 상처에서 종교적 질문으로 급격히 도약하였다. 이에 이 소설은 없음과 있음은 하나라는 색즉시공 공즉시색의 사상을 소설적으로 그려낸 작품이 된다.

4. 보살의 길, 인간의 길

함씨와 영차보살이 안마을로 난 길로 들어섰다. 고구마를 캐야 하는데 나는 나란히 걷는 그들의 뒷모습을 오랫동안 바라보았다. 좌자와 수봉스님은 나에게 뭐라 하지 않았다. 그들이 멀어질수록 그들 위의 하늘이 높아졌다. 들판은 더 넓어졌고 햇빛은 더 눈부셔졌다.

무언가 하염없이 여영차 끌어올리는 모습이 절로 연상된다고 해서 지은 법명이라나. 영차. 영차보살. 그녀가 걷는 저 길은 큰 노를 젓듯 여영차 견디며 지나가는 생이라는 생각을 하자 참을 수 없는 죄책감이 몰려들었다. 정체도, 어디에서 몰려든 것인지도 알 수 없는 죄책감. 그리고 말할 수 없이 달콤했던 휘핑크림이 사무쳐왔다.

영차보살 내외는 세속의 부귀영화와는 거리가 먼 시골 산골의 필부필부다. 그들은 생이라는 거센 파도를 묵묵히 감내하며 견디는 지극히 인간적인 존재들이다. 거대한 세상 앞에 한없이 미약한 존재이면서, 동시에 막중한 생의 무게를 묵묵히 버티어내는 위대한 존재가 바로 인간이라는 인식이다. 이에 미와가 느낀 정체를 알 수 없는 죄책감이란 '인간의 길'에 대한 존경심의 다른 표현이다.

한편 그들이 걸어가는 그 길은 돌아가신 엄마가 걸어갔던 길이기도 하다. 된장의 달인 영차보살과 휘핑크림 전문가였던 엄마는 세상에 없던 맛있는 음식을 만들어낸다는 공통점이 있다. 평생 엄마가 감당해야 했을 쓸쓸함과 신산함을 두고 미와는 한때 외면하고 미워하려 했지만 달콤했던 휘핑크림의 추억으로 모든 것이 녹아내린다. 영차보살을 존경하듯, 거친 생의 파도를 묵묵히 견뎌냈던 엄마를 인정하고 그리워하고, 나아가 존경하겠다고 생각하는 순간 지연되었던 애도는 완수된다.

소설의 결말에서 '모든 소리의 연원'이자 '소리의 부처'는 길을 떠나는 미와에게 이렇게 묻는다. "어디로, 가십니까?" 미와는 그 소리에 답할 수 없다. 대신 "길을 걸으며 두고두고 나에게 물어야 할 질문이라고 생각"한다. 미와는 이제 '깨달음을 구하는 자=보살의 길'에 들어선 것이다. 그리고 그 길은 영차보살과 엄마가 견디며 지나갔던 '인간의 길'과 크게 다르지 않을 것이다. 지극히 불교적이면서도, 지극히 인간적인 소설에 걸맞은 결말이다.

2부
우수상 수상작

김중혁

스마일

ⓒ박미향

1971년 경북 김천에서 태어나 계명대 국어국문학과를 졸업했다. 2000년 《문학과사회》 가을호에 중편 〈펭귄뉴스〉를 발표하며 문단에 나왔다. 소설집 《펭귄뉴스》 《악기들의 도서관》 《1F/B1》 《가짜 팔로 하는 포옹》과 장편소설 《좀비들》 《미스터 모노레일》 《당신의 그림자는 월요일》 《나는 농담이다》, 산문집 《뭐라도 되겠지》 《대책 없이 해피엔딩》(공저) 《모든 게 노래》 《바디 무빙》 등이 있다. 김유정문학상, 젊은작가상 대상, 오늘의 젊은 예술가상, 이효석문학상, 동인문학상 등을 받았다.

데이브 한은 스물여덟 살부터 전국을 돌아다니며 수많은 어려움과 맞닥뜨린 순간마다 아버지가 했던 말을 떠올렸다. 예절을 갖춰서 웃으며 말해라, 그리고 땅을 보지 말고 정면을 봐라. 아버지의 말 중에 기억나는 게 몇 개 더 있었다. 코카콜라보다는 펩시가 더 맛있다거나 햄버거에서 양상추를 빼고 부추를 썰어 넣으면 더 맛있다는 말들. 베개는 높은 것보다 낮은 게 건강에 좋지만 가장 좋은 건 아무것도 베지 않는 것이다. 전자시계의 초시계가 움직이는 걸 계속 보고 있으면 그 리듬이 몸에 박혀서 저절로 박자 감각이 좋아진다. 수많은 음악가들이 그렇게 리듬 감각을 익힌다. 고양이를 오랫동안 키운 사람은 죽을 때 고양이의 털 뭉치를 토하게 되는데, 털 뭉치의 크기를 자세히 살피면 그 사람이 고양이를 키운 햇수를 짐작할 수 있다. 스포츠 경기에서 홈팀이 원정팀보다 우세한 이유는 심판들의 담력이 생각보다 크지 못하기 때문이다. 응원 소리가 커지면 커질수록 잘못된 판단을 내릴 확률이 커진다. 비행기 승무원들은 비행 도중 아무것도 먹지 않은 승객들의 명단을 만들어서 상부에 보고한다. 앞으로 백 년 이내에 미국의 민주당과 공화당은 통합될 것이다. 왼쪽이든 오른쪽이든 완전히 새로운 정당이 탄생할 것이다. 모든 기업에서 단 한 번도 휴가를 가지 않은 사람을 철저하게 조사할 필요가 있다. 그런 사람은 대개 부정한 일을 벌이고 있는 중이다. 모든 동물은 고향으로 돌아가려는 습성이 있는데, 회귀본능이 가장 강력하게 드러나는 때는 죽음을 직감했을 때다. 회귀본능 이야기 다음에는 자신 역시 한국으로 돌아갈 날이 머지않았다는 말을 덧붙이곤 했다. 아버지의 레퍼토리는 구글보다도 방대해 보였다. 밥을 먹을 때나 함께 목욕을 할 때면 아버지는 끊임없이 떠들어댔다. 데이브는 사람들과 이야기하다가 화제가 떨어지면 아버지에게 들었던 이야기 하나를 골라서 꺼내놓았다. 사람들은 언제나 아버지의 이야기를 재미있어 했다. 데이브는 아버지의 말 중에서 믿는 것도 있었고, 믿지 않는 것도 있었다. 사실 여부는 확인해보지 않았다. 믿고 싶은 것은 믿었고, 믿고 싶지 않은 것은 믿지 않았다. 데이브는 아버지의 말을 믿지 않은 걸 딱 한 번 후회한 적이 있다.

휴스턴으로 향하는 비행기에서 데이브는 잠을 이루지 못했다. 그의 옆자리에는 미국 농구 선수 제임스 하든을 닮은, 수염이 덥수룩한 남자가 앉아 있었는데 비행기가 이륙하기도 전에 그가 말을 걸어왔다.

"비행기에서 먹는 밥이 왜 맛있는 줄 알아요?"

데이브는 그의 말을 제대로 듣지 못했다. 비행기가 이륙하기 위해 속력을 높이고 있었다. 데이브는 좌석 손잡이를 꽉 쥐었다. 급가속을 할 때마다 자신이 어디론가 내팽개쳐질지 모른다는 불안감이 들었다. 창가에 앉은 제임스 하든이 데이브 쪽으로 몸을 움직이며 말했다.

"흔히 비행기에서 먹는 밥은 맛이 없다고 하죠. 알아요, 나도 연구

결과를 압니다. 시끄러운 곳에서 먹기 때문에 미각이 제 기능을 못 한다는 애기도 하고, 고도가 높아질수록 미각이 30퍼센트까지 떨어진다고도 하고…… 그런데 그걸 믿어요?"

비행기 앞부분이 공중으로 들리고, 바퀴가 땅에서 떨어지는 게 느껴졌다. 예수님이 물 위를 걸을 때 이런 기분이 아니었을까. 딛고 있지 않지만 딛고 있고, 딛고 있지만 떠 있는 듯한 기분을 느낀 게 아닐까. 비행기 바퀴가 안으로 접힐 때쯤에서야 데이브는 옆에서 계속 떠드는 제임스 하든의 말에 귀를 기울일 수 있었다.

"갇혀 있어 본 적 없죠? 나는 두 달 동안 갇혀 있어 본 사람입니다. 놈들이 나를 죽일지 살릴지 그것도 알지 못한 채 무작정 갇혀 있었어요. 놈들의 눈치를 살피면서 나는 매일 꾸역꾸역 먹었어요. 그때만 생각하면, 갑자기 토하고 싶어집니다."

데이브가 눈을 마주치자 제임스 하든의 목소리가 더욱 높아졌다. 데이브는 뭔가 대꾸를 하고 싶었지만 거들 말이 없었다. 고개만 끄덕여주었다.

"거기서 탈출한 다음부터 이상한 일이 생겼어요. 계속 좁은 방에서 밥을 먹고 싶은 겁니다. 널찍한 식당에서는 도대체 입맛이 생기질 않아요. 방에 들어가서 문을 걸어 잠가야만 겨우 식욕이 나타나서 내 앞자리에 앉는 겁니다."

"앞자리에 식욕이 앉는다고요?"

데이브가 처음으로 입을 열자 제임스 하든이 눈을 크게 뜨며 반갑게 맞았다.

"그런 기분이라는 겁니다. 식욕이 생겼다기보다는 식욕과 함께 밥을 먹는 기분. 문을 닫아걸어야만 자신의 몸을 드러내는 놈이 되어버린 거죠."

"비행기는 닫힌 공간이 아니잖아요."

"사람마다 다를 수 있겠지만 나는 비행기에만 올라타면 그 방에 갇힌 듯한 기분이 듭니다. 탈출구가 없는 로켓에 올라탄 기분이에요. 그렇지 않습니까? 나갈 데가 없잖아요. 벌거벗고 있는 거랑 뭐가 달라요? 저기 저 사람을 봐요. 손으로 발가락을 긁고 있는 게 보이죠? 저 여자를 봐요. 화장을 하나도 하지 않은 얼굴이죠? 비행기는 수많은 사람들이 각자의 방에 갇혀 있는 거나 마찬가지예요. 갇혀 본 적이 있는 사람이라면, 오히려 여기에서 편안함을 느낄 겁니다."

제임스 하든은 의자 밑에 넣어두었던 가방에서 목베개를 꺼냈다. 바람을 불어 넣어야 하는 종류의 목베개였다. 제임스 하든은 바람을 불어 넣다가 자신의 이름을 소개했다.

"잭이라고 불러요."

잭은 왼쪽 손으로 목베개의 바람구멍을 막고 오른손을 내밀었다. 악수를 하면서 데이브도 자신의 이름을 말했다. 잭은 목베개에 계속 바람을 불어 넣었다. 목베개가 터질 것처럼 부풀었다.

"갇혔던 이유는 뭔데요?"

데이브가 물었다.

"갇혔던 이유가 뭐냐고? 궁금해요? 정말? 신나고 재미있는 얘기는 아닐 거요. 어떤 사람을 가둬야겠다는 생각을 하게 된다면, 그 사람에게는 그만한 이유가 있을 겁니다. 무슨 말인지 알아요? 이유 없이 산 사람을 가둬두지는 못한단 얘기지."

"무슨 잘못을 저질렀는데요?"

잭은 팽팽해진 목베개 속으로 목을 밀어 넣었다. 목이 좌우로 움직일 틈이 없어 보였다. 고개를 이리저리 흔들어보던 잭은 만족스럽게 고개를 끄덕였다.

"너는 어떤 종류의 악당이냐? 이렇게 묻는 거죠? 그렇죠, 데이브? 세상이 착한 사람과 악한 사람으로 나뉘어 있다고 생각하지 마요. 그건 세상을 모르는 열 살짜리 꼬맹이 같은 생각입니다. 아까 방 이야기를 했으니 방으로 설명해봅시다. 당신은 작은 방에 갇혀 있어요. 그 안에 갇혀 있으면 세상 모든 사람들이 내 적인 것처럼 느껴집니다. 온 세상이 공모해서 나를 가둔 것 같지. 그건 착각입니다. 바깥세상은 당신에게 별로 관심이 없어요. 당신을 가둔 바로 그 사람만 당신에게 관심이 있죠. 시간이 조금 지나면 그 사람도 흥미를 잃을 겁니다. 세상은 착한 사람과 나쁜 사람으로 나뉘어 있는 게 아니라, 중요한 사람과 중요하지 않은 사람으로 나뉩니다. 죽을힘을 다해서 중요한 사람이 되도록 해요. 중요한 사람이 되면 당신이 방에 갇혀 있을 때 누군가 도와주러 달려올 겁니다. 아니, 방에 갇힐 일도 없어지겠죠. 그 방을 탈출한 다음부터, 나는 중요한 사람이 되기로 결심했습니다."

목베개 때문에 잭은 데이브의 눈을 보지 못했다. 고개만 살짝 돌린 채 계속 이야기했다. 데이브는 잭의 눈을 볼 수 없어서 움직이는 입을 보았다.

"한 가지만 부탁드려도 될까요?"

잭이 고개를 최대한 돌려서 데이브를 보았다.

"네, 말씀하세요."

데이브가 잭과 눈을 마주쳤다.

"식사 시간이 되면 깨워주겠소?"

잭이 진지하게 물었다.

"네, 그러겠습니다. 그러죠."

데이브가 대답했다.

"고마워요. 목베개만 두르면 잠이 쏟아진단 말이에요."

잭은 곧 눈을 감았다. 데이브는 조금 울렁거리는 것 같은 기분이 들었다. 난기류를 만나 요동치는 비행기 때문에 내장도 뒤틀리는 것 같았다. 책자를 집어 들었다. 비행기를 탈출하는 장면이 그림으로 자세하게 묘사돼 있었다. 비행기에서 살 수 있는 물건들의 가격 또한 상세하게 적혀 있었다. 유럽의 여러 도시 사진이 몇 페이지에 걸쳐 실려 있었다. 데이브는 눈을 감았다.

데이브는 카트 소리에 눈을 떴다. 승무원이 데이브를 바라보고 있었다. 승무원이 질문을 하고 있었다. 승무원의 입이 움직이는 게 보였지만 소리가 잘 들리지 않았다.

"손님, 닭고기, 생선, 어떤 걸로 하시겠습니까?"

데이브는 간신히 승무원의 말을 알아들었다.

"생선, 그리고 주스도 주세요."

데이브는 대답을 하고 나서야 옆자리의 잭이 떠올랐다. 고개를 돌렸더니, 잭은 이미 식사를 받아 들고 포일을 벗기는 중이었다.

"일어났어요?"

"미안합니다. 깨워드리려고 했는데 깜빡 잠이 들었네요."

데이브는 칼과 포크가 든 비닐을 벗기면서 멋쩍은 웃음을 지어 보였다.

"괜찮습니다. 상대방의 식사를 자신의 일처럼 생각하기란 쉽지 않죠. 이해합니다."

"아뇨, 그런 게 아니라 제가 너무 긴장을 했나 봅니다. 제가 잠들었는지도 몰랐습니다."

"변명할 필요 없어요, 데이브. 이름이 데이브 맞죠? 제가 잘 기억하고 있죠? 상대방의 일을 자신의 일처럼 생각하지 않은 건 전혀 부끄러운 일이 아닙니다. 인간은 그렇게 생겨먹질 않았어요. 인간을 감정이입의 동물이라고 얘기하지만, 그것도 완전히 잘못된 이야기예요. 사랑하는 사람이 죽는 장면을 눈앞에서 목격할 때 고통을 얼마나 분담할 수 있을 것 같습니까? 죽음 앞에 선 사람의 눈으로 세상을 볼 수 있을까요? 절대로요."

잭은 플라스틱 칼로 고기를 썰며 말했다.

"잭씨는 어떤 일을 하는지 물어봐도 될까요?"

데이브는 식사 위에 얹어둔 포일을 열었다가 다시 덮었다.

"간단하게 표현해도 된다면, 관찰하는 사람이라고 해두죠."

"관찰이요?"

"데이브, 당신은 가방이 하나뿐입니다. 기내용 슈트케이스도 없이 백팩 하나만 들고 탔다는 건 체류 일정이 짧은 여행이라는 얘기죠. 백팩이 아주 가볍게 보이지는 않으니까, 수화물로 부친 짐은 없을 거예요. 저게 짐의 전부겠죠. 여행은 아닐 것 같고, 간단하게 처리하고 곧장 돌아가야 하는 비즈니스 일정일 것 같습니다. 가방이 하나뿐이라면 의자 밑에 넣어두어도 될 텐데, 굳이 선반에 가방을 올려놓았어요. 그다지 중요하게 생각하는 물품이 없다는 말일 겁니다. 여권이나 중요한 문서, 혹은 서류는 몸에 지니고 있을 테죠. 어떻습니까?"

"마음대로 생각하시죠."

"그래요, 쉽게 인정하면 또 다른 질문은 피할 수 있죠. 아까 얘기로 돌아가보겠습니다."

잭은 고기 썰기를 끝내고 첫 번째 조각을 입에 넣었다. 눈을 감으며 맛을 음미했다.

"하아, 역시 이 맛이에요. 땅에서 먹는 고기와는 완전히 다릅니다. 적당히 퍽퍽하고, 적당히 달착지근해요. 인간은 자신이 만진 것만 실체로 인식합니다. 상대방의 감정을 상상할 수 있다고 하지만, 그건 착각이에요. 일종의 환상 같은 거죠. 인간은 고통을 최소화하기 위해서 환상을 만들어냅니다. 누군가 죽는 모습을 지켜봐야 할 때, 우리는 그 사람의 고통을 이해할 수 있을 것 같은 기분에 빠집니다. 얼마나 아플까, 얼마나 괴로울까, 얼마나 절박할까, 그런 감정이야말로 환상입니다. 그런 환상을 만들어낸 다음 상대방과 나를 분리하는 겁니다. 내가 저 사람의 입장에 서 있지 않아서 참으로 다행이라는 생각이 가장 먼저 들지만, 인간들은 그 감정을 환상 뒤에 숨깁니다. 때로는 환상이 너무 강력해서 실제가 아닌가 느껴질 때도 있어요. 아, 정말 나는 저 사람을 사랑하고 있던 게 아닌가. 아닙니다. 제가 확실하게 말할 수 있어요. 인간은 그런 생물이 아닙니다."

잭은 계속 고기를 씹으면서 이야기했다. 데이브는 플라스틱 칼과 포크를 만지작거리면서 계속 이야기를 들었다.

"식사 안 하십니까?"

잭이 물었다.

"속이 좀 불편해서요."

데이브가 대답했다.

"멀미?"

"네, 화장실에 좀 다녀와야겠네요."

데이브는 접이용 테이블에 놓여 있던 식판을 들고 일어섰다. 음식이 놓인 식판을 다시 접이용 테이블에 올려놓고 화장실로 갔다. 승무원이 식사를 나눠주고 있었기 때문에 데이브는 복도에서 잠깐 기다려야 했다. 승객들은 식사 준비에 분주했다. 데이브는 화장실에 가서 입을 헹구고 물비누를 이용해 손을 씻었다. 밖으로 나와 화장실 문을 닫는데, 여자의 비명 소리가 들렸다. 유리잔 두 개가 부딪쳐 깨지는 것처럼 날카로운 비명이었다. 승객들의 시선이 같은 곳으로 쏠렸다. 승무원이 카트를 한쪽으로 밀어놓은 다음 비명이 났던 곳으로 뛰어갔다. 데이브보다 다섯 줄 앞에 있던 한 남자가 복도로 쓰러졌다.

"승객 중에 의사가 있으면 앞쪽으로 나와주시겠습니까? 긴급 상황입니다." 여자 승무원이 소리를 질렀다. 1등석과 일반석을 오가며 같은 말을 반복했다. 승객들이 주변을 둘러보면서 함께 의사를 찾았다. 기내에 서 있는 사람은 승무원과 자신뿐이었기 때문에 데이브는 의사로 오해받을까 봐 두려웠다. 남자 승무원은 쓰러진 남자의 옷을 느슨하게 풀었다. 코를 막고 입으로 공기를 불어 넣기도 했고, 깍지

낀 두 손으로 심장 부근을 세게 누르기도 했다. 쓰러진 남자는 끝내 의식을 찾지 못했다. 의사는 나타나지 않았다.

"쓰러진 남자 표정 봤어요?"

데이브가 자리에 앉자 잭이 말했다.

"예. 끔찍하네요."

데이브가 대답했다.

"더 끔찍한 게 뭔지 압니까? 우리는 앞으로 일곱 시간 동안 죽은 사람과 함께 여행을 해야 한다는 겁니다. 승무원들이 죽은 사람을 어디로 옮기는지 봤어요? 1등석 쪽으로 데려갔어요. 아마 거기에 자리가 비었나 보죠. 그 사람 아마도 처음으로 1등석에 타보는 걸 겁니다."

"어떻게 알아요?"

"옷, 신발을 보면 알죠. 아무리 검소한 부자라고 해도 그렇게 입고 다니지는 않을 겁니다. 그리고 결정적인 단서가 하나 더 있죠."

"그게 뭐죠?"

"사인이 뭔 거 같습니까?"

"죽은 이유요? 저야 모르죠."

"아까 표정 봤다고 했죠?"

"네. 평온한 죽음 같아 보이지는 않았습니다."

잭은 대답 대신 마지막으로 남은 고깃덩어리를 입으로 넣더니 꼭꼭 씹었다. 그다음 붉은 당근 하나를 소스에 묻혀 입 속으로 넣었다. 잭은 플라스틱 포크를 오른손으로 흔들며 이야기를 시작할 준비를 했다. 데이브는 잭의 입을 봐야 할지 포크를 봐야 할지 알 수 없었다.

"그런데 데이브, 식사 안 하세요? 손도 안 댔네요."

잭이 포크로 데이브의 식판을 가리켰다. 생선 요리에 포일이 덮인 채 그대로 있었다.

"입맛이 싹 달아났네요. 더 드실래요?"

데이브가 식판을 손으로 잡았다.

"그럼 생선을 조금만 먹어봐도 될까요? 늘 고민되는 일이죠. 생선이냐, 고기냐."

"네, 마음껏 드세요. 다 드신 건 여기 두고, 제 걸 가져가세요."

"아, 정말 친절하시네요. 그럼 사양 않고 먹겠습니다."

잭은 생선 요리를 받아 들고 곧장 포일을 걷어냈다. 아직도 온기가 남아 있었다. 잭은 포크를 숟가락처럼 이용했다. 생선 조각이 부서지지 않게 잘 떠서 먹었다. 잭은 포크를 연필처럼 이용했다. 새로운 문장이 머릿속에 떠오르길 기다리면서 연필을 허공에 내두를 때처럼 포크를 허공에서 움직였다. 생선을 다 먹을 때까지 잭은 이야기를 하지 않았다. 다 먹은 생선 요리에 포일을 다시 씌운 다음에야 말을 시작했다.

"내 관찰이 맞다면, 그리고 내 경험에 비추어봤을 때…… 저건 분명히 헤로인 중독입니다."

"헤로인 중독요?"

잭은 과일이 들어 있는 작은 용기의 비닐을 벗겼다. 수박 한 조각, 키위 한 조각, 딸기 한 조각이 들어 있었다. 잭은 제일 먼저 수박을 집었다. 데이브는 기다리지 못하고 질문을 덧붙였다.

"비행기에서 헤로인 중독으로 쓰러지다니요, 그럼 기내에서 약을 흡입했다는 겁니까?"

"아니죠, 그렇게 간단한 얘기가 아닙니다. 제 추측이 맞다면, 저 사람은 아마도 스왈로워일 겁니다."

"스왈로워요?"

"뭐든지 삼켜버리는 괴물들이죠. 스왈로워를 처음 들어봅니까?"

"괴물들이라뇨?"

"콘돔에 싼 헤로인을 운반하는 밀수꾼들입니다. 항문으로 넣는 부류를 스터퍼라고 부르고, 입으로 삼키는 부류를 스왈로워라고 부르죠. 장단점이 있어요. 약을 똥구멍으로 넣는 새끼들은, 내 생각에 두 마리 토끼를 잡으려는 부류들이야. 물건도 옮기고 오르가슴도 느끼려는 거지. 입으로 삼키는 부류들이 진짜야. 걔들은 사심 없이 물건을 옮기는 데만 집중하거든. 전에 스왈로워들이 준비 작업 하는 걸 본 적이 있는데, 정말 살벌하더라고. 콘돔에다 코카인이나 헤로인을 가득 채운 다음에 기다란 실로 끝을 묶습니다. 그리고 그걸 삼켜요. 정말 꿀꺽 소리가 얼마나 크게 나는지 몰라요. 콘돔을 삼키고 나면 기다란 실을 어금니에다 꽉 묶어둡니다. 크크크, 나중에 끄집어 올려야 하거든. 바다에 나가본 적 있습니까? 배들이 항구에 도착하면 닻을 내리고 밧줄로 묶어두죠? 그 이치와 똑같습니다. 콘돔이 멀리 도망가지 못하도록 어금니에다 꽉 묶어두는 거죠. 밥 먹고 나서 이런 이야기 하려니까 비위가 좀 상하네요."

잭은 그렇게 말하면서도 키위와 딸기를 마저 먹었다. 플라스틱 용기에 들어 있던 물도 마셨고, 남겼던 빵 조각도 마저 먹었다. 2인분의 식사를 깔끔하게 해치웠다.

승무원들은 남자의 갑작스러운 죽음 때문에 승객들을 제대로 챙겨주지 못했다. 식사를 받지 못한 몇몇 승객들은 카트로 가서 직접 식판을 들고 가기도 했다. 1등석으로 향하는 길에는 커튼이 둘러쳐 있었고, 대부분의 승무원이 그 안에 들어가 있었다. 사고가 일어난 지 20분이 지나서야 기내 방송이 나왔다.

"승객 여러분, 저는 기장입니다. 20분 전, 승객 한 명이 갑작스러운 심장마비를 일으켰습니다. 저를 포함한 전 승무원은 환자를 살리기 위해 최선의 노력을 다했지만, 운명을 바꿀 수는 없었습니다. 항로를 결정하기 위해 관제탑과 여러 의견을 주고받았습니다만, 최종 결론을 다음과 같이 내리게 되었습니다. 이 비행기는 목적지까지 예정대로 운항될 것입니다. 다시 한 번 알려드립니다. 이 비행기는 목적지까지 예정대로 운항될 것입니다. 사고로 인해 잠시 중단된 기내 서비스는 곧 재개될 예정입니다. 감사합니다."

기내 방송이 끝나자 여기저기서 웅성거리는 소리가 들렸다. 1등석 쪽의 커튼이 열리고 승무원 한 명이 걸어 나왔다. 승무원은 죽은 남자의 옆자리에 앉아 있던 남자에게 무언가 말을 건네더니, 남자와 함께 1등석 쪽의 커튼 뒤로 다시 사라졌다. 잭이 데이브를 향해 말했다.

"궁금하지 않아요? 저 커튼 뒤에서 대체 어떤 일이 벌어지고 있는지?"

"아뇨, 별로."

"1등석에 있는 사람들은 대체 어떤 표정들을 하고 있는지, 시체는 어떻게 눕혀졌는지, 그 많은 승무원들은 전부 저기 들어가서 뭘 하고 있는지, 궁금하지 않아요? 내가 가서 좀 보고 올게요."

"보고 오겠다고요?"

"가서 슬쩍 커튼만 열어보면 다 알죠. 저는 잠깐만 봐도 모든 게 눈에 들어옵니다. 관찰하는 사람이니까요. 기다려봐요." 잭이 일어서자 통로 쪽에 앉아 있던 데이브도 일어설 수밖에 없었다. 잭은 복도로 나가서 1등석 커튼을 향해 성큼성큼 걸어갔다. 데이브는 아랫배가 묵직해지는 걸 느꼈다. 수백만 마리의 작은 벌레들이 머리 쪽에서 발 쪽으로 기어가는 것 같았다. 모든 피가 아래로 몰려가고 있었다. 데이브는 배를 꾹 누르며 화장실로 향했다.

"긴장 풀어, 친구. 남자가 배짱이 있어야지."

데이브는 피에르의 마지막 말을 떠올렸다. 몇 시간 전의 일인데, 몇 달 전의 일처럼 아득했다. 피에르의 말과 함께 얼굴도 떠올랐다. 곱슬머리를 길게 기르고 여러 군데 피어싱을 한 얼굴은 쉽게 지울 수 없는 형상이었다. 데이브는 화장실로 들어가서 변기 뚜껑을 닫고 그 위에 앉았다. 몸속의 벌레가 수백 개의 바늘을 들고 배를 푹푹 찔러대는 것 같았다. 배를 가른 다음 바늘을 모두 뽑아내고 싶었다.

"보물 이동 사업이라고 해두자. 어때, 괜찮은 직업 같지?"

전날 저녁 피에르를 처음 만난 자리에서 '보물 이동 사업'이라는 말을 듣고, 데이브는 어렸을 때 아버지를 따라가서 본 영화들을 떠올렸다. 흙 묻은 옷을 입고 고대 유적을 찾아 나서는 주인공이 멋있어 보였다. 주인공은 늘 간신히 살아남았고, 악당들을 물리쳤다. 어렸을 때는 삶이 그렇게 간단한 줄 알았고, 모든 타이밍이 그렇게 정확하게 자신을 도와줄 줄 알았다.

"보물 이동 사업을 간단하게 소개해줄게."

피에르가 말했다. 데이브는 어떤 일을 해야 하는지 대충 이야기를 듣고 왔지만, 피에르의 말을 막지 않았다.

"자, 거대한 생명체를 한번 상상해봐, 친구. 상상할 수 있는 최고치의 거대함을 떠올려봐. 미국보다 커도 괜찮고, 지구보다 커도 상관없어. 그런 생명체가 있다면 어떨 거 같나. 무시무시하겠지? 코끼리, 공룡, 어떤 놈이랑 싸워도 무조건 이길 것 같지? 삐이이이이. 틀렸어. 그렇게 거대한 놈들은 절대 살아남질 못해. 명령 체계가 감각으로 전달되는 시간이 토스트 만드는 시간보다 오래 걸리거든. '자, 저놈을 때려 죽이자'라고 마음먹어도 주먹을 쥐기 전에 맞아 죽는단 말이야. 큰 놈들은 느릴 수밖에 없어. 지구는 언제나 작은 놈들 위주로 진화가 이뤄졌어. 무슨 말인지 알겠어, 친구? 우리는 각각의 단위들이야. 우리는 저마다 트럭이고, 식당이고, 놀이터고, 도서관이야."

"피에르."

"왜 그래, 친구."

"난 내일 비행기를 타야 해. 엄청 피곤할 거라고. 곧장 본론으로 들어가면 안 될까?"

"실기 위주로 하잔 말이지?"

"그래 주면 좋겠어."

"그럼 한마디만 더 할게, 친구. 세상에서 가장 경이롭고, 흥미롭고, 숭고한 일이 뭔지 알아? 몸을 써서 하는 일이야."

"그래, 무슨 말인지 알겠어."

"자, 그럼 잘 보라고."

피에르는 책상 위에 놓여 있던 상자에서 라텍스 장갑을 하나 꺼냈다. 의사들이 수술할 때 쓰는 장갑이었다. 피에르는 가위로 장갑의 손가락을 하나씩 잘라냈다. 만들기 놀이를 하는 아이처럼 입을 꽉 다물고, 손가락을 잘라내는 데 집중했다. 온전하던 장갑은 다섯 개의 손가락과 손등으로 분리됐다. 피에르는 잘린 손가락을 가지런히 늘어놓았다. 그중에서 하나를 들더니 그 속에다 밀가루를 조심스럽게 부어 넣었다. 60퍼센트 정도가 차자 주변에 묻은 가루를 털어내고 바닥에 내려놓았다. 피에르는 같은 행동을 다섯 번 반복했다. 하얀색 밀가루 때문에 투명하던 장갑의 손가락이 하얗게 보였다. 다섯 개의 하얀 손가락이 나란히 늘어서 있는 것 같았다. 피에르는 주머니에서 치실을 꺼내서 적당한 길이로 잘랐다. 잘라낸 치실로 손가락들의 끝을 단단히 묶었다. 총알 같기도 하고, 잘린 손가락 같기도 한 다섯 개의 덩어리가 각각 치실 끝에 묶여 있었다.

"친구, 여기서 중요한 게 두 가지가 있는데 매듭 묶는 법을 확실하게 알아야 한다는 게 첫번째, 치실의 길이는 생각보다 훨씬 길어야 한다는 게 두 번째. 그리고 중요한 팁 하나를 소개하자면, 일반적인 치실보다는 민트 향이 나는 치실이 삼키기가 수월해."

말이 끝나자마자 피에르는 손가락 하나를 집어삼켰다. 자신이 마술을 하고 있다는 듯한 손동작을 하면서, 두 번째 손가락을 집어삼켰다. 다섯 개를 모두 삼킨 뒤에는 치실을 이용해 다섯 개를 다시 끄집어 올렸다. 데이브는 피에르의 동작들을 보면서 구토가 일어나려는 것을 간신히 참았다.

"요즘엔 이런 라텍스 장갑이나 콘돔을 잘 안 써. 전부 펠릿으로 옮겨가는 추세지. 그렇지만 영세한 업체나 올드 스타일을 좋아하는 사람들은 여전히 라텍스 장갑을 선호해. 싸고 간단하거든. 그리고 장갑을 삼킬 때는 구경하는 맛이 있어. 손가락 몇 개를 꿀꺽 삼키는 것처럼 보이잖아."

"몇 개까지 삼킬 수 있지?"

"이 손가락? 글쎄, 기네스북에 신청하지는 못하겠지만 아마 백 개 정도 먹은 친구들도 있을걸. 그 정도면 말도 못 할 과식이지. 어지간한 푸드 파이터를 능가해. 우린 적당량만 삼켜. 한 서른 개 정도? 운반 기일이 빠듯하면 맥시멈 쉰 개까지 삼킬 때도 있고……"

"내일 옮길 물건은 뭔데?"

"아, 그 얘길 안 해줬네. 제일 중요한 얘기."

"중요한 얘기?"

"보물 이동 사업자는 절대 보물의 정체에 대해 궁금해하지 않는다."

"자신이 뭘 삼키는지도 모르고 일을 해야 한다고?"

"왜? 겁나나, 친구?"

"겁나는 게 아니라 불안한 거지."

"불안과 겁이 어떻게 다른데?"

"글쎄, 불안은 비행기 좌석에 앉지도 못한 채 서성거리는 것이고, 겁은 비행기 좌석에서 일어나지도 못할 정도로 얼어버리는 거겠지."

"걱정 마, 친구. 비행기는 입석이 없으니까 무조건 앉아서 가게 될 거야."

"고맙네, 불안이 싹 사라지네."

"배 속에 들어 있는 시한폭탄을 안전하게 운반하는 최고의 비법이 뭔지 알아? 긴장을 푸는 거야. 긴장을 하게 되면 온몸이 쪼그라들고, 그러면 금방 똥이 마려워지는 법이거든. 아까 얘기했지? 우리 몸은 트럭이기도 하고, 성전이기도 하고, 도서관이기도 하다고. 한편으로는 똥통이기도 하고…… 크크크."

"내일 어디로 가면 되지?"

"참, 똥 얘기가 나와서 말인데, 비행기에서는 가급적 음식을 먹지 않는 게 좋아. 무슨 말인지 알지? 기내에서 음식을 먹는다는 건 주사기의 플러그를 밀어 넣는 거나 마찬가지야. 위에서 누르면 아래는 터지게 마련이거든."

피에르는 데이브에게 종이 한 장을 건넸다. 약도가 프린트된 종이였다. 피에르는 약도를 보고 있는 데이브의 어깨를 툭 쳤다.

"시작은 누구나 다 힘든 법이야. 긴장을 풀어, 친구. 남자가 배짱이 있어야지."

데이브는 화장실 문을 두드리는 노크 소리에 정신이 들었다. 잠깐 잠이 들었던 것인지 정신을 잃었던 것인지 알 수 없었다. 차가운 물로 얼굴을 씻었다. 데이브는 거울에 비친 자신의 얼굴을 보았다. 입을 크게 벌리고 그 속을 들여다보았다. 어두워서 잘 보이지 않았다. 거울 속으로 내장이 보일 리 없었다. 죽은 남자의 표정과 함께 잭의 말이 거울에 나타났다. "뭐든지 삼켜버리는 괴물들이죠." 그 말은 거울 속 자신의 얼굴 밑에 달리는 캡션이었다. 뭘 삼켰는지도 모른

채 죽어가고 싶지는 않았다. 문을 두드리는 소리가 다시 들렸다. 데이브는 안에서 문을 두드렸다.

데이브는 바지를 내리고 변기에 앉았다. 자신의 괄약근이 열리고 있는 중인지 닫히고 있는 중인지 분간하기가 쉽지 않았다. 몸에 있는 걸 모두 내보내고 싶었지만, 오히려 안으로 빨아들이고 있는 중인지도 모르겠다는 생각이 들었다. 어느 곳에 어느 정도의 힘을 주어야 할지 가늠이 되질 않았다. 문을 두드리는 소리가 다시 들렸다. 데이브는 바깥에 있는 사람을 향해 신경질적으로 문을 두드렸다. "사람이 있어요." 데이브는 소리를 지르고 나서 다시 힘을 주었다. 힘을 주고 있다는 사실을 정확하게 알 수 있는 부위는 주먹뿐이었다. 팔뚝에서 핏줄이 불거졌다. 데이브는 포기하고 일어섰다. 바지의 단추를 잠그고 밖으로 나오자 얼굴이 창백해진 청년이 변기를 부술 것처럼 화장실 안으로 뛰어 들어갔다.

비행기는 평온했다. 식사를 마친 사람들은 불을 끈 채 잠이 들었다. 몇몇 사람들은 책을 읽고 있었고, 몇몇 사람들은 좌석 앞에 달린 모니터를 만지작거리고 있었다. 몇 분 전에 사람이 죽은 비행기라고는 믿기지 않을 정도의 고요함이 공기 중에서 떠돌고 있었다.

"죽은 사람을 보고 왔어요."

데이브가 자리에 앉자 잭이 다시 말을 걸어왔다. 죽은 사람의 근황 따위는 듣고 싶지 않았지만 잭의 이야기를 막을 힘도 없었다. 잭은 고개만 끄덕였다.

"죽은 사람을 어디에 눕혀뒀는지 알아요? 1등석 맨 뒷자리예요. 저 커튼만 열면 바로 보인다니까. 조금 있다가 벙커로 옮기겠지만,

지금은 키트에 싸여서 1등석을 차지하고 있어요. 보고 싶으면 보고 와요."

"글쎄요, 별로 보고 싶진 않네요."

"죽은 사람의 얼굴을 보는 건 자주 찾아오는 기회가 아니에요. 게다가 자신과 전혀 모르는 사람일 경우는 정말 드물지 않습니까? 가족도 아니고, 친구도 아니고, 사랑하는 사람도 아닌데, 죽은 사람의 얼굴과 맞닥뜨릴 일은 거의 없죠."

"맞는 말이지만 죽은 사람 얼굴을 보는 게 유쾌한 경험은 아니잖아요."

"그건 데이브가 잘 몰라서 하는 소리입니다. 죽은 사람들은 마지막 얼굴로 자신의 모든 인생을 표현합니다. 어린 시절의 아름다운 추억, 괴로웠던 시절의 고통, 마지막 순간의 회한이 그 얼굴에 다 들어 있어요. 얼굴 하나로 최소한 30년의 시간을 표현하는 겁니다. 볼 수 있으면 봐야죠. 커튼 하나만 열면 수십 년간을 압축한 풍경이 펼쳐지는데 보지 않을 이유가 없습니다."

잭은 웃는 얼굴로 데이브를 다그치고 있었다. '그렇게 겁이 많아서 어떡하냐'고 얘기하는 것 같았다. 지금 이 순간을 놓치면 오랜 시간 자책하며 괴로워할 것이라는 말도 들리는 것 같았다. 데이브는 일어서고 싶었지만 배가 아팠다. 바늘로 찌르는 걸로는 부족했던지 이제는 장을 틀어쥐고 비틀어 짜고 있었다. 데이브는 배를 움켜잡고 허리를 굽혔다.

"왜 그래요? 어디 아파요?"

잭이 물었다.

"아닙니다. 속이 계속 안 좋네요."

데이브가 대답했다.

"승무원을 부를까요?"

"아뇨. 괜찮아요. 그 정도는 아닙니다."

데이브가 배가 아프다고 하면, 아버지는 한국식 마사지를 해주겠다면서 등을 두드려주곤 했다. 등을 두드려야 하는 이유도 빼놓지 않았다. 배가 아픈 것은 장이 꼬여 있는 것이고, 장이 꼬여 있을 때는 등을 두드려서 장을 펴주어야 한다는 논리였다. 아버지는 작은 손으로 데이브의 등을 세심하게 두드려주었다. 척추를 따라 위에서 아래로 두드렸고, 견갑골 아래의 골짜기도 놓치지 않았다. 아버지가 등을 두드려주고 나면 실제로 배가 덜 아팠다. 실제로 장이 펴지는 것인지도 모르겠다고 생각했다. 시간이 지나자 통증이 덜해졌다. 데이브는 허리를 폈다. 등을 두드려달라는 말을 하고 싶었지만 배 속에 들어 있는 물건에 충격이 전해질까 두려웠다. 통증은 줄었지만 데이브의 몸 전체로 이상한 감각이 전해지기 시작했다. 몸이 빳빳하게 굳고 있었다. 배 속에 커다란 쇠공이 들어 있는 것 같았고, 그 공은 점점 커지고 있었다. 공은 점점 커져서 토해낼 수도 없었다. 항문으로 끄집어낼 수도 없었다. 데이브는 점점 무겁게 가라앉는 아랫배를 만져보았다. 누군가 배 속에 들어가 안쪽에서부터 시멘트를 바르고 있는 것 같기도 했다.

데이브는 아침 일찍 피에르가 말한 사무실에 들러서 펠릿 20개를 삼켰다. 펠릿 속에 뭐가 들어 있는지는 물어보지 않았다. 어떤 물건이 들어 있든 마찬가지일 것이란 생각이 들었다. 펠릿을 삼키는 일은 어렵지 않았다. 삼키기에 알맞은 크기였다. 펠릿이 목구멍을 넘어가서 식도로 이동하는 게 고스란히 느껴졌다. 라텍스 장갑을 이용하던 피에르의 말이 떠올랐다. "병원에서 괴로웠던 적 없어? 수술을 하는데 너무 힘들었거나 마취 주사가 너무 아팠거나…… 그때 널 괴롭혔던 의사놈들의 손가락을 먹는다고 생각해봐. 아주 짜릿짜릿할 거야." 삼키고 있는 펠릿이 누군가의 손가락이라고 생각하자 헛구역질이 나려고 했다. 데이브는 침을 삼켜서 펠릿이 역류하지 못하도록 했다. 스무 개의 펠릿을 모두 삼키고 나자 목구멍까지 무언가 차오르는 듯한 기분이 들었다. 기분 탓일 거라고 생각했다.

"혹시 그거 압니까?"

눈을 감고 있는 데이브에게 잭이 말을 걸었다. 데이브는 대답 대신 눈을 떴다.

"승무원들이 아무 일도 안 하는 것 같지만 실은 엄청나게 바쁜 사람들입니다. 쉬는 시간이 별로 없어요. 오늘처럼 사고가 일어나면 정신이 하나도 없겠지만, 평소에도 하는 일들이 많아요. 항공사마다 차이가 있지만 기내에서 누가 식사를 하지 않는지 체크하는 승무원들도 있어요."

"식사를 체크한다고요?"

"그러고 보니, 데이브는 식사를 안 했군요?"

"속이 안 좋아서 그랬죠."

"아까 죽은 남자도 아마 식사를 안 했을 겁니다. 하긴, 식사를 받기도 전에 쓰러져서 죽었죠. 스왈로워들은 식사를 하지 않습니다. 밥을 먹으면 장에 들어차 있는 물건들이 아래로 밀려가니까요. 데이브가 식사를 하지 않은 이유가 그 때문이라고 해도 승무원들은 눈치 채지 못했을 겁니다. 오늘 워낙 정신이 없었던 데다 데이브의 식사는 제가 깨끗하게 해치웠으니까요."

데이브는 대꾸를 할 수 없었다. 그렇다고 할 수도 없었고, 아니라고 할 수도 없었다. 아버지가 했던 이야기들이 부분적으로 떠오르기도 했다. 어떤 이야기였는지는 정확히 기억나지 않았다. 잭이 계속 얘기했다.

"궁지에 몰린 데이브를 위해서 내가 밥을 대신 먹었다고는 생각하지 마세요. 제가 그 정도로 남의 일에 참견하길 좋아하는 사람은 아닙니다."

잭은 목베개를 베고 다시 눈을 감았다.

데이브는 심호흡을 했다. 통증은 줄어들었고, 배가 딱딱해지는 듯한 감각도 조금씩 사라졌다. 펠릿이 터졌거나 내용물이 새어 나온 것은 아닌 모양이었다. 데이브는 눈을 감고 자신의 내부를 느껴보았다. 조금씩 움직이는, 꿈틀거리는 장기를 느낄 수 있었다. 데이브는 잠들지 않고 내부를 계속 바라보았다.

비행기가 도착했을 때 데이브는 제일 먼저 달려 나가고 싶었다. 세관을 통과한 다음 화장실로 뛰어들어가 펠릿들을 모두 배출하고 싶었다. 펠릿들이 몸 밖으로 사라지기만 한다면 무슨 일이든 할 수 있을 것 같았다. 모든 걸 쏟아버리고 난 다음 시원한 맥주를 한잔하고 싶었다. 데이브는 선반에서 가방을 꺼냈다. 사람들은 자리에서 모두 일어나 나갈 준비를 하고 있었다. 주말의 고속도로에 서 있는 자동차들처럼 모두들 출구 방면을 두리번거렸다. 선반에서 가죽 가방을 꺼내든 잭이 데이브에게 말을 걸었다.

"나갈 때 꼭 봐요."

"네?"

"죽은 남자를 어디로 옮겼는지 봤어요. 승무원들 벙커로 가는 커튼 보이죠? 저것만 열면 볼 수 있어요. 시신 처리를 어떻게 할 건지 의논하고 있을 테니 우리가 나갈 때까진 저기 있을 거예요."

"프로세스를 잘 아시네요?"

"관찰하면 다 알 수 있어요. 꼭 봐요. 다시 보기 힘든 장면이니까. 비행기에서 헤로인 중독으로 죽은 남자를 언제 다시 볼 수 있겠어요."

"그러죠."

데이브의 손이 갑자기 떨리기 시작했다. 죽은 남자를 만나야 한다는 생각 때문이었다. 기내 통로에 서 있는 많은 사람들이, 마치 죽은 남자를 보기 위해 줄을 서 있는 것처럼 느껴졌다. 순서를 기다리고 있는 것 같았다. 데이브는 자신의 뒤에 서 있는 잭이 신경 쓰였다. 커튼을 열지 않고 지나치면 자신의 뒷덜미를 잡아챌 것 같았다. 데이브는 망설이지 않고 커튼을 열었다. 커튼에 신경을 쓰고 있는 사람은 잭과 데이브뿐이었다. 죽은 남자는 침낭 같은 키트에 싸여 있었다. 침낭에서 잠을 자는 사람처럼 얼굴만 밖으로 나와 있었다. 시신을 보관할 때는 얼굴을 꺼내놓아야 한다는 규칙이 있는 모양이라고 생각했다. 데이브는 죽은 남자를 5초쯤 보고 커튼을 닫았다. 남자의 얼굴이 사라지지 않고 데이브의 눈앞에 남았다. 남자의 얼굴은 창백했지만, 얼굴에는 이상한 미소 같은 게 남아 있었다. 미소가 아니었을 수도 있는데, 데이브 눈앞의 잔상에서 남자는 분명히 웃고 있었다. 커튼을 한 번 더 걷고 싶었지만, 데이브는 계속 앞으로 걸어야 했다. 데이브는 아랫배가 다시 묵직해지는 걸 느꼈다. 숨어 있던 고통이 되살아났다.

"봤어요?"

잭이 뒤에서 물었다.

"네, 봤어요."

데이브가 고개를 돌려 대답했다.

"어때요?"

"어떻다뇨?"

"얼굴을 본 소감이 어때요?"

"소감이랄 게 있나요."

"지금도 기억나죠?"

"조금 전에 봤으니까 기억나죠."

"계속 기억날 겁니다. 시간이 지나도 오랫동안 기억날 거예요. 그게 죽은 사람이 가지고 있는 마지막 힘이죠. 뇌리에서 사라지지 않으려고 안간힘을 다해서 만들어낸 최후의 표정."

"그런데 저 남자, 지금 웃고 있어요?"

"글쎄요. 웃고 있는 것처럼 보였다면 웃고 있는 거겠죠."

"당신은 어떻게 기억하는데요?"

"표정을 설명하기는 힘들죠."

"웃고 있는 것처럼 보이진 않았죠?"

"웃고 있는 것 같기도 했어요."

승무원들이 데이브에게 인사를 했다. 활주로에서 구급차 한 대가 비행기로 다가오는 게 보였다. 데이브는 잭에게 간단한 인사를 했다. 만나서 반가웠다고, 얘기할 수 있어서 즐거웠다고, 여행 잘 하시라고. 데이브는 잭의 여행지를 알지 못했다. 여행 중인지조차 알지 못했지만 잭을 향해 손을 흔들었다. 데이브는 빨리 걸었다. 찾아야 할 가방도 없었기 때문에 곧장 세관을 향해 걸어갔다. 데이브는 세관원을 향해 미소를 지었다. 세관원은 웃지 않았다. 데이브는 주머니에서 휴대전화를 꺼냈다. 마땅히 전화를 걸 만한 곳은 없었지만 긴장한 모습을 보이지 않으려고 어딘가에 전화를 걸었다. 오랜만에 아버지의 목소리를 듣고 싶어졌다. 신호가 가는 동안 세관을 통과했다. 아버지는 전화를 받지 않았다. 통과했다는 홀가분함 때문인지 아랫배의 통증이 느껴지지 않았다. 세관을 지나서 출입구 쪽을 향하는데 뒤에서 자신을 부르는 소리가 들렸다. "데이브 한 씨." 잭의 목소리인지 세관원의 목소리인지 구별하기 힘든 남자의 목소리였다. 데이브는 웃으면서 돌아보았다.

윤고은

부루마블에 평양이 있다면

1980년 서울에서 태어나 동국대 문예창작학과를 졸업했다. 2003년 대산대학문학상을 받으며 등단했다. 소설집 《1인용 식탁》《알로하》《늙은 차와 히치하이커》와 장편소설 《무중력증후군》《밤의 여행자들》이 있다. 한겨레문학상, 이효석문학상, 김용익문학상을 받았다.

집주인은 신분증을 요구하지 않았다. 혹여나 그렇다고 하더라도, 여자친구 이름으로 예약했는데 같이 오지 못했다고 하면 그만이었다. 내가 이선영이란 이름으로 투숙하는 데는 아무런 장애가 없었다. 주인은 '알리'라는 이름의 청년이었는데, 나흘간 머물 손님의 국적을 조금도 의심하지 않는 눈치였다. 그렇지 않다면 장식 액자 하나 없는 방에 이런 광고지를 둘 리가 없는 것이다. 손바닥 크기의 광고지에는 'Gaeseong model apartment complex'라고 적혀 있었다. '개성 시범단지'라니. 그 아래에는 '개성힐스 분양 임박' 같은 문장도 있었다. 번역기가 오작동한 것처럼 어색한 표현이었다.

나는 이 개성이 그 개성이라고는 얼른 생각하지 못했다. 개성이란 지명이 어디 지구상에 하나겠는가. 말 그대로 '개성 있는 시범단지' 정도라면 모를까. 광고지 곳곳에 박혀 있는 '북한'이란 단어를 보고 나니 더 생소했다. 알리는 자기 집에 온 손님 중에 북한 사람으로는 '이선영이 처음'이라고 했다. 알리에겐 미안하지만 내 이름은 이선영이 아니었고, 북한 사람은 더더욱 아니었다. 에어비앤비를 이용하는 북한 여행자가 있긴 있을까? 내가 아는 건 적어도 이 집에서, 북한 국적은 확실히 필요조건이었다는 점이다.

내가 하와이에서 며칠을 보내게 된 건 경품 당첨 항공권 때문이었는데, 오로지 1인 왕복티켓인 데다가, 날짜도 10월 초로 고정되어 있어 동행을 구하기가 쉽지 않았다. 선영과 같이 가고 싶었지만, 그녀는 휴가를 낼 수 없었다. 혼자 떠날 만큼 여행을 좋아하거나 하와이를 동경했던 건 아닌데, 무료 항공권을 허공에 날리기는 아까웠다. 차일피일 미루다가 출국을 일주일 앞두고 호텔을 알아보기 시작했다. 호텔들은 대부분 만실이었고, 남아 있는 것은 너무 비쌌다. 이 무료 항공권이란 게 호텔 측과 짜고 치는 고스톱이 아닐까 싶을 정도로 말이다. 선영은 에어비앤비 같은 공유민박 사이트를 뒤져보라고 말해주었다. 그곳엔 1박에 40달러가 채 되지 않는 숙소가 남아 있었다. 호놀룰루공항과 돌 파인애플 농장 사이에 위치한 곳이었는데, 교통은 딱히 좋다고 할 수 없었지만 차가 있으면 문제될 게 없었고, 무엇보다도 가성비를 고려하면 선택의 여지가 없었다.

사이트에서 예약 신청서를 전송한 지 30초 만에 집주인으로부터 전자쪽지가 날아왔다. 낙원에 오게 된 걸 환영한다며, 자기 이름은 알리라고 했다. 감사 인사를 보내자, 곧이어 두 번째 쪽지가 왔는데, 그날 몇 시쯤 숙소에 도착하는지 알 수 있냐는 거였고, 연이은 세 번째 쪽지는 혹시 자신이 그날 일이 있어 당신을 환영하지 못한다면, 당일 아침에 현관문의 비밀번호를 문자로 보내주겠다는 거였다. 며칠간 나는 알리와 쪽지를 주고받았다. 주차장 여부라든지, 선호하는 커피, 수건 제공 여부와 같은 평범한 대화였다. 목장 투어를 하겠느냐, 이웃 섬도 방문하느냐, 일행이 있느냐, 그런 질문들과 거의 동급의 무게로 날아온 질문이 'north, or south?'였다. '남이냐, 북이냐'라니, 나는 새삼스러운 기분을 느끼며 'south'를 선택했다. 서울에서 태어나 근교에 살고 있다고도 덧붙였다. 이 대답에 무슨 문제가 있다고 생각하진 못했지만, 그 쪽지를 보낸 후 돌연 예약이 취소되었다. 취소 사유는 급한 보수 공사였는데, 타이밍이 영 수상했다. 그보다는 내가 남한 사람인 게 진짜 취소 사유 아닐까 의심스러웠다. 출국까지 사흘이 남은 시점, 다른 숙소들은 그럴 줄 알았다는 듯이 그새 값이 더 치솟아 있었다.

내가 어쩌자고 새로운 계정을 만들기 시작했는지는 모르겠지만, 여자친구의 이름으로 같은 사이트에 가입한 후 알리의 집으로 예약 신청서를 보내는 데는 그리 오랜 시간이 걸리지 않았다. 숙박 일정은 똑같고, 예약자 이름만 다른 예약이었는데, 30초 만에 알리에게서 승인 쪽지가 날아왔다. 보수 공사니 뭐니 하는 내용은 전혀 없었다. 곧 똑같은 질문들—그러니까 몇 시쯤 숙소에 도착하는지, 혹시 목장 투어를 할 것인지, 일행이 있는지 아니면 혼자 오는 것인지 등등—이 이어졌다. 그리고 마침내 'north, or south?'에 이르렀다. 문제의 '남이냐, 북이냐'가 튀어나올 때까지 내가 거쳐 온 과정은 이선영이 아닌 곽도일의 이름으로 예약했을 때와 똑같았다. 다만 숙박 날짜가 임박한 만큼 시간이 세 배쯤 단축되었을 뿐이다. 가지 않은 길을 선택하면 어떤 결과가 오는지 보자는 심산으로, 이렇게 적어 보냈다.

'north'

이후 별다른 답이 오진 않았지만, 떠나는 시점까지 예약이 취소되는 일도 없었다. 나는 그렇게 이선영이라는 이름의 북한 남자가 되었다.

하와이에서의 나흘은 금방 지나갔다. 서핑을 배워볼까 했지만 결국 아무것도 시도하지 못하고 그저 섬을 차로 한 바퀴 돌아본 게 전부였다. 선영과 함께했던 휴가들이 떠올랐다. 대부분 그녀가 하라는 대로 따르기만 하면 됐다. 함께였다면 지금 뭘 하고 있었을까. 선영이 노스쇼어의 새우 트럭 얘기를 했던 게 떠올라서 그쪽으로 차를 몰았다. 새우 트럭이 하나가 아니라, 군락을 이루고 있다는 게 차에서 내리기 전부터 나를 당혹스럽게 만들었다. 선영은 카톡으로 원조집의 사진을 보내줬고, 그런 건 선영이 좋아하는 일이었다. 그때마다 원조 논쟁도 다 상술이라며, 선영 말대로 '초를 치는' 게 내 몫이었는데, 지금 나는 카톡으로 날아온 한 장의 사진에 집착하고 있었다. 내 지론대로 아무거나 먹으면 될 것을, 굳이 원조 새우 트럭을 찾고 있는 것이다. 결국 원조로 짐작되는 곳에서 한 접시를 먹었는데, 인증샷을 보내자 선영이 초를 쳤다.

"원조 아니잖아."

이런 상황들은 이번 여행이 목적지가 아니라 경유지, 본 행사가 아니라 답사인 것 같은 느낌을 주었는데, 그래도 몇 순간은 꽤 괜찮았다. 이를테면 알리와 나눈 몇 병의 맥주 같은 것. 알리는 자신을 수학자라고 소개했는데, 그를 먹여 살리는 건 부동산인 듯했다. 오아후 섬에서만 집이 다섯 채라고 했으니까. 그는 고개를 절레절레 흔들면서 이렇게 말했다.

"수학은 공식이 있지만, 부동산은 운이죠. 집값은 아무도 몰라요."

그는 내가 북한 어느 지역 출신인지 알고 싶어 했는데, 내가 개성을 고향으로 삼은 건 아마도 광고지에서 읽었던 'Gaeseong'의 영향이었을 것이다. 사실 나는 개성이 어디에 있는지도 정확히 몰랐다. 그저 서울 입장에서 평양보다는 거리가 가깝다는 정도만 알 뿐, 지도 위에서 개성을 제대로 짚어낼 수 있을까 의문이 들 정도였다. 알리는 내게 방에 있는 그 부동산 이슈를 읽었느냐고 물었다. 나는 북한의 부동산 시장에 대해 별로 조언해줄 말이 없었으므로 화제를 급격히 돌리고 말았는데, 어쩌면 그마저도 북한 특유의 비밀스럽고 방어적인 분위기로 해석될 수 있었을 것이다. 마지막 밤이었다. 내가 말이 없어지자, 그는 오히려 말이 많아졌고, 내 착각일 수도 있지만 조금 다급해 보이기까지 했다. 알리의 말이 점점 빨라진 나머지, 어느 순간부터 내가 알아들은 건 맨 앞머리의 'you have to'뿐이었다. 잘 알아듣지 못했다며 다시 되묻자, 그는 다시 한 번 힘주어 말했는데, 이번에도 'you have to'를 너무 강조한 나머지 그 뒷말이 모두 아득해졌다. 알아들은 건, 내가 뭘 해야만 한다는 사실이었다.

나는 북한은 물론이고 분양에도 문외한이었다. 분양이라니, 그건 읽거나 들어도 머릿속을 그냥 통과하는 말 중에 하나였다. 어릴 때 미분양 아파트에 들어갔던 게 유일한 '분양' 관련 기억이었다. 아홉 살 때였나. 서울에서 살다가 경기도의 미분양 아파트로 이사를 왔던 것이다. 당시만 해도 나는 미분양이 아파트의 이름인 줄로만 알아서, 한동안 미분양 아파트에 산다고 떠들고 다녔다. 그런데 이제 북한과 분양, 그 생소한 두 단어를 동시에 생각해보게 된 것이다. 알리가 내게 뭘 해야 한다고 한 건지는 알 수 없었지만, 나는 그 북한 분양에 관한 정보를 챙겨두기로 했다. 개성신도시라니, 그건 정말 부루마블적인 상상력 아닌가. 귀한 정보라기보다는 재미있는 농담처럼 느껴졌는데 그렇다고 광고지를 가방에 넣기는 좀 찜찜했다. 혹시 출입국 때 불미스러운 일을 유발할지도 모른다는, 막연한 불안감 때문이었다. 대신 스마트폰을 꺼내 광고지의 문구가 흔들림 없이 찍히도록 조준했다. 그렇게 사진으로 북한과 분양을 모두 담은 후, 지도를 검색해보았다. 내가 개성이라고 짐작하던 지점이 실은 개성이 아니라 파주였다는 사실을 확인할 수 있었다.

"디톡스는 잘했어? 나 뼈 빠지게 일하는 동안?"

선영은 내 공백이 무척 도드라지는 것처럼 말했다. 우리가 평균적으로 2주에 한 번씩 데이트하고 있다는 사실을 잊은 것인가. 면세점에서 일하는 선영은 격주로 주말 근무를 했기 때문에, 우리는 2주에 한 번씩 만나왔고, 그러니까 내가 하와이에 다녀왔던 4박 6일은 사실 우리의 데이트 주기에 별 영향을 끼치지 못했다는 게 내 입장이지만, 선영의 계산법은 달랐다.

나는 일단 면세품 뭉치부터 그녀에게 전달했다. 생각해보면 혼자만의 디톡스 여행이 아니라 선영의 심부름을 하고 온 거나 마찬가지였다. 겨우 21인치 캐리어 하나를 들고 갔을 뿐인데, 공항에서 선영이 내 이름으로 주문해둔 면세품을 찾았을 때 그것이 거의 쌀 한 가마니에 달하는 크기임을 알고 기절할 뻔했다. 내가 배낭 하나 달랑 메고 가겠다고 했을 때 왜 그녀가 캐리어를 챙기라고 했는지 알게 되는 순간이었다. 그걸 다 이고 지고 바다를 건너온 내게 이런 대우는 부당했다.

"지혜 결혼한대. 봄에."

내게 뭔가 불만이 있을 때마다 선영의 주변 사람들은 전염병 돌듯 결혼했다.

"지혜가 누구지?"

내 말에 선영은 언제 자기 친구들한테 관심이나 있었냐는 식으로 받아쳤다. 선영은 친구 중 누구는 위례신도시에 신혼집을 구했고, 누구는 미사를 선택했으며, 누구는 동탄 2를 뚫었다고 말했다. 이 모든 게 다 2주 만에 벌어진 일이라니, 선영의 이야기는 이미 시간을 초월해서 편집된 게 분명했다. 대부분 알아서 걸러 듣곤 했는데, 이상하게도 이번에는 선영의 말들이 귓가에 맺혔다. 분양가가 어쩌고, 도로가 연장돼서 어쩌고, 초등학교 두 곳이 생기고 어쩌고, 이런 식의 이야기들이 또렷하게 들린 것이다. 나는 성남에 살고 있었는데, 내 주변에서 분양이 늘 벌어지고 있다는 사실이 새삼스러웠다. 스마트폰에는 아직 그 개성신도시 분양 소식이 들어 있었다. 나는 그걸 선영에게 들이밀었다.

"이거 봐봐, 하와이에서 본 건데, 분양가가 평당 80이래. 이 정도면 우리도 신혼집 계약할 수 있는데, 그치?"

선영의 눈이 동그래지기를 바랐지만, 선영은 크게 관심을 보이지 않았다. 내가 신혼집이라는 말에 방점을 찍었음에도 불구하고.

"평당 80? 평당 800이겠지."

"평당 80 맞아. 개성시범단지라고, 이거 진짜 깜놀할 얘긴데."

"계성?"

"개성. 개성공단, 할 때 개성."

"북한?"

"거기에 개성신도시가 들어선다는 거야. 그중에서도 이게 개성힐스라고, 시범단지의 노른자위에 있는 건데……."

선영이 내 말을 끊고 말했다.

"미친 거야?"

"부루마블 게임 같은 느낌이라 재미있지 않아? 거기에 막 개성도 있고 평양도 있고."

"부루마블에 개성이 어디 있었어, 평양이 어디 있었냐고."

"없었다고? 마닐라 옆에 평양 아니었나?"

"와…… 신혼집이 북한이라니 말 다 했네. 이젠 분단 현실 때문에 안 된다는 거구나. 통일이 되어야 가능한 거야, 그치? 결국 우리 결혼은 이 땅에서는 불가능하다는 얘기네. 싫으면 싫다고 하지. 됐어."

"아니, 그런 얘기가 아니라."

왜 개성신도시 이야기를 꺼냈는지는 나도 설명할 수 없지만, 난 그저 이 여행에서 가장 인상적이었던 퍼즐 하나를 공유하고 싶었을 뿐이다. 부루마블 게임을 하던 시절처럼 말이다. 그러나 그 선택은 독이었다. 선영은 냅킨으로 입을 야무지게 닦고는 자리에서 일어났다. 그리고 걸어 나갔다.

"야!"

내 외침은 그게 전부였고,

"왜!"

그녀도 이게 전부였다. 곰곰이 생각해보면 선영이 왜 화를 냈는지 알 것도 같았다. 내가 자신을 놀린다고 생각했겠지. 아니면 정말 이제는 남한이 아니라 북한까지 고민해봐야 하는 우리의 상황이 짜증스러웠을 수도. 선영은 그날도, 다음 날도, 전화를 받지 않았다. 그녀가 전화를 받지 않은 기간이 겨우 이틀인 건, 그 이후로 나도 전화를 하지 않았기 때문이다. 내 번호가 구질구질하게 흔적을 남기는 것이 싫었다. 싸우는 횟수가 잦아지고 있었다. 선영과 나는 9년을 사귀었다. 그건 '왕자와 공주는 행복하게 살았습니다'로 끝나는 동화처럼 결말일 때 의미가 있는 문장이었다. 그러나 자꾸 선영은 그걸 맨 앞에 두려고 한다. 우리는 9년을 사귀었다. 그래서, 그러므로, 그러니까, 그런데, 그럼에도 불구하고…… 자꾸 그다음 문장을 기다리는 거다.

개성신도시 얘기가 전혀 쓸모없는 건 아니었다. 의외로 그 얘기는 회사 구내식당에서 통했다. 점심시간은 열두 시부터였다. 팀장이 들어가 있는 회의실 문은 아직 닫혀 있었다. 거긴 마치 밀폐용기 같았다. 저렇게 꽉 막혀 있다가 어느 순간 갑자기 '기압차'라고밖에 설명할 수 없는 소리를 내면서 열리는 것이다. 열두 시 11분, 18분, 그리고 35분이 지나갈 무렵 회의실 문이 열렸다. 몇 사람이 쏟아져 나왔고 서둘러 출구를 찾아 빠져나갔다. 팀장이 자신의 자리로 돌아갔다가 다시 걸어 나오는 게 보였다. 이제 내가 나설 차례였다. 나는 재빨리 팀장 옆으로 다가가 합류했다. '오래 기다렸습니다'와 같은 인상을 주는 건 별로였다. 그렇다고 '방향이 같으니 같이 가시지요'라는 식도 곤란했다. 요는, 팀장이 내 존재를 인식하되 내 동행에 부담을 느끼면 안 된다는 거였다.

상사와 같이 밥 먹기는 아주 섬세한 촉수가 필요한 일이었다. 일단 회의가 언제 끝날지 모르는데 계속 기다려야 하며, 회의가 끝나고 팀장이 외부로 나가는 일도 허다하기 때문이다. 그랬다가 팀장이 점심시간 끝나기 5분 전에 돌아오는 수도 있어서, 끈을 아예 놓아버리기도 애매하다. 빵을 목구멍에 밀어 넣고 그 위로 우유를 들이붓는 한이 있더라도, 기다려야 한다. 나는 팀장의 불규칙한 점심을 기다려야 하는, 준비된 규칙이었다.

부서장에게 최고의 조력자란 결국 같이 밥 먹어주는 사람 아니겠냐고, 내게 이 업무 아닌 업무를 주던 선배는 말했다. 아마도 선배는 그 팀장의 충직한 오른팔이었거나, 아니면 팀장의 고독을 불쌍히 여긴 게 분명했다. 선배는 내게 그런 말을 남긴 후 몇 달 지나지 않아 다른 팀으로 자리를 옮겼지만, 나는 여전히 점심시간이 나의 효용을 입증할 수 있는 시간이라고 믿고 있다. 이제 업무라기보다는 습관에 가깝고, 습관이라기보다는 신념에 가까웠다.

사실 팀장이 함께 먹을 사람이 없겠는가. 적게는 세 명, 많게는 열 명도 넘는 사람들이 팀장의 속도를 고려하며 밥을 먹었다. 그중에 하나가 나였고, 지금까지 팀장과 단둘이 밥을 먹은 적은 없었다. 그러나 풍요 속의 빈곤이란 것이 있기 마련이어서, 늘 팀장의 식사 짝꿍들이 건재할 수는 없는 거였다. 피치 못할 출장, 회의, 약속, 인사이동, 여러 변수가 있을 테고, 그러다 보면 팀장 혼자 밥을 먹는 순간도 오게 되는 것이니. 바로 오늘 같은 날 말이다.

메뉴는 개성손만둣국과 해물된장찌개였는데, 인기가 있었던 개성손만둣국은 이미 동이 나 있어서 우리에겐 선택권이 없었다. 팀장은 해물된장찌개를 앞에 두고서, 받지 못한 만둣국에 대한 이야기를 했다.

"주방에 새로 오신 분이 개성 출신이라지? 최근에 이북식 메뉴가 많아진 게 그 때문이고."

나는 처음 듣는 얘기였다. 팀장은 그래서 사람들이 북한 지명 들어간 메뉴가 나오면 무조건 그걸 선택한다고 했다. 팀장은 구내식당 주방장들의 출신지에 관심이 많았다. 전라도가 세 명, 경상도가 한 명, 충청도가 한 명, 그리고 서울과 경기도 두 명.

"일부러 지역 안배를 하는 건가요?"

"그렇다면 강원도와 제주도가 섭섭하겠지. 아무튼, 개성 출신 주방장의 손이 이만하다더군. 아쉽게 됐네."

어쨌거나 우리가 먹는 건 개성손만둣국이 아니었다. 팀장은 놓친 물고기에 대해 말하는 걸 좋아했다.

"어머니가 이북 분이셨거든. 만둣국을 좋아하셨는데. 그게 생각나서 말이야."

"개성 분이셨어요?"

"아니, 함경도 쪽. TV에 북한 관련 뉴스가 나오면 그렇게 좋아하셨어. 핵실험이라든지 하는 삭막한 뉴스여도 말이야. 2년 전에 돌아가셨네."

이야기는 자연스럽게 개성공단과 개성신도시까지 흘러갔다. 팀장은 매끄러운 흐름이라고 생각했겠지만, 사실 내 혀 아래에서는 수많은 말들이 열심히 노를 젓고 있었다. 최대한 공백 없는 대화를 위해서 말이다. 팀장은 개성신도시 얘기에 반응을 보였다.

“재미있는 얘기군. 하긴 개성공단 얘기가 처음 나왔을 때도 모두 놀랐지. 개성신도시 분양이라고 안 될 게 뭐 있겠나. 이렇게 하나하나 물꼬를 터가는 거야. 어머니가 살아 계셨다면 엄청 관심을 가지셨을 걸세. 그, 뭐라고? 개성힐스?”

팀장은 즐거워 보였다. 그가 집에서 저녁을 먹다가 식구들에게 개성시범단지 이야기를 꺼내는 장면을 상상하니 뿌듯했다. 어쩌면 곧 나를 따로 불러 이야기를 더 해달라고 할 수도 있었다. 지나가는 길, 동료 팀장에게 ‘저 곽도일이란 친구, 참 웃겨!’ 하며 유쾌한 표정을 지을지도 몰랐다. 나는 그날 밤부터 북한 분양에 대한 정보들을 좀 더 찾아보려고 했지만, 그 과정에서 가장 먼저 보게 된 게 2011년 엔가 3천 명이 사기를 당한 사건이었다. 민통선 부근 평당 800원짜리 땅을 뻥튀기해서 판 거였다. 개성신도시에 관한 내용은 딱히 찾을 수 없었는데, 너무 쉽게 나돌고 있어도 이상하다는 생각이 들었다. 우스운 건 이게 영문 구글 사이트에서 검색하면 좀 보였다는 것이다. 전 세대 선착순 동호수 지정, 개성힐스로 시범단지를 선점하라, 2021년 10월 입주…… 그건 마치 내가 그 정보를 알아본 게 아니라 그 정보로부터 선택을 받은 것 같은 느낌으로 다가왔다. 내가 취한 능동적인 행동이 있다면, 그걸 열심히 메모했다는 것이다.

개성신도시의 모델하우스가 용인에 있다는 건 의외였다. 분양현장에 가볼 수 없는 건 당연한 얘기겠지만, 그래도 모델하우스에 가는 길이 집을 나와서 적어도 북측 방향이지 않을까 막연히 생각했던 것이다. 그러니까 파주나 연천쯤이라면 또 모를까. 아니면 김포

나 일산이라도 말이다. 용인시 처인구라니, 개성신도시의 모델하우스에 가기 위해 나는 오히려 남쪽으로 움직인 셈이다.

'개성시범단지의 시작—개성힐스'라는 작은 푯말을 발견하기 전까지, 10여 개의 비슷한 모델하우스를 지나쳤다. 선영이 그렇게 분양 중계를 해댈 때도 흘려들었는데, 내가 너무 눈과 귀를 닫고 살았을 뿐, 정말 많은 아파트가 세워지고 또 사람들이 그걸 낚아채는 모양이었다. 이렇게 많은 아파트가 생기는데도 여전히 입주할 사람들이 남아 있다는 것이 마술처럼 느껴졌다. 7천 세대, 3천 세대, 2천 세대…… 그렇게 대용량으로 묶이지 않으면 불안해지는 사람들이 많은 건가.

모델하우스 오픈 시간이 아홉 시 30분이었고 내가 도착한 시간은 열한 시 30분이었는데, 이미 사람들이 건물의 세 면을 감싸며 길게 늘어서 있었다. 귀한 정보로부터 선택을 받은 이들치고는 꽤 많았다. 아마 오다가다 여기가 북한인지 북한강인지도 모르고 놀러 온 뜨내기들도 섞여 있을 것이다. 가족 단위로 온 사람들도 있었고, 연인이나 부부로 보이는 사이도 있었다. 선영 말대로 모델하우스가 재미있는 데이트 코스의 하나라도 된 모양이었다. 사실 지난밤에 선영에게 전화를 걸었지만 그녀는 받지 않았다. 결국 나는 여기에 혼자 왔지만 좀 어색하긴 해도 외롭진 않았다. 생각해보면 이건 업무의 연장 같은 거니까, 선영보다는 팀장을 고려해서 말이다.

두 시간 후 나는 모델하우스 안으로 들어갈 수 있었다. 일단 번호표부터 한 장 뽑았다. 489번이었고, 내 앞에 200명의 사람들이 있었다. 인터넷으로는 아무 정보를 얻을 수 없으니 뭔가를 알려면

489번의 차례가 될 때까지 기다려야 하는 것인데, 이런 기다림이 내게 묘한 안정감을 준다는 게 의외였다. 기다리면 순번이 오고, 동선이 정해진다는 게 편안했다. 심리적으로는 거의 반나절쯤이 지났을 때, 전광판에 489번이 떴다. 상담 창구로 가서 물어본 첫 질문이 뭐였는지는 나 스스로도 요약할 수 없을 만큼 장황했는데, 상담원은 그중에서 단어 하나를 낚아채고는 이렇게 말했다.

"고객님. 통일이 아니고 그냥 분양입니다."

"아, 그렇죠. 그런데 이게 북한에 있는 아파트잖아요. 이런 게 가능한 건가요? 그럼 통일이 되기 전에는 제가 입주를 못하는 거 아닌가요?"

"통일과 별개의 개념으로 생각하셔야 합니다. 통일은 우리가 장담할 수 없는 거잖아요. 고객님이 분양받으셨는데 통일이란 호재가 생기면 그야말로 대박 나는 거고요. 다만 그건 아직 시일을 장담할 수 없지요. 예를 들면 저희가 2021년에 입주를 시작하시면, 입주 시점에 맞춰서 유치원이 두 곳 생기고, 2024년에 쇼핑몰이 들어서고, 2025년에 모노레일이 뚫린다는 건 말씀드릴 수가 있는데요. 통일이 언제 올지는 아무도 모르죠. 다만 저희가 약속드리는 건 설사 통일이 얼른 오지 않더라도, 집값은 무조건 뛴다는 거예요. 1만 5천 세대입니다. 이만한 대단지 보셨어요? 이 정도면 개성힐스 자체가 하나의 도시거든요. 당연히 남측 건설사에서 짓는 거고요. 고객님이 입주하실 수는 없지만, 투자를 하실 수 있어요. 투자는 통일과 관계없이 가능하죠."

"청약통장이 있으면요?"

그렇게 말하자 상담원이 반색을 했다.

"어머, 청약통장이 있으세요? 기간은 얼마나 됐어요?"

"네. 한 10년 됐을 텐데."

"그럼 그건 잘 간수하셨다가, 나중에 여기서, 그러니까 남한에서 쓰시고요."

"남한 어디요?"

"어우, 고객님. 요즘 많잖아요. 요 맞은편에 쭉 다 분양사무소예요. 하지만, 저희는 청약통장과는 관계가 없어요. 자, 보세요."

내가 이해한 바로는 이랬다. 북한에서는 이미 외국인들의 아파트 투자가 알게 모르게 진행되어왔고, 그 역사는 꽤 오래되었다. 해외에 있는 북한 사람들은 물론이고 외국인들, 그리고 발 빠른 남한 사람들도 북한의 아파트 분양에 관심을 갖고 있다. 다만 북한 사람이 아니면 집을 구매할 수 없기 때문에 주로 중국처럼 타국에 나와 있는, 혹은 자주 드나드는 북한 사람의 명의를 이용하는 것이다. 나처럼 이런 일에 무감한 사람들은 DMZ를 우리 영토의 말단처럼 느끼고 있지만, 사실 그곳은 말단이 아니라 심장부다. 지금은 한반도의 한가운데를 허리띠처럼 졸라매고 있지만, 그 허리띠가 느슨해질 때가 오면 그 일대는 가장 뜨거운 개발지역이 되는 것이다. 그래서 어떤 사람들은 벌써 파주며 연천이며 포천의 땅을 사들이고 있다.

"적절한 북한 입주자를 저희가 연결해드려요. 입주하고 싶어 하는 북한 주민들은 무척 많으니까, 염려하실 거 없어요. 말이 잘 통하는 사람들이고, 대리인이라고 생각하시면 돼요. 결제도 달러나 위안화로만 이루어지는데, 그것 역시 저희가 다 진행해드려요. 다만, 기존 분양들과 다른 점이 있다면, 처음 한 번에 모든 금액을 완납하셔야 한다는 겁니다. 고객님 어떤 타입 생각하세요? 45평형, 38평형, 27평형. 세 타입 있고요. 분양가는 지금 보시면 아시겠지만, 평당 80 책정되어 있습니다. 거기에 발코니 확장비용과 옵션 다섯 가지, 이건 별도고요."

"어떤 평형이 가장 인기 있어요?"

"지금 45평형 A타입은 벌써 마감이에요. 북한에서는 소형 평형을 꼭 고집하실 필요 없어요. 북한 사람들은 큰 집에 대한 열망이 있거든요. 45평형 B타입도 로얄층은 벌써 마감이 임박했고요."

그렇게 설명하던 상담원은 막상 내 예산을 확인하고 나서는 얼른 노선을 바꿨다. 전체 금액을 다 완납해야 한다면, 옵션까지 고려한다면, 내 경우엔 38평형도 조금 벅찼다.

"소형 평형의 인기는 전 세계적인 추세죠. 게다가 여기 27평형은 구조가 크게 빠져서 괜찮으실 거예요. 서비스 면적이 이렇게나 큰 경우는 드물어요. 여긴, 현관에서 부엌 쪽으로 바로 연결되는 팬트리고요. 자, 여기는 발코니 확장이 되면 이만큼 넓어지죠. 여기는 이제 골프채라든지, 자전거라든지, 요즘 레저 활동들 많이 하시잖아요. 유모차나 뭐 웬만한 건 다 집어넣을 수 있어요."

상담원은 평면도 위에서 이리저리 화살표를 그려댔다. 국경 몇 개쯤은 고무줄 놀이하듯 가뿐히, 지구 어디라도 갈 수 있을 듯한 움직임이었다.

"혹시 이게 불법은 아닌가요? 그러니까 우리나라 정부에서도 허가한 건지?"

"허가하고 말고 할 게 없어요. 너무 고리타분한 생각을 갖고 계신 것 같은데, 투자를 누가 막아요. 캐나다 사람도 사고, 쿠바 사람도 사요. 문제는 당첨 여부죠. 경쟁률 보셨죠? 저흰 100퍼센트 추첨제거든요."

상담원이 중간에 목이 갈라진 소리를 냈기 때문에 좀 미안해질 지경이었다. 상담원은 내부를 보지 않겠냐고 했지만, 나는 더 머물 여력이 없었다. 팀장과의 점심식사에 써먹을 만한 정보는 이미 충분했다. 아니, 그 이상이었다.

"저, 상담하러 오는 사람들이 대부분 이산가족들인가요?"

내 말에 상담원이 웃음을 겨우 참는 것처럼 보였는데, 어찌 보면 오히려 화를 삭이는 표정처럼 보이기도 했다. 그녀는 이렇게 말하는 것으로 내 질문에 대한 답을 대신하려 했다.

"국가 차원에서 하지 못한 그 어려운 일을, 분양은 해냅니다."

어딘가 기시감을 주는 말투였는데, 그곳을 벗어나고 나니 출처가 떠올랐다. 얼마 전에 종영했던 드라마 속에서 송중기가 쓰던 말투였다.

모델하우스 밖으로 나오자마자 나는 표적이 되었다. 썬캡 쓴 아주머니 한 분이 다가와서 '할 거냐'고 묻더니, 내가 망설이는 걸 보고는 옆구리를 쿡 쳤다.

"엄청 왔다 갔어요. 이번 주말이 마지막인 거 알죠? 다들 통일을 생각하고 하는 거지. 언젠가는 될 거 아니야. 언젠가는. 내 대가 아니면 후대에서라도. 아니, 해외투자도 하는 판에 뭘 망설여요."

내가 얼른 반응을 보이지 않자, 이렇게 몰기도 했다.

"아저씨, 설마 통일이 영영 안 된다고 생각하는 거예요?"

"그건 아닌데요. 빨리 될까요?"

"빨리?"

"내후년이라든지."

나는 실없는 소리를 했다. 내년은 너무 코앞이었고, 내후년쯤이면 가능하지 않을까, 그런 생각이 들었던 것이다. 당연히, 선영과의 결혼이었다. 아주머니는 '아아, 급하시구나' 하더니, 이렇게 말했다.

"통일이 되든 안 되든, 피 받고 팔면 되는데 뭘."

"피요?"

"최소 5천은 순식간에 붙을 거라고요. 일단 넣어보고, 되면 여기로 연락 줘요. 잘해드릴게."

명함이었다.

"정보도 묵히면 똥 된답니다! 할 거면 빨리 해야지요. 거기가 터가 좋아서, 그렇게 묻힌 게 많다고 하잖아요. 골동 같은 거. 개성공단 세울 때 엄청 파 갔대요. 그런데도!"

그 대목에서 아주머니는 재빨리 목소리를 낮추고 말했다.

"아직도 많대!"

아주머니를 벗어나자, 이번에는 깡마른 청년이 다가와 서류철을 들이밀었다.

"독립운동가 생가터 회복운동을 하고 있어요. 서명 좀 부탁드립니다. 10초면 되는데요."

너무 생소한 정보들로 인해 이미 지칠 대로 지친 나는 그를 그대로 지나쳤다. 청년은 자신을 외면하는 사람들을 향해 소리치고 있었다.

“여러분. 개성을 이런 식의 개발논리로 접근해서는 안 됩니다. 개성힐스가 들어설 자리엔 독립운동가들의 생가가 있었어요. 그걸 그냥 허물다니요. 여러분. 역사를 저버리면 안 됩니다! 서명 부탁드립니다.”

나는 청년이 내가 서 있는 버스정류장을 향해 다가올 때까지만 하더라도, 그가 계속 서명을 권하는 줄 알고 몸을 사렸는데, 그도 귀가하는 모양이었다. 이 순간만큼은 그나 나나 같이, 버스를 기다리는 처지였다. 어색했다. 서명을 한 이들은 거의 없어 보였다. 먹고살기 힘든 판에 생가터라니! 어차피 모든 집에서 누군가는 태어나고 누군가는 죽는 것 아닌가. 버스가 왔고, 나와 그는 마치 무게중심을 잡으려는 사람들처럼 멀찍이 떨어져 앉았다.

한참 후에야 그 청년이 했던 말들, 개성 주변은 유네스코 세계문화유산으로 지정할 가능성도 있을 만큼 고풍스러운 곳이라거나, 개성은 단지 아파트촌이 되기에는 너무 아까운 보고라든가, 역사적으로 좋은 기관을 들여야 할 자리라든가, 이런 말들이 다시 머릿속에서 재생되었는데, 우습게도 그 말의 의도와는 정반대의 효과를 내고 있었다. 투자처로서의 개성에 대한 확신을 키워주었던 것이다. 모델하우스에서 받아 온 쇼핑백 안에는 ‘대동강 물’이라고 적힌 생수 한 병과, ‘개성평양신의주 고속도로’라고 적힌 두루마리형 키친타월 두 개가 있었다. 키친타월을 둘둘 풀어보았다. 적당히 도톰하고 적당히 길게 이어졌다.

대동강 물과 키친타월은 내 스마트폰 안에 몇 장의 이미지로 남았다. 점심 메뉴가 무엇이든 간에 이걸 보여준다면 팀장이 흥미로워할 것 같았다. 그러나 팀장과 단둘이 점심을 먹을 기회는 좀처럼 오지 않았다. 나는 주로 여섯 명 중의 하나이거나, 네 명 중의 하나에 불과했다. 누군가가 견제를 하고 있는지, 며칠간은 외부 일정으로 회사에서 점심을 먹을 기회조차 갖지 못했다. 팀장과 얼굴을 마주칠 기회가 있었지만 그는 조금 우울해 보였고, 바빠 보였고, 내가 개성신도시라든지 그 1만 5천 세대 대단지에 대한 이야기를 할 틈은 어디에도 없었다. 하룻밤의 꿈처럼, 내가 개성신도시를 잊을 만한 상황들이 계속되었다. 그중의 하나는 팀장이 거의 좌천에 가까운 인사이동을 당했다는 소식이었다. 개성신도시에 관심을 보였던 그 팀장 말이다. 그가 가고 곧 다른 팀장이 왔지만, 나는 이제 누구의 점심도 기다릴 엄두를 내지 못했다. 김이 빠진 콜라처럼 변해버렸다고나 할까. 거기에는 여전히 애매한 상태로 놓여 있는 내 9년 연식의 연애도 한몫했다. 이렇게 오래 서로 연락하지 않은 건 거의 처음이었다. 어찌 되었건 나는 이제 누구의 동선도 살피지 않고, 그저, 점심시간이 시작되면 식당으로 걸어가게 되었다. 점심은 20분이면 충분히 먹기 때문에, 책상 앞이나 변기 위에서 짧은 졸음을 누릴 시간도 생겼다. 예전 같으면 상상할 수 없었던 점심시간이었고, 그 공백이 다소 어색했다. 누군가에게 전화를 걸기에도 충분한 시간이었지만, 상대방이 받지 않을까 봐 겁이 났다. 결국 관심이 있는 것을 검색하거나, 관심이 없는 것에 낚이거나, 그런 식으로 스마트폰을 들여다보는 게 내 점심시간의 한 패턴이 되었다.

개성힐스가 다시 내 앞에 나타난 건, 모델하우스를 방문했던 날로부터 이미 한 달이 지난 후였다. 당연히 분양 일정도 끝났을 시점이었는데 정확한 날짜는 가물가물했다. 그 이야기의 소비자랄까, 고객이 사라졌기 때문에 더 이상 유효하지 않은 화제였고, 나도 자연스레 개성힐스를 잊고 있었던 것이다. 그러다 TV에서 '개성힐스' 이야기가 나오는 것을 보고 깜짝 놀랐다. 4천 원짜리 즉석비빔밥을 전자레인지에 넣으려던 찰나였다. 얼른 TV 앞으로 가서 앉았다. 경기도 용인의 한 모델하우스에서 화재가 발생했고, 그 분양을 반대하던 한 대학생의 방화였다는 말이 흘러나오고 있었다. 불은 건물 입구의 담벼락 일부를 태웠을 뿐, 금방 꺼졌다고 했다. 모델하우스의 간판은 화면에 보이지 않았지만, 대학생의 시위용 피켓은 보였고, 거기엔 '선죽교의 핏방울이 마르기도 전에 아파트 분양이 웬 말이냐'고 적혀 있었다. 대학생은 개성시 선죽동은 선죽교부터 고려 성균관, 독립운동가들의 생가터까지, 각종 문화자산이 풍부해서 이렇게 주택단지로 삼아서는 안 된다고 외치기까지 했는데, 그의 말은 예전이나 지금이나 의도와는 정반대로 흘러간 게 분명했다. 아무런 연쇄반응을, 적어도 그가 기대했던 식의 반응을 불러오지 못했다. 나는 점심시간마다 열심히 그 개성힐스 화재 관련 기사를 찾아봤고, '용인 모델하우스 화재'라고 검색어를 넣어보기도 했지만, 낚이는 것은 새로운 분양 소식들뿐이었다. 어쩌다 개성힐스 관련한 글을 찾긴 했으나, 그건 꽤 치열한 경쟁률 때문에 조기 마감됐을 거라는 의견이었다. 확실히 내 생각이 너무 고리타분한 것이었음을 재확인하게 하는 과정이었다. 어떻게 북한 아파트를 분양받을 수 있느냐는 것, 이

산가족이라도 되어야 가능한 동선이라고 믿었던 것, 그 모든 게 너무 시대에 뒤떨어진, 화석 같은 생각이었던 것이다. 상담원의 말대로 분양은 분양이었는데 말이다. 지도 위에서 단순히 봐도 개성은 한반도의 중심부에 위치해 있지 않은가. 이 이야기의 소비자가 좌천되어 떠나버린 뒤에도, 개성은 여전히 유효했다. 금요일 저녁, 동네 슈퍼에서 '대동강페일에일'까지 발견했을 때는 이게 확실히 신호라는, 이미 신호였다는, 그러니까 내가 해야만 하는 일이 바로 이거였다는 확신이 왔다.

토요일 아침 일찍, 개성힐스의 모델하우스로 갔지만 같은 위치엔 이미 다른 게 들어와 있었다. 분양현장으로 짐작되는 이미지가 몇 개의 화면에서 재생되고 있었는데, 아직 도시 건설 전의 모습이어서 사실 저기가 개성인지 용인인지 알 길은 없었다. 어느 화면이었나, 포클레인 하나가 화면 밖으로 뚫고 나올 것처럼 공격적으로 몸을 세웠다. 그리고 한 삽을 뜨면, 화면에 이런 자막이 떴다.

'평양 2차 분양의 신화'

개성이 있던 자리에 평양이 들어선 것이다. 나는 개성이 진작 마감되어서, 이미 전설로 남았다는 이야기를 들었다. 상담원은 얼마 전에 있었던 작은 소동이 몇 개 남아 있던 물량까지도 완판시켰다고 말했다. 그러면서 내게, 개성을 놓쳤다면 이번엔 꼭 잡길 바란다며 평양을 권했다. 이미 1차 분양을 성황리에 마친 후, 그 옆으로 2차 분양이 시작되는 거라, 분양가는 조금 더 비싸다고 했다. 평당 130. 개성에 비해서도 훨씬 비쌌다.

"최고 중심 아니겠습니까. 그래도 교통체증 걱정하실 필요는 없죠. 평양은 모든 도로가 8차선인 거 아시죠? 보행자 통로는 다 지하로 이어져 있어요. 이미 어느 정도는 계획도시지요. 통일이 된다면, 남한의 집값이 오를 거라고 생각하시지만, 규제가 풀린 북한 쪽으로 외국 자본부터 일단 물밀듯이 들어갈 겁니다. 여긴 기존의 평양이 좀 더 큰 규모로 확장되는, 그 경계지점에 있어요. 1만 세대고요. 이것도 엄청난 대단지죠. 아파트 내부는 다 최고급 자재로 썼어요. 평양이잖아요. 북한에서도 최고 멋쟁이들이 산다는."

최고 부자도 아니고, 최고 멋쟁이라니. 별거 아닌 말의 차이가 나를 이상하게 흔들어놓았다. 그전에 개성 상담을 받았을 때는 분명 최고 부자라는 표현을 들었던 기억이 있는데, 최고 멋쟁이라면 그보다 한 수 위인 것 같았다. 일단 권유대로 모델하우스의 내부부터 보기로 했다. 개성 때는 내부를 보지도 않았던 게 후회스러웠다. 왜 그랬을까. 아마 혼자여서, 그게 이유였을 것이다. 지금도 마찬가지였지만. 내가 볼 수 있는 건 가장 소형인 21평뿐이었다. 이미 대부분이 마감되어서 내게 남은 선택권은 남이냐 북이냐 정도밖에 없다고 했다. 들어가자마자 바닥부터 천장까지 매끄럽게 설치된 신발장이 먼저 보였는데, 뭐랄까, 신발장마저도 1만 세대 대단지인 느낌이었다. 오른쪽으로는 현관에서 바로 부엌으로 빠질 수 있는 수납공간이 있었다. 사람들이 그걸 팬트리라고 부른다는 걸 알았다.

"여기에 참치통조림 같은 거 쭉 두면 되겠네. 라면 같은 것도, 미니슈퍼처럼."

팬트리에서 어떤 여자가 말했다. 그 말을 들은 남자가 '나는 스팸도 좋아해'라며 맞장구를 쳤다. 남자는 저쪽으로 가보자고 여자의 손을 잡아끌었다. 나까지 인솔한 건 아닌데, 모르는 사이에 나도 그들을 따라 움직이고 있었다. 여기가 딱히 미로도 아니었지만, 뭔가 정해진 동선이 있는 게 내게는 편했다. 스칸디나비아식이랄까, 그런 풍의 부엌을 지나, 깔끔한 욕실을 지나, 침실 1로 들어갔다. 그 한 쌍의 연인은 여기저기 문짝을 열어보며 숨바꼭질을 하더니 침대 끝에 걸터앉았다. 남자는 제집 안방이라도 된 양 등을 대고 벌러덩 누웠다. 여자가 남자의 부푼 배를 통통 소리가 나도록 두드렸다. 그들은 모델하우스에서 소꿉놀이를 하고 있는 것이다. 송도에 비해서는 어떻고, 판교에 비해서는 어떻다는 둥, 떠들어대는 걸 보니 한두 번 놀아본 솜씨가 아니었다. 남자가 나를 의식하는 것 같아서, 거실 쪽으로 나왔다.

생각해보면 선영이 요구했던 것이 그렇게 거창한 건 아니었다. 바로 저런 거였던 것이다. 모델하우스에 놀러 가서 구경하는 것, 저 연인들처럼 말이다. 선영은 예식장에 놀러 가서 커피나 얻어먹으며 미래에 있을 예식의 견적을 내보자고도 했고, 웨딩박람회에 놀러 가자고도 했다. 당장 집을 계약하고, 결혼식을 준비하고, 웨딩드레스를 살 게 아니라고 해도 구경하는 것 자체를 즐기는 사람들이 많다고 했다. 대체 뭐가 재미있다는 것인지, 나는 동의할 수가 없었지만. 사실 돈이 드는 데이트도 아니었는데, 왜 나는 그런 걸 부담스러워했을까. 결혼식과 신혼집과 신혼여행은 아이쇼핑을 하기에는 너무 크게 느껴졌다. 이상한 부담감은 하다못해 선영이 욕실 슬리퍼를 사러 이케아에 가자고 했을 때, 그조차도 피하게 만들었다. 그런데 지금 저 연인들은 부담 없이 소꿉놀이를 하고 있지 않나. 나는 그들의 동선을 방해하지 않으려 침실 2로 갔고, 모델하우스에서 가장 자연스러운 행동은 뭔가 문짝을 열어보는 거라는 듯이, 이것저것 잡아당겨 보고 들여다보고 다시 닫았다. 내가 침실 2의 벽장문을 열어보았을 때, 그 안에서 아까의 그 연인이 황급히 튀어나왔다. 셋 모두 깜짝 놀랐다. 멀리서 여자가 깔깔대는 소리가 들렸다.

그들이 밖으로 나가자 모델하우스는 조용해졌다. 마감을 알리는 직원이 다가왔다. 나는 창밖 풍경을 바라보았다. 이미지 화면이었는데, 그게 가짜라는 걸 느끼지 못할 정도로 천천히, 눈이 내리고 있었다. 눈이라니. 직원이 말했다.

"평양에는 11월 말이면 첫눈이 와요. 이건 작년 첫눈 오던 날 풍경이죠."

그 풍경이 너무 꿈같았던 나머지, 모델하우스 밖으로 나오자마자 조금 외로워졌다.

선영을 다시 만난 건 거의 8주 만이었다. 단지 물리적인 시간 이상으로 긴 거리감이 느껴졌는데, 선영이 '개성으로 간 줄 알았는데!'라고 말하자 좀 편안해졌다. 어쩐지 익숙한 궤도로 진입한 것 같은 그런 기분이었다. 먼저 만나자고 한 건 내 쪽이었다. 나는 하루만 시간을 내줬으면 좋겠다고 했고, 그리고 이왕이면 자동차를 끌고 나왔으면 한다고 했다. 후자는 좀 구차한 부탁이었지만, 기동력은 선영 쪽에 있었다.

내가 가고 싶었던 곳은 9년 전, 우리가 처음으로 마음을 확인했던 그 양평 언저리였다. 나무 두 개가 나란히 있는 지점이었다. 나는 내비게이션에 찍을 이정표의 주소도 준비해 왔다. 그 양평의 첫 지점에 가기 전에 들러서 밥을 먹을 만한 좋은 카페도 알아뒀다. 우리가 설사 이별을 하게 되든, 아니면 다시 나아갈 추진력을 얻게 되든, 어쨌든 얼굴을 보고 이야기를 해야 될 것 같았다. 다행히 선영도 같은 생각을 하고 있었다. 그러나 선영의 동네에서 출발할 때부터 도로 사정이 안 좋았다. 차는 몹시 막혔고, 겨우 카페에 도착했을 때, 우리를 여기까지 운반했던 자동차는 처치 곤란한 고철 덩어리가 되어 있었다. 사람도 차도 많았다. 주차장은 긴 미로 형태였다. 초반에 빈자리 하나를 발견했는데 더 나은 자리가 있을 것 같아 좀 더 들어가본 게 실수였다. 아스팔트로 위에서 우리는 링반데룽을 경험하고 있었다. 20분은 뱅글뱅글 돈 것 같았다. 선영이 짜증을 낼까 봐 불안했다.

"그냥 돌아갈까?"

선영을 생각해서 한 말인데, 선영은 이렇게 말했다.

"또 이런 식이지. 꼭 코앞에 와서."

선영은 다시 입구로 차를 돌렸지만, 아까 봤던 그 빈자리는 이미 어디였는지 알아볼 수 없었다. 이미 다른 차가 들어와 있었던 것이다. 저기서 어리바리한 자세로 주차장에 들어오던 차 한 대가 운 좋게, 바로 빈자리를 발견하는 것을 보면서, 우리는 그 카페를 떠났다. 겨우 좀 한적한 갓길로 나왔을 때, 선영이 말했다.

"생각해보면 그 언니 말이 틀린 게 하나도 없어."

"무슨 언니?"

"내가 그 언니 얘기한 게 한두 번이야? 아직도 기억을 못하는 걸

보면 참."

"그 언니가 뭐랬는데?"

"결혼도 주차도 다 똑같다고. 더 좋은 상대가 나타나겠지 싶어서 기다리다 보면, 빈자리는 하나도 없고, 결국 아까 갔던 곳으로 되돌아가도 그 자리는 이미 차 있다고. 어딘가 더 좋은 놈이 있을 것 같아서 기다리면 결국 예전에 놓친 그놈이 더 좋다는 걸 알게 된단 얘기야. 잠깐 주차하는 사이에 없어진 자리처럼."

"내가 어느 지점이야, 예전에 그냥 놓친 그놈이야, 아니면?"

나는 그렇게 물었지만 선영은 대답하지 않았다. 다만 다음 목적지가 어디냐고 물었을 뿐이다. 선영의 말—그러니까 선영이 안다던 그 언니의 말이 정말 인생을 압축한 것 같았다. 주차나 결혼이나 인연이나, 생각해보면 분양조차도 결국 타이밍인 것이다. 내가 뭐라고 말을 했어야 하는데, 나는 자꾸 말을 기다리고만 있었다. 선영이 시동을 걸었다. 선영은 내가 건넨 주소를 내비게이션에 입력했다. 해가 조금씩 저물고 있었다. 그러나 몇 년 사이에, 길이 너무 많이 바뀌어 있었다. 내비게이션은 우리를 그 9년 전 출발이 되었던 나무가 아니라, 웬 논두렁길로 안내했다. 비포장도로 위에서 길은 폭을 조금씩 좁혀나갔고, 자연조명은 이미 꺼진 후였다. 갈 데까지 가보자, 그런 오기로 계속 들어갔지만 마침내 내비게이션이 멈춰버렸다.

"목적지에 도착하였습니다, 안내를 종료합니다."

이렇게, 유언 같은 한마디를 남기고 말이다. 둘 다 내려서 앞을 보니, 길은 한 10미터 앞에서 보란 듯이 끊겨 있었다. 더 없었다. 저 앞엔 천이 흐르고 있었다. 9년 사이에 동네가 바뀌었다.

차는 쌍심지를 켜고, 뒤로, 뒤로 후진하기 시작했다. 후방센서는 길게 몸을 늘어뜨린 억새까지도 장애물로 인식하고, 시종일관 '삐비비빅' 소음을 냈다. 양쪽 창문을 내린 채로, 선영은 왼쪽 아래를 보고, 나는 오른쪽 아래를 보고, 우리는 그렇게 각자의 바깥쪽 팔꿈치 아래를 보며 거의 비슷한 대사를 내뿜었다.

"오라이, 오라이! 여긴 괜찮아. 더. 더. 괜찮아. 더."

이렇게 길이 길었나 싶을 정도로, 길고 긴 후진이었다. 가도 가도 끝이 없었다.

"이렇게나 많이 들어왔었나?"

선영이 말했다. 바퀴가 논두렁에 빠지는 게 아닌지 너무 집중한 나머지, 정말 괜찮은 상태로, 어떤 틈에도 빠지지 않은 상태로, 무사히 출발지점에 도착하니 그 침묵이 오히려 어색해졌다. 수많은 '오라이'들이 허공에 민망하게 떠 있었다. 선영이 내비게이션을 들여다보며 말했다.

"후진으로 900미터를 왔네."

다시 뒤로, 그렇게 온 거다. 차는 이제 유연하게 왼쪽으로 몸을 틀었고, 그 좁은 길을 빠져나갔다. 그 논두렁길을 벗어난 다음, 누군가가 먼저 배가 고프다고 말했고, 저만치 눈에 들어온 게 호주산 스테이크집이었다. 그리로 들어가 조금 전 그 달처럼 노란 등불 아래 마주 보고 앉았다. 직원이 메뉴판 두 개를 주고 갔다. 우리는 각자의 메뉴판을 들고 의견을 교환하기 시작했다.

"붉은 빛깔 선명한 거."

"핏빛으로."

취향은 확실히 비슷하네, 난 그렇게 생각하고 있었다. 그러나 조금 뒤에 한쪽은 스테이크에 대해, 다른 한쪽은 와인에 대해 말하고 있었다는 사실을 알아챘다. 하나는 와인 리스트, 다른 하나가 스테이크 리스트였다. 우린 서로 다른 메뉴판을 보고 있었지만, 의사소통이 가능했다. 빛깔이 닮은 스테이크와 와인을 적당히 고른 셈이었다. 그 스테이크를 한 점 먹고, 와인을 몇 모금 마신 후에 내가 말했다.

"생각해봤는데, 아까 그 논두렁길 말이야. 900미터. 그게 우리랑 닮은 것 같아."

"막다른 길이라서?"

"아니. 그 길이 계속됐다면, 우리 차는 계속 갔을 거잖아. 너랑 연애하라면 계속할 수 있을 것 같아. 우리에겐 계기가 필요했던 거야. 아까 그 길처럼, 뭔가 계기가 있으면, 우린 또 같이 움직여서 헤쳐 나가잖아. 뒤로든, 앞으로든, 옆으로든, 어디든. 난 너랑 같이 있으면 연애든 결혼이든 뭐든 다 상관없어. 내 옆에 있는 사람이 이선영이 아닐 거란 생각을 해본 적이 단 한 번도 없거든."

주절주절 나오는 대로 말하고 있었지만, 그게 내 진심이었다. 나는 조금 울기까지 했는데, 그게 창피하지도 않았다. 선영이 휴지를 건네주었다. 이별은 지연되었다. 후진으로 900미터를 기어오는 동안 나와 선영 사이의 시곗바늘도 조금은 뒤로 간 게 분명했다. 우리는 다시 900미터쯤, 예전으로 돌아가 있었다.

900미터를 후진한 후 내가 선영과 다시 모델하우스에 간 건, 그녀가 원하는 데이트를 할 수 있다는 의지의 표현이었다. 사실 분양 신청서까지 낼 생각은 굳이 없었다. 그러나 거기서 선영과 번호표를 뽑고 상담원 앞에 나란히 앉았을 때, 상담원은 놀이를 현실로 끌어올렸다.

"두 분 예비부부시죠?"

나 혼자 갔을 때는 들을 수 없었던 정보가 있었다. 평양에서는 신혼부부 우선권이 있었다. 90퍼센트는 추첨으로 하고, 10퍼센트는 신혼부부에게 우선적으로 부여한다는 거였다. 계약 시점에서 예비부부거나 결혼 3년 이내의 신혼부부인 걸 입증할 수만 있다면 유리하다는 거였다. 우리가 결혼을 준비하기 시작하면 당연히 그 자격을 획득할 수 있었다. 입주 시점은 2023년 5월. 그 안에 통일이 될까. 사람 일은 한 치 앞을 모르는 거라고 해도, 어쩐지 5년 내에 남북통일이 될 확률보다는 내가 결혼을 할 확률이 더 클 것 같다는 예감이 들기 시작했다. 나는 'south'에 표시를 하고 신청서를 냈다. 대부분의 평형이 이미 마감이라, 평양 2차 분양에서 내게 주어졌던 유일한 선택권은 단지 남이냐 북이냐 정도였는데, 그건 국적이 아니라, 발코니 달린 두 번째 침실의 창문 방향을 가리키는 말이었다. 그걸 알게 된 건 이미 분양 신청서를 낸 다음이었다.

평양의 눈 내리는 풍경을 선영에게 보여주고 싶었지만, 우리의 침실에서는 보다 익숙한 풍경—남산타워와 한강이 보였다. 딱히 평양에 있다는 느낌은 들지 않았다. 물론 진짜 평양 한복판의 아파트에서 단지 창문 하나가 남쪽으로 뚫렸다고 해서 남산타워와 한강이 보이겠는가. 물리적인 거리를 너무 초월한 연출이긴 했으나, 그건 나름대로 의미가 있었다. 그 아래 '실제와 다른 연출용 사진입니다'라는 문구가 써 있었음에도 불구하고, 선영이 그 풍경에 만족했던 것이다. 그런 한강뷰는 우리가 지금 여기서 가질 수 없는 것이었으니까.

"바람이 부네?"

선영이 창문을 열고서 말했다. 아니, 어떻게 바람이 불지? 모델하우스에서 말이다. 아마 뭔가 기능적인 장치들을 동원했겠지만, 그 인공적인 바람은 우리 마음을 움직이기에 충분했다. 우리는 각자의 이름으로 신청했고, 같이 발표를 기다렸다. 나는 떨어졌고, 선영은 당첨되었다. 21평형, 신혼부부 우선 조건으로 말이다. 정확히 따지면 분양받은 주소는 평양이 아니었다. 평양 근교라고 해야 할까. 평양의 생활권이라고 하기에도 애매했지만, 전문가들 말대로 도시는 점점 커질 것이다. 그리고 '조만간' 통일이 된다면 진짜 그 도시의 창문을 열고 바람을 쐴 수도 있을 것이다. 첫눈을 볼 수도 있을 것이다.

그 아파트단지 앞으로 축구장 40배 규모의 쇼핑몰이 들어올 거라는 말을 해준 건 알리였다. 타이밍이 좀 어긋나긴 했는데, 평양 2차 분양에 대한 얘기는 확실했다. 내가 오랜만에 에어비앤비 사이트에 접속했을 때, 보낸 지 한참 지난 알리의 쪽지 두 개를 발견하게 된 거였다. 생각해보면 내가 알리의 집에 머물렀던 그 나흘이 이런 줄거리를 가능하게 한 셈이었다. 알리가 첫 번째 쪽지를 보낸 시점은 내가 10월의 나흘을 보내고 한국으로 돌아온 직후였다. 나보다 한 발 앞서 있던 이 청년은 개성이 싫다면 평양도 고려해보라는 말을 하고 있었다. 평양 2차 분양이 곧 시작될 것이고, 필요하다면 자신이 여러 방법으로 도와줄 수 있다고 했다. 두 번째 쪽지는 그로부터 며칠이 더 지난 시점에 보낸 것으로, 언젠가 하와이에서 다시 보기를 바라며, 그때는 꼭 사랑하는 사람과 함께여야 한다는 말이었다. 그건 보편적인 인사말일 수 있었지만, 내가 해야만 하는 그 일이 뭔지를 비로소 알게 된 것 같은 기분이었다.

물론 문제는 여기, 지금, 당장이었다. 예기치 않은 투자 때문에 우리의 예산은 더 줄어들었고, 전셋집이나 수도권의 미분양 아파트를 찾기에도 역부족이었다. 우리가 집을 산다면 발코니 같은 서비스 면적 정도가 우리 몫 아닐까. 대부분은 은행 몫일 것이다. 내가 알리에게 '사실 나는 남한의 아파트에 관심이 있다. 그러나 예산은 부족하다. 어떤 방안이 있을까?'라고 쪽지를 보낸 건, 단지 부동산 전문가인 알리가 어떤 말을 할지가 궁금해서였다.

돌아온 건 확실히 정답이었다. '은행에 가라.'

이기호

나를 혐오하게 될 박창수에게

1972년 강원도 원주에서 태어나 명지대 대학원 문예창작학 박사과정을 수료했다. 1999년 현대문학 신인추천 공모에 단편 〈버니〉가 당선되어 등단했다. 소설집으로 《최순덕 성령충만기》《갈팡질팡하다가 내 이럴 줄 알았지》《김박사는 누구인가》《웬만해선 아무렇지 않다》 등이 있다. 이효석문학상, 김승옥문학상, 한국일보문학상을 받았다. 현재는 광주대학교 문예창작과 교수로 재직 중이다.

이것은 나의 진술서이다.

*

나는 지금 광화문에 위치한 서울 경찰청 칠 층 조사실에 혼자 앉아 있다. 조사실이라곤 하지만 이곳은 마치 어느 중소기업의 회의실처럼 깔끔하고 또 조도도 높다. 조사실 정중앙엔 여섯 명이 한꺼번에 앉을 수 있는 테이블이 있고, 왼쪽 구석엔 커다란 우산 모양으로 잘 자란 행복나무 화분이 하나 놓여 있다. 그 옆으론 두 칸짜리 책장이 있는데 거기엔《수사연구》,《경찰청소관법규집》,《심리추적 프로파일링》같은 책들이 가득 들어차 있다. 테이블 정면에서 볼 때 오른편 벽면엔 일인용 소파도 하나 자리 잡고 있다. 창문은 없지만, 소파 옆에 세워져 있는 공기청정기 때문인지 그리 답답한 기분은 들지 않는다. 공기 중엔 치약 냄새 같은 것이 나기도 한다.

나는 그 테이블 가운데에 앉아 이 글을 쓰고 있다.

좀 전까지 이 방에 나와 함께 앉아 있었던 하준영 팀장은 편하게,

그 어떤 형식에도 구애받지 말고, 하고 싶은 말은 모두 다 써도 좋다고 말했다. 그러면서 황토색 서류철에 묶인 흰 종이와 볼펜을 내 앞으로 내밀었다. 그는 친절했고, 목소리는 전화상으로 들었을 때보다 조금 더 굵고 낮았다. 사십 대 초반으로 보였는데, 약간 마른 체형에 검은색 양복 재킷 차림이었다. 목과 손등엔 퍼런 힘줄이 선명하게 드러나 있었고, 왼쪽 눈썹 옆엔 작은 점이 하나 나 있었다. 코끝이 왼쪽으로 조금 휘어 있긴 했지만 보기 흉한 정도는 아니었다. 미용실이라도 갔다가 들어올 걸……나는 뜬금없이 잠깐 그런 후회를 하기도 했다. 이제 앞으로 오랫동안 미용실도 가지 못하겠지. 나는 몇 개월 동안 머리 손질도 하지 못했고, 2년 넘게 속옷도 새로 사보지 못했다. 눈 밑엔 기미가 끼기 시작했고, 뱃살이, 의도하진 않았지만, 마치 터뜨리기 위해 깔고 앉은 풍선처럼 볼록 튀어나온 몸이 되었다. 오래 신은 갈색 스니커즈에 청바지, 그 위에 면티와 보풀이 인 자주색 스웨터, 허벅지까지 오는 검은색 점퍼를 입은 꼴로, 나는 경찰서 안으로 걸어 들어왔다. 나는 칠십사 년생, 마흔두 살 김숙희이다. 얼굴에 크림이라도 좀 바르고 들어올 걸…… 마음대로 쓰라고 했으니까, 나는 이런 말도 다 쓴다. 모르긴 몰라도 하준영 팀장은 나와 동갑일 것이다. 그를 보자, 마치 거울을 보는 것처럼 내 차림새가 느껴진 건 아마도 그 때문일 것이다. 나는 그에게 잘 보이고 싶은 마음은 없다. 나는 마흔두 살이지만, 때때로 예순이나 일흔 살이 되어 버린 기분에 사로잡힌다. 내 또래 사람을 만나면 더더욱 그렇다. 그것이 가끔 나를 외롭게 만들지만, 그건 나의 잘못이 아니니까, 회한도 후회도 없다. 어차피 우리는 다 죽는다.

*

그제, 나는 제주도에서 돌아왔다. 2박 3일 일정으로, 박창수와 함께 간 여행이었다. 협재 해수욕장 근처 작은 모텔에서 이틀 모두 잤으며, 중국 관광객들을 따라 천천히 섭지코지를 둘러보고, 이시돌 목장에선 한 시간 가까이 말을 타기도 했다. 여행 일정은 모두 박창수가 짠 것이었는데, 나는 아무 말 없이 그가 이끄는 대로 갔고, 그가 먹자는 대로 먹었으며, 그가 자자고 말했을 때 잠들었다. 올해 마흔아홉 살이 된 박창수는, 마치 얼마 전 암 완치 진단을 받은 사람처럼 여행 내내 단 한 번도 얼굴을 찌푸리지 않았는데, 그래서 나는 그가 조금 더 걱정되기도 했다. 그가 어느 순간 훅, 고꾸라질 것만 같은 기분이 들어 성산일출봉을 오를 땐 일부러 그의 뒤에 바짝 붙어 걷기도 했다. 박창수는 숨을 헉헉거리면서도 구불구불 이어진 성산일출봉 계단을 모두 올랐고, 그곳 정상에서 나와 함께 핸드폰으로 셀카를 찍기도 했다. 그가 좀 웃어 봐, 라고 해서 나는 어색했지만 살짝 웃기도 했다. 어느새 귀밑머리가 희끗희끗해지고, 정수리 근처까지 머리가 빠진 그의 얼굴이, 작년보다 살이 많이 올라 광대뼈가 거의 드러나지 않은 그의 뺨이, 핸드폰 화면 가득 떠올랐다.

제주도에서 떠나오기 전날 밤, 박창수는 TV에서 본 유명한 맛집이라며, 애월읍 근처 흑돼지구이 집으로 나를 데리고 갔다. 저녁 일곱 시쯤 갔는데 사람들이 많아 사십 분 정도 줄을 서서 기다린 후에야 겨우 식당 안으로 들어갈 수 있었다. 가운데 구멍이 뚫린 둥근 테이블이 스무 개쯤 놓인 식당 안은 뿌연 연기 때문에 눈을 제대로 뜨기가 어려웠다. 테이블과 테이블 사이 간격도 좁아, 몸을 조금만 움직여도 낯선 사람의 등과 부딪혔다. 박창수는 가위와 집게를 들고 직접 흑돼지를 구워주었으며, 여기서는 이렇게 젓갈에 찍어 먹는 거야, 하면서 시범을 보여주기도 했다.

하지만, 나는 그가 줄을 서서 기다리는 동안, 테이블에 앉아 가위로 두툼한 흑돼지를 자르는 동안에도, 힐끔힐끔 무엇을 바라보았는지 놓치지 않고 보았다.

마시고 싶으면 마셔도 돼요.

나는 젓가락으로 무생채를 깨작거리면서, 그의 눈을 보지 않은 채 말했다. 나는 그 말을 하기까지 큰 용기가 필요했고, 말을 하기도 전에 겁부터 나, 두 다리가 덜덜 떨리기도 했다. 하지만 나는 최선을 다해 그 말을 했다. 그렇게라도 시간을 끌고 싶은 욕심 같은 것이 있었다. 나는 모든 것을 예전처럼 유지하고 싶은 마음 또한 컸다. 그것이 솔직하고 정직한 내 마음이었다.

박창수는 내 말에 삼사 초간 집게를 든 모습 그대로 멈춰 있었다. 나는 고개를 숙인 채 계속 젓가락 끝만 바라보고 있었지만, 그가 그렇다는 것을 알 수 있었다. 박창수는 잠시 후 다시 고기를 뒤적거리기 시작했고, 큰 목소리로 종업원을 불렀다. 나는 그때 조마조마해져 오줌을 찔끔 지리기도 했다. 하지만 그는 내 기대와 달리 술을 주문하지 않았다. 대신, 김치찌개와 사이다 한 병을 시켰을 뿐이었다. 나는 그제야 그의 얼굴을 바라보았다. 박창수는 아무 말도 듣지 않은 사람처럼, 이 집 김치찌개도 그렇게 죽인대, 라며 다른 소리를 해댔다. 그는 콧잔등을 살짝 웅크리면서 웃기도 했다. 나는 순간적으로 화가 나, 들고 있던 젓가락을 그대로 그의 얼굴을 향해 집어 던지고 싶었지만…… 그러지 않았다. 그는 마치 무언가를 애써 참고 있는 사람처럼 쉬지 않고 상추쌈을 싸 입 안에 욱여넣었고, 일정한 속도로 내 접시 위로 고기를 옮겨놓아 주었다. 나는 그 고기들을 천천히, 단물이 나올 때까지 지겹게, 오랫동안 씹고 또 씹었다.

그날 밤, 박창수와 나는 오랜만에 섹스를 하기도 했다. 나는 박창수가 시키는 대로 자주 자세를 바꾸었는데, 잠깐 전에 없던 온기 같은 것들이 몸속에서 일기도 했다. 그러나 더 많은 시간, 두려움과 걱정 때문에, 나는 조금 아프기도 했다. 아팠지만, 아플 때마다 나는 두 다리로 그의 허리를 더 꽉 조이기도 했다. 박창수는 그때마다 좋아? 좋아? 라고 계속 물어왔다.

섹스가 끝난 후 박창수는 내게 팔베개를 해주고 누워 이런 말을 했다.

서울 올라가면 우리 다음 주에 혼인신고하자.

나는 아무 대답도 하지 않고 그의 왼쪽 가슴께에 얼굴을 묻은 채 듣고만 있었다.

내년엔 융자를 받아서 임대 아파트에 들어갈 거야. 신혼부부한테 공급되는 거.

박창수의 팔뚝은 예전에 비해 더 단단하게 변해 있었다. 나는 그가 아무 말도 하지 않기를 바랐지만, 그는 그러질 않았다.

숙희야, 너 세상에서 제일 재미있는 게 뭔지 아니?

그는 내 얼굴을 바라보면서 물었다.

빚 갚는 거야, 빚. 빚이 조금씩 조금씩 줄어드는 거, 그걸 지켜보는 거…… 그게 그렇게 재미있는 일인지 난 예전엔 진짜 몰랐다.

나는 그에게 묻고 싶었다. 박창수 씨, 박창수, 창수야…… 무엇이 널 이렇게 변하게 만든 거니? 왜 갑자기 이렇게 변해버린 거니? 차라리 그냥 예전처럼 술을 마시고, 리모컨을 집어 던지고, 욕을 하고, 밥상을 뒤엎고, 아무 곳에나 널브러져 잠이 들고, 그러면, 그러면 안 되는 거니? 예전에 너는 도대체 어디로 사라져 버린 거니? 너는 왜 이렇게 정상이 되어 버린 것이니? 나는 어둠 속에서 눈을 멀뚱멀뚱 뜬 채 그렇게 계속 속말을 해댔지만, 정작 그에겐 한마디도 묻지 못했다. 박창수는 가만히 천장을 바라보고 있는가 싶더니, 금세 잠이 들어 버렸다.

제주도에서 서울로 올라온 다음 날, 그러니까 바로 어제 오후, 나는 마트에서 장을 보고 나오다가 공중전화 부스에 들어가 112에 전화를 걸었다. 나는 주저하지 않았고, 떨지도 않았다. 톡톡, 손톱으로 공중전화 윗면을 몇 번 두들겼을 뿐이었다. 나는 되도록 단순하게 말을 하려고 노력했다. 112 직원은 내 말을 듣고 난 후, 전화를 다시 다른 쪽으로 돌려주었다. 서울경찰청 장기미제 전담팀이라고 했다. 나는 그때 처음으로 하준영 팀장과 통화를 했다. 전화를 끊고 나서, 나는 집으로 돌아와 박창수를 위해 두부 두루치기를 만들었다. 그에게는 아무런 말도 하지 않았다. 그저 그가 밥 먹는 모습을 애처로운 마음으로 지켜보았을 뿐이었다. 홀로 남을 박창수의 미래를 떠올렸을 뿐이었다.

*

잠깐, 끊었다가 다시 쓴다. 조금 전 하준영 팀장이 이 방에 다시 들어왔다가 나갔기 때문이다. 그는 종이컵에 담긴 커피를 내 앞으로 내밀면서 잘 돼가요, 라고 물었다. 나는 쓰고 있던 종이를 팔꿈치 아래로 가리고 아무 말도 하지 않았다. 하준영 팀장은 슬쩍 내 팔꿈치 아래 가려진 종이를 바라보곤, 천천히 써도 된다고 말했다.

그리고 이건.

그는 그렇게 말하면서 두툼한 서류철 하나를 테이블 위에 올려놓았다. 겉면에 '2000년 10월 ~ 2000년 12월'이라고 적혀 있는 서류철이었다. 서류철 속지들은 군데군데 누렇게 색이 바래 있었고, 또 어느 페이지들은 삐죽 바깥으로 튀어나와 있기도 했다. 나는 그것이 무엇인지, 들춰보지 않아도 알 수 있었다.

혹시 참고가 될까 해서요. 이게 너무 오래된 일이라서……

그는 그렇게 말한 후, 자리에서 일어났다. 자, 뭐 더 필요한 것은 없으시고요? 그는 깍지를 낀 채 내게 물었다. 나는 짧게 고개를 흔들었다.

다 끝나면 여기 이 인터폰을 눌러주시면 됩니다.

하준영 팀장은 조사실 문 바로 옆에 붙어 있는 인터폰을 가리키며 말했다. 그는 그렇게 조사실 밖으로 나갔고, 나는 다시 혼자 남겨졌다.

나는 지금 테이블 정중앙에 놓여 있는, 하준영 팀장이 놓고 간 서류철을 바라보면서 이 글을 쓰고 있다. 글을 쓰다가 막히면 서류철을 한 번 바라보고, 볼펜을 쥔 손목이 아려오면 다시 쉬고, 하는 식이다. 하준영 팀장은 내게 너무 오래된 일이라고 했지만…… 걱정할 건 하나 없다. 나는 서류철 속 내가, 스물여덟 살일 적 내가, 그때 무슨 말을 했는지, 바로 어제 일처럼 생생히 기억하고 있다. 그때 시흥 경찰서 강력계 형사가 내게 물었던 말들과 나를 향해 지었던 표정들, 조사받았던 그 방의 풍경들, 냄새들 또한 하나도 잊지 않고 있다. 잊지 않았으니까, 다시 여기에 앉아 이런 글을 쓸 수 있는 것이다. 남들에겐 아무렇지도 않게 지나간, 모두의 기억 속에서 이미 사라져 버린, 2000년 10월 20일 금요일 밤의 일들을……

*

엄마, 엄마 얘기를 먼저 쓰지 않을 수가 없다.

그렇다고 오해하진 않았으면 좋겠다. 이 사건에 엄마가 어떤 역할을 했다거나, 원인을 제공했다거나, 무언가 알 수 없는 부담으로 작용했다는 뜻은 아니니까. 내가 지금 엄마를 마음 깊은 곳에서부터 원망하고 있다는 뜻도 아니니까…… 그냥 거기에서부터 시작하고 싶은 마음이 들어, 거기에서부터 시작할 뿐이다. 예를 들면, 내 남편이 결혼식 날짜를 잡겠다고, 엄마에게 처음 말한 그날의 이야기 같은 것들.

어머, 정말? 숙희야 잘 됐다. 최 서방 축하해.

엄마는 남편이 결혼 이야기를 꺼내자마자 대뜸 그렇게 반응했다. 당시, 엄마는 동인천역 부근에서 곧 망하기 일보 직전인 작은 카페를 운영하고 있었는데, 남편의 말을 듣자마자 이런 날 가만히 있을 순 없다고, 축하를 해야 한다며 슈퍼에서 싸구려 샴페인 한 병을 사오기도 했다. 나는 어느 정도 예상은 했지만, 솔직히 좀 기가 막혔다. 하나뿐인 딸이, 스물네 살에, 서른다섯 살이나 된 남자에게, 그것도 아무것도 가진 거 없는 이삿짐센터 직원에게 시집을 간다고 하는데, 어쩌면 저렇게 해맑을 수가 있을까? 어쩌면 저렇게 한순간의 반대도 없을까? 스물네 살의 나는 그런 엄마의 모습이 원망스러웠지만, 또 한편 자연스러웠던 것도 사실이다. 엄마는 그때까지 나에게 그 무엇을 바란 적도, 그 무엇을 시킨 적도, 그 무엇을 놓고 다투려고 한 적도 없었으니까. 해준 것이 없으니까 바라는 것도 없구나. 당시에 나는 엄마를 보면서 늘 그런 생각을 했다.

나는 고등학교 1학년 여름방학 때부터 롯데리아나 하디스 같은 패스트푸드점에서 줄곧 아르바이트를 해왔다. 처음에 받은 시급은 천이백 원이었고, 맨 마지막으로, 그러니까 내가 막 대학교에 입학했을 때 받은 시급은 천사백오십 원이었다. 고등학교 등록금은 엄마가 해결해주었는데, 그것이 어찌어찌 마련된 돈이라는 것을 잘 알았고, 그것도 반에서 늘 제일 마지막으로 냈기 때문에 다른 돈은, 일테면 차비라든지 용돈이라든지 하는 것들은 차마 달라고 손을 내밀 수가 없었다. 그래서 나는 보충수업이나 야간 자율학습을 모두 빠지고 저녁 다섯 시부터 밤 열한 시까지 패스트푸드점에서 트레이를 닦거나 행주를 빨거나 남자 화장실 소변기에 얼음을 떨어지지 않게 부으며 돈을 벌어야 했다. 저녁으론 늘 '데리버거'가 나왔는데, 지금까지도 그 냄새를 잊을 수가 없다. 세제 냄새 같기도 하고, 마른행주 냄새 같기도 한, 오래 먹다 보면 자연스럽게 맡아지는 냄새들…… 나는 세 달 뒤부턴 요령껏 저녁으로 나온 '데리버거'를 비스킷이나 감자튀김으로 바꿔 먹기도 했다.

그곳에서 처음 남편을 만났다. 막 고3이 되던 해였는데, 키가 작고 눈썹이 짙은 남자가 등산화 차림으로 늘 밤 아홉 시 무렵 패스트푸드점 문을 열고 들어왔다. 나는 그때 어느 정도 아르바이트 이력이 붙어 'C메이트'와 'B메이트'를 거쳐 계산 보조 업무를 돕는 '세컨 포스' 일을 하고 있었는데, 그래서 그 남자가 매일 '데리버거' 세트를 먹는다는 것과 다른 아르바이트생들 눈을 피해 몰래 점퍼 주머니에 숨겨온 팩소주를 콜라에 타 먹는다는 사실을 알게 되었다. 남자는 키는 작았지만 몸매가 다부져 어쩐지 좀 단단해 보이는 인상이었다. 하지만 눈꼬리가 아래로 처지고 입술이 두툼해, 벌레 하나 제대로 죽이지 못할 것 같은 사람처럼 보이기도 했다. 남자는 콜라에 팩소주를 타다가 몇 번인가 나와 눈이 마주치기도 했는데, 그때마다 화들짝 놀라 두 손으로 계속 이마를 가리고 앉아 있기도 했다. 나는 그런 남자에게 자꾸 눈이 갔다. 왜인지는 모르지만, 계속 그렇게 됐다. 그리고 그렇게 몇 주가 지난 뒤였던가, 나는 아무 말도 하지 않고, 남자가 주문한 콜라 대신 내 마음대로 오렌지주스로 바꿔

트레이에 건네주었다. 그것이 남편과 나의 첫 시작이었다.

연애 시절, 남편은 나와 대화할 때 종종 질문으로 말끝을 맺곤 했다. 숙희야, 그래도 대학은 가는 게 좋지 않을까? 아르바이트는 이제 그만두는 게 좋지 않을까? 커피 대신 밥을 먹는 게 낫지 않을까? 자고 가는 게 좋지 않을까? 더듬더듬 말끝을 흐리면서, 사람 눈을 제대로 바라보지도 못하면서, 자신의 발끝만 내려다보면서 하는 말들. 한 번도 누군가에게 자신의 속마음을 있는 그대로 전해보지 못한 사람 특유의 머뭇거림들, 자신 없는 저음들. 술을 마시면 좀 달라지긴 했다. 술에 취하면 남편은 그 순한 눈을 끔벅거리며, 숙희야, 나 좀 안아주지 않을래? 그러면 내가 진짜 기분이 좋아질 거 같거든⋯⋯ 비틀거리면서 그렇게, 내 눈을 똑바로 바라보면서 말한 적도 많았다. 나는 대부분 남편의 말대로 해주곤 했다. 하고 싶지 않은 일들도 있었지만, 내색하진 않았다. 남편의 말들이 대부분 틀리지 않았고, 또 그리 어려운 부탁도 아니었기 때문이다. 하지만 그 말들 때문에 내 인생이 조금 달라진 것은 분명한 사실이다. 이전엔 생각도 하지 않았던 대학교 유아교육과에 입학한 것도, 아르바이트를 하지 않고 학교만 다닌 것도, 밤늦게 자지 않게 된 것도, 따지고 보면 다 남편의 그 말들 덕분이었으니까. 나를 이상하게도 무력하게 만드는 말들, 청유들, 질문 아닌 질문들. 하지만 다 나를 위해서 해주는 말들⋯⋯ 남편은 착하고 성실한 사람이었다. 남편은 4년 내내 내 등록금을 댔으며, 매일매일 오천 원씩 계산해 용돈을 건네주었고, 계절이 바뀔 때마다 내게 청바지를 사주거나 가방 같은 것을 선물해주기도 했다. 그리고 그것들을 위해 남편은 이삿짐센터 일 말고도 월요일부터 목요일까지 따로 용달 기사 일을 하기도 했다. 나는 그것들을 모두 알았기 때문에 남편에게 아무 말도 하지 못했다. 남편에게 미안하고 고마운 마음이 많았고, 또 그것을 표현하고 싶었다. 하지만 아주 가끔씩, 나는 어쩐지 조금 서글픈 마음이 들기도 했다. 지금까지 받은 것들 때문에, 남편에게 하고 싶은 말을 다 하지 못하는 것은 아닐까…… 스물한두 살 무렵, 나는 그런 생각이 들 때가 종종 있었다. 그러면 또 괜스레 엄마가 미워지기도 했다.

그러니까 그날도, 남편이 엄마에게 결혼 허락을 받으러 온 날도, 엄마가 우리에게 머그컵 가득 샴페인을 따라 주고, 테이블 이곳저곳 촛불을 켜고 오디오 볼륨을 높인 날도…… 그때 내가 갑자기 엉엉 울어버린 것은 결코 남편이 싫어서가 아니었다. 결혼하는 게 두려웠기 때문도 아니었다. 나는 그저…… 어쩐지 그 풍경이 좀 서러웠고…… 또 조금 수치스러웠기 때문이다.

*

안다, 나도 다 알고 있다. 이런 말들은 이런 문서에, 이런 양식에 어울리지 않는다는 것을…… 이 글을 읽는 사람들이 지금 당장 무엇을 기대하고 있고, 무엇을 알고 싶어 하고, 또 무엇을 보고 싶어 하는지, 나 역시도 잘 알고 있다. 하지만, 정말 미안하지만, 나는 이런 식으로밖에 쓸 수가 없다. 이런 식으로 써야 나는 그날 일에 대해서 그나마 겨우, 조금이라도, 이야기할 수가 있다. 그러니 오해하지 말았으면 좋겠다. 나는 나를 변호하고 싶은 마음이 없다. 나의 행동에 이해를 구하고 싶은 생각도 없다. 나는 형량을 줄이고 싶은 계산도 없고, 가급적 오랫동안 교도소에 머물고 싶은 소망뿐이다. 이해할 수 없겠지만, 이해받고 싶지도 않고, 이해를 믿지도 않으며, 이해와 싸우고 싶지도 않다. 그것들을 위해 이 글을 이렇게 길게 쓰고 있는 것이 아니라는 말이다.

사실, 나는 좀 전에 하마터면 인터폰을 눌러 하준영 팀장을 부를 뻔했다. 마음대로 쓰라고 했지만, 또 그렇게 쓸 수 있을 것 같았지만, 막상 쓰다 보니 한 자 한 자 적어 나가는 것이 너무 힘들어서, 차라리 그에게 말로 하자고, 예전 시흥 경찰서에서 그랬던 것처럼, 그가 묻고 내가 대답하는 형식으로 하자고, 그렇게 얘기할 뻔했다. 하지만 나는 인터폰을 누르지 않았고, 다시 볼펜을 잡았다. 아마 하준영 팀장과 그런 식으로 이야기하다 보면, 또 그런 식으로 진술하다 보면, 나는 다시 엉뚱한 말을 하게 될지도 모른다. 누군가의 질문에 대답하다 보면 나는 되풀이해서 나 자신을 속이게 될지도 모른다. 질문에 대답하다 보면 이상하게도 자꾸 무언가가 달아나버리고 만다. 달아난 자리에 다시 다른 감정들이 뒤섞이고 만다. 나는 예전에도 그런 적이 한 번 있었다…… 그러니, 나는 다시 이렇게 쓸 수밖에 없다. 다시 떠올리고, 다시 쓴다. 안간힘을 다해, 이 글을 쓴다. 나는 고통을 피하기 위해서 여기에 온 것이 아니다.

*

남편과의 결혼 생활은 나쁘지 않았다. 남편은 여전히 착하고 성실했으며, 나에 대한 마음도 변함이 없었다. 그것은 부인할 수 없는 사실이다. 나는 결혼하고 얼마 지나지 않아 부천 송내동에 있는 한 사설 유치원에 취직을 했는데, 남편은 그것 때문에 구로에 있던 우리 신혼집을 다시 그쪽 근처로 옮기기도 했다.

지하철로 몇 정거장 되지 않는데요, 뭘……

나는 반대했지만, 남편은 뜻을 굽히지 않았다.

한 사람이라도 편한 게 낫지 않을까? 거기나 여기나 보증금은 다 똑같잖아?

그래도 이사하는 게 쉬운 일도 아니고……

내가 계속 주저하자 남편은, 너, 네 남편이 이삿짐센터 직원인 거 잊었구나, 하면서 슬쩍 웃기까지 했다. 그래서 나는 또 아무런 말도 하지 못했다.

나 또한 돈을 벌게 되었으니 당연히 그만큼 여유가 생겼지만, 남편은 일을 줄이지 않았다. 전세자금 융자도 다달이 갚아나가고, 주택청약적금도 붓고, 따로 무슨 연금보험 계좌도 새로 개설했다고 말했다. 내가 버는 돈으론 생활비를 하고, 남편이 주말에 이삿짐센터에 나가 받는 돈과 주 중에 구로 공구상가나 안산 반월 공단에서 트럭으로 화물을 옮겨주고 받는 돈은 모두 은행으로 들어갔다. 남편은 거의 하루도 쉬는 날 없이 일했고, 새벽 네 시쯤 출근했다가 나와 엇

비슷한 시간대에 퇴근하곤 했다. 그래서 나는 또 예전 남편이 하루 오천 원씩 용돈을 주고, 대학 등록금을 대주고, 청바지를 사줄 때처럼, 많은 것이 조심스러웠다. 조심스러웠지만, 나는 남편에게 몇 번 내 뜻을 말하기도 했다. 일을 좀 줄이면 안 돼요? 내가 그렇게 말하면 남편은 항상 진지한 표정으로, 조금이라도 빨리 빚을 갚으려고, 그래야 우리도 아기도 갖고 그러지. 그게 맞지 않을까? 그런 식으로 얘기를 꺼냈다. 그러면 나는 더 이상 아무 얘기도 하지 못한 채 가만히 고개를 끄덕거리기만 했다. 내가 버는 돈도 허투루 쓰면 안 된다는 생각을 하기도 했고, 쉬는 날 혼자 소파에 앉아 TV를 보는 게 죄스럽게 여겨질 때도 많았다.

남편은 군 제대 이후, 한동안 불면증 때문에 고생한 적이 있었다. 나를 만나고 난 뒤부터는 그래도 많이 좋아졌다고는 하는데, 그 이전엔 퇴근하고 나서도 다시 등산화를 신고 동네 야산을 오르고, 그러고 나서 또 무언가를 먹거나 소주를 마셔야만 간신히 서너 시간 정도 잠을 잘 수 있었다고, 그렇게 얘기한 적이 있었다. 연애할 땐 미처 몰랐는데 결혼한 이후, 나는 남편이 여전히 두세 달에 한 번꼴로 불면증 증세에 시달린다는 사실을 알게 되었다. 한 번은 새벽 한 시 무렵, 남편의 우는 소리에 퍼뜩 놀라 잠에서 깬 적도 있었다. 남편은 언제부터였는지 몰라도 침대 아래 방바닥에 쪼그려 앉아 훌쩍거리면서 울고 있었다. 남편이 앉은 자리 옆에는 자명종 시계가, 새벽 세 시 삼십 분에 알람이 맞춰진 자명종 시계가, 얌전히 놓여 있었다. 나는 그런 남편을 흐릿한 눈으로 바라보다가, 침대 아래로 내려가 가만히 안아 주었다. 하고 싶은 말은 많았지만, 나는 남편에게 아무런 말도 하지 않았다. 남편 또한 내게 아무런 말도 묻지 않고, 그저 내 쇄골 근처에 얼굴을 묻은 채 오랫동안 울기만 했다. 나는 그런 남편을 보는 것이 마음 아팠고, 또 한편 안쓰러웠다. 느닷없이 아직 생기지도 않은 아이가 원망스러워지기까지 했다. 그 후로 남편은 수면 유도제를 처방받은 후, 가끔씩 아주 가끔씩만, 그것을 복용했다.

그나마 겨울엔 남편의 일이 줄어들어, 주말엔 함께 트럭을 타고 오이도까지 바람을 쐬러 나가기도 했다. 그곳 방파제를 끝까지 한 번 다 걸은 후, 바로 옆 수산물 센터 이 층에 들어가 오징어회를 먹거나 삶은 꽃게를 사 먹고 돌아왔다. 남편은 결혼한 이후 거의 술을 마시지 않았는데, 대신 내가 조금씩 마시기 시작했다. 나는 술을 마시면 얼굴이 금세 빨개지고 또 말이 많아지는 편이었다. 그러다가 어느 한순간, 그곳이 술집 탁자든 화장실이든 공원 벤치든, 그대로 잠이 들어버리는 습관을 가지고 있었다. 막 잠이 들기 전, 정신이 혼곤해지고 팔과 다리의 기운이 한꺼번에 쑥 사라져버리는 순간, 그때의 느낌이 나쁘지 않았다. 그래서 나는 기회가 되면 내 앞의 술잔을 거부하지 않았다. 얼굴이 불콰하게 달아오르면 나는 남편에게 평소 하지 않았던 말들을 하기도 했다. 오빠, 그거 알아요? 내가 오빠 처음 봤을 때, 오빠 되게 찌질해 보였던 거? 찌질해서 눈이 가고, 자꾸 눈이 가다 보니까 안쓰럽고, 또 그래서 귀여워 보였던 거? 나는 평소엔 남편에게 존칭을 썼지만, 술을 마시면 그냥 말을 놓아 버렸다. 한데, 오빠랑 계속 만나다 보니까, 이게 어떻게 된 건지…… 오빠 때문에 내가 자꾸 부끄러워지는 거야…… 내가 더 찌질해 보이고…… 나 때문에 부끄러워지는 게 아니고…… 오빠 때문에 나 자신이 부끄러워지더라구…… 부끄러운 건 원래 나 때문에 생겨야 하는 거 아닌가…… 나는 그렇게 말하다가 잠이 들어버리곤 했다. 그리고 다시 깨어보면 남편의 등이거나, 트럭 조수석일 때가 많았다. 사위는 이미 어둑어둑해져 있었고, 나는 떠밀려가듯 어디론가 이동하고 있었다. 그때마다 나는 다시 자는 척, 움직이지 않고 가만히 눈을 감고 있었다. 그러면서 겨울이, 이 겨울이 계속 끝나지 않기를 바라기도 했다. 그런 시절들이, 내게도 있었다.

*

스물여섯 살 봄에 한 남자를 만났다.

그는 자신을 정 대리라고 소개했다. '영엘리펀트'라는 유아용 교구 제작업체에서 영업사원으로 일하는 사람이었는데, 승합차 짐칸 가득 원목 실 꿰기 놀이 세트나 낱말카드, 나폴레옹 포니, 악기 놀이 세트 같은 것을 싣고 안양이나 의왕, 부천 일대 유치원들을 돌아다니는 일을 하는 사람이었다. 나보다는 두 살이 많았고, 큰 키에 홀쭉한 몸매, 긴 얼굴 때문인지 인중도 길어 보이는 남자였다. 남자는 그해 신학기부터 내가 다니던 유치원에도 새로 교구를 납품하고 대여하는 일을 시작했는데, 그래서 일주일에 한두 번씩 꼬박꼬박 얼굴을 마주치게 되었다. 일이 없는 날에도 유치원 앞 골목에 승합차를 세워 두고, 아이들 버스 승하차 돕는 일을 하거나, 유치원 정원에 흐트

러진 모래놀이 삽이나 블록쌓기 완구들을 정리했다.

애쓴다, 애써.

동료 교사들은 남자를 보면서 그렇게 말하기도 했다. 벌써부터 내년 계약 때문에 저러는 거지, 뭐. 커미션만으론 불안하니까 저렇게 몸으로라도 더 때우는 거야…… 유치원에 근무하는 사람들은 대체로 남자를 보면서 비슷한 생각을 했던 것 같다. 그래서인지 몰라도 남자가 유치원 일을 돕는 것에 별다른 거부감이 없었고, 그러면서도 또 한편 은근히 무시하기도 했다. 남자가 싹싹한 목소리로 인사를 건네도 고개만 살짝 숙인 채 지나가는 경우가 대부분이었고, 남자가 옆에 서 있는데도 아무렇지 않게 학부모들 흉을 보거나, 자기들끼리 커피를 마시기도 했다. 투명인간인 것처럼, 혹은 길거리에서 전단을 나눠 주는 사람처럼, 남자는 그렇게 유치원 주변을 맴돌았다.

나는 처음부터 그런 남자가 불편했다. 그냥 불편한 것이 아닌, 마치 오래전 말다툼을 한 동창생을 여행지에서 마주친 듯한 기분, 혹은 친구 아버지가 모는 택시를 우연히 탄 듯한 당황스러움, 그런 어색함 같은 것이 느껴졌다. 어, 이게 뭐지? 나는 남자와 의례적인 인사를 나눌 때마다 속으로 그렇게 중얼거렸다. 하지만 그 감정에 대해선 깊이 생각해보지 못한 것도 사실이었다. 워낙 생각해볼 틈도 없이 빠르게 남자 옆을 지나쳤을뿐더러, 그것이 남자로 인해 생기는 감정인지, 아니면 평상시 나의 지속된 마음 상태인지, 제대로 몰랐기 때문이었다.

남자가 유치원에 드나들기 시작한 지 한 달쯤 지난 뒤였던가, 만

4세 산새반 남자아이 한 명이 바깥놀이 시간에 미끄럼틀에서 놀다가 왼쪽 팔이 골절되는 사고를 당하고 말았다. 담임교사가 미끄럼틀 바로 앞에 서 있었는데도 벌어진, 순간적이고도 불가항력적인, 말 그대로 뜻밖에 벌어진 일이었다(아이는 자기 뒤에 서 있던 여자아이의 발을 밟고 도망치다가 미끄럼틀 기둥에 부딪혔고, 넘어지는 와중에 왼팔을 잘못 짚고 말았다). 유치원의 대처는 매뉴얼대로 빠르고 적절했다. 곧바로 119가 도착했고, 담임교사가 병원까지 동행, 치료의 전 과정을 지켜봤다. 물론 아이의 엄마에게도 사고의 전후 사정을 숨김없이 설명했다.

하지만, 다음 날 아침 아이의 아빠라는 사람이 유치원 앞으로 찾아와 소란을 피웠다. 아이 아빠는 밤새 한숨도 자지 못한 사람처럼 부스스한 머리와 러닝셔츠가 다 보일 정도로 셔츠 앞 단추를 제대로 채우지도 않은 차림이었는데, 유치원 안으로 들어오지는 않고 계속 정문 앞에 서서 소리를 질러댔다. 선생이라는 것들이 애 하나 똑바로 못 보고 무슨 짓거리를 하고 있느냐고, 이따위 유치원에 어떻게 애들을 믿고 맡기겠냐고, 원장 나오라고, 바지 주머니에 두 손을 찔러 넣은 채 고함을 질러댔다. 버스에서 내려 등원하던 아이들은 정문 구석에 선 채 유치원 안으로 들어오지 못했고, 교사들과 부원장이 나서 아이 아빠를 말려 보았지만 속수무책이었다. 원장은 무슨 연수 차 부산에 내려가고 없었다.

거 일 좀 합시다.

아이 아빠의 고함 사이로 낯선 목소리 하나가 불쑥 튀어나왔다. 양손 가득 교구 박스를 든 남자였다.

넌 뭐야, 새끼야.

아이 아빠가 남자를 빤히 바라보면서 말했다.

우리 아이가, 새끼야, 여기서 어제 팔이 부러져서……

그러니까 일 좀 하자고요. 아이 팔이 부러졌으면 아이 옆에 있어줘야지, 왜 아빠가 여기 나와 있어요?

남자는 지지 않고, 이전엔 들어보지 못한 신경질적인 목소리로 '나 이거 빨리 여기 애들 나눠 주고 안양으로 다시 넘어가야 해요' 라고 덧붙였다. 그 말이 끝나기가 무섭게 아이 아빠가 남자의 멱살을 움켜잡았다. 아이 아빠와 남자가 뒤엉켰고, 유치원 교사들이 우르르 달려들어 아이 아빠를 말리기 시작했다. 아이들 몇 명이 울음을 터트렸고, 남자가 들고 있던 교구 박스에서 쏟아져 나온 자석 숫자판들이 바닥에 어지럽게 널브러졌다. 하지만 그것이 전부였다. 사태는 어느 순간, 다시 아무 일도 없었다는 듯 마무리되었다. 아이 아빠는 마치 누군가가 말려주기를 기다렸던 사람처럼, 분풀이할 어떤 대상이 필요했던 사람처럼, 계속 남자를 향해서 '너, 한 번만 더 내 눈에 띄어 봐!' 씩씩거리면서 유치원 앞을 떠났다.

그날 오후, 다시 유치원에 들른 남자는 부원장에게 불려갔다. 부원장실에 들어가기 전, 남자는 바로 옆 비어 있는 들꽃반 교실에서 기다렸는데, 그 반은 내가 담임을 맡고 있던 반이기도 했다. 남자는 유아용 원목 의자에 한참 동안 고개를 숙인 채 앉아 있었다. 나는 종일반 아이들의 하원 준비를 시키느라 몇 번 분주히 복도를 오갔는데, 그때마다 유리창 너머로 남자의 뒷모습을 보았다. 잔뜩 풀이 죽은 듯한 어깨와 구김이 많이 인 셔츠, 그것이 그날 내가 교실 밖 복도에서 본 남자의 뒷모습이었다. 그리고 남자가 부원장실에 들어간 후, 나는 퇴근 준비를 위해 교실에 들어갔다가 남자가 앉아 있던 책상에 그려진, 손톱으로 그려진 작은 그림 하나를 보았다.

거기에는 눈사람 하나가, 환하게 웃고 있는 눈사람 하나가, 선명하게 그려져 있었다.

그런 일이 있고 사흘 후였던가, 나는 퇴근하는 길에 다시 남자를 만났다. 유치원 앞 사거리를 지나 마을버스 정류장을 향해 걷고 있는데, 남자의 승합차가 옆에 와서 섰다. 남자는 조수석 유리창을 내리고 내게 물었다.

선생님, 어디까지 가세요? 태워 드릴게요.

남자는 예의 또 그 싹싹한 목소리로, 나를 불편하게 만드는 모습으로, 말을 걸었다.

나는 퇴근하는 길이라고, 가까운 거리라고, 걸어가겠다고 말했다. 나는 서둘러 짧게 묵례도 했다. 하지만 남자는 계속 내 얼굴을 보며 천천히 승합차를 몰았다.

가까운 거리니까 타세요. 피곤하시잖아요? 남자의 승합차 때문에 뒤따라오던 차들이 서서히 속도를 줄이기 시작했다.

나는 망설였다. 남자는 허리를 길게 빼 조수석의 문을 열어주기까지 했다. 나는 그 열린 문틈 사이로 종이컵과 신문지가 어지럽게 널브러져 있는 조수석 바닥을 바라보았다. 왠지 저 안으로 들어가선 안 될 것 같다는 예감이 들었다. 해코지를 당하거나 납치를 당하게 될지도 몰라. 나는 그런 생각마저 들었다. 그러지 말라는 법은 없었다. 하지만 그럴수록 남자에 대해 갖고 있던 내 불편함과 어색함이 그 부피를 더 키워나갔다. 웃고 있던 눈사람도 계속 머릿속을 떠돌았다. 누군가 나를, 남자를 말려줬으면 좋겠는데, 주위엔 아는 사람이 아무도 없었다. 뒤따르던 차들이 클랙슨을 울리기 시작했고, 나는 주저하다가 천천히 남자의 승합차 쪽으로 다가갔다. 남자는 그런 나를 보면서 다시 안전벨트를 맸다. 승합차 안에선 오래된 식물 냄새 같은 것이 났다.

때때로 나는 그런 생각을 해볼 때가 많았다. 만약 그날, 내가 남자의 승합차에 타지 않았다면, 그랬다면 많은 것들이 달라졌을까? 남자가 차에 타라고 보채도 모르는 척, 계속 걷기만 했다면 내 남편의 운명도 많이 달라졌을까? 불과 몇 년 전까지만 해도 나는 그렇다, 달라졌을 것이다, 아무 일도 일어나지 않았을 것이다, 라고 스스로 답변했다. 그 모든 것이 하나의 실처럼 길게 이어져 내 인생의 많은 것들이 거기에 줄줄 달려간 것이라고, 그렇게 믿었으니까…… 하지만, 지금은 잘 모르겠다. 어쩌면 선이 하나 더 있었을지 모른다고, 그것은 각기 다른 실이었을지 모른다고, 생각해볼 때가 더 많다. 우리는 저마다 각기 다른 여러 개의 선을 가지고 있는데, 그것을 하나의 선으로만 보려는 것은 그 사람 자체를 보려는 것이 아닌, 그 사람을 보고 있는 자기 스스로를 보려는 것이라고, 나는 그렇게 의심을 하게 될 때가 더 많아졌다. 그 사람을 보고 있는 다른 사람들…… 그 사람들 눈에 남자의 승합차에 올라탄 순간, 나는 이미 남편을 살해한 여자가 되어 있었다.

그리고 실제로 그로부터 2년 후, 나는 남편을 살해한 여자가 되고 말았다.

*

조금 전 누군가 이 방에 들어왔다가 나갔다.

그는 남색 점퍼에 검은색 폴라티를 입고 있었다. 오십 대 중후반쯤으로 보였는데, 하얗게 센 눈썹과 짧은 머리, 팔자주름이 선명한 남자였다. 그는 마치 방을 잘못 찾아 들어온 사람처럼 테이블에 앉아 있는 나를 바라보다가 복도 쪽으로 몸을 내밀어 방 호실을 확인하기도 했다. 그래서 나는 그를 신경 쓰지 않고 계속 진술서를 써 나갔다. 하지만 그렇게 다시 나갈 줄 알았던 남자는 문을 닫고 방 안으로 들어왔다. 그러곤 뒷짐을 쥔 채 천천히 테이블 건너편을 서성거렸다. 그는 내게 아무런 말도 건네지 않았고, 헛기침 소리 한 번 내지 않았다. 그러면서도 시선은 계속 나를 향해 있었다. 나와 짧게 몇 번 눈이 마주쳤지만, 얼굴엔 별다른 표정 변화가 없었다. 그는 마치 공기청정기를 바라보듯, 행복나무 화분을 살펴보듯, 나를 관찰했다. 나는 볼펜 쥔 손에 힘을 준 채 가만히 그의 시선을 견뎠다. 의자가 된 듯, 책장이 된 듯, 숨조차 제대로 쉴 수가 없었다. 숨을 제대로 쉴 수가 없었지만, 그의 냄새만은 온전히 다 빨아들였다. 나프탈렌처럼 모든 것을 윽박지르는 그의 스킨 냄새. 그 냄새가 말을 하듯 내 귓바퀴를 타고 넘어들어왔다. 내 뺨을 때리는 말들…… 내 죄를 추궁하는 말들…… 나는 그의 냄새가 하는 말들을 반복적으로 들으면서도 손에서 볼펜을 내려놓지 않았다. 볼펜을 내려놓으면 정말 그의 냄새가 내 모든 것을 물들일 것만 같았다. 그대로 사물이 되어버릴 것만 같았다.

그는 그렇게 아무 말도 없이 몇 분을 더 서 있다가 조금 전 이 방 밖으로 나갔다. 그리고 나는 다시 이 글을 쓰고 있다. 그는 아마 하준영 팀장의 동료일 것이다. 그의 상관일 수도 있고, 그도 아니면 전혀 다른 부서의 경찰일지도 모른다. 우연히 이 방에 들른 것일 수도 있고, 나를 감시하기 위해 온 것일 수도 있다.

하지만 어느 쪽이든 상관없겠지. 그가 누구든, 그에게 나는 그저 죄인일 테니까. 내 모든 것은 사라지고 죄만 남을 테니까…… 나는 이제 그런 시선에 익숙해져야 한다. 오로지 죄로 모든 것이 설명되는 사람…… 어쩌면 그래서 나는 지금 이 글을 이렇게 길게 쓰고 있는 것인지도 모른다. 이 글을 쓰고 있는 지금은, 이 문장을 쓰고 있는 이 순간은, 그래도 나는 아직 김숙희이니까…… 마흔두 해를 살아온 김숙희가 맞으니까……

공기 중엔 아직도 그의 냄새가 남아 있다. 그 냄새 속에서 나는 이 글을 쓰고 있다.

*

정 대리. 그의 이름은 정재민이었다. 고향은 전라북도 고창이었고, 3남 1녀 중 둘째였다. 고등학교를 졸업한 후 2년 가까이 고향에 머물면서 부모님의 복분자 농사를 도왔고, 군 제대 후부터 중학교 선배의 소개로 유아 교구 제작업체 영업사원으로 일하기 시작했다. 안산 정왕역 근처 고시원에서 몇 년을 살았으며, 안양 만안구와 부평 갈산동에서도 살았다. 나를 만났을 무렵에는 부천 춘의동에 있는 한 작은 원룸에서 지내고 있었는데, 한 번도 나를 그 방에 데리고 간 적은 없었다.

그 밖에 또 무엇이 있었던가?

사실 나는 그를 떠올리면 다른 무엇보다 집 근처 초등학교 옆 공터에 세워진 승합차 안에서 어둑어둑해지는 운동장을 가만히 바라보던 일, 앞 유리창에 비친 그의 얼굴을 곁눈질해가며 무언가를 끊임없이 이야기하던 내 모습, 가로등 불빛을 받으면 어쩐지 더 차갑게 보이던 초등학교 교정 안 배롱나무 가지 같은 것들만 선명하게 기억난다. 유치원에서부터 초등학교 옆 공터까지는 채 5분도 걸리지 않았는데, 어쩐지 나는 바로 내리면 안 될 것만 같은 압박감에 시달렸다. 그럼 실례가 되지 않을까, 그가 무시받았다고 느끼지는 않을까, 혼자 돌아가는 마음이 초라해지지는 않을까. 나는 그것이 염려됐다. 그래서 그 염려가 사라질 때까지 그의 승합차에서 내리지 않았다. 몇 번인가 그에게 유치원에 출근하는 게 별로 즐겁지 않다는 이야기를 하기도 했다. 해마다 늘 비슷비슷해 보이는 아이들, 가난한데 자기가 가난한지도 모르고 부끄러운지도 모르는 아이들. 그걸 내가 왜 매일매일 지켜봐야 하는지 모르겠다고, 그런 말을 했던 것도 같다.

그게 좀 고통스럽거든요.

그는 내 이야기를 듣고는 슬쩍 웃거나, 멀거니 창문 밖 백미러를 바라보았다. 나에게 왜냐고 묻지 않았고, 어떻게 해보라고 권유하지도 않았다.

그는 종종 승합차 안에서 졸기도 했다. 운동장을 바라보면서 무언가 이야기하다가 슬쩍 그쪽을 바라보면 운전석 유리창에 머리를 기댄 채 까무룩 잠들어 있는 그의 모습을 볼 때가 있었다. 그때마다 나는 마음이 조금 이상했다. 이 사람은 왜 여기에 앉아서 졸고 있는 걸까? 나한테 왜 이러는 걸까? 나는 기어 레버 옆에 힘없이 놓인 그의 손바닥을 가만히 내려다보면서 그런 생각을 했다. 그때도 가끔 고향에 내려가 복분자 농사를 돕는다는 그의 손바닥은 군데군데 각질이 일어나 있었고, 또 상처가 많았다.

후에, 모든 것이 다 끝장나고 난 후, 그는 내게 거칠고 상처가 되는 말들을 많이 했는데, 내 얼굴을 똑바로 바라보면서 처음에 너한테 왜 그랬느냐고, 너한테 왜 그랬느냐고, 반복적으로 소리를 지르기도 했다. 뭘 왜 그래? 정말 몰라서 물어? 선생들한테 밉보이면 안 될 거 같아서, 그래서 그런 거지! 나는 그때 그의 말을 들으면서도, 그에게 등을 보인 채 주저앉아 훌쩍거리면서도, 그것만이 전부는 아닐 거라고 생각했다. 어떻게 그런 이유로 그렇게 오랜 시간 승합차에 앉아 있을 수 있는가. 졸면서까지 기다려 줄 수 있는가. 나는 그 후로도 오랫동안 그의 말을 믿지 않았다.

그와 만난 지 3개월쯤 지난 후였던가, 함께 꼬치구이집에 들러 술을 마신 적이 있었다. 그전까지 그와 같이 무언가를 마시거나 먹은 것은 승합차에 앉아 홀짝거린 자판기 커피가 유일했다.

사실 전 술을 마시면 안 되는데……

그가 내 술잔을 채우면서 말했다.

이게 평소엔 괜찮았다가 술만 마시면 막 돋아나거든요.

뭐가요?

나는 술잔을 들었다가 다시 내려놓으며 물었다.

복분자 가시요. 이게 긁힌 자국이 다 없어졌다고 생각했는데…… 술만 마시면 죄다 벌겋게 일어나요. 좀 흉해요.

흉해요?

흉해요. 이마도 그렇고, 목도 그렇고, 손도 그렇고……

나는 그의 얼굴을 빤히 바라보았다. 그는 자신의 팔을 쓸어내리며 작게 웃었다.

마셔요.

내가 말했다.

네?

마시자구요.

나는 술잔을 그의 인중 근처까지 들어 올렸다. 그는 그 술잔을 잠깐 멍한 눈길로 내려다보다가 천천히 자신의 잔을 채웠다. 사실을 말하자면 나는 그때부터, 그러니까 술에 취하기 이전부터, 그와 자고 싶었다. 그의 흉터를 보고 싶다거나, 그가 안쓰러워서 그런 건 아니었다. 나는 오히려 내 벗은 몸을 그에게 보여주고 싶었다. 내 맨살을 그의 피부에 맞대고 싶어졌다. 알 수 없었지만, 바로 그 순간부터 나는 그런 욕망에 사로잡혔다.

그날 밤, 나는 모텔에 들어가기 전에 그에게 말했다.

가긴 가더라도…… 새벽엔 집에 들어가야 해요.

그는 조금 비틀거리면서 두 눈을 끔벅거렸다.

남편이 걱정하거든요……

그는 내 얼굴과 모텔 간판을 번갈아가며 바라보았다.

결혼했어요?

네, 2년 전에요.

아니, 나이가 몇 살인데요?

스물여섯이요. 스물네 살에 결혼했어요.

나는 그의 얼굴을 똑바로 쳐다보면서 말했다. 그의 관자놀이 근처와 콧잔등에는 마치 손톱에 긁힌 것처럼 붉은 실선들이 여러 개 일어나 있었다.

일찍도 했네…… 한데, 왜 미리 얘기 안 했어요?

묻지 않았잖아요, 그런 얘기.

나는 이상하게도 마음이 조급했다. 하지만 부끄럽진 않았다.

아, 하긴.

그는 고개를 크게 끄덕거렸다. 나는 그 말엔 조금 상처를 받았다.

안 들어갈 거예요?

내 말에 그는 잠깐 인상을 찡그렸다. 오른손으로 귀 아래를 몇 번 긁기도 했다.

새벽에 들어가기만 하면 괜찮은 거예요……

그가 물었다. 나는 그 질문엔 대답하지 않았다. 대신 내가 먼저 모텔 문을 밀치고 안으로 들어갔다. 그러자 그가 다시 비틀비틀 내 뒤를 따라 들어왔다. 나는 두려운 마음이 하나도 들지 않았다. 마음만 계속 바빴을 뿐이었다.

*

나는 그와 그렇게 2년 가까이 만났다.

그가 유치원에 교구를 가지고 들르는 날엔 빠짐없이 만났고, 남편이 출근한 토요일 오전에는 내가 그의 원룸 앞까지 찾아가 기다리곤 했다. 그와 함께 영화를 보거나 공원을 산책하거나 카페에 마주 앉아 커피를 마신 기억은 없다. 함께 승합차에 앉아 있다가 오정동이나 안양 근교까지 나가 설렁탕이나 김밥 따위를 사 먹은 후 모텔에 가는 것, 그리고 다시 각자의 집으로 돌아가는 것, 그것이 그와 나의 연애의 전부였다. 선물을 주고받은 적도 없었고, 서로의 친구를 소개받은 적도 없었다. 나와 만나고 있는 시간에도 그는 종종 다른 유치원 원장들에게서 걸려온 전화를 받곤 했는데, 그럴 때마다 나는 오랫동안 숨을 참고 있었다. 그럴 필요까진 없었는데도 저절로 그렇게 됐다. 그는 유치원 원장들하곤 꼭 차명으로 된 휴대전화로 통화했는데, 나에게도 항상 그 전화로만 연락을 해왔다.

그는 섹스가 끝나고 나면 씻지도 않고 바로 몸을 동그랗게 만 채 잠깐씩 쪽잠을 자곤 했다. 나는 그의 얼굴을 바라보며 가만히 옆에 누워 있었다. 잠들어 있는 그에게 몇 번인가 혼잣말로 이야기하기도 했다. 그것은 주로 남편에 대한 이야기였다. 내게 용돈을 주고, 등록금을 대주고, 청바지도 사 주었던 남편. 지금도 성실하게 누군가의 짐을 날라 주고 있을 착한 남편.

남편에게 얘기하려구요.

나는 그의 거친 손바닥을 쓰다듬으면서 말했다.

어차피 이건 착한 거 하곤 아무 상관없는 일이니까요.

그는 내 말에 아무런 대답도 하지 않았다. 규칙적으로 작은 숨소리만 냈을 뿐이었다.

마음은 그렇게 먹었지만, 그러나 그해 연말까지도 나는 남편에게 아무런 말을 꺼내지 못했다. 그와 헤어진 후, 새벽 2시가 넘은 시간에 집으로 들어가면서, 골목길에서, 대문에서, 나는 항상 결심했고 마음을 다잡았다. 말할 수 있을 거라고 생각했고, 말해야 한다고 다짐했다. 더 이상 시간을 끌면 안 된다고, 이건 변명이나 이해의 문제가 아닌 고백에 관한 일이라고, 계속 그렇게 술 취한 사람처럼 중얼거리기도 했다. 아니, 좀 더 솔직하게 말하자면 당시 나는 남편에 대한 걱정이나 염려 따위를 하지 못했던 게 맞았다. 남편을 위해서 고백해야 한다고 마음먹었지만, 그건 그저 나 자신을 속이기 위한 핑계 같은 것이었다. 나는 그 어느 때보다도 나에 대해서 골몰해 있었던 게 맞았다.

집은 늘 어두웠다. 나는 어둠이 눈에 익을 때까지 조용히 현관 앞에 신발도 벗지 않은 채 쪼그려 앉아 있곤 했다. 그러면 차츰차츰 마음 한편이 서늘해지는 것을 느낄 수 있었다. 어떤 각오 같은 것들이 생기기도 했다. 하지만 다시 발소리를 죽여 안방으로 들어가면, 그래서 그곳 침대에 모로 누워 있는 남편의 등을 바라보면, 그가 잠옷 대신 입는 밑단이 짧은 추리닝을 물끄러미 내려다보면, 나는 차마 용기를 낼 수가 없었다. 또 새벽바람을 맞으며 출근할 사람인데, 한 번 잠드는 게 어려운 사람인데…… 내가 뭘 잘했다고…… 나는 마음속으로 몇몇 이유들을 댔고, 그 이유들 덕분에 다시 아무렇지도 않게 남편의 등을 껴안은 채 잠들 수 있었다. 나는 내가 점점 더 나쁜 사람이 되어가고 있구나, 그렇게 생각하기도 했다.

남편은 다른 유치원을 알아보는 게 낫지 않을까, 이건 무슨 입시학원도 아니고, 하면서 말을 꺼낸 적이 있었다. 나는 평가인증 때문에 그래요, 다른 유치원들도 다 마찬가지인데요 뭘, 하면서 둘러댔다. 거 참, 나는 유치원 선생들이 세상에서 제일 일찍 퇴근하는 사람들인 줄 알았는데…… 남편은 그렇게 웅얼거렸을 뿐 더 이상 묻지 않았다. 남편은 내가 늦는 날이면 혼자 찌개를 끓여 먹었고, 자신의 양말과 속옷을 손빨래했으며, 텔레비전을 보다가 그대로 잠들곤 했다.

한 번, 뜻밖의 순간에 남편에게 모두 다 털어놓을 뻔했던 적도 있었다. 남편이 퇴근길에 롯데리아에 들러 불고기버거 세트 두 개를 사 온 날이었다. 저녁 대신 그것을 식탁에 마주 앉아 먹다가 말고 남편이 슬쩍 웃으면서 자기 몫의 콜라에 소주를 탔다. 그 모습을 오롯이 바라보다가 나는 나도 모르게 울컥, 눈물을 흘리고 말았다. 그것은 나 자신 또한 전혀 예상하지 못한 눈물이었다. 평화로운 저녁이었고, 그를 만나지 않은 저녁이기도 했다. 나는 그만 그치려고 노력했지만, 계속 불고기버거를 한 손에 든 채 눈물을 흘리고 말았다. 나중에는 식탁에 이마를 기댄 채 꺼이꺼이 흐느끼기까지 했다. 그리고 그 순간, 지금 말해야 한다고, 지금이 아니면 더 힘들어지고 말 거라고, 어깨를 들썩거리면서 생각했다. 하지만 그때도 나는 아무런 말도 하지 못했다. 목에서 무언가 자꾸 넘어와 입 밖으로 아무런 말도 꺼낼 수 없었던 까닭도 있었지만, 지금 말하면 남편에게 그저 용서를 구하는 것, 오직 그것만 하고 말 거라는 두려움 탓이 더 컸다. 내가 원한 것은 용서가 아니었다. 나는 사실과 고백을 원했다. 그 이후의 것들은 남편의 몫이 아니라고 생각했다.

그날, 나보다 더 당황한 남편은 소주를 탄 콜라를 개수대에 버리고 내 옆으로 다가와 앉았다. 다 지나간 일인데 뭘…… 우리 이제 잘 살잖아…… 남편은 그렇게 말하면서 내 등을 계속 토닥거려주었다. 그 말들은 나에겐 하나도 위로가 되지 못했다.

*

남편에게 말하진 못했지만, 나는 그에겐 거짓말을 했다. 그와 만난 지 반년쯤 지난 뒤의 일이었다.

다 얘기했어요.

뭘요?

그는 수건으로 탈탈, 머리를 소리 나게 말리면서 물었다.

우리 관계요. 남편에게 다 얘기했어요.

그가 수건을 허공에 그대로 둔 채 가만히 나를 바라보았다. 나는 결코 그를 시험하기 위해서 거짓말을 한 것은 아니었다. 그에게 미안해서 한 거짓말이었다. 하지만 결과적으로 그것은 시험이 되고 말았다.

그날, 그는 침대 모서리에 앉아 아무 말 없이 TV만 바라보았다. 섹스를 할 때도 내 얼굴은 보지 않았다. 나는 그의 밑에 눌린 상태에서도 계속 그의 표정을 살폈는데, 어쩐지 그는 시무룩해 보였고 화가 난 사람처럼 보였다. 숨소리는 거칠었지만, 말은 한마디도 하지 않았다.

섹스가 끝난 후, 등을 동그랗게 만 채 돌아누워 있던 그는 한참 뒤에 내게 물었다.

내 이름도 말했어요?

나는 아무런 대답도 하지 않았다. 실망을 했지만, 그렇다고 그가 미워진 것은 아니었다. 내가 먼저 시작한 거짓말이었으니까. 나는 딱 그 정도만 실망했다.

*

그도 이곳에 다시 불려 나오게 될까?

진술서를 쓰다 말고 나는 잠시 그런 생각을 했다. 아마 그렇게 되겠지…… 이곳에 나올 땐 미처 그런 생각까진 해보지 않았지만, 역시나 그 또한 내가 지금 쓰고 있는 이 진술서 때문에 좋든 싫든 다시 이곳 경찰서로 불려 나오게 될 것이다. 어쨌든 하준영 팀장에겐 이 진술서를 확인해줄 사람이 필요할 테니까. 이 모든 것을 확인해줄 사람은 정재민, 그 사람뿐이 없을 테니까.

예전, 내가 그 끔찍한 일을 저질렀을 때도 그는 시흥 경찰서 강력계에 불려 나가야만 했다. 경찰들은 나와 그에게 따로따로 많은 질문을 던졌다. 2000년 10월 20일 밤 8시부터 새벽 1시 사이에 어디에 있었는가, 무엇을 했는가, 누구와 있었는가…… 그는 그때 부천 춘의동에서 저녁을 먹고 다시 중동에 있는 호프집으로 넘어가 새벽 2시까지 친구들과 함께 있었다고 진술했다. 그건 틀림없는 사실이었다. 그날 내가 오이도 시민공원 대로변에 있는 공중전화로 그에게 전화를 걸었을 때, 그는 분명 호프집이라고 했으니까. 나는 그때 그에게 침착한 목소리로 남편을 죽였다고 말했다. 그가 호프집에서 나오는 음악 소리 때문에 내 말을 제대로 알아듣지 못해서 다시 한 번 또박또박, 남편을 죽였다구요, 제가, 라고 말해야 했다. 그가 잘못한 것은 바로 그때부터였다. 그는 잠시 어, 어, 하더니 내게 무조건 곧장 친정엄마에게 가 있으라고 말했다. 내가 아무 말도 하지 않자, 수화기 너머 저편에서 버럭버럭 소리를 질러대기도 했다. 내 말 알아들었어요? 내 말 알아들었느냐구요? 내가 그 말에도 제대로 대답하지 못하자, 이번엔 시키는 대로 하라구, 내가 시키는 대로 해, 라고 명령조로 말했다. 그래서 나는 또 잠시 그를 오해하기도 했다. 아, 그가 아직도 나를 염려하고 있구나, 나를 아끼고 있구나…… 나는 그렇게라도 무언가 의지할 곳을 찾고 있었던 것인지도 모른다. 필사적으로, 그랬던 것인지도 모른다. 나 또한 그때 몹시 두려웠던 것은 분명한 사실이니까.

십수 년 만에 다시 경찰서에 불려 나오게 되면, 그는 과연 어떤 표정을 지을까?

나에 대해선 뭐라고 진술할까? 예전처럼 또 아무것도 모르는 척 거짓말을 할까?

글쎄, 그건 지금으로썬 알 수 없는 일이다. 그리고 나와 상관없는 일이기도 하다. 나는 이제 그가 벌을 받든 말든 별 관심이 없다. 그가 안쓰럽다거나, 그에게 미안한 마음 또한 들지 않는다. 각자의 죄가 있고, 각자의 벌이 있는 것이다. 그것을 뭉뚱그려 바라보면 모든 것이 다 평평해질 뿐이다. 나는 더는 그렇게 살고 싶은 마음이 없다.

잘 살고 있겠지. 또 앞으로도 잘 살아가겠지. 나는 다만 그렇게 생각할 뿐이다.

*

그와 만난 지 일 년쯤 지난 이듬해 초봄, 나는 기어이 남편에게 모든 것을 고백하고 말았다. 그때는 이미 그와 만나는 날도 줄고, 전화통화도 거의 하지 않던 시기였다. 그는 내가 문자를 보내거나 전화를 걸어도 답이 없을 때가 많았다. 춘의동 원룸 앞으로 찾아갔을 때나 겨우 얼굴을 볼 수 있었는데, 허탕을 치고 돌아오는 날도 꽤 있었다. 그는 회사 일 때문에 정신이 없다고 말했다. 계양구에 들어선 유치원 두 곳과 새로 거래를 시작했는데 그곳 원장들이 바라는 것이 많아서, 라는 말을 했다. 무슨 유치원 원장들이 아니고 가라오케 사장들 같아. 그는 그렇게 투덜거리기도 했다. 그는 섹스를 하고 난 후에도 예전처럼 쪽잠을 자지 않고 바삐 나갈 때가 많았다. 그래서 나는 그의 얼굴을 바라보며 혼잣말을 중얼거리지도 못했다. 그가 승합차로 나를 초등학교 옆 공터에 내려주고 요란하게 타이어 긁히는 소리를 내며 떠나갈 때마다, 나는 우리 관계가 머지않아 끝날 것을 예감했다. 처음 나를 승합차에 태워줬을 때처럼 승합차에서 내려주면 그뿐. 다시 돌아오지 않을 것만 같았다.

그즈음 세탁기 호스가 막힌 것인지, 다용도실 하수구가 막힌 것인지, 며칠 동안 세탁기 통 속 물이 잘 빠지지 않고 고여 있던 날들이 있었다. 퇴근한 남편이 저녁을 먹자마자 그것을 손보겠다며 추리닝 바지를 무릎까지 걷어 올리고 다용도실 안으로 들어갔는데, 나는 남편 뒤에 쪼그리고 앉아 그것을 지켜보았다. 남편은 하수구에 걸린 머리카락을, 마치 미역 줄기 같은 그것을, 하나하나 세심하게 제거했고, 옷걸이를 갈고리처럼 구부려 호스 안을 긁어내기 시작했다. 호스 안으로 옷걸이를 집어넣을 때마다 남편은 작게 씩씩, 소리를 냈다. 그때마다 남편의 늘어진 추리닝 허리선이 조금씩 조금씩 아래로 밀려 내려갔다. 밀려 내려간 허리선 안으로 남편의 남루한 속옷이 보였고, 다시 그것마저 내려가 거무튀튀한 엉덩이골이 삐죽 드러났다. 나는 그것을 가만히 내려다보았다. 그것을 보면 볼수록 이상하게도 내가 자꾸 부끄러운 심정이 되었다. 내 것이 아닌데도 그랬다. 어쩌면 저렇게 검을 수가 있을까? 혹시 무슨 때가 낀 것은 아닐까? 나는 부끄러워서 좀처럼 참을 수가 없었다. 그래서 나는 말해 버렸다.

만나는 남자가 있어요.

나는 남편의 등 뒤에서 말했다.

남편은 내 말을 듣고 움찔, 손을 멈추고 그대로 앉아 있었다. 허리선도 그대로였고, 엉덩이골도 그대로였다. 제발, 그것 좀 추켜올려 입으면 안 돼요. 나는 소리치고 싶었다.

벌써 일 년 가까이 됐어요.

나는 그렇게 말했지만, 남편은 계속 아무런 말이 없었다. 잠시 후, 다시 옷걸이로 호스 안을 계속 쑤셔대기만 했을 뿐이었다. 엉덩이까지 들썩거리면서, 남편은 하던 일을 계속했다.

사실대로 말하고 싶었는데…… 계속 잘 안 됐어요…… 미안해요.

내가 그렇게 말했을 때, 호스에서 작게 바람 빠지는 소리가 나더니 이내 쿨럭쿨럭 검은 구정물이 쏟아져 나왔다.

됐다.

남편은 호스에서 쏟아져 나오는 물을 보면서 말했다. 그러더니 옷걸이에 걸린 무언가를 손에 쥐고 수돗물에 깨끗이 씻었다. 남편은 그것을 정성스럽게 씻은 다음, 내 손에 건네주었다.

이런 게 여기 껴 있었네.

나는 남편의 얼굴을 무표정하게 바라보았다. 그러다가 남편이 건네준, 유치원에서 쓰는 플라스틱 자석 숫자 '8'을 멍한 눈길로 내려다보았다. 내가 왜 이런 걸 주머니에 넣고 다녔던 걸까? 언제부터 넣고 다녔던 걸까? 나는 그 숫자 '8'을 보면서 생각했다. 하지만 기억은 잘 나지 않았다. 다만 여기서 말을 멈추면 안 된다는 생각만은 분명했다.

유치원에 교구 납품하는 일을 하는 남자인데……

저기, 다음에 말하면 안 될까?

남편이 내 말을 끊으면서 말했다.

나, 내일 또 새벽같이 일 나가야 하잖아.

남편은 그렇게 말하곤 안방으로 걸어갔다. 남편은 마치 아무 말도 듣지 않은 사람처럼, 이제 막 퇴근해서 집으로 들어온 사람처럼 행동했다. 허리를 뒤로 활처럼 구부리며 스트레칭을 하기도 했다. 나는 남편을 따라 들어가 계속 말을 하려고 했지만, 그러나 더 이상 아무런 말도 하지 못했다. 예전, 남편이 질문 아닌 질문을 해오던 때처럼, 밤늦게 자지 말고 아르바이트도 하지 말라고 했을 때처럼, 그저 온몸에서 힘이 쭉 빠져나가는 것을 느꼈다. 새벽같이 나가야 한다는데…… 잠들기 어려운 사람인데…… 나는 그 자리에 얼음처럼 서 있기만 했다. 그러자 이상하게도 마음이 한결 편해졌다. 무언가 외면당하고 수치스러운 기분도 들었지만, 마음이 편해진 것은 사실이었다. 착하고 성실한 사람이니까, 착하고 성실한 남편이니까…… 나는 계속 그 말을 주문처럼 웅얼거렸다.

*

그 뒤로도 나는 계속 남편에게 말하려고 노력했다. 안방에 앉아 함께 TV를 보다가도, 같이 재활용품을 분리하다가도, 불쑥불쑥 말을 꺼냈다. 왜 아무런 말이 없어요? 내 말이 다 거짓말 같아요? 나는 뭘 어쩌겠다는 생각도 없이, 계획도 없이, 그렇게 물었다. 물론 그렇다고 그 말들을 쉽게 꺼냈다는 뜻은 아니다. 내가 말하지 않으면, 입을 다물고 있으면, 모든 게 괜찮았지만, 그저 조금 수치스럽고 사물 취급을 받는다는 생각만 하지 않는다면 아무 문제도 없었지만, 때때로 그 감정들이 나를 참을 수 없게 만들었다. 나는 계속 입 안에서 되풀이했던 말들을 어렵게 꺼냈다. 하지만 남편의 반응은 한결같았다. 내가 말을 꺼낼 때마다 욕실로 들어가거나, 침대에 누워 등을 돌렸다. 닫힌 욕실 문 앞에서 계속 얘기해도 돌아오는 말은 아무것도 없었다.

나는 일부러 집에 늦게 들어가기도 했다. 그를 만나지 않았는데도 혼자 술을 마시고, 부천역 광장을 거닐고, 초등학교 옆 공터를 배회하다가 자정 넘어 귀가하는 날이 많았다.

그런 날엔 그에게 계속 전화를 걸었지만, 연락이 닿은 날은 몇 번 되지 않았다. 남편은 변함없이 혼자 밥을 먹고 설거지도 말끔하게 끝내고, 행주까지 싱크대 옆에 반듯하게 널어놓은 후, 안방 침대에 잠들어 있었다. 나는 참지 못하고 잠든 남편을 깨우기도 했다. 술을 좀 마신 날이었다.

날 무시하지 마요. 뭐라고 말을 좀 하라구요!

나는 남편에게 그렇게 소리쳤다.

내가, 내가 다른 남자를 만났다구요! 오빠는 그래도 아무렇지도 않아요!

남편은 상체를 세우고 앉아 미간을 찡그렸다. 내 얼굴을 똑바로 바라보지도 않고, 계속 고개를 숙이려고만 했다. 방바닥에 놓인 자명종을 흘깃흘깃 바라보기도 했다.

날 보고 어떡하라구?

남편은 잠이 덜 깬 목소리로 그렇게 말했다.

네가, 네가 알아서 판단하는 게, 그게 맞지 않을까?

남편은 침대 옆에 있던 물을 한 잔 마시고 다시 자리에 누웠다. 나는 남편에게 무슨 말을 더 하려고 했으나, 또 그러지 못했다. 나는 어쩐지 내 자신이 자꾸 바보가 되어가는 것만 같았다. 남편 말에 뭐라고 더 대꾸해야 하는데, 더 다퉈야 하는 게 맞는 것 같은데, 입에선 아무런 말이 나오지 않았다. 내 의지와 상관없이 그저 노곤하게 온몸의 맥이 다 풀어지는 기분이었다. 이러다간 더 멍청해지고 멍청해져서 아예 제로가 되어버릴 것만 같았다. 무생물이 되어버릴 것만 같았다.

그리고,

실제로 나는 남편과의 마지막 몇 개월을 쭉 그런 상태로 지냈다.

멍한 상태 그대로.

아무 생각 없는 그대로.

*

아까부터 어떤 노래 가사 하나가 계속 머릿속에서 떠나지 않는다.

나는 평소 노래를 즐겨 부르거나, 자주 듣는 사람이 아니다. 아는 노래도 거의 없고, 노래방을 가본 것도 까마득한 옛날 기억이다. 무언가를 할 때 노래를 흥얼거리는 사람도 아니다. 한데도 멜로디와 함께 계속 노랫말이 떠오른다. 망가진 카세트테이프처럼 끊임없이 구간 반복되면서 글 쓰는 걸 방해한다. 경찰서에서, 진술서를 쓰고 있는 지금, 노래라니. 남편을 살해한 죄를 진술하고 있는 이 마당에 노래라니. 나는 어울리지 않는다고 생각했지만, 그럴수록 노래는 끊임없이 계속된다. 그래서 나는 그 노래 가사 또한 아예 여기에 옮겨 적기로 한다.

아무도 날 찾는 이 없는 외로운 이 산장에
단풍잎만 채곡채곡 떨어져 쌓여 있네
세상에 버림받고 사랑마저 물리친 몸
병들어 쓰라린 가슴을 부여안고
나 홀로 재생의 길 찾으며 외로이 살아가네

나는 이 노랫말을 누가 썼는지, 누가 불렀는지, 알지 못한다. 노래 제목이 〈산장의 여인〉인 것은 알고 있다. 엄마가 종종 부르던 노래였으니까. 한데, 이 오래된 노래가 왜 자꾸 떠오르는 것일까? 내가 지금 지나치게 감정적인 것일까? 노래 가사에 나오는 저 여인과 내

처지가 같다고 여기는 것일까? 노랫말이 적힌 이 진술서를 보면, 아마 하준영 팀장은 그렇게 생각할지도 모른다. 하지만 아니다, 그렇지 않다. 나는 저 노래 가사 속 여자와는 다른 사람이다. 나는 세상으로부터 버림받았다고 생각해본 적 없고, 사랑을 물리친 적도 없다. 바보처럼 병들고 쓰라린 가슴을 부여안고 외로이 살아오지도 않았다. 나는 저 여자가 천치 같다고 여겨진다. 천치 같지만, 마음이 쓰린 것은 맞다. 그건 아마도 저 노래의 멜로디 때문이겠지. 내가 지금 저 노래를 떠올린 것은 어쩌면 가사가 아닌 멜로디 때문인지도 모르겠다. 때때로 나는 멜로디 때문에 가사에 속고 마니까. 멜로디 때문에 가사를 다르게 보니까.

지금 내 감정과 비슷한 것은, 여기에 적을 수 없는, 저 노래의 멜로디뿐이다.

*

당시에 나는 그것이 무엇인지 제대로 알지 못했다.

처음에는 그저 내 몸의 모든 관절이 조금 헐거워진 듯한 느낌, 내 몸의 모든 무게 중심들이 종아리 아래로 내려앉은 듯한 뻐근함, 그러면서도 머리는 계속 띵하고 무거운 상태. 그런 컨디션이 몇 날 며칠 지속되었다. 마치 자욱한 안개 한가운데 홀로 서서 자잘하고 습한 바람을 그대로 맞고 있는 듯한 기분이었다. 나는 암이나 빈혈, 간염 같은 것을 의심했다. 그래서 실제로 동네 병원을 찾아가 검진을 받아보기도 했다. 소변 검사도 하고, 피 검사도 하고, 엑스레이도 찍었다. 하지만 딱히 드러나는 문제는 없었다. 나와 마주 앉은 의사는 차트를 훑어보다가 조금 조심스러운 목소리로 정신과 상담 치료를 권했다. 나는 의사의 말대로 정신과를 찾을까 생각했지만, 그러나 그건 하지 않았다. 어쨌든 나는 유치원 교사였으니까. 정신과 진료 기록이 드러나면 좋을 게 없다, 라고 나는 그 와중에도 염려했다.

그 상태로 나는 그를 몇 번 만나기도 했다. 그가 내 위에서 거친 숨소리를 내는데도, 나는 아무 느낌이 없었다. 나는 그때쯤엔 그에게 말도 거의 하지 않았는데, 관계가 끝나면 기계처럼 옷을 입고, 거울도 제대로 보지 않은 채 모텔 밖으로 빠져나왔다. 집 근처까지 데려다주는 그의 승합차 안에선 깜빡깜빡 졸기도 했다. 왜 이렇게 피곤하지, 빨리 가서 눕고 싶다. 나는 계속 그 생각만 간절했다. 그는 뚱한 표정으로 나에게 무슨 일 있어요, 라고 물었지만, 나는 대답하지 않았다. 그러자 그도 더 이상 아무 말도 묻지 않았다.

유치원에서도 나는 자주 멍했다. 바깥놀이 시간, 아이들과 함께 근처 공원이나 놀이터로 나갔다가 돌아올 때면, 나는 뭉텅뭉텅 시간이 잘려나간 듯한 기분이 들곤 했다. 내가 언제 거기를 아이들과 함께 다녀왔나, 거기에서 무엇을 했나, 기억을 해보려고 해도 뚜렷하게 생각나는 것들이 없었다. 혹시, 아이들 몇 명을 빼먹고 그대로 돌아온 것은 아닐까, 덜컥 겁이 나서 원목의자에 앉아 있는 아이들의 머릿수를 반복해서 세어보기도 했다. 아이들의 이름을 한 명 한 명 다시 불러보기도 했다. 그때마다 아이들은 신이 나서 더 큰 목소리로 대답하기도 했다.

남편은 평상시와 다르지 않았다. 언제나 조금 벌겋게 달아오른 얼굴로 퇴근했고, 집으로 돌아오면 청소부터 했으며, 띄엄띄엄 프로야구 중계를 시청했다. 나에게 무언가를 묻지도 않았고, 짜증을 내지도 않았다. 남편이 TV를 끄면 집 안은 고요하고 적막해졌는데, 나는 그때마다 어쩐지 집 안 곳곳이 조금씩 조금씩 줄어들고 있는 듯한 착각이 들었다. 남편은 내게 묻지도 않고 안방 불을 끄고 침대에 눕는 날이 많았다. 그런데도 나는 그때마다 그게 당연하다는 듯 남편을 따라 침대에 누웠다. 전혀 졸리지 않았지만, 신기하게도 남편과 함께 침대에 누우면 금세 잠에 빠져들었다. 꿈도 없고, 가위도 없는 깨끗한 잠이었다. 나는 차라리 더 빨리 남편이 불을 끄고 침대에 눕기를 바란 적도 많았다. 멍하니 앉아서 남편이 침대로 가기만을 기다리는 것이, 그것이 내겐 더 피곤한 일이었다. 어느 날인가, 딱 한 번 중간에 잠이 깬 적이 있었다. 누군가 내 가슴을 자근자근 밟고 있는 듯한 기분이 들었기 때문이었다. 하지만 잠에서 깨어 보니, 내 주위엔 아무도 없었다. 남편은 이미 출근한 상태였고, 창문 밖은 아직 어둡기만 했다. 나는 한동안 가슴에 손을 얹고 멀거니 천장만 쳐다보았다. 정말로 정신과에 가봐야 하는 것은 아닐까. 나는 계속 내가 무슨 꿈을 꾸고 있었는지 되짚어 보았다. 하지만 아무리 생각해봐도 꿈을 꾼 기억은 없었다. 꿈을 꾸지 않았는데도 누군가 나를 정말 짓밟은 것만 같아, 그 느낌이 생생해, 나는 그게 섬뜩했다. 나는 정말 내가 이상해져 버린 것이라고, 나를 의심하기 시작했다. 그리고 그 의심이 싫어서, 나에 대해서 아예 아무런 생각도 하지 않으려고 노력했다. 그런 나날이었다.

그런 나날 중에 그 일이 벌어진 것이었다.

*

내 남편은 트럭 안에서 숨진 채 발견되었다.

경찰 발견 당시 남편의 트럭은 오이도 해상공원 인근 방파제 아래로 추락해 있었는데, 그 안에 남편이 앉아 있었다. 2000년 10월 20일에서 21일로 넘어가는 새벽 1시 무렵의 일이었다. 경찰은 처음엔 음주운전에 의한 추락 사망사건으로 판단했다. 남편의 혈중알코올농도가 높게 나왔기 때문이었다. 하지만 사고 나흘 후, 부검의의 소견이 도착한 뒤부터 남편의 사건은 교통사고가 아닌 일반 살인사건으로 전환, 전혀 다른 방향으로 흘러가기 시작했다. 내가 시흥 경찰서 강력계에 불려 나가게 된 것도 바로 그즈음이었다.

형사들은 그날 밤 내 행적에 대해서 집요하게 묻고 또 물었다. 유치원에선 몇 시에 퇴근을 했는가? 친정엄마 집엔 무엇을 타고 갔는가? 혹시, 가는 도중에 따로 들른 곳이나 만난 사람은 없는가? 친정엄마 집엔 몇 시에 도착했는가? 나는 그 질문들에 빠짐없이 대답했다. 물론 그것은 다 거짓말이었다. 사고 다음 날, 아침 일찍 친정엄마 집까지 찾아온 그가 일러준 그대로, 그가 만들어준 알리바이 그대로, 답변했을 뿐이다. 몸이 좋지 않아서요. 엄마 집에 도착해선 계속 잠만 잤어요. 형사들은 그에 대해서도 물어왔다. 정재민 씨라고 아시죠? 그날 혹시 정재민 씨 만나지 않았어요? 아니요. 만나지 않았어요. 전화 통화는요? 통화도 하지 않았나요? 네, 통화하지 않았어요. 나는 형사들의 질문에 오랫동안 생각한 뒤, 더듬더듬 대답했다. 그날 그와 내가 만나지 않았다는 사실은 그와 함께 있었던 친구들과 호프집 주인이 확인시켜 주었다. 통화기록도 따로 나오지 않았다. 나는 통화기록이 나오지 않은 이유도 잘 알고 있었다. 그는 사고 다음 날, 자신이 쓰던 차명 휴대전화를 안양천변에까지 가서 버리고 돌아왔다. 친정엄마는…… 자기가 본 사실 그대로 경찰에 대답했다. 새벽 한 시쯤 집에 돌아와 보니 얘가 곤히 자고 있더라구요.

묻는 말에 모두 대답했지만, 그러나 형사들은 반복하고, 또 반복해서 내게 질문했다. 후에 나는 그때 시흥 경찰서 형사들과 주고받았던 말들을 되풀이해서 떠올려보았는데, 아마도 그때 형사들은 나보다도 그를 더 의심했던 것 같다. 여자 혼자서 저지를 수 없는 범죄라고 생각했던 거겠지. 그리고 정재민 또한 그런 식으로 자신이 의심받을 거라는 것을 잘 알고 있었던 거겠지. 그도 아니면 그냥 모든 것이 귀찮고 성가셨던 거거나…… 더러운 남자 새끼들.

평소 남편과의 관계는 어땠습니까? 형사는 내게 그런 질문도 했다. 나는 대답하지 않고 형사의 얼굴만 똑바로 바라보았다. 남편 분께선 술도 잘 마시지 않았던 것 같은데…… 주변 사람들은 다 착하고 성실한 사람이었다고, 다 그렇게 말하더라구요…… 나는 형사가 나에게 어떤 대답을 듣기 원하는지 잘 알고 있었다. 그래서 나는 더 말하지 않았다. 모든 것을 다 털어 놓을 뻔했던 순간도 있었다. 남편분이 김숙희 씨와 정재민 씨 사이를 의심했던 적은 한 번도 없었나요? 나는 그런 적 없었다고 대답했다. 거, 잘 숨기셨나 봐요, 아니면 남편분께서 좀 둔했거나…… 나는 그때 책상을 밀치고 그대로 자리에서 일어나려고 했다. 일어나서 모두 말할 뻔했다. 그래요, 전부 다 내가 그랬어요, 내가 남편을 그곳으로 가서 만났고, 트럭에 앉은 채 추궁했고, 그러자 남편이 근처 구멍가게에 가서 소주를 사왔어요. 술을 마시고도 제대로 말을 하지 않아서, 까딱까딱 졸기까지 해서, 그래서 내가 트럭에 있던 파이프 렌치로 남편의 뒤통수를 내리쳤어요, 그럴 의도는 없었지만, 아니, 의도 자체를 생각하지 못할 만큼 정신이 나가서, 계속 내리쳤어요. 말을 해야 하는데, 제대로 말을 하지 않으니까. 나는 참을 수가 없었어요. 남편이 운전대 위로 고꾸라진 뒤에도 계속, 정신없이, 나는 남편을 때렸어요. 그것만으로도 화가 풀리지 않아서 남편 트럭을 아예 방파제 아래로 밀어버리기까지 했어요. 트럭이 잘 밀리지 않아서 기어도 중립으로 옮겨놓고, 소리까지 질러가며, 밀고 또 밀었어요……

나는 그렇게 말하고 싶었지만 그러나 그런 말들은 단 한마디 입 밖으로 꺼내지 못했다. 조사실 안으로 자꾸 다른 형사들이 들어왔고, 그때마다 또 이상한 냄새가 났다. 오래된 속옷에서 나는 냄새 같은 것들이었다. 그들은 종종 웃으면서 서로 이야기했고, 내 곁에 선 채 가만히 내 정수리를 내려다보기도 했다. 나는 그 냄새와 시선들을 모두 견뎌냈다. 정재민 생각을 하면서 참은 적도 있었지만, 나는 그때 역시 멍한 상태로 있었던 때가 더 많았다. 아무런 생각도 없고, 의지도 없는 상태. 그저 졸리고 모든 것이 피곤하기만 한 상태. 결과적으로 그런 상태가 당시의 나에겐 도움이 되었다. 경찰은 4개월 가까이 수사를 벌였지만, 다른 증인이나 물증을 밝혀내지 못했고, 사건은 그렇게 흐지부지 미제처리가 되고 말았다.

*

박창수는 한때 통신사 대리점 사장 소리도 들은 적 있었다고, 내게 말했다. 서른한 살에 결혼해 아들을 한 명 두었으며, 아현동에 자기 명의의 아파트와 중형차도 한 대 소유한 적 있었다고 이야기했는데, 그 말은 딱히 믿을 만한 것은 못 되었다. 설령 그 말이 사실이라고 하더라도 나와 처음 만났을 때 그는 가족으로부터 버림받고 가진 것도 하나 없는, 그저 쪽방촌에 거주하며 막노동판을 전전하는 중독자 신세일 뿐이었으니까. 그는 그게 다 도박과 사채 때문이었다고 변명하듯 말했다.

나는 2006년부터 엄마에게서 물려받은 동인천 카페와 전셋집을 모두 정리해서 서울 길음동에 있는 한 작은 호프집을 운영해왔다. 길음시장 근처 좁다란 골목길 안에 위치한 호프집이었는데, 테이블도 네 개밖에 되지 않았고, 간판 네온사인은 계약할 당시부터 전부 다 고장나 있는 상태였다. 보증금과 월세가 쌌고, 또 무엇보다 주방 뒤로 작지만 살림을 할 수 있는 방이 딸려 있어서, 나는 두말 않고 계약서에 도장을 찍었다. 그리고 그 방에서 나는 몇 년의 시차를 두고 두 명의 남자들과 짧게 동거생활을 하기도 했다.

박창수는 나와 2013년부터 동거를 시작했는데, 평소엔 목소리도 조곤조곤하고 수줍음도 많이 타는 사람이었지만, 술만 마시면 영 딴판이 되어버리곤 했다. 괜스레 호프집에 앉아 있는 다른 손님들을 노려보다가 땅콩이나 북어포 같은 것을 집어던졌고, 그때부터 쉴 새 없이 욕을 해대기 시작했다. 거지 같은 새끼들, 쓰레기 같은 종자들, 또 무슨무슨 많은 새끼들…… 그는 호프집 손님들에게 멱살을 잡힐 때가 많았고, 또 종종 가게 밖으로 패대기쳐질 때도 있었는데, 그때는 내가 나서서 말리기도 했다. 그는 채 육십 킬로그램도 나가지 않았고 끼니도 제때 챙겨 먹는 법이 없어서, 누구에게 주먹질을 하거나 맞서 싸울 만한 사람이 못됐다. 기껏 한다는 것이 리모컨을 집어 던지거나 밥상을 뒤엎거나 아무 길바닥에나 널브러져 잠드는 정도였으니까. 그나마 호프집에서 술을 마실 때는 내가 말려주었지만, 밖에서 마실 때는 속수무책이었다. 그는 자주 누군가에게 맞고 돌아왔다. 아파트 건설현장에서 만난 인도네시아 남자에게 깐죽깐죽 시비를 걸다가 얼굴을 맞고 돌아온 적도 있었고, 편의점 파라솔에 앉아 있다가 대리기사들에게 집단린치를 당한 적도 있었다. 그는 그렇게 누군가에게 맞고 돌아온 날에는 자기 아들의 이름을 고래고래 부르기도 했고, 아내의 이름을 부르면서 연신 미안하다고 울부짖기도 했다. 나에겐 씨발년, 이라고 했다. 나는 그런 그를 어떻게든 재우려고 애쓰다가 지쳐 먼저 잠들어버리기도 했다. 그리고 그런 다음 날 아침 눈을 떠보면 그는 내 양말까지 벗겨 욕실 문 앞에 얌전히 놓아둔 채 그 옆에 잠들어 있곤 했다.

숙희야.

언젠가 그가 늦은 아침을 먹다가 말고 고개를 숙인 채 말한 적이 있었다.

넌 왜 나하고 같이 사는 거니?

나는 젓가락을 든 채 말없이 그를 바라보았다.

글쎄, 그건 나도 제대로 대답할 수 없는 질문이었다. 그가 안쓰럽다거나 불쌍해서 그런 것은 아니었다. 안쓰럽고 불쌍하다니. 나는 누구에게 그런 마음을 품을 만한 사람이 못됐다. 그가 돈을 벌어다 주는 것도 아니었다. 그는 돈에 대한 개념이 희박해 주머니에 있는 것을 모두 다 내게 내주거나 앞뒤 가리지 않고 써버리곤 했다. 그러곤 내게 차비와 담뱃값을 얻어가곤 했다. 멀쩡한 남의 집 입간판을 발로 차서 물어준 적도 많았다. 술을 마시지 않으면 제법 살림도 도와주었지만, 그건 한 달에 두세 번도 안 되는 일이었다. 더 많은 시간을 나는 그를 위해서 애써야만 했다. 잠도 제대로 잘 수 없었고, 마음 편히 방에 앉아서 쉴 수도 없었다. 굳이 이유가 있다면, 어쩌면 바로 그것 때문이 아니었을까? 잠도 제대로 자지 못하고, 마음 편히 쉴 수도 없는 삶. 나는 조용하면 조용할수록, 평안하면 평안할수록, 생각이 많아졌으니까. 그 생각들을 견딜 수가 없어서 매번 다른 남자들과 동거를 했으니까.

당신이 날 떠나지 않아서 그런 거지, 뭐.

나는 그날 박창수에게 그렇게 대답했다. 그렇다고 나를 너무 힘들게 만들지는 마…… 나는 매일 테이블도 닦아야 하고 안주도 미리 만들어놔야 해. 닭도 튀겨야 하고 새벽같이 일어나 장도 봐와야 해. 때때로 나도 호프집 밖으로 나가 무작정 걸어보고도 싶고, 그냥 일찍 잠들고 싶기도 해. 나는 그에게 그렇게 길게 이야기하고 싶었지만, 하지 않았다. 그 말을 하면 또 내가 생각이 많아질 것 같았기 때문이었다.

박창수는 그런 내 말에 더 이상 아무런 말도 하지 않고 깨지락깨지락 반찬만 뒤적거렸다.

그런 박창수가 반년 전쯤부터 전혀 다른 사람이 되어버린 것이었다.

술도 전혀 마시지 않고, 새로 배관 기술도 배우고, 월급도 따로 모으는 사람.

일찍 잠자리에 들고, 자기의 양말과 내 양말까지 손빨래해주는 사람.

그래서 나로 하여금 또 생각이 많아지게 하는 사람.

*

그러니까 이 글은 바로 그 변화에 대한 이야기이기도 하다.

그것은 박창수에 대한 것이기도 하고, 죽은 내 남편에 대한 것이기도 하며, 또한 나의 이야기이기도 하다.

남편이 언제부터 나에게 수면유도제를 먹이기 시작한 것인지, 나는 정확히 알지 못한다. 내가 정재민과의 관계를 고백하기 이전인지, 아니면 그 이후인지, 그것조차 나는 알지 못한다. 다만 나는 남편이 죽던 그날, 집 앞에 내놓은 쓰레기종량제 봉투에서, 고양이가 함부로 헤집어 놓은 그 봉투 안에서, 그것들의 빈 포장지를 무더기로 발견했을 뿐이다. 남편이 먹은 것일까? 나는 처음엔 그렇게 생각했지만, 그러기엔 양이 지나치게 많았다. 그와 동시에 지난 몇 개월 동안 내게 일어났던 많은 증상들이, 나 스스로도 알 수 없었던 어떤 행동들이 하나둘 떠오르기 시작했다. 그러지 않으려고 했는데도 한 번 떠오른 그것들은 머릿속에서 쉬이 사라지지 않았다.

나는 그날 유치원에 출근하지 않았다. 그리고 오후 늦게 남편에게 전화를 걸었다. 남편에게 전화를 걸면서, 그때부터 벌써 나는 벌벌 손을 떨고 있었다. 남편은 오이도 인근 아파트 신축 공사장에 화물을 옮겨주러 가는 중이라고 했다. 그 말을 듣자마자 나는 쓰레기종량제 봉투에서 챙긴 빈 포장지들을 가방에 넣고 곧장 집 밖으로 나갔다. 그러곤 제일 먼저 보이는 택시를 잡아탔다. 택시 안에서도 나는 계속 벌벌 떨고만 있었다.

그 후로도 오랫동안 나는 남편이 과연 어떻게 내게 수면유도제를 몰래 먹일 수 있었는지, 그것을 궁금해했다. 하지만 그 의문은 박창수로 인해 자연스럽게 해결되었는데, 나는 올해 초부터 가끔씩 그에게 그것을 먹여왔다. 동네의원에서 처방받은 수면유도제는 콩알보다도 더 작은 분홍색 알약이었다. 한 번에 세 알씩, 그것도 잘 듣지 않으면 다섯 알씩. 약사는 내게 친절하게 설명해주었다. 예전엔 부작용도 좀 있었는데, 요샌 괜찮아요. 그렇다고 너무 많이 의지하진 마시고요. 약사는 그런 말도 덧붙였다. 나는 그렇게 받아온 수면유도제를 보리차에 녹이거나 커피에 타서, 그에게 먹였다. 어떤 날엔 맥주에 슬쩍 타서 건넨 적도 있었는데, 그날이 효과가 가장 빨리 나타났다. 그러면 나도 조금 쉴 수 있었다. 내가 지치고 힘들 때만, 자고 싶고, 쉬고 싶을 때만, 나는 그것을 박창수에게 몰래몰래 먹였다.

남편도 내게 자고 싶고, 쉬고 싶었다고 말했다. 그래서 그것을 조금씩 먹였다고 했다. 새벽같이 일을 나가야 하는데, 내가 계속 말을 걸어와서…… 자신도 어찌해야 좋을지 모르는 것들을 계속 물어 와서…… 그래서 먹였다고 했다. 그렇게 조용히 지내다 보면 모든 것들이 다 괜찮아질 거 같아서, 다 예전으로 되돌릴 수 있을 거 같아서, 다 너를 위해서 그런 것이라고 남편은 소주를 마시면서 말했다. 나는 그런 남편의 뒤통수를 파이프 렌치로 내리쳤다.

그게 왜 나를 위해서야! 그게 어째서 나를 위한 거냐구!

나는 얼굴이 벌겋게 달아오른 채, 쉬지 않고 남편을 내리쳤다. 나는 그 순간 수치스러워서 견딜 수가 없었다.

*

이제 내가 하고 싶은 말들은 모두 다 끝이 났다.

더 이상 보탤 것도 뺄 것도 없다.

나는 이 글을 박창수가 읽지 않기를 바라고 있다. 이 글을 읽은 하준영 팀장이 그에게 그 어떤 말도 전해주지 않기를 바라고 있다. 나는 그에 대해 미안한 마음을 가지고 있다. 두려운 마음 또한 작지 않다. 사실, 그가 모든 것을 알게 될까 봐, 나처럼 무언가를 발견하게 될까 봐, 그걸 염려했던 날들이 많았다. 염려하면서도 나는 그에게 계속 약을 먹였다. 그가 술을 마시지 않게 된 것이, 그가 다시 무언가 해보려고 마음먹게 된 것이, 그것이 과연 약 때문인지 아닌지, 그것이 궁금해서 또 가끔씩 약을 먹였다.

그러니까 사실 나는 지금도 그것이 궁금하다.

왜 어떤 사람은 살인자가 되고, 또 어떤 사람은 정상이 되는 것인지.

혹시 그것은 같은 것들이 아닌지.

조해진

눈 속의 사람

1976년 서울에서 태어나 이화여대 대학원 국어국문학 석사과정을 졸업했다. 2004년 《문예중앙》에 작품을 발표하며 등단했다. 소설집 《천사들의 도시》 《목요일에 만나요》, 장편소설 《로기완을 만났다》 《아무도 보지 못한 숲》 《여름을 지나가다》 등이 있다. 신동엽문학상, 무영문학상, 이효석문학상을 받았다.

30분 뒤에 출발하는 태백행 버스표 두 장을 사서 손목시계를 내려다보는데 이곳 고속버스터미널 대합실에서 막연히 여진을 기다렸던 7년 전의 겨울이 떠올랐다. 그때 내 시계엔 숫자와 눈금이 없었다. 나에게 아무것도 없던 시절이었다. 주위를 둘러봤다. 터미널 내부의 풍경은 애초에 변형이 가능한 질료였던 듯 무너졌다가 다시 세워지길 반복하며 7년 전의 그날로 재구성되어 있었다. 그러고 보니 지금 나는 7년 전과 같은 공간에서 같은 사람을 기다리고 있는 것이다. 마음이 무거웠다. 눈에 들어오는 모든 사물들, 그러니까 대합실의 플라스틱 의자들과 광고용 전광판, 멀거나 가까운 곳에 있는 여행자들의 캐리어는 그런 내 마음의 대변인을 자청하는 듯했다.

여진의 전화를 받은 건 오늘 아침이었다. 오랜만의 휴일이라 일어날 생각도 없이 이불 속에서 뭉그적거리고 있는데 휴대폰이 울렸다. 머리맡에 두었던 휴대폰을 확인한 순간부터 나는 허둥댔을 것이다. 액정에 찍히는 다섯 글자가 과거에서 소환된 은밀한 암호처럼 보였던 것일까. 아니, 그 다섯 글자에 은밀함은 없었다. '구술팀와이'로 저장된 사람이 여진이라는 건 되새겨볼 필요가 없었고, 우리 각자의 휴대폰에 서로의 번호가 삭제되지 않은 채 그대로 남아 있었다는 것 또한 직접적이고도 자명한 정보였다. 은밀한 건 따로 있었다. 휴대폰을 켜고 열한 개의 숫자만 누르면 언제라도 서로의 세계에 접속하여 안부를 묻는 것이 가능한데도 7년의 세월 동안 그 정도의 작은 노력조차 하지 않았다는 것이 '구술팀와이' 안에 감춰진 진정한 은밀함이었다.

짧은 통화를 마치고 침대에서 내려온 순간, 마포의 한 술집이 어둠이 내린 텅 빈 거리 같던 망각의 영역에서 홀로 조명을 밝혔다. 출판사의 구술사 기획에 참여하는 사람들이 처음 만나 인사를 나누고 관심 있는 주제에 맞게 팀을 짜기 위해 그 술집에 모였었다. 그때 그녀는 내 맞은편에 앉아 있어서 수시로 시선이 마주칠 수밖에 없었다. 누군가 건배를 외치면 나머지 사람들이 미친 듯이 박수를 치던 그 소란스러운 술집에서 그녀와 나만이 감지할 수 있는 침묵의 공유지가 있었다고, 나는 지금도 그렇게 믿는다. 주변 사람들이 대화에 집중하고 있는 틈을 타서 나는 그녀에게 이름과 휴대폰 번호를 물었다. 번호는 제대로 입력했는데 이름의 첫 음절이 여인지 유인지 헷갈렸다. 그사이 그녀는 이미 다른 사람에게 붙들려 의례적인 소개의 인사를 나누고 있었으므로 나는 다시 이름을 묻지 못한 채 일단 '구술팀와이'로 그 번호를 저장했다. 그 뒤 그녀와 같은 팀이 되어 책 한 권을 함께 완성했던 1년여 동안에도 나는 '구술팀와이'를 '여진'으로 수정하지 않았다. 게으른 내 성격 탓도 있었고 '구술팀와이'가 익숙해서이기도 했다.

여진이 왔다.

나를 찾는지 주위를 살피고 있는 그녀는 검은색 코트에 체크무니 스커트를 받쳐 입고 앵클부츠를 신은 모습이었는데, 얼굴은 그대로인 듯했지만 누군가 그녀가 아니라고 우겨도 믿을 수 있을 만큼 낯설기도 했다. 체형의 변화 때문인지도 몰랐다. 예전보다 훨씬 살이 붙은 그녀를 보자 그동안의 시간이 차곡차곡 쌓인 실타래나 장작더미 같은 실체로 느껴졌다. 숫자와 눈금을 배반하지 않는 어떤 집요한 집적……. 여진과 눈이 마주쳤다. 나는 그제야 그녀를 발견했다는 듯 살짝 손을 들어 보였다. 우리는 잠시 제자리에 서서 서로를 마주 보며 가벼운 목례를 했고, 나는 곧 그녀 쪽으로 한 발 한 발 걸어갔다.

*

최길남 씨의 장례식에 함께 가자 했다.

오늘 아침, 여진은 그렇게 말했다. 마치 그녀의 세계에선 7년의 세월이 눈을 한 번 감았다가 뜨는 찰나와도 같다는 듯, 그동안 내 삶에 일어난 변화에 대해선 아무런 질문도 하지 않은 채였다. 나는 몇 초간 말없이 인상만 쓰고 있었다. 전쟁, 정찰병, 셰퍼드, 설산……. 최길남이란 이름에서 연상되는 단어들이 하나같이 어둡고 쓸쓸했던 것이다. 그분이 돌아가셨어요? 마음을 다잡고 최대한 태연을 가장하며 조심스럽게 묻자 연세가 있으니까요, 그녀가 낮은 목소리로 대답했다. 장례식은 최길남 씨 집에서 약식으로 치러지며 내일 바로 발인을 하기 때문에 오늘밖에 문상할 기회가 없다고 그녀는 덧붙여 말했다. 곤혹스러웠다. 7년 만에 느닷없이 전화를 걸어온 그녀와 일 때문에 단 한 번 만난 사람의 장례식에 참석하기 위해 태백까지 가는 것이 상식적인지 판단이 서지 않았다. 내가 거절하지 못한 채 머뭇거리는 사이 그녀는 우리의 동행이 이미 결정되었다는 듯 정오에 동서울터미널에서 만나자고 자연스럽게 약속을 잡았다. 마침 토요일이었으므로 출근이나 회사 일을 핑계로 대기엔 궁색했다.

잘 지냈어요? 그녀가 먼저 말을 걸었다. 그럭저럭요. 여진 씨는요? 늘 그렇죠, 뭐. 시시한 대화였다. 우리는 고작 그 정도의 대화 외에는 아무런 지문을 전달받지 못한 배우들인 양 조금은 난처한 얼굴로 서로를 마주 보다가 승차장 쪽으로 나란히 걸어갔다. 걸으면서 그녀는 돌아오는 버스표는 자신이 사겠다고 말했고, 나는 편한 대로 하면 된다고 대답했다.

태백행 버스엔 이미 시동이 걸려 있었다.

그녀는 창가 자리에 앉아 핸드백에서 휴대폰을 꺼냈고, 가방을 선반에 올리던 나는 그 휴대폰 화면을 채우는 남자아이의 사진을 언뜻 보았다. 그녀의 아이일 터였다. 이제 우리는 결혼이라는 제도를 통과하여 아이의 부모가 되는 것이 이상하지 않은 삼십 대 후반이었다. 이상한 건 그녀가 한 남자와 섹스를 하고 아이를 키우고 시시콜콜한 일상을 공유하는 장면 속에 있었다. 7년 전의 그녀에게는 도무지 현실감각이란 게 없었다. 하긴, 나도 별반 다르지 않긴 했다. 지도교수와의 갈등 때문에 박사학위 논문심사를 유보하고 있던 그녀나 계약직 피디로 일했던 케이블 방송국이 장기 파업에 들어가면서 백수나 다름없던 나는, 그 어떤 현실적인 계획이나 대응 방식을 갖고 있지 않았다. 돌이켜보면 그 책의 기획 자체가 그러했다. 전쟁과 독재와 혁명의 역사—그녀와 나는 한국전쟁을 맡았다—를 현장에서 경험한, 아직 생존해 있는 사람들의 언어로 새로 쓰겠다는 출판사의 기획 의도는 그럴듯해 보였지만 책 판매량이 보장되지 않은 상황에선 도박에 가까운 투자였다. 게다가 그 기획에 참여한 사람들 중에 저명한 인사는 없었다. 여진처럼 역사를 전공하는 박사급 대학원생이 대부분이긴 했지만 학자라 하기엔 다들 이력이 빈약했고, 출판사 편집장과의 친분으로 얼떨결에 투입된 나 같은 어중이도 있었다. 그 이듬해 봄에 출간된 구술사 시리즈가 별다른 주목을 받지 못한 건 당연한 일이었을 것이다. 시리즈 중 베스트셀러는 없었고 팀은 해체됐으며 출판사는 결국 파산했다.

선반의 뚜껑을 닫고 그녀 곁에 앉았다. 그녀에게서 어떤 냄새가 나는 것도 같았다. 밥을 짓고 욕실을 청소하고 쓰레기봉투를 채우고 아이의 침을 닦아주는 구체적인 동작들이 연상되는, 그래서 좋다거나 나쁘다는 말이 필요 없는 생활의 냄새였다. 버스가 조금씩 움직이면서 우리의 비스듬한 어깨는 닿을 듯 닿지 않으며 흔들거렸다. 태백까지 가는 내내 그러할 터였다.

근데, 그때 구술받았던 분들하고 다 연락하고 지내는 거예요? 버스가 톨게이트를 지날 때 나는 넌지시 물었다. 한낮이었지만 날이 흐려서인지 차창에는 작은 동작으로 고개를 젓는 그녀의 옆모습이 희미하게 비쳤다. 그럴 리가요. 고개를 충분히 저은 뒤에야 그녀는 대답했다. 근데 최길남 씨와는 의도치 않게 계속 인연이 이어지더라고요. 그러니까…….

그러니까 3년 전쯤이었다고 그녀는 말을 이어갔다. 어느 날 그녀는 연극 초대장 두 장—그중 한 장은 내 몫이었는지도 모르겠다—과 팸플릿이 동봉된 우편물을 받았다. 팸플릿의 연극 소개란에는 우리의 이름으로 출간된 구술사 책의 한 꼭지에서 모티프를 얻었다는 극작가의 글이 실려 있었다. 그야 물론 최길남 씨의 꼭지였다. 묻힌 책을 누군가 읽고 연극 대본에까지 반영했다는 건 신기한 일이었지만 단지 그뿐, 그녀는 그 연극이 그리 궁금하지 않았고 보고 싶지도 않았다. 내내 외면하다가 마지막 공연 날이 되어서야 대학로에 위치한 소극장을 찾아간 건 일종의 부채감 때문이었을 거라고, 그로부터 몇 년이 흐른 지금 태백으로 가는 고속버스 안에서 그녀는 생각한다. 어쨌든 그 연극을 가능하게 한 건 그녀가 듣고 기록하고 풀어 쓴 문장들이었다.

책에는 이니셜 C로 등장했던 최길남 씨가 연극에서는 김명철이 되어 있었다. 20대 초반의 중학교 선생이었던 그는 전쟁 이후 남과 북, 그 어느 군에도 징집되지 않기 위해 산속에 오두막을 짓고 은둔 생활을 하다가 수색 중이던 미군에 잡혀 심문을 받는다. 북으로 귀환하지 못하고 산에 숨어든 적군과 적군의 동조자를 찾아내려는 미군 입장에서 그 지역 산세에 훤하고 영어를 조금은 할 줄 아는 김명철은 최적의 정찰병으로 보였을 것이다. 젊은 미군들은 가혹하게 춥고 미로처럼 복잡한 한국의 동쪽 겨울 산과는 싸울 의향이 없었다. 그저 그해 겨울이 끝나기 전에 다치거나 죽는 일 없이 고향으로 돌아갈 생각뿐이었고 그들 대부분은 그것이 가능하리라 믿고 있었다. 공항에서의 환대와 어머니의 음식과 애인의 따뜻한 입

맞춤이 있는 곳, 그 산만 진압하면 그 너머에 펼쳐져 있을 것만 같은 지구 반대편의 고향……. 김명철은 또 다른 한국인 정찰병—그는 자발적으로 정찰병에 지원한 임시 군인이었는데 영어를 전혀 할 줄 몰랐고, 스스로 열아홉 살이라고 주장했지만 누가 봐도 10대 중반의 소년이었다—과 산을 탐색하다가 사람의 흔적을 발견하면 미군이 딸려 보낸 셰퍼드를 부대로 보내는 일을 떠맡게 된다. 부대는 뒤편의 진영에서 대기하고 있다가 셰퍼드가 나타나면 바로 출동한다고 했다. 개를 믿다니, 그는 속으로 코웃음을 치면서도 한편으로는 개로 인해 자신의 임무가 실패할 가능성이 있다는 것에 남몰래 안도하기도 했다. 그러나 불 피운 흔적을 발견한 뒤 개를 보내자 부대는 정확하게 그곳을 찾아왔고 진압은 속전속결로 이루어졌다. 한동안 총소리가 울렸다. 그는 바위 뒤편에 쭈그리고 앉아 바들바들 떨리는 손으로 두 귀를 틀어막았지만 보이는 걸 보지 않을 도리는 없었다. 사람이 총에 맞고 신체의 일부에 구멍이 나면서 피를 흘리며 시체가 되는 과정을 직접 본 것은 그때가 처음이었다. 죽음은 물리적이었다, 모든 비극이 그러하듯이. 그날 산 아래 초소로 돌아온 그는 밤새 앓았다. 이가 딱딱 부딪힐 만큼 열이 오르고 시시각각 구토감이 치밀었다. 오랜 시간이 흐른 뒤 죄책감과 수치심으로, 혹은 통한이나 무참함으로, 아니 그 어떤 감정으로도 메워질 수 있는 구멍이 그의 몸 안에서 만들어지는 진통의 시간이었다. 그러나 그때 그는 그것의 질긴 수명을 짐작조차 하지 못했다.

정찰과 진압은 열흘 동안 딱 세 번 있었다. 단 세 번이었지만, 그 경험은 한 사람을 괴물로 만들기에 충분했다. 아니, 괴물도 아니었다. 그는 자신이 또 한 마리의 셰퍼드에 지나지 않다는 자조적인 생각에 스스로 무력해졌다. 고통조차 허물 같던 지독한 무력감 속에서 가까스로 열흘을 버텼지만 열흘 뒤에도 전쟁은 끝나지 않았다. 고향이 아니라 임시 국경 너머 북쪽으로 가게 된 미군 부대는 김명철에게 쌀자루 하나를 안겨주고 그 겨울 산을 떠났다. 초소는 깨끗하게 철거되었고 눈은 그 흔적마저 지우려는 듯 맹렬하게 쏟아지기 시작했다. 설산에 혼자 남겨진 김명철은 어깨에 쌀자루를 맨 채 묵묵히 그 눈을 맞을 뿐, 미동도 하지 않았다. 마침내 그가 눈에 파묻힌 나무나 바위와 구분되지 않을 만큼 완연히 백색의 눈덩이가 되었을 때 조명이 꺼지면서 연극은 끝났다.

연극은 끝났고, 객석에 앉아 있던 그녀는 숨이 막혀왔다. 잊고 있던 한 사람의 터무니없는 비극을 되새기는 것은 생각보다 괴로운 일이었다. 이름만 다를 뿐, 극작가는 최길남 씨가 구술한 내용을 거의 그대로 대본에 썼고 상황에 따른 구체적인 대사 정도만 상상으로 채운 듯했다. 커튼콜이 끝나기도 전에 서둘러 극장을 빠져나온 그녀는 땅만 보며 걸었다. 한참을 정신없이 걷다가 고개를 들어보니 어느새 집 앞이었다. 대학로에서 수유리까지, 두세 시간을 쉬지 않고 내처 걸은 것이다.

그 연극을 보고 며칠 뒤 전화를 걸어봤어요. 연극에 대해선 모르는 눈치여서 저도 아무 말 안 했고요. 긴 이야기 끝에서 그녀는 덧붙여 말했고 나는 마음으로 그녀의 함구에 동의했다. 과거를 증언하는 일은 의무감으로 가능했겠지만 그 과거가 극적으로 기억되는 걸 묵인하는 것은 훨씬 더 순도 높은 용서가 전제되어야 할 터이다.

용서라니, 최길남 씨라면 연극 속 자신의 분신을 차라리 혐오했을 것이다. 아무튼 그날을 계기로 간간이 연락이 오고갔어요, 그녀가 다시 말했다. 그리고 오늘 아침에 그분 조카라는 분한테서 전화가 온 거예요, 휴대폰에 번호가 저장된 사람들한테 전화를 걸어 임종을 전하는 중이라면서. 내게 전화한 것이 사적인 감정과는 무관하다는 걸 알아달라는 듯 그녀의 목소리가 돌연 건조해졌다. 서운하진 않았다. 어느 한 사람의 잘못으로 우리가 멀어진 건 아니었다.

버스는 이제 고속도로를 달리고 있었다. 그녀는 피곤한지 의자를 살짝 젖힌 채 뒷머리를 기대었고, 나는 차창 밖으로 하나씩 스쳐가는 이정표와 교통표지판을 무심히 건너다봤다. 어느 순간부터 버스 차창에는 하나의 풍경이 전사되고 있었다. 지나가는 바람조차 그대로 얼어붙은 추운 설산에서 쌀자루를 맨 채 묵묵히 눈을 맞는 한 남자의 뒷모습을 나는 실제로 본 것만 같았다. 그 풍경 속 눈 한 송이가 수십 년을 통과하여 이곳에 당도한 듯 무모하게 차창에 부딪히더니 스르르 녹아내리는 게 보였다.

곧 눈발이 날릴 터였다.

*

증언은 객관적일 수 없다. 증언은 증언자의 기억 속에서 선택된 언어이고 증언자는 역사의 현장에서 가해자도 피해자도 아닌 구경꾼의 위치에 있으려 할 뿐, 자신의 과오나 잘못에 대해서는 날카롭게 의식하지 못하며 때로는 완전히 망각하기도 한다. 철원과 진주와 함양과 여수 등에서 만난 역사의 증언자들에게서 내가 본 것은 혼란이었다. 말해도 되는 것과 말해선 안 되는 것을 스스로 결정하지 못하는, 아니 어느 부분이 진실이고 진실이 아닌지조차 구분하지 못하는 혼란…….

쉬운 적이 없었다. 단 한 번도, 그들의 이야기를 듣는 것이 쉽지 않았다. 대개 여든 살이 넘은 노인들이 부정확한 발음으로 풀어내는 이야기엔 명확한 진실도, 마땅히 존중해줘야 하는 정의로움도 없었다. 적어도 나는 그렇게 느꼈다. 그건 그 전쟁의 속성이자 한계 때문이었다는 걸 나도 모르진 않았다. 갑자기 닥친 전시에서 사람들은 명분이나 신념 없이 오로지 원한과 복수심으로, 혹은 단지 무지했기 때문에 우르르 몰려다니며 학살했고 학살당했다. 머리로는 그런 사정을 알고 있었지만, 살아남은 자는 강한 것이 아니라 뻔뻔하다는 생각은 좀처럼 제어되지 않았다. 한번은 생각에 그치지 않고 무심결에 말로 내뱉은 적이 있었는데, 그때 내 앞에는 여진이 앉아 있었다. 우리는 이전에도 종종 그랬듯 직원들이 퇴근한 텅 빈 출판사의 접대용 테이블에 마주 앉아 받아 온 구술 녹음을 각자의 노트북에 입력하던 중이었다. 정신없이 노트북 자판을 두드리던 그녀가 언뜻 고개를 들어 나를 건너다봤다. 틀어놓은 녹음기에서는 정찰병으로 처음 수색을 나갔던 날을 묘사하는 최길남 씨의 목소리가 흘러나오고 있었다. 그녀는 이내 손을 뻗어 녹음기를 껐다. 그래도 지금껏 괴로워하며 사시는 분이잖아요. 설마 그마저 뻔뻔하다고 여기는 거예요? 묻는 말에, 나는 식은 차를 연거푸 마셨을 뿐, 아무런 대꾸도 하지 않았다.

그녀의 말이 틀린 건 아니었다. 최길남 씨는 과거의 영토에 발이 묶인 채 최소한의 힘으로만 현재를 견디는 사람이었다. 그는 그 시절에 대학 교육까지 받았지만 교직으로 돌아가지 않았을뿐더러, 평생 뚜렷한 직업 없이 가난하게 살았다. 마흔이 넘어서야 결혼했고 자식은 낳지 않았으며 20여 년 전 아내와 사별한 뒤부터는 고향인 태백으로 돌아와 쭉 혼자 지내왔다. 그래서인지 최길남 씨가 직접 터를 잡고 살던 태백의 그 집은 그의 가난과 고독이 담긴, 그가 긴 세월에 걸쳐 짊어지고 온 또 하나의 자루처럼 느껴졌다. 폐가를 개조한 허름한 단층집엔 꼭 필요한 세간만 갖춰져 있었고 마을의 상점이라든지 인가와는 뚝 떨어져 있었다. 집 뒤편은 야산과 이어졌는데 그 집에서 구술을 받는 동안 나는, 어쩌면 그 야산이 그가 정찰병으로 활동했던 설산의 한 자락일지 모른다는 의구심을 품기도 했었다.

무의미한 일 같을 때가 있긴 해요, 나도. 그녀가 테이블 구석에 시선을 고정한 채 속삭이듯 말했다. 어차피 세상은 믿고 싶은 것만 믿잖아요, 편한 게 진실이 되기도 하니까. 그래도, 나는 얼결에 그녀의 말에 끼어들었다. 그래도 여진 씨는 역사를 공부하는 사람인데, 나보단 의미 있게 이 일을 해야 하지 않겠어요? 내 말이 너무 뻔했는지 그녀가 소리 내지 않고 입으로만 웃었다. 쓴웃음 같았지만, 달리 뭘 해야 할지 알 수 없어 나도 멋쩍게 따라 웃었다. 웃으며, 말했다. 책 나오면 한 권 들고 지도교수 연구실에 찾아가봐요. 와인 같은 거 사 가도 좋고. 짐짓 장난스럽게 목소리를 꾸몄지만 진심을 담아 한 말이었다. 지도교수와의 관계가 단순한 이유로 틀어진 거라고 추측하고 있던 나는 제자인 그녀 쪽에서 먼저 마음을 여는 것이 세상의 순리라고 생각했던 것이다. 와인이라, 좋네요. 잠시 뒤 그렇게 무성의한 대답을 내놓으며 그녀는 어떤 표정을 지었던가. 기억나지 않는다. 작업을 마친 뒤 출판사를 나온 순간의 젖은 대기 냄새, 여름밤의 무성한 나뭇잎이 출렁이는 소리, 버스정류장에 다다를 즈음 내리붓던 비의 차가운 촉감, 내 기억 속에 남은 건 그런 감각뿐이다. 나중에야, 그러니까 우리가 서로에게 전화 한 통 거는 것조차 주저할 만큼 멀어지고 나서야, 나는 지금 다니는 회사의 동료로부터 그녀의 학교생활에 대한 이야기를 전해 듣게 되었다. 동료는 그녀와 대학뿐 아니라 학과도 같았는데, 회사 건물 옥상에서 담배를 나눠 피우다가 혹시 정여진을 아느냐고 넌지시 묻자 꽤 유명해서 이름은 알고 있다는 대답이 돌아왔었다. 지도교수를 학교에 신고했대요, 술자리에서 교수가 제자 중 한 명을 추행했다고, 그가 말했다. 하지만 그 술자리에 동석했던 어느 누구도 그녀의 말을 지지하지 않았고 피해자로 지목된 여학생마저 그 일을 부정했다. 동료 역시 그 일을 괜한 분란으로 단정하는 듯했다. 그녀와 내가 지방으로 구술을 받으러 다니기 시작할 무렵, 그 교수란 사람이 그녀를 명예훼손으로 고소했고 거액의 손해배상금까지 청구했다는 것도 나는 그 동료를 통해 알게 됐다. 소송은 시끄럽게 시작됐지만 어느 순간 취하되어 잠잠해졌고 그녀는 대학원에서 완전히 자취를 감추었다. 나는 어리둥절하기만 했다. 어째서 그녀를 만나던 시절엔 그런 사정을 알지 못했고 알려 하지도 않았던가. 이내 자책에 가까운 괴로움이 밀려왔지만 연락이 끊긴 그녀에게 무턱대고 전화를 걸어 서운하다거나 미안하다고 토로할 수는 없었다. 나만은 당신을 믿는다고, 출판사 접대용 테이블에서 한 말을 기억하고 있다고, 그런 고백 역시 멀어진 관계에선 부담만 될 게 뻔했다. 아무려나 그렇게라도 그녀의 소식을 접한 것도 벌써 5년 전의 일이다.

버스가 휴게소에 도착했다.

뿌연 유리창을 소매로 닦자 이제 막 태어난 치어 떼처럼 사방으로 흩어지는 눈송이가 보였다. 눈송이는 이르게 켜진 조명 주위에서 보다 더 생물처럼 움직였다. 그녀와 나는 버스에서 내려 각자 화장실을 이용한 뒤 커피숍 앞에서 만났다. 둘 다 우산을 챙겨 오지 않았으므로 머리칼과 외투에 금세 눈이 내려앉았다. 그녀가 커피를 샀다.

오늘 안에 갈 수는 있을까요? 커피를 건네며 그녀가 물었다. 휴게소까지 오는 데도 보통 때보다 곱절의 시간이 걸렸으니 우리가 가는 길이 태백과 연결이나 되는 건지 장담할 수 없는 상황이긴 했다. 가야죠, 그러나 나는 심드렁하게 대꾸했다. 우리는 곧 커피숍 앞 차양 아래로 걸어가 한 모금씩 커피를 마시며 빠른 속도로 눈이 쌓여가는 휴게소 주차장을 가만히 건너다봤다. 눈은 밤까지 내릴 기세였고 바람도 점점 거세지고 있었다. 지금도 수유리에 살아요? 네. 참, 기홍 씨는 방송국으로 돌아갔어요? 다 해고됐는걸요, 계약직이야 일순이었고. 지금은 외주 프로덕션에서 일해요. 거기에서……. 여진 씨의 대학 동창을 만났다고 말하려다가 그만두었다. 우리의 대화는 여전히 시시했다. 더 이상 시시할 수 없을 만큼 시시해서 나는 무언가에 떠밀리듯 묻고 말았다. 아이는 몇 살이에요?

그녀는 순간 당황한 듯했지만 이내 환해지는 표정으로 손가락 네 개를 펼쳐 보였다. 빈속이어선지 커피가 썼다. 두 모금 더 마시고 뚜껑을 닫는데, 내가 갑자기 전화해서 불편했죠? 그녀가 불쑥 그렇게 물었다. 근데……. 그녀의 말이 이어졌다. 근데, 그분을 조금이라도 알아서 함께 배웅해줄 만한 사람이 기홍 씨밖에 없더라고요. 나는 그녀의 옆얼굴을 흘끔 바라봤다. 그 말은 한 사람의 죽음을 의미 있게 봉합하고 싶다는 온기를 담고 있었지만, 동시에 최길남 씨가 죽지 않았다면 우리가 다시 만날 일은 없었을 거라는 냉정한 전언이기도 했다. 잘했어요, 내 귀에도 차갑게 들리는 목소리였다. 천천히 오라고 이어 말한 뒤 나는 차양 밖으로 먼저 발을 내딛었다. 앞으로 내가 복기하게 될 우리의 마지막 순간이 방금 전 고속도로 휴게소의 차양 아래서 새롭게 형성되었다고 생각하니 안도감과 상실감이 동시에 밀려왔다. 나쁘지 않았다. 나쁘지 않아, 그녀에게 뒷모습을 보이며 버스 쪽으로 걸어가는 동안 나는 속으로 두어 번 중얼거렸다.

*

터널, 그리고 터널들이 반복됐다.

7년 전에도 나는 눈 내리는 고속도로의 터널들을 지나갔다. 구술을 받으러 지방과 서울을 오갈 때는 늘 그녀와 함께였지만 그날 여수에서 출발한 서울행 고속버스에서 나는 혼자였다. 그녀에게 먼저 간다는 말도 없이 동이 트자마자 모텔을 빠져나와 무작정 터미널로 향했던 내 발걸음은 가벼웠던가, 무거웠던가. 망설임 없이 버스에 오르긴 했다. 간밤 한숨도 못 잤지만 다섯 시간의 여정 동안 내내 깨어 있었다는 것도 뒤미처 기억이 났다. 출발할 땐 말갰던 하늘이 북쪽으로 올수록 흐려지면서 어느 순간부터 진눈깨비가 날리기 시작했다. 진눈깨비는 금세 굵은 눈송이로 변했다. 하나의 터널을 지날 때마다 풍경이 조금씩 지워졌다. 첫 번째 터널을 지나자 먼 곳에 펼쳐진 산의 능선이 지워졌고 두 번째 터널을 지났을 땐 산 아래 마을이 지워졌으며 세 번째 터널을 빠져나온 순간엔 도로변의 나무들이 지워졌다. 네 번째 터널 이후부터는 온통 눈뿐이었다. 도망자에게 어울리는 길이라고, 그 버스 안에서 나는 생각했다. 세상의 색과 형태가 사라지는 길, 눈에 파묻히면 그만이므로 잘못이나 실수를 따질 필요가 없고 진심의 무게 따위는 몰라도 상관없는 길……. 그러나 막상 서울에 도착했을 때 내게는 더 이상 갈 곳이 없었다. 뒤늦게 후회도 밀려왔다. 아니, 단순한 후회가 아니었다. 내 비겁함에 대한, 용서로부터 가장 먼 곳에 있는 어떤 비참한 감정이었다.

기껏 그녀로부터 도망쳐 왔지만 나는 터미널 대합실을 벗어나지 못한 채 그녀를 기다릴 수밖에 없었다. 시간은 그 어리석음에 대한 형벌 같았다. 시간의 균일한 간격이 무의미해지자 금세라도 그녀가 나타날 것만 같아 조마조마하다가도 영원 속을 헤매는 맹인이라도 된 듯 끔찍하게 지루해졌다. 그녀는 나보다 여섯 시간 늦게 그 터널들을 지나 서울로 왔다. 여수발 버스에서 내려 대합실로 들어선 그녀는, 그러나 나를 못 본 척하며 그대로 내 앞을 지나쳐 갔다.

반쯤 고개를 숙인 채 빠르게 걸어가는 그녀의 뒷모습을 나 역시 물끄러미 지켜보기만 했을 뿐, 다가가지 않았다. 우리 사이에 가로놓인 여섯 시간의 격차는 내가 만든 것이지만 내게는 그것을 되돌릴 의지가 없다는 걸, 나는 그제야 깨달은 것이다.

그날 이후 우리는 만나지 않았다. 책의 후반 작업은 사무적인 이메일을 주고받으며 마무리했고 책이 출간된 뒤부터는 이메일마저 끊겼다. 책 출간을 기념하기 위해 편집장이 마련한 술자리에도 그녀는 나타나지 않았다. 편집장은 그녀가 전화도 받지 않는다고 내게 불평했다. 그렇게 무책임한 사람인 줄 알았으면 애초에 일을 맡기지도 않았을 거라고 흥분하는 편집장에게 나는 해명도 동조도 하지 않고 그저 술만 마셨다.

태백에 도착한 건 밤 아홉 시가 다 되어서였다.

눈발은 약해져 있었지만 바람은 여전히 찼다. 떠밀리듯 버스에서 내린 그녀와 나는 당혹스러운 얼굴로 번갈아가며 휴대폰만 들여다봤다. 그토록 도로 상황이 나쁘지 않았다면 네 시 이전에 태백에 도착했을 것이고 여유롭게 조문을 해도 문제없이 서울로 돌아갔겠지만, 이제 우리의 일정은 밤 열한 시에 배차된 서울행 막차에 맞추는 것조차 빠듯해졌다. 어떻게 할까요? 조심스럽게 묻자 그녀가 뚫어지게 날 바라보더니 쏘아붙이듯 말했다. 제가 괜히 바쁜 사람 불렀나 봐요. 근데 나라고 길이 이렇게 막힐 줄 알았겠어요? 여진 씨, 난 그냥……. 아무튼 정말 미안하게 됐네요. 전 조문하러 갈 테니까 기홍 씨는 여기서 바로 서울로 가든지 하세요. 그거야 기홍 씨한텐 어려운 일도 아니잖아요. 한숨이 나왔다. 나의 의도와 상관없이 서로에게 얼굴을 붉히는 이 상황이 갑갑하기만 했다. 처음부터 잘못된 길이었다는 걸 나는 왜 이제야 깨닫고 있는가. 그러고 보니 그녀와 연루되기만 하면 내 감정이나 생각은 이렇게 매번 뒤늦었다. 일단 갑시다, 말한 뒤 나는 굳은 표정으로 앞장서 걸었다. 다행히 택시는 금세 잡혔다. 택시가 목적지를 향해 달리는 동안 뒷좌석에 나란히 앉은 그녀와 나는 각자 반대편 차창만 건너다봤다.

*

멀리서도 조등弔燈이 한눈에 들어왔다. 가까이 다가가자 조등 주위로 노랗게 물든 채 흩어지는 눈의 입자가 하나하나 다 보였다. 어둠 속으로 느슨하게 번져가는 노란빛은 한 사람의 죽음이 아닌 아름다운 꿈의 입구를 알리는 표지 같았다.

철제 대문은 열려 있었다. 마당 한가운데선 화톳불이 타고 있었는데, 검은색 양복 소매에 흰 완장을 두른 노인이 그 화톳불에 손을 쬐고 있었다. 그가 최길남 씨의 조카이자 상주라는 건 바로 알아차릴 수 있었다. 조카라지만 그도 일흔은 됐음 직한 노인이었다. 다가가 인사를 하고 최길남 씨와의 인연을 짧게 설명한 뒤 조의금을 전달하자 그는 거실 안쪽에 빈소가 마련되어 있다고 알려줬다.

간유리로 된 미닫이문을 열고 거실로 들어서니 향냄새가 자욱했다. 짐작했던 대로 초라한 빈소였다. 뚜렷한 직업이 없었고 자녀를 두지 않았던 최길남 씨의 생애를 생각하면 무연고 시신으로 처리되어 애도의 절차 없이 곧바로 화장되지 않은 게 그나마 다행이

긴 했다. 조잡해 보이는 병풍과 검은색 탁자, 탁자 위의 영정과 양초들, 향로와 그 향로에 꽂힌 고작 대여섯 개의 향들, 시든 채 바닥에 깔린 몇 송이의 국화와 누군가 부주의하게 벗어놓은 검은색 양말 한 짝에 내 시선은 차례로 머물렀다. 거실과 연결된 좁은 부엌에는 세 개의 밥상이 차려져 있었는데 그중 하나에 둥그렇게 모여 앉아 밥과 술을 먹고 있던 노인들이 이쪽을 유심히 쳐다봤다.

나는 그녀와 함께 향을 피워 향로에 꽂았다. 마침 상주가 들어와 우리 곁에 섰고, 우리는 영전에 재배를 올린 뒤 상주와도 맞절을 했다. 그녀가 무릎을 꿇고 앉아 영정사진을 올려다보는 동안 나는 상주를 따라 부엌으로 갔다. 무리에 앉아 있던 검은 한복 차림의 여인이 끙, 앓는 소리를 내며 자리에서 일어나더니 육개장 두 그릇을 새로 떠서 내놓았다. 막차 시간을 생각하면 식사를 걸러야 맞았지만 그새 내 곁으로 와 앉은 그녀는 아무렇지도 않게 숟가락을 들어 밥을 떠먹기 시작했다. 하긴, 우린 거의 하루 종일 커피 외엔 먹은 게 없었고 막차를 포기한 건 이미 암묵적으로 합의되었는지도 몰랐다.

그나저나 어디서들 오셨소? 물으며, 상주는 그녀와 내게 소주를 한 잔씩 따라주었다. 서울에서요, 갑자기 눈이 너무 많이 와서 막차도 못 타게 되었어요, 그녀가 대답했다. 그녀의 말투나 표정에 걱정하는 기색은 전혀 없었다. 소주를 한 번에 들이켠 뒤 소매로 입가를 쓱쓱 닦는 모습은 오히려 태평하고 무신경해 보였다. 터미널에서의 어색했던 분위기가 신경 쓰여서 일부러 아무렇지 않은 척하는 것인가, 그나저나 남편과 아이한테 외박한다는 말은 전한 것일까,

그런 쓸데없는 생각에 잠겨 있는데 마침 방이 하나 비니 눈 좀 붙이고 내일 아침에 출발하라고 상주가 제안했다. 이 근방엔 숙박할 데가 없어요, 그 흔한 찜질방도 없고. 상주의 설명에 그녀와 나는 잠시 서로를 마주 봤다. 선택의 여지없이 지금으로선 이곳에서 밤을 보내는 게 최선이긴 했다.

상주는 곧 자리를 떴고, 옆에서 파종 시기니 외국인 일꾼에 대해 이야기를 나누는 노인들의 목소리는 가까운 듯 멀게 들려왔다. 누군가는 내일 발인 때까지 이 집에 머물 테고 설혹 빈집이라 해도 내가 잠들지 않는다면 문제 될 일은 벌어지지 않을 터였다. 나는 석 잔 혹은 넉 잔째 소주를 들이켜며 그렇게 생각했다. 잠들지만 않으면……. 다짐하듯 되뇌는데 어둠이 먹구름처럼 밀려와 바닥부터 차곡차곡 쌓여가는 게 느껴졌다.

퍼뜩 눈을 떴을 때 나는 어느새 벽에 기대앉아 있었고 내 몸에는 내가 입고 온 검은색 파카가 덮여 있었다. 시간을 확인했다. 믿기지 않게도 새벽이었다. 눈을 세게 비빈 뒤 다시 한 번 손목시계를 들여다봤지만 역시나 새벽 두 시가 맞았다. 고개를 들었다. 상주와 노인들뿐 아니라 그녀도 보이지 않았다. 부엌과 거실은 텅 비어 있었다. 아니, 집 전체가 비어 있는 것 같기도 했다. 한기가 돌았고 거실과 부엌 사이의 스탠드 조명 외에는 전등도 모두 꺼져 있었다. 파카를 껴입은 뒤 자리에서 일어나는데 탁자 위 영정이 눈에 들어왔다. 스탠드 조명 덕에 최길남 씨의 얼굴이 흐릿하게나마 보였다. 웃지도 울지도 않는, 그저 긴 통로 같았던 생애를 막 빠져나간 자의 무감한 얼굴이었다. 오랜 세월 가슴을 움켜잡으며 회한의 한숨을 참아야 했던 인내의 얼굴은 이미 풍화되어 그 무감함 속으로 스며든 것일까. 기묘하게도 영정 속 그 얼굴은 조금씩 나처럼 보였다. 미래의 내가 시간이 멈춘 고요한 사각형의 세계에 갇힌 것만 같았다.

뜻하지 않게도 나는, 외로웠다.

휴대폰을 꺼내 화면을 밝혔다. 부재중 전화는 없었고 대신 '구술팀와이'로부터 발송된 문자 메시지가 화면에 떠 있었다. 뒷산에 잠시 다녀온다는 한 줄짜리 메시지였다. 메시지는 내가 깜빡 잠들어 있었던 밤 열한 시 즈음에 수신되어 있었다. 황급히 통화 버튼을 누르자 전원이 꺼져 있다는 기계음이 들려왔다. 거실 미닫이문을 열고 바닥에 놓인 신발들을 꼼꼼히 살펴봤지만 내 구두만 보일 뿐, 그녀가 하루 종일 신고 다녔던 검은색 앵클부츠는 찾을 수 없었다. 그제야 뒤통수를 세게 얻어맞은 듯 머릿속이 아득해졌다. 그녀가 한겨울의 야산에서 아직 돌아오지 않았다는 사실은 돌이킬 수 없는 가상의 비극과 쉽게 연결됐고, 그녀의 무사를 눈으로 확인하지 않는 이상 그 비극적 상상이 점점 더 부풀어 오르는 걸 나는 막을 도리가 없을 터였다. 서둘러 마당으로 나갔다. 눈은 그쳐 있었지만 이미 쌓인 눈으로 걸을 때마다 발목이 시렸다.

산의 입구는 집 뒤편과 바로 이어졌다. 휴대폰에 내장된 라이트를 실행한 뒤 무작정 산으로 들어갔다. 산의 안쪽에선 발목이 아니라 무릎까지 눈 속에 빠졌다. 여진 씨, 연거푸 내지르는 내 목소리는 산을 타고 공명했지만 대답은 어디서도 들려오지 않았다. 멀리 갈 수는 없었다. 눈과 추위 때문이기도 했지만 거대한 짐승의 내부처럼 음험한 산이 나는 무서웠다.

10분 정도 걷다가 더 나아가지 못한 채 제자리에서 그녀의 이름만 부르던 나는 어느 순간 소스라치게 놀라며 뒤로 넘어졌다. 떨리는 손으로 라이트를 비췄다. 저기, 검은 개가 있었다. 개는 마치 오랜 세월 산을 지켜온 영물인 양 귀를 쫑긋 세우고는 몇 걸음 떨어진 곳에서 날 주시하고 있었다. 어둠 속에서도 몸이 탄탄하고 근육이 발달된 개란 걸 알아볼 수 있었다. 최길남 씨가 자신과 동일시했던 그 셰퍼드의 자손은 아닐까, 불현듯 그런 생각이 들었다. 미군이 북진하면서 소용이 없어진 셰퍼드를 최길남 씨처럼 산에 버리고 갔다면 그 개는 들개가 되었을 것이고, 그 개의 자손이 대를 이어 태어났을 터이다.

구술은 받았으나 책에는 싣지 않은 이야기가 하나 있었다. 셰퍼드는 늘 멀찍이 서 있었지, 최길남 씨는 말했다. 총을 쏘면서도 겁을 먹고 있던 미군이나 무력한 공포로 바위 뒤에서 몸을 떨던 최길남 씨와는 상반되게도 개는 사람들이 죽어가는 과정을 냉담한 눈빛으로 지켜보곤 했다.

마지막 진압 때, 그토록 침착했던 개가 딱 한 번 흥분한 모습을 보였다. 미군보다 최길남 씨가 먼저 이상한 낌새를 파악하고 개가 으르렁거리는 쪽을 바라봤다. 시체 속에서 하나의 몸이 꿈틀거렸다. 팔다리가 짧고 몸통이 가는 연약한 생명은 그 순간 우주 전체가 되었다. 미군 한 명이 목줄을 잡아당기는데도 자리를 지키며 짖어대는 개와 시체 사이에서 작게 꿈틀거리는 움직임을 번갈아보던 최길남 씨는 이내 개에게 달려들었다.

그때 여길 물렸지, 말한 뒤 그는 소매를 걷어 움푹 파인 자국을 보여줬다. 그 개랑 나랑 눈 위를 뒹굴며 한참을 싸웠다니까, 아마…….

아마, 미군도 봤을 거야. 보고도 모른 척한 거지. 그래봤자 고작 스무 살 언저리의 애들이었으니까, 걔들이라고 적군이 뭔지 알았겠나.

말한 뒤, 그는 담배를 찾아 피우며 이 이야기는 책에 넣지 말아달라고 부탁했다. 이유를 묻는 그녀와 내게 창피해, 뭘 더 얹어봤자 사는 건 다 창피한 거지, 그렇게 대답하면서도 얼굴에 번져가는 미소를 그는 감추지 못했다. 내가 처음이자 마지막으로 본 구술자 C의 미소였다.

개가 어딘가로 달려갔다. 라이트로 달려가는 개를 비췄다. 개는 반원 모양으로 완만히 솟은 땅의 둘레를 두 번 돌더니 다가오지 말라고 위협하듯 낮게 짖었다.

개가 파수꾼처럼 지키고 있는 그것은 비문도 없는 묘지였다. 산 깊숙한 곳엔 더 많은 묘지들이 있을 터였다. 이 야산이 최길남 씨의 정찰병 시절을 증거하는 설산의 일부일지 모른다는 오래전의 의구심이 그 순간 내 안에서 확신이 되었다. 최길남 씨가 깡마른 손으로 버려진 묘지들을 벌초하고 때로는 그 앞에 술을 따라놓거나 들꽃을 내려놓은 채 긴 시간 아무 말 없이 앉아 있는 모습도 나는 실제로 꼭 본 것만 같았다. 설혹 이 산의 묘지들이 그와 무관하더라도, 그러니까 1950년 겨울에 봉분이 세워진 게 아니었다 해도, 그에게는 문제 되지 않았을 것이다. 그에게 필요한 것은 다만 보속의 기회였을 테니.

나는 다시 개를 바라봤다. 저 개는 누구보다 최길남 씨를 잘 알고 있지 않을까, 나는 생각했다. 책에 기록된 몇 페이지짜리 비극이 아니라 아무도 알지 못하고 알려 하지도 않았던, 그래서 증언할 이유가 없고 거짓을 의심할 필요도 없는 한 사람의 고유한 삶을, 이곳에서 보상 없이 묘지들을 돌보며 행복했을 한 남자에 대하여…….

나는 더 이상 개가 무섭지 않았다. 자리를 털고 일어나 홀린 듯 큰 걸음으로 개에게 다가가는데 휴대폰이 울렸다. 통화 버튼을 누르자 그녀의 잠긴 목소리가 아련하게 들려왔다. 통화를 끝내고 고개를 들었을 때, 개는 이미 사라지고 없었다. 묘지 옆 전나무 가지가 쌓인 눈의 무게를 이겨내지 못하고 툭, 소리를 내며 끊어졌다. 꿈은 끝났다고, 그러니 어서 돌아가라는 신호인 양 한 줌의 환상도 없는 단단하고도 매끄러운 소리였다.

*

서울행 버스에서 그녀는, 상주를 따라 최길남 씨의 묏자리를 보러 산에 다녀왔다가 깊이 잠들어버렸다고 말했다. 휴대폰은 배터리 잔량이 적어서 꺼놓았으며 부츠는 또 폭설이 내릴지도 몰라 안에 두었다고, 걱정하게 해서 미안하다고도 했다. 나는 사과할 만한 일은 아닌 것 같다고 짧게 대답한 뒤 차창 밖으로 시선을 돌렸다. 눈이 빠른 속도로 녹으면서 풍경의 색감과 형태는 점점 더 선명해지고 있었다.

상행길 교통은 순조로워서 버스는 정오가 되기도 전에 서울에

도착했다. 버스에서 내린 그녀와 나는 약속이라도 한 듯 어제 만났던 대합실에서 걸음을 멈추었다. 잘 지내세요. 여진 씨도요. 같이 가줘서 고마웠어요. 또, 라고 말하다 말고 나는 입을 다물었다. 또 보자거나 연락하라는 대사는 시시한 배우들에게 어울리지 않았다. 그녀가 재빨리 손을 내밀었고 우리는 헐거운 악수를 했다. 악수를 나눈 뒤 몇 걸음 걷다가 모퉁이를 돌기 전 뒤를 돌아봤다. 어디로 갈지 정하지 못했다는 듯 제자리에 우두커니 서 있는 그녀의 뒷모습이 보였다.

우리는 왜 거기까지였을까, 그런 의문이 나의 화두인 적이 있었다. 사랑을 하기에 좋은 시절이 아니긴 했다. 직장과 학교는 우리의 울타리가 되어주지 못했고 한시적으로 참여한 구술 작업도 우리를 웃게 해주지 못했다. 그 전쟁에서 살아남은 모든 사람들이 하나같이 뻔뻔하다는 생각은 이 세상이 오물 위에 세워진, 부서지기 쉬운 구조물이라는 환멸로 이어질 뿐이었다. 게다가 거의 완전히 잊힌 그 전쟁을 나만은 기억하며 살게 될 거라는 예감은 끔찍하기만 했다. 그녀도 똑같았을 것이다. 아니, 증언의 무용함을 잘 알고 있던 그녀는 내가 가진 것보다 더 큰 허무와 싸워야 했을 것이다.

여수에서 마지막 구술을 받은 뒤 버스터미널 대합실을 서성이다가 충분히 탈 수 있었던 막차를 놓친 것은 단지 우리 둘 다 너무 지쳐서였는지도 모른다. 그런 일은 처음이었지만 우리는 마치 오래 전부터 그 순간을 준비해온 사람들인 양 덤덤하게 터미널 뒤편 모텔로 들어갔다.

그러나 그녀의 몸은 젖지 않았고, 그 위에서 버둥거리는 내가 우스꽝스러워지는 지경이 되고 말았다. 아름다운 건 없었다. 비극이 물리적이듯 섹스도 물리적이란 생각뿐이었다.

안 되겠어요, 그녀가 지친 얼굴로 날 올려다보며 말했다. 이어진 그녀의 말, 진심이 아닌 것 같다는 울먹임 섞인 속삭임에 내 성기는 순식간에 줄어들었다. 당황했다기보다는 슬펐다. 나는 평생 그 말을 잊지 못할 터였다. 나는 곧 그녀의 몸에서 내려왔다.

그 외진 방에까지 밀려 들어온 새벽의 한 조각은 금세라도 깨져버릴 것처럼 팽팽하게 적막하기만 했다. 우리가 할 수 있는 건 각자 반대편 벽을 보며 잠든 척하는 것뿐이었다. 동틀 무렵, 내가 침대에서 내려가 벗어놓은 옷을 찾아 입고 그 방을 빠져나올 때도 그녀는 깨어 있었을 것이다.

시간이 멈춘 듯 그녀는 아직 그 자리에 서 있었다.

보이지 않는 눈이 터미널 대합실의 지붕을 뚫고 내려와 조금씩 그녀의 몸에 쌓여가는 장면을 나는 상상했다.

이제 나는 안다. 최길남 씨의 삶을 극화한 연극을 봤던 그 밤, 그녀가 대학로에서 수유리까지 한 번도 쉬지 않고 맹목적으로 걸을 수밖에 없었던 건 그 연극에 자신의 한 시절이 겹쳐졌기 때문이란 걸, 분명 목격했고 경험했지만 처음부터 아무 일도 없었다는 듯 눈 속에 파묻히는 이야기라면 그녀의 것이기도 하니까. 7년의 세월이 내게 가르쳐준 건 그뿐인 듯싶었다. 잠시 뒤 내가 다시 숫자와 눈금이 있는 세계로 귀속된다면 상상으로 빚어진 눈은 녹을 것이고, 나는 모퉁이를 돌아야 할 것이다.

그러나 그녀가 저토록 무심히 쌓인 눈 속에서 자신의 길을 찾아가기 위해 움직이기 전까지는 이곳에 서서 그녀를 좀 더 지켜보고 싶었다.

* 소설 속 최길남(연극의 김명철)의 이야기는《구술사로 읽는 한국전쟁》(한국구술사학회 엮음, 휴머니스트, 2011)에서 도움받았음을 밝힙니다.

한지수

코드번호 1021

1967년 경기도 평택에서 태어나 명지대 대학원 문예창작학 박사과정을 수료했다. 2006년《문학사상》신인상에 중편〈천사와 미모사〉로 등단했다. 소설집으로《자정의 결혼식》이 있으며, 장편소설《헤밍웨이 사랑법》《빠레, 살라맛 뽀》《파묻힌 도시의 연인》이 있다. 장편《빠레, 살라맛 뽀》로 2014년 대한민국스토리공모대전 우수상을 받았다. 현재 '문학비단길' 동인으로 활동하고 있다.

가재, 바퀴벌레, 회충……, 그리고 인간의 공통점이 뭔 줄 아시오? 모두 신경계를 갖고 있으며 잠을 자야 한다는 거요. 이유는 모르겠지만, 동물은 잠을 잡니다. 그래야만 웃고 숨 쉬고 사랑하는 모든 움직임이 가능하다는 겁니다. 그런데 나는 오래전에 잠을 잊었소. 잠의 뒤통수조차 볼 수 없으니, 잠이 나를 잊은 건지도 모릅니다. 못 자는 건 그럭저럭 견딜 수 있소. 내가 참을 수 없는 건 불면의 밤이 과거를 소환한다는 거요. 더 고약한 일은 비린내를 다시 맡게 되었다는 겁니다. 그 비린 냄새가 기억을 복원시키고, 기억은 다시 냄새를 불러오는 식으로 계속해서 되풀이되고 있소. 정말이지, 죽을 맛이라오. 내 평생 먹어본 것 중 가장 곤혹스럽고 맛을 분별하기 어려운 게 바로 나이를 먹는 거요. 먹기 전엔 그 맛을 모르지만, 일단 한 번 먹고 나면 부작용이 줄줄이 따라옵니다.

내게 남은 건, 몸이 저지른 기억과 집요한 냄새뿐입니다. 살아 있는 게 악몽 자체가 된 거요. 이제 몸을 버리는 동시에 그 악몽에서도 빠져나가려고 합니다. 인간으로서 할 수 있는 모든 움직임을 멈추기 위해, 나 스스로 형을 집행하려는 겁니다. 죽음에 대한 예의가 아니라고 비난해도 상관없소. 비난에는 아주 익숙하니까 말이오.

아, 서론이 길었군요. 어차피 내 죽음은 고독사로 간단하게 처리

될 겁니다. 나는 코드번호 1021니까요. '파산면책자'를 지칭하는 은행 간의 암호입니다. 자살할 이유로 충분하지 않습니까?

사실 파산신청이 받아들여진 날부터 죄수가 된 느낌이었습니다. 1021라는 수감번호를 받고서 그 안에 갇힌 게 아닐까 싶더군요. 어쩌면 내 손으로 가두었던 무수한 사람들의 숫자인지도 모르겠소…… 그때부터 나는 2년간을 더 살아 있기 위해 애를 썼다오. 만약 보험금 지급에 따른 유지기간이 1년이었다면, 나는 이미 1년 전에 저세상 사람이 되었을 거요.

미국에서는 감전 사고로 죽을 확률이 5,000분의 1이라오. 비행기 사고로 죽을 확률은 20,000분의 1이고, 총기사고는 325분의 1, 교통사고로 죽을 확률은 36분의 1이요. 보다시피 확률이 완벽하지 않아서 사고로 죽는 건 포기했소. 잘못했다간 죽지도 못하고, 죽음보다 못하게 살아갈까 봐 겁이 났던 거요.

내 지난날이 지금보다 어두웠느냐고요? 분명히 말하지만 어두웠소. 끔찍하게 어두워서 밤낮으로 불을 밝힌 남산의 지하실에서 육체가 내지르는 탄식을 듣는 게 내 일이었으니까요. 그건 고통스런 몸이 울부짖는 단순한 소리가 아니라, 인간의 정신이 손상되는 소리였습니다.

나는 고문기술자였습니다. 서른세 살의 예수는 십자가에 매달렸는데, 서른세 살이었던 나는 이 땅의 또 다른 예수들을 전기의자에 앉혔소. 인류에 기여하는 수많은 기술 중에 왜 하필이면 고문이냐고요?

80년 8월, 나는 대리 직함을 가진 평범한 공무원이었습니다. 많은 부서가 불온 사상자들을 색출하는 임무를 부여받았고, 우리 부서도 예외는 아니었소. 전국에서 잡혀온 간첩 용의자들이 자발적으로 끌려온 게 아닌 것처럼, 나도 사람을 고문하는 일에는 전혀 뜻이 없었다는 말입니다. 어떤 권력이 간첩 용의자들과 나를 하필이면 그 남산공화국 168호실에서 만나게 한 겁니다.

우리 고문관들은 6명이 한 조가 되어 3교대로 움직였습니다. 주로 용의자의 몸에 손을 대는 고문은 과장급 이상이 했고, 나는 보고서를 작성하면서 용의자들의 주변을 탐문하는 일을 했습니다. 고문실 안에서는 이름 대신 부장이나 과장 등의 직급으로 서로를 불렀소. 신분을 노출하지 않으려 했지만, 우리는 모두 증인출석 요구서를 받았습니다. 숨어서 하는 일이 다 숨겨지는 건 아니라는 거요.

아, 그래요. 최근에 다시 비린내를 맡게 된 건 증인석에서였습니다. 고문을 할 때 육하원칙대로 답하라고 요구했던 내가 오늘은 횡설수설이군요. 증인요청을 받은 건 처음이 아닙니다. 98년부터 소송이 시작되었고, 2004년에는 국보법이 완전히 폐지되었소. 그런 법은 박물관의 유물로 보내야 한다면서 고문 피해자들의 소송이 줄을 이었습니다.

증인석에 선 고문관은 나를 비롯해 4명이었소. 한 사람은 이미 죽었고, 한 사람은 캐나다로 이민을 가면서 출석을 거부했소. 우리를 증인으로 신청한 사람은 형량의 3분의 2를 살았기 때문에 98년에 가석방으로 출소했답니다. 감옥에서 19년을 살았던 거지요. 그 억울한 세월에 대한 보상과, 간첩이 아니라는 무혐의 처분에 대한 소송이었습니다.

내가 아직도 그 사람을 기억하는 건 전직이 경찰이었기 때문이었소. 그 사람은 국립경찰학교를 졸업하고 서울특별시 경찰국 정보과 청량리 분실에서 간첩색출에 대한 현지교육을 이수한 베테랑이었습니다. 그런 경력이 간첩 접선에 용이하다는 변수로 작용했던 겁니다. 그게 얼마나 무서운 일이었겠소? 나를 비롯한 동료들 모두 겁을 먹기에 충분했지요. 밥을 먹거나 잠을 자다가 그 지하실로 끌려오게 될지 모른다는 피해의식으로 그 사람에 대한 고문은 강도가 높았다가도 한없이 낮아지곤 했소.

보고서 작성을 위해 진도의 그 사람 집으로 갔을 때, 네댓 살짜리 막내아들이 있었소. 그 아들은 생선 광주리를 이고 있는 엄마의 앞치마 자락을 꽉 쥐고서 우리를 빤히 바라보았습니다. 그 어린 아이가 뭘 알았겠소만, 나는 그 눈을 피하고 말았소. 꼭 제 아버지 안부를 묻는 듯한 느낌이 든 건 나뿐이 아니었나 봅니다. 옆에 서 있던 최과장이 광주리에 있던 생선을 모두 사고는 수표를 주었으니까요.

우리가 차에 올라 막 출발하려는데, 그 막내아들이 '아저씨'를 부르며 달려왔소. 그러고는 천 원짜리 지폐 몇 장이 들린 손을 내밀며 말했소. "이것밖에 없대요." 아마도 집 안에 있는 돈이 그것뿐이었을 거요. 나는 그냥 못들은 척 차를 출발시켰습니다. 백미러로 바라보니 먼지에 싸인 아이가 여전히 손을 내밀고 있었소. 그 아이를 35년 만에 다시 증인석에서 만난 겁니다.

그는 간첩의 아들이라는 누명을 벗겠다고 말했소. 자신이 최전방인 철원에서 군 생활을 했는데, 그것이 증거라고 하더군요. "간첩의 자식을 철책 앞으로 보낼 수 있겠습니까? 그건 내가 위험인물이 아니라는 증거입니다! 아버지의 무혐의를 밝히고 정부로부터 1원이라도 받아내겠습니다. 가장 싸구려 보상이 돈입니다. 지난 세월을 고스란히 돌려받을 수 없으니까요…….”

우리 고문관들은 그 싸구려 흥정을 위해 법정에 불려온 거였소. 몇 번의 정권이 바뀌었고 보상에 대한 책임을 공처럼 이리저리 던지던 중 우리에게까지 날아온 겁니다. 증인석에 선 우리는 영락없이 새장 속의 카나리아 꼴이었소. 광부들이 탄광으로 들어갈 때 카나리아를 데려가지 않습니까. 호흡기가 예민한 카나리아는 산소가 부족해지면 곧 죽어버리지요. 그러면 광부들은 서둘러 갱도를 빠져나오는 거요. 그렇게 카나리아의 죽음을 딛고 살아서 돌아오는 겁니다.

내가 용의자들을 고문할 당시에는 국가를 위해 일한다고 생각했는데, 증인석에 앉아 돌이켜보니 버려진 사냥개에 불과했습니다. 그 시절 카나리아를 앞세워 금광을 캐던 정권은 침묵으로 일관하고, 도구로 쓰였던 나 같은 늙은이들만 법정에 불려 다니고 있었습니다.

때로 법이 약자의 편이 아니듯, 권력자들의 법 또한 자신들의 안위를 위해 취약한 부분을 보강하면서 굳건히 이어져 오고 있었소. 헌법에는 없지만 그들만의 불문법인 거요. 그러고 보니 유년시절 대문에 쓰여 있던 ‘개 조심’이라는 경고문이 떠올랐습니다. 단순히 개를 조심시키고자함이 아니라는 생각이 들었소. 자신들의 세계를, 어떤 누구에게도 침범 당하지 않으려는, 저들만의 견고한 바리게이트는 아닐까요? 상대를 배려하는 듯한 ‘조심’이라는 명사를 달고서 말이오.

증인석에서 계란을 맞은 적도 많았소. 악마와 사촌지간이라는 손가락질도 받았습니다. 그 순간을 모면하기 위해서 얼마든지 위선을 떨 수도 있었지만, 그렇게 하지 않았소. 위악도 나쁘지만 위선도 싫었습니다. 그저 솔직한 답변을 함으로써 위증하지 않겠다는 맹세를 지키려고 했던 거요. 그런데 가장 혹독한 고문을 했던 부장이 "세상이 변했다고, 우리한테 그렇게 말하지 마세요!"라고 대답한 겁니다. 처음에는 잘못 들었나 싶었소. 부장은 약자 위에 군림하면서 강자에게는 처절하리만큼 충성하는 사람이었기 때문이오. 그런 사람이 법정의 제일 높은 자리에 앉은 판사의 말에 큰 소리로 저항하면서 억울해한 겁니다. 곧이어 방청석에서 난리가 났지요. 나는 그만 눈을 감고 말았소. 귀신이 잡아가라는 소리와 함께 계란이 날아들었습니다.

잠시 후, 감았던 눈을 뜨고 주변을 돌아보던 나는 실소를 금할 수 없었습니다. 정말로 억울해서 비통한 표정을 한 원고 측의 얼굴과, 그 자리에 불려온 자체를 억울해하는 부장의 얼굴이 겹쳐졌소. 그들이 서로를 바라보며 억울함을 호소하고 있었던 거요.

머리에 부딪친 날계란이 이마에서 코를 거쳐 외투를 적시고는 무릎으로 미끄러지고 있었소. 그 순간 옛날에 맡았던 비린내를 확실하게 맡았습니다. 그 비릿한 날 것의 냄새를 30년도 훨씬 지나 법정에서 맡게 되다니…… 나는 고개를 돌려 옆을 보았소. 계란을 뒤집어쓴 고문관들이 그제야 서로를 바라보았소. 고문실을 떠난 뒤 30몇 년 동안 한 번도 본 적이 없는 얼굴들이었습니다. 굳이 서로를 보고 싶지 않았던 한결같은 마음을 거기에서 확인한 겁니다.

고문과 관련된 일을 떠올리는 건 정말이지 죽을 맛이오. 이제 곧 그 맛을 맛보겠지만…… 이런, 그 장면까지 떠오르다니 정말 최악이군요.

제초제를 마시고 공중전화 박스 안에서 죽어가는 남자를 본 적이 있습니다. 남자는 죽기 전에 본능적으로 구조요청을 했지만, 구조요원이 도착하기도 전에 위장이 녹아내렸소. 농약은 위세척할 여유를 주지만 제초제는 그럴 시간도 주지 않고 형을 집행합니다. 온몸이 보랏빛으로 질린 채 죽어가는 남자와 눈이 마주쳤소. 그는 고문에 못 이겨 동료들의 이름을 불러주고 진술서에 지장을 찍은 사람이었습니다. 몸의 고통이 사라지고 정신이 돌아오자, 죽고 싶었을 거요. 그러나 죽음의 문턱에서는 살아남고자 하는 본능이 앞서는……, 그런 게 바로 우리들인 거요.

내 걱정은 마시오. 혹시라도 죽기 전에 정신이 나가서 구조요청을 할까 봐, 다음 단계까지 준비해두었으니까요.

아, 냄새 얘기를 하던 중이었지요? 그래요, 그 냄새는 아내가 준 것이었습니다. 아내는 내 오감에도 관여하는 대단한 사람이었소. 어느 날 아내는 내 몸에서 냄새가 난다고 했소. 고문실에서 집으로 돌아올 때 분명히 씻었는데도 아내는 진저리를 쳤어요. 씻고, 또 씻고 집에 와서 다시 씻었습니다. 그래도 아내는 미간을 찌푸리며 코를 잡았소. 그 후 나는 향수를 뿌리기 시작했소. 고문실에서 향수냄새가 떠돌았지요. 지금도 그 향기는 숨어서 하는 모든 짓거리를 떠올리게 합니다. 그런데 말이죠. 어느 날부턴가 나도 아내가 말하던 그 냄새를 맡기 시작했습니다.

아내는 나보다 두 배 더 현명했고, 세 배는 강한 여자였소. 그 강인함으로 죽는 날까지 나를 고문했지요. 고문이 전문이던 나를 말이오. 그게 어떻게 가능했는지 짐작이 가시오? 그렇소, 사랑 때문이오! 기원전, 훨씬 이전부터 사용해온 낡고 닳아빠진 그 감정이 어떻게 여전히 빛을 발하는지 이해할 수 없지만…… 어쨌든 사랑만이 모든 질문에 대한 답을 줄 수 있고, 또한 모든 질문의 시작이 된다는 걸 이제는 믿게 되었소. 종교인들이 믿음 하나만으로 언제든 천국에 갈 수 있는 것처럼 말이오. 그리고 사랑과 종교의 운명에는 옵션처럼 가시밭길이 놓여 있습니다.

사람들 사이에 존재하는 먹이사슬을 아시겠지요? 인간관계에도 천적이 있더군요. 동물의 왕국에서는 덩치 크고 힘 센 놈이 먹이사슬의 꼭대기에 앉아 있지만, 인간세계에서는 그렇지 않습니다. 내 천적은 아내였으니까요. 난 무엇도 우상화하지 않는 사람이오. 그러나 아내는 내 앞에서만큼은 신처럼 군림했다오. 집 안에 신전을 모시고 살았던 거요. 지상 160센티에 부피 30인치도 안 되는 '아내'라는 신전 말이오. 제일 두려운 존재였소. 나 같은 거구의 사내가 그 왜소한 여자 앞에서 진땀을 흘리며 쩔쩔매는 겁니다. 사람들은 그걸 사랑이라고 말했지만, 아내는 천박한 욕망이라고 표현했소. 순박한 것과 천박한 것의 차이를 난 아직도 모르겠소만…… 아무려면 어떻습니까. 고문기술자인 덕분에 아내를 얻었는 걸요. 순박하고도 천박한 방법으로 말입니다. 아내는 고문당하던 사람의 누이였으니까요.

어느 날 아내가 눈에 들어왔습니다. 아내는 그걸 알아차렸던 모양입니다. 동생에게 전해 줄 편지 심부름꾼으로 나를 선택했으니까요.

자신의 눈빛에 내가 이미 무릎을 꿇었다는 것과 자신을 갖기 위해 무엇이라도 할 수 있는 사람이라는 걸 알아봤던 겁니다. 물론 나는 지금도, 아니 다시 태어나도 그렇게 할 겁니다. 아내가 쓴 그 토막 난 편지들이 나를 더 흔들었던 것도 사실입니다. '저항해라, 끝까지. 아니다…… 그냥, 살아서 돌아 오거라. 반드시 그래야 한다! 부모님이 기다리시니까!'

사랑에 빠진 사람은 동시에 착각에도 빠집니다. 거인이라는 착각 말이오. 그리고 거인은 불가능을 가능하게 만드는 겁니다.

나는 감자탕과 소주를 사들고 고문실로 들어갔습니다. 처남은 기절했는지 잠을 자고 있었소. 그날 잠에 빠진 건 그만이 아닙니다. 강력한 수면제가 든 소주와 감자탕이 고문실을 잠들게 했으니까요. 동료들은 감자탕과 소주를 먹고 수다를 떨면서 하품을 하다가 이내 잠들어버렸습니다. 나는 처남 손에 아내의 편지를 쥐어준 채 밖으로 내보내고는, 천천히 남은 음식과 소주를 들이켰소. 그리고 아주 긴 잠에 빠져들었지요. 불안과 행복에 겨워 제멋대로 펄떡거리는 가슴에 두 손을 얹고 말입니다. 이렇게……

아내와 함께 본 영화가 생각나는군요. 처남에게 편지를 전해주는 날이면 아내와 나는 극장에서 만나곤 했거든요. 현대과학을 굳게 믿는 아버지와 컴퓨터를 사랑하는 아들이 나오는 영화였소. 아들은 스케이트를 타고 싶어 아버지를 졸라댑니다. 아버지와 아들은 컴퓨터로 호수의 얼음 두께를 계산하고는, 얼음이 아들 몸무게의 몇 배를 버틸 만큼 튼튼하다는 결론을 얻지요. 아버지는 숨겨두었던 스케이트를 꺼내 아들에게 줍니다. 그리고 스케이트를 타러나간 아들은 돌아오지 않아요. 호수의 얼음이 깨진 거요!

그때 영화를 보던 아내가 조용하지만 단호하게 중얼거렸습니다. 알량한 지식이 자연과 손잡고 인간을 골탕 먹이는 방법이라는 거였소. 그 말은 아내의 피해의식을 정확히 보여주는 말이었어요. 내가 아내를 만나기 위해 공권력과 손잡고 동생을 가두었다는 소리로 들리는 겁니다. 생각해보시오. 자연과 문명이 공모해서 스케이트를 타라고 아들을 꾀어냈습니까? 원하는 것을 하기 위해, 그들 스스로 계산을 하면서 문명을 이용했던 건 아니오? 아내가 동생을 빼내기 위해 자발적으로 나를 이용했듯이 말입니다. 자신의 남은 인생을 담보로 나와 거래를 했던 겁니다.

그렇소. 그 남자가 바로 내 처남입니다. 제초제를 마시고 죽어가던 남자…… 처남은 왜 죽기 전에 나에게 전화했을까요? 살고 싶어서 그랬던 걸까요, 아니면 복수심이었을까요? '봐라, 네가 살려냈다고 믿는 육신을 이렇게 죽일 거다, 이 몸에 깃든 정신은 오염되지 않았다, 그러니 너희들이 짓밟은 건 껍데기뿐이다……' 죽어가던 처남의 눈에서 그런 외침을 본 건 내 착각이었을까요?

그 후 아내와의 동거는 살얼음판이었지요. 온갖 문명과 자연을 총동원해서 계산을 해도 결코 스케이트를 탈 수 없는, 완벽하게 부실한 얼음판이었소.

아내가 내뱉은 말이 아직도 명치에 걸려 내려가질 않는군요. 《동물농장》이라는 소설에서 돼지가 그렇게 말했답니다. 유일하게 좋은 인간은, 죽은 인간이라고. 살아 있는 모든 것들이 죄를 저지른다는 뜻일까요? 그렇다고 내가 죽어서라도 좋은 인간이 되고 싶어서 이러는 것은 결코 아닙니다.

나는 아내의 눈길 한 번을 받아내기 위해 참으로 많은 대가를 치러야 했소. 아내를 넘치게 사랑했지만, 아내는 내가 주는 사랑의 열 배 백 배로 나를 경멸했지요. 어깨 너머로 지나가는 내 숨결에도 진저리를 쳤으니까요. 아내가 할 수 있는 최선의 저항이 그런 거 아니었겠소? 난 그걸 알아챌 만큼은 예민한 사람이니까 말이오.

내가 다가갈수록 아내는 그보다 더 힘차게 나를 밀어냈소. 그 꼴은 같은 극의 자석이 서로를 밀어내는 듯 보였을 거요. 아내가 나를 거절하고 외면할수록 고문에 적극적으로 가담하게 되었소. 동료들은 그런 나를 보며 승진할 거라고 놀려댔습니다. 나는 아내에게서 받은 경멸을 저축하듯 차곡차곡 쌓아서는 고문실에 가서 모조리 탕진했던 겁니다.

아이는 아내가 내게 베풀었던 최고의 특혜이자 마지막 자비였소. 우리 딸, 경이……

인간들은 모종의 거래를 통해 관계를 계약하지만, 부모 자식 간의 인연은 그렇지 못합니다. 부모를 골라서 태어날 수 있는 권한이 우리 경이에게 있었다면, 결코 내 딸로는 태어나지 않았을 겁니다. 아내 역시 자식에게 '나'라는 아버지를 주고 싶지 않아서 많이 망설였던 모양입니다. 산부인과를 들락거리면서도 내게 임신했다는 말을 하지 않았거든요. 나는 그 사실을 알면서도 기다릴 수밖에 없었소. 그 후 누렇게 뜬 얼굴로 성당을 드나드는 아내를 보면서 알게 된 거요. 내 아이가 하느님의 은혜를 입고서 태어날 거라는 사실 말이오.

아내는 딸아이에게 아그네스라고 불렀소. 그리고 칭얼거리는 아이를 업고 새벽기도를 다녔습니다. 아이가 자지러지게 울면 미사포를 머리에 씌우고는 찬송가를 낮게 부르다가 새벽공기 속으로 사라지곤 했어요. 말릴 수는 없었지요. 어차피 아내의 신앙으로 세상에 태어난 아이인 걸요.

딸아이가 자라면서 나는 기막힌 사실과 만났습니다. 명랑하고 영리한 아이인데 이상하게 말이 늦었어요. 나는 그냥 늦는다고만 생각했소. 그런데 같은 말을 반복할 때마다 다르게 발음하는 겁니다. 의사는 브로카영역이 손상된 거 같다고 중얼거렸지만, 그제서 뭘 어쩌겠습니까. 딸아이는 반벙어리였던 겁니다. 그 후 아내는 아예 성당에서 살다시피 했습니다. 아이를 병원으로 데려가는 게 아니라, 성당으로 데려간 거요.

딸아이는 예쁘고 사려 깊은 사람으로 잘 자랐습니다. 성적도 좋아서 일반학교에 다녔습니다. 모든 게 감사하기도 했지만, 어느 순간에는 완전한 지옥을 맛보았소. 나는 딱 한 번 아내에게 따지듯이 물었소. “당신 하느님이 우리 딸 입을 막은 거요? 아니면 당신이……” 말이 끝나기도 전에 아내의 주먹이 내 뺨으로 날아왔습니다.

나는 술을 마시는 날이 부쩍 늘어났습니다. 술기운에 들려오는 딸아이의 토막 난 말을 더 이상 들을 수가 없었소. “시끄럽다, 입 다물어!” 내 말이 끝나자, 어정쩡한 침묵이 온 집 안에 스멀스멀 퍼져나갔어요. 딸아이는 입을 다물고 나를 빤히 올려보기만 했소. 짧은 시간에 그 눈이 얼마나 많은 말을 하던지…… 그때 아내가 조용히 말했소. “당신은 게 어미 같군요. 게처럼 옆으로 걸으면서 자식한테 앞을 보고 똑바로 걸으라는 거예요, 지금?” 그러자 마주 보고 있던 딸아이의 눈꺼풀이 스르르 닫혔소. 마치 셔터 문을 내리듯이 천천히 감긴 눈이 또 많은 말을 하는 거 같았습니다. 경아, 네 어미를 탐해서 너를 얻었다. 그리고 내가 네 입을 막았구나!

그날 감긴 눈처럼 닫혀버린 건 딸아이의 입이었습니다. 그 후로는 딸의 목소리를 결코 들을 수 없었으니까요…… 어린 것이 참으로 지독하더군요. 이상한 기분에 뒤를 돌아보면 거기에 딸이 서 있곤 했어요. 도대체 얼마나 오래 그러고 있었을까요. 왼손은 단전 위에 놓고 오른손은 가슴에 얹고서 나를 빤히 바라보고 있었소. 이미 오래전에 그렇게 있었던 것처럼 그저 바라볼 뿐인 거요. 그런데 그 눈이요, 글쎄 내 심장을 움켜쥐고는 놓았다 쥐었다 하는 느낌이었습니다. 심장이 아프다는 표현을 그때 처음 깨달았소. 언제부터 그러고 있었느냐고 물으면, 엄지로 제 등 뒤를 손짓합니다. 그렇게 과거 어디쯤을 가리키는 거요. 온 기운을 모아서 눈으로만 부르는 자식에게 나는 매번 화를 냈습니다. 소리를 내든가 이렇게 툭, 건드려라. 그럴 때마다 경이는 검지를 입에 대고 쉬, 라고 말했소. 그 한마디는 매우 조용하고 정확한 발음이었습니다.

요즘은 그때의 딸아이 모습이 아주 선명하게 떠오릅니다. 문득 뒤를 돌아볼 지경이오. 그러고 나면 게걸음을 흉내 낸다오. 나를 벌주듯이 옆으로 걸어보는 거요. 이렇게…… 앞만 보며 걷는 것보다 그리 나쁘지 않소.

딸아이의 담임이 면담을 요청한 날도 옆으로 걸어서 교정을 가로질러 보았소. 딸에게 면담 얘기를 했더니, 긴 눈을 몇 번 껌벅거리고는 조용히 나가버렸습니다. 입을 꼭 다물고도 얼마나 많은 말을 하던지! 그 모습이 지금도 훤히 떠오른다오. 그럼요, 내 엄마 얼굴만큼이나 정확히 기억합니다.

나는 어쩔 수 없이 딸의 반장네 집에 전화를 걸었습니다. 경이가 학교에 들어간 이후부터 해마다 학급 아이들의 신상에 대한 것들을 모두 가지고 있었소. 객관적인 정보가 필요할 때를 대비해서입니다.

딸아이의 꿈이 평범한 회사원이라는 것도 친구들을 통해서 처음 알았습니다. 자그마한 회사의 타이피스트가 되어, 때 낀 창틀에서 가끔씩 거리를 내다보며 지내는 것이 꿈이었답니다. 어떤 아이는 문교부 장관이 꿈이었고, 누구는 법관, 대학 교수, 하다못해 여자 아이들은 스튜어디스를 꿈꾸기도 하잖소.

그 전날 경이는 학교에서 꿈을 적어내라는 양식에 '회사원'이라고 썼답니다. 그런데 종례시간에 들어온 담임선생이 경이를 부르더니 다짜고짜 소리를 지르더랍니다. "너, 지금 장난 노냐? 어?" 씩씩거리는 담임의 엄청난 숨소리 때문에 반 아이들 호흡이 동시에 멈췄답니다. 그 선생은 흥분을 하면 혈압이 올라서 얼굴이 빨갛다 못해 거무스름해지기 때문에, 반 아이들은 선생의 기분을 거스르지 않으려고 늘 몸을 사렸다고 하더군요.

나는 담임을 만나러 학교로 달려갔습니다.

복도에 서서 직사각형 유리창을 통해 교실 안을 바라보았소. 종례시간인 모양인지 교단에 서 있는 담임선생이 보였소. 그는 또 화를 내고 있었나 봅니다. 이미 자주색으로 변해버린 얼굴을 치켜들고 출석부를 교탁에 내리치는 거였소. 그리고 출석부로 어딘가를 가리키더군요. 그곳을 바라보니 내 딸 경이가 자리에서 막 일어서고 있었습니다. 담임이 교단을 내려가 한 걸음을 내딛을 때, 경이가 털썩 무릎을 꿇었소. 그리고는 두 손을 모아 싹싹 빌더군요.

반장 아이의 말처럼 담임이 쓰러질까 봐 무서웠던 걸까요? 그거야말로 아이러니가 아니오? 꿈이 크면 자신이 상처받고, 꿈이 작아서 남을 다치게 할까 봐 전전긍긍하는 상황이 벌어진다는 게 말이오. 그런데 고개를 든 딸아이의 얼굴에서 놓쳤던 뭔가를 보았습니다. 그건 방금 전 고문실에서 본 남학생의 얼굴이었소. 뭐랄까. 아무런 이성이 끼어들 여지도 없는, 오로지 겁에 질려 호소하는 동물의 표정이었던 겁니다.

나는 아버지라는 이름으로 분노해야 했습니다. 그 담임선생의 꿈이 남들처럼 평범하게 걷는 게 되도록 다리를 분질러서라도 몸소 깨닫게 해주고 싶었습니다. 평범한 꿈은 결코 작은 것이 아니며, 비난받을 일은 더더욱 아니라는 걸 말이오. 그 생각이 끝나기도 전에 교실 문을 박차고 뛰어 들어갔소.

나는 담임의 멱살을 움켜쥐었습니다. 그 인간의 호흡이 거칠어지더군요. 아마도 그는 알고 있었을 겁니다. 내가 평범해지고 싶은 딸의 아버지 역할을 포기하지 않으리라는 것과, 공권력을 동원해서라도 교장의 뒷일을 계속 봐줄 것이고, 학교 일에도 여전히 물심양면의 도움을 줄 거라는 사실까지. 그러기 위해 내 상사와 딸 주변은 물론이고, 딸이 밟고 다니는 하찮은 돌멩이에게도 지나치게 아부를 해대는 꼰대 짓을 계속할 거라는 것을…… 그 인간의 얼굴이 거무스름해지더군요. 내 딸에게 그 꿈은 결코 작은 게 아니라고 으르렁거리던 나는 문득 고개를 돌려 주변을 보았소. 공포를 머금은 40쌍의 눈동자가 나를 향하고 있더군요. 그중에 특별한 걸 발견했습니다. 나를 바라보는 딸의 눈…… 그건 수치와 경멸을 반반씩 담은 아내의 눈이었소.

나는 움켜쥐고 있던 멱살을 풀고 털썩 무릎을 꿇었습니다. 막강한 권력을 쥔 가해자 앞에서는 엎드려 호소하는 게 살아남는 방법이오. 그런 생존법도 168호 지하실에서 배웠소. 우리와 타협하고 제 발로 걸어서 지하실을 나간 사람들에게서 말이오. 그래서 그들은 지금 소송이라도 할 수 있는 거요.

늘어진 어깨로 화장실에 들어갔는데, 어째 소변이 나오질 않는 겁니다. 변기 꼭대기에 이마를 댄 채 생각했소. 부모가 자식에게 물려준 유산이 고작 '평범한 꿈'이라니요…… 그 상태로 얼마나 서 있었는지 이마가 서늘해 오더군요. 그제야 오줌방울이 또르르, 떨어지기 시작했습니다. 느닷없이 눈물이 떨어졌소. 난 원래 눈물 같은 것과는 인연이 없던 사람인데, 한 번 인연을 맺으니 끝도 없이 쏟아지는 겁니다. 변기를 붙든 채 몸 안의 더운 물을 아래위로 쏟아냈습니다. 시궁창에 빠진 기분이 그런 것일까요? 그럴 때는 시궁창에 빠진 '발'을 증오해야 합니까, 아니면 발을 헛디디게 한 '밤'을 증오해야 합니까? 그것도 아니면 하필 거기 놓여 있는 '시궁창'을? 그도 아니면, 모든 시작의 주체인 나를 증오해야겠지요.

아내의 웃음은 벚꽃을 닮았습니다. 활짝 핀 웃음의 정점에서 곧 시들어버리곤 했으니까요. 아내는 딸아이를 볼 때만 웃었어요. 나는 훔쳐보는 걸로 만족해야 했소. 그걸 들키면 아내는 즉시 웃음을 거두었다오. 그러니 아내의 웃음은 내게 벚꽃 같은 거요. 만개한 순간 서둘러 떨어지는, 저 벚꽃처럼 말이오.

꽃이 피었다고 아내를 바라보면 아내는 제 가슴에 손을 얹고 탄식처럼 말했습니다. "봄꽃보다 먼저 피는 게, 내 가슴에 피는 곰팡인걸요." 그 후로 나는 꽃을 볼 때마다 아내 가슴에 핀다던 서슬 퍼런 곰팡이를 떠올려야 했소. 아내는 그런 식으로 복수했던 거요. 내가 모든 사람과 사물을 볼 때마다 아파하도록 미리 손을 쓴 거요. 안 그렇소?

그 당시 아내의 분노는 찬송가로 대체되었다오. 갑자기 말을 멈추고 나를 빤히 노려보다가 한숨을 내쉬었소. 그러고 나면 어김없이 아내의 찬송이 허밍으로 들려왔으니까요. 종교의 힘으로 분노를 조절한 거요. 그러고 보면 아내가 섬기는 신의 은총을 받은 건 나일는지도 모릅니다.

딸아이가 중학교에 입학할 때부터 더 이상 아내의 찬송가를 들을 수 없게 되었소. 뇌 속에서 자란 종양 덩어리가 아내를 집어삼킨 거요. 중환자실에서 본 마지막 얼굴이 얼마나 환하던지…… 그때 알았지요. 아내는 죽으면서 자유하게 된 겁니다. '나'라는 고문실을 떠나면서 말이오.

중환자실에서 아내가 마지막으로 한 말은 아직도 미스터리로 남았습니다. 그때 아내는 계속 의식이 없는 상태였소. 의사들이 내게

임종을 준비하라더군요. 그래서 묏자리를 보러 용인에 있는 장지에 다녀왔습니다. 그리고 아내를 만나러 중환자실에 갔는데, 눈을 초롱초롱하게 뜨고 있었소. 그러고는 이렇게 말하는 거요. "그 밤나무 밑에는 묻히기 싫어요. 앞에 흐르는 냇가 때문에 축축하고 시끄러워요." 글쎄, 아내의 영혼이 나와 함께 자신의 묏자리를 돌아보고 온 거였소. 그땐 놀라서 눈물도 안 나왔는데, 요즘은 그 생각이 사무치게 납니다. 아내의 영혼과 나란히 외출을 했다는 게…….

주사바늘에 멍이 들어 온통 자줏빛으로 변해버린 팔을 본 적이 있소? 그건 상처 많은 나뭇가지 같았습니다. 바늘구멍마다 붉은 꽃잎 색의 멍이 피어나고 있었소. 그 꽃잎을 만지려다 거기 매달려 울었지 뭐요. 그런데 말이오. 아내가 아주 천천히 자신의 손을 거두어 가는 걸 느꼈소. 그러면서 우리 경이를 자유롭게 해주라는 유언을 하더군요. 잘 부탁한다거나 잘 키워달라는 게 아니라, 자유롭게 해주라는 거였소. 그만큼 아내도 내게서 자유롭고 싶었나 봅니다. 그 말이 서운해서 또 우는데, 아내의 심장이 멈추더군요. 나한테 제대로 울 시간도 주지 않고, 눈을 뜬 채로 그렇게 서둘러 떠났소. 뇌압이 올라 실핏줄이 터진 눈으로 나를 바라보면서 말이오. 그 눈이 또 얼마나 많은 말을 했겠습니까!

아내는 그렇게 죽을 때까지 나를 외면한 겁니다. 살아서도 죽어서도 내게 곁을 주지 않은 거요. 아마, 그 즈음이었을 겁니다. 냄새를 다시 맡게 된 것이…… 날계란을 몸에 싸 바른 듯한 비린내가 진동했어요. 이상한 건, 코를 막고 입으로 숨을 쉬어도 그 냄새를 피할 수가 없었다는 겁니다.

아내는 저세상에서도 나를 미워하나 봅니다. 지금쯤이면 마중을 나와 줄만도 한데 말입니다. 그래도 난 '아내'라는 이름이 참 아프고…… 또 아파요. 웬만한 감각에는 둔해질 만한 나이가 되었지만, 아직도 그 이름에서는 이렇게 통증을 느낀다오. 그리움도 나이를 먹으면 고집처럼 질겨지나 봅니다.

오십이 넘으면, 귀신도 안 건드린다는 옛말이 있지요. 참으로 무서운 진실이오. 귀신조차 나를 상대해주지 않은 지 꽤 오래되었으니 말입니다. 어차피 떠나는 길이니, 우스운 얘기 하나 해드리지요. 실은 내가 귀신을 만나려고 밤마다 어슬렁거린답니다. 아내를 만날 수 있을까 해서요.

이 동네 CCTV를 열어보면 매일 밤 내가 보일 겁니다. 밤새워 골목을 모조리 걸어 다녔으니까요. 옆으로 걷다가, 뒤로 걸으면서 요상한 산책을 즐기는 늙은 남자를 보게 될 거요. 가끔 전봇대에게 말을 거는 장면도 있을 거고, 주차된 자동차에게 항의하다가 슈퍼 앞 낡은 의자에 앉아 눈물 없이 꺼이꺼이 우는 꼬락서니도 보일 거요…….

이상하군요. 떠날 시간이 다가오는데도 생각나는 건 세 사람뿐이니 말입니다. 그 지하실에서 많은 용의자들을 만났고, 그들이 석방된 후에는 술잔을 기울인 적도 있었는데 말이오. 동료들 모습도 흐릿한 스케치 정도로만 남았습니다.

이제 내 넋두리는 거의 끝나 갑니다. 술을 한 잔 더 들이켜야겠소. 술 반 공기 반 섞어서 말이요. 이승에서의 마지막 숨쉬기라 그런지 공기가 들척지근합니다. 아주 달아요!

딸에게 편지를 쓰려다가 그만두었소. 수원에 살다가 얼마 전에 인천으로 이사를 했더군요. 그 아이는 아직도 내가 캐나다에 사는 줄 알고 있을 거요. 딸에게는 몇 마디 말 대신 돈을 남겨주는 게 백 번 나을 거라는 생각이오. 내 자식으로 살아가는 것에 대한 보상을 해주고 떠나야 하지 않겠소?

그래요, 난 파산자라서 아무것도 줄 게 없다고 생각했소. 그런데 그 이유 때문에 딸에게 줄 것이 생긴 거요. 바로 코드번호 1021이기에 가능한 일이었던 겁니다.

파산면책자가 되자, 돈을 빌려준다는 곳이 생기더군요. 법원 근처에 가면 그런 사람들을 많이 만날 수 있는데, 무슨 캐피탈이라는 대부업자들이었소. 그들이 돈을 빌려주는 이유는, 일단 파산면책을 받은 자들은 5년 안에 다시 파산 신청을 할 수가 없다는 사실 때문이오. 그 기간 동안에는 얼마든지 채권을 추심할 수 있다는 거요. 언뜻 이해가 되지 않을 겁니다. 나도 그랬으니까.

들어 보시오. 빚이 있을 때에는 보험마저도 채권자에게 넘어갑니다. 그런데 파산을 하고 완전히 털어버리고 난 다음에는 보험을 다시 들 수도 있다는 겁니다. 나는 그때 종신보험이라는 걸 들었소. 대부업자들에게 돈을 빌려서 2년간 보험금을 내면서 이자도 일부 갚기로 한 거요. 2년 후에는 자살일 경우에도 보험금이 지급되니까, 내 목숨 값을 딸아이가 받을 수 있게 된 겁니다.

나는 돈이 어느 정도까지는 사람을 자유롭게 해준다고 믿는 사람이오. 내 보험금이 딸을 자유롭게 해줄 수 있으면 좋겠소. 혹여 대부업자들이 내 빚을 갚으라고 딸아이에게 달려들어도 갚으면 그만이오. 내가 마지막에 빌린 장례비용까지 갚아도 꽤 많은 돈이 남을 테니까요.

사람의 피 중에서 의심과 이기심의 농도를 빼면 피가 묽어서 곧 죽어버릴 거요. 안 그렇소? 그러니 모든 인간 안에 들어 있는 이기심이 나한테는 조금 더 들었을 뿐이라고 생각해주면 고맙겠소. 늙은 내 몸이 뭔가 베풀 수 있는 마지막 기회를 잡은 것이라고 말이오. 나도 거기에 따른 대가를 치렀으니까요. 그 불면의 밤과 비린내 말이오. 그걸 견디면서 살아 있느라고, 정말이지 죽는 줄 알았다는 말입니다.

내 목숨이 아무리 질겨도 사흘 안에는 끝이 날 거요. 그 후에 나를 발견할 수 있도록 몇 군데로 문자 발송을 예약해두었습니다. 처음부터 제초제를 마시지는 않을 겁니다. 그건 구조 요청할 시간도 주지 않고 형을 집행하지만, 내 마지막을 거둬줄 분들에게 역겨운 모습을 보이는 건 예의가 아니라서 말이오. 처음에는 코와 입에 클로로포름을 가득 담은 봉지를 붙이고 잠을 청해 볼 거요. 못 자던 잠을 자면서 떠날 수 있으면 그보다 좋은 일이 없겠지요. 만약 실패해서 깨어나면 혀 밑에 니코틴을 두 세 방울 떨어뜨리고 기다려볼 참이오. 점막 흡수율이 높으니 서둘러 갈 수 있을 거요. 목을 매거나 약을 먹고 동맥을 건드리는 것들은 그 다음 순위에 있소. 그런 것들을 모두 동원하다 보면, 내 영혼이 서둘러 먼저 떠날 겁니다. 사흘이 되기 훨씬 전에 말이오.

이제 아무런 미련도 남지 않았소. 딱 하나 바람이 있다면, 나에게 다음 생 같은 건 아예 없었으면 좋겠다는 것이오…….

3부

제41회 이상문학상
선정 경위와 심사평

2017년도 제41회 이상문학상
심사 및 선정 경위

2017년도 제41회 이상문학상 대상 후보작에 대한 추천 및 선정 작업은 2016년 일 년 동안 국내의 문예지에 발표된 200여 편의 중 · 단편소설을 조사하는 것으로 시작되었다. 그런 다음 작가, 비평가, 일간지 문학담당 기자, 문학 교수, 문예지 편집장 등을 후보작 추천위원으로 위촉하여 대상 후보작을 추천받았다. 그 결과를 종합하여 다음과 같이 후보작을 선정하게 되었다. (가나다순)

구효서, 〈풍경소리〉

김종광, 〈범골사 해설〉

김중혁, 〈스마일〉

손보미, 〈이성의 눈물〉

윤고은, 〈부루마블에 평양이 있다면〉

이기호, 〈나를 혐오하게 될 박창수에게〉

이승우, 〈넘어가지 않습니다〉

정용준, 〈겨울잠〉

정이현, 〈서랍 속의 집〉

조해진, 〈눈 속의 사람〉

한지수, 〈코드번호 1021〉

황정은, 〈웃는 남자〉

이들 후보작을 대상으로 심사 작업을 맡게 된 2017년도 제41회 이상문학상 심사위원회는 아래와 같이 구성했다.

2017년 제41회 이상문학상 심사위원회
권영민(본지 주간)
권택영(문학평론가)
김성곤(문학평론가)
윤후명(소설가, 1995년 제19회 이상문학상 수상작가)
정과리(문학평론가)

심사위원들은 후보작 검토 작업을 거쳐 최종 심사를 거행했다. 이 과정에서 각 심사위원들은 후보작들에 대해 다양한 비평적 견해를 제시하였다. 이 가운데에서 먼저 논의의 대상이 된 작품은 구효서 〈풍경소리〉, 이기호 〈나를 혐오하게 될 박창수에게〉였다. 중편소설이라는 형태에 적합한 주제와 그 소설적 해석이 뛰어난데다가 서술 방식과 문체의 변화를 시도하고 있는 점 등이 주목되었다. 윤고은 〈부루마블에 평양이 있다면〉, 조해진 〈눈 속의 사람〉의 경우에도 구성의 완결성과 시의에 적절한 주제의식이 돋보인다는 점을 논의했다. 한지수 〈코드번호 1021〉, 김중혁 〈스마일〉의 경우는 소품이기는 하지만 단단한 구성력과 해학성, 간결하고도 깔끔한 문체에 대한 평가가 이어졌다. 황정은의 〈웃는 남자〉는 작가 자신이 발견한 소재를 해석하는 힘이 돋보이는 점을 주목했다.

최종 대상 후보작을 결정하는 단계에서 모든 심사위원들이 후보작 2편을 먼저 지목했는데 구효서 〈풍경소리〉를 전원이 추천했다. 미국 체류 중 서면 심사로 참여한 권영민 주간도 구효서 〈풍경소리〉를 최종 대상 후보작으로 추천했다. 심사위원회 위원 전원의 추천에 의해 구효서 〈풍경소리〉가 2017년도 제41회 이상문학상 대상 후보작으로 결정된 것이다.

구효서 작가의 〈풍경소리〉는 여주인공 '미와'를 중심으로 본다면, 돌아간 어머니와 그 어머니에 대한 기억을 떠올리고 있는 딸의 이야기에 해당한다. 인간의 삶과 그 운명을 '인연의 끈'이라는 주제와 연결시켜 새롭게 해석하고자 한다. 가을 산사의 풍경과 사찰을 찾아온 주인공의 내면세계를 절묘하게 결합시켜 놓는 감각적인 문체가 소설적 감응력을 높여준다. 중편이라는 형식이 가지는 이야기의 이완과 응축이라는 두 가지 속성을 '미와'라는 여주인공과 그 어머니의 행적을 통해 잘 살려내고 있다. 특히 소설의 결말 장면에서 그려내는 풍경소리가 결국은 세상을 떠난 어머니의 소리임을 암시하는 대목은 감동적이다.

이상문학상 심사위원회에서는 대상 수상작과 함께 우수상 수상작으로 다음 작품들을 선정하였다.

김중혁, 〈스마일〉

윤고은, 〈부루마블에 평양이 있다면〉

이기호, 〈나를 혐오하게 될 박창수에게〉

조해진, 〈눈 속의 사람〉

한지수, 〈코드번호 1021〉

한국 현대소설은 최근 소설가 한강의 〈채식주의자〉가 맨부커상 수상작이 되면서 세계의 독자들과 넓은 무대에서 만나게 되었지만 문단의 현실은 어둡기 짝이 없다. 우리 소설 자체가 주조主潮를 상실하고 있다는 지적도 나오고 있다.

그럼에도 불구하고 이상문학상 심사위원회는 2017년도 제41회 이상문학상 심사 과정에서 한국 현대소설의 다채로운 시도와 삶에 대한 무게 있는 해석에 다시 한 번 희망을 발견했다. 특히 대상 수상작 구효서 작가의 〈풍경소리〉가 지니고 있는 깊은 감동이 매년 새해 벽두에 이상문학상을 기다리는 수많은 독자들에게도 폭넓게 전파되리라고 믿는다.

이상문학상의 빛나는 자리에 자신의 이름을 올려놓게 된 구효서 작가에게 다시 한 번 축하를 보낸다. 우수상을 수상하게 된 작가들의 노력에도 찬사를 드린다.

2017년도 제41회 이상문학상

심사평

인간의 운명과 그 인연의 끈을 밀도 있게 해석해낸 상상력의 힘

―권영민 · 본지 주간

2017년도 이상문학상 최종 심사에 오른 후보작들은 전체적으로 특징적인 주제의식을 강조하고 있는 점이 돋보였다. 특히 중편소설의 형태를 통한 서사의 긴장과 이완을 성공적으로 보여주는 작품들이 포함되어 있다는 점이 눈에 띄었다. 후보작 가운데에서 내가 주목했던 작품은 이기호의 〈나를 혐오하게 될 박창수에게〉, 조해진의 〈눈 속의 사람〉, 황정은의 〈웃는 남자〉, 구효서의 〈풍경소리〉 등 네 편이다. 심사위원 각자가 최종 후보작을 2편씩 지목할 때 〈나를 혐오하게 될 박창수에게〉와 〈풍경소리〉를 추천했다.

〈눈 속의 사람〉은 구술사 프로젝트에 참여했던 주인공이 그 이야기의 당사자가 세상을 떠나자 조문을 위해 예전의 구술팀 동료와 동행하는 이야기이다. 죽은 자가 남긴 이야기와 현실 속에서 그것을 구술을 통해 복원하고자 했던 두 남녀의 이야기가 어떤 내적 상관성을 지니는 것인지를 이해할 수 있을 때에만 소설의 내면세계가 제대로 드러나게 된다. 〈웃는 남자〉는 한때 각광을 받았던 세운상가의 몰락과 도시 재생이라는 프로젝트 사이에 끼어 있는 사람들의 이야기를 그려낸다. 급변하는 디지털 기술 시대에 아날로그의 방식을 고집하면서 살아가는 뒤처진 사람들의 고달픈 삶이 구체적으로 드러나 있다. 〈나를 혐오하게 될 박창수에게〉는 남편을 살해한 여인이 범죄에 빠져들게 된 과정을 진술하고 있다. 억압된 욕망과 그 욕망의 파괴적 표출 방식을 자기 고백의 형식으로 제시한다.

구효서의 〈풍경소리〉는 가을 산사의 풍경과 사찰을 찾아온 주인공의 내면세계를 절묘하게 결합시켜 놓은 중편소설이다. 이 소설에서 작가는 여주인공 '미와'의 특이한 개성을 강조하고 있으면서도 성불사라는 작은 절의 승려와 행자들의 생활을 대비시켜 보여줌으로써 자연스럽게 중생의 삶과 사찰의 법도 사이의 긴장을 살려낸다. 작가는 서술 기법상으로 여주인공 '미와'를 초점인물로 그려내면서도 '나'라는 1인칭 시점을 다시 부여하기도 한다. 이러한 이중적 시점의 활용이 주인공의 내면풍경을 밀도 있게 드러내는 데에 성공하고 있다.

이 작품의 서사 자체는 여주인공 '미와'의 현재와 기억 속의 과거에 크게 기대고 있는데, 이야기의 핵심은 돌아간 어머니와 그 어머니에 대한 기억이라고 할 수 있다. 어머니는 미국으로 건너가 살다가 거기서 세상을 떠난다. 어머니에 대한 아픈 기억은 고양이의 울음소리를 통해 감각적으로 되살아난다. 이 울음소리를 통해 전달되는 아픔을 털어내기 위해 여주인공이 절을 찾았다고 해도 되지 않을까? '미와'는 미혼모였던 어머니의 손에서 성장했다. 그리고 나이 스물이 넘도록 외부세계와 단절된 채 레고 블록만을 가지고 방 안에서 살았다. 지금은 나노 블록 회사에서 블록 만드는 일에 매달려 있다.

여주인공 '미와'에게 어머니는 어떤 존재였을까를 묻는 것은 이 소설의 주제에 이르는 길이다. 성불사의 풍경소리를 들어보라는 친구의 권유에 따라 가을 산사에 찾아온 그녀는 절의 스님과 보살의 일상을 통해 자신의 모습을 발견한다. 그리고 절의 풍경소리를 제대로 들을 수 있게 됨으로써 귓속으로 들려오던 고양이의 울음소리에서 벗어날 수 있게 된다. 인간의 삶과 그 운명을 넘어서는 '인연의 끈'을 절의 '풍경風磬' 소리를 통해 감각적으로 풀어내는 섬세한 문체가 돋보인다. 소설의 결말 장면에서 그려내는 풍경소리가 결국은 어머니의 소리임을 암시하는 대목은 감동적이다.

우수상 수상작으로는 이기호의 〈나를 혐오하게 될 박창수에게〉, 조해진의 〈눈 속의 사람〉 이외에도 윤고은의 〈부루마블에 평양이 있다면〉, 한지수의 〈코드번호 1021〉, 김중혁의 〈스마일〉 등이 선정되었다. 현실의 삶을 바라보는 해학적 관점과 절제된 문장이 강점으로 지목되었다. 한국 현대소설의 풍요로운 발전을 이들을 통해 기대할 수 있을 것이다.

2017년도 이상문학상 대상의 영예를 안게 된 구효서 작가에게 다시 한 번 축하를 보낸다.

내 마음에 잔잔한 평화를

— 권택영 · 문학평론가

최종 심사에 오른 후보작들은 어둡고 암울한 현실을 반영하듯이 힘든 삶을 살아가는 사람들의 이야기가 주를 이루었다. 또한 작가의 비중이나 작품의 수준에 비례하여 특징적인 주제의식이 돋보이는 작품들이 적지 않았다.

그 가운데 구효서의 〈풍경소리〉가 단연 돋보였다. 〈풍경소리〉는 잔잔한 평화를 안겨주는 소설이다. '어디에서 태어나 어디로 가는가'라는 만물의 시원에 대한 여정이다. 굵은 글씨로 된 화자의 서술과 흐린 글씨로 된 주인공의 독백이 서로 교차하면서, 각기 다른 시각으로 사물을 바라보는 독특한 서사 기법을 보여주고 있다. 이야기의 핵심은 돌아가신 어머니에 대한 기억이라고 할 수 있다. 주인공 '미와'는 아버지가 누구인지 모르는 미혼모의 딸로, 일에 쫓기듯 사는 어머니와 대화를 나눈 적이 별로 없었다. 그녀의 어머니는 '상철'이라는 고양이와 함께 살다가 연하의 미국 남자와 결혼하여 미국으로 건너갔다. 그리고 미국에서 세상을 떠났다. 어머니의 죽음 이후 환청으로 들리는 고양이 울음소리에 사로잡힌 미와는 그 소리가 떠나지 않아 성불사로 들어왔다. "왜"라는 물음이 없는 성불사는 가족보다 더 큰 대자연의 일원으로 그녀를 안내한다. 스님들은 논리와 소유가 아닌 미각의 세계 속에 산다. 오직 자연에서 얻은 음식과 바람소리, 새소리, 물소리 등 무한한 시공의 세계가 그녀를 맞는다. 이 작품은 생각에 억압된 몸, 논리에 억압된 감각을 되살려내는 과정을 잔잔하게 묘사한다. 모든 소리의 근원은 같다. 고양이 울음소리도 다른 자연의 소리 가운데 하나일 뿐이다. 그리고 소설의 후반부에 이르면 자아를 객관적으로 볼 수 있는 또 다른 자아가 드러난다. 생각의 언어가 아닌 몸의 언어, 느낌의 언어로 서술되는 이야기는 읽는 이에게 잔잔한 평화를 안겨준다.

그 외 눈에 띄는 후보작으로는 김중혁과 이기호와 윤고은 등의 작품이 있었다.

김중혁의 〈스마일〉은 극한의 삶을 살아가는 미국의 어느 한인 청년의 이야기를 담은 소품이다. 마약운반책(스왈로워)이 기내에서 겪는 사건에 관한 이야기로, 독자의 감성을 울리는 페이소스가 돋보이는 작품이다. 이기호의 〈나를 혐오하게 될 박창수에게〉는 정상과 비정상의 경계, 혹은 사랑과 증오의 경계가 모호해진 현실을 반영한다. 살인범의 진술이라는 독특한 구성으로 읽는 재미와 마지막 반전, 그리고 선과 악의 경계를 무너트리는 모호한 결말이 독자를 열린 해석으로 이끈다. 윤고은의 〈부루마블에 평양이 있다면〉 역시 현실과 허구의 경계가 모호해진 현대 자본주의의 극단적 상황을 드러낸다. 실체가 모호해지는 자본주의의 변모되는 모습에 삶은 허구적 투기요, 인간 역시 허구적 존재가 되어가는 것은 아닌가 되돌아보게 하는 작품이다.

어두운 과거의 소리에서 벗어나는 방법

— 김성곤 · 문학평론가

후보작으로 올라온 작품들은 작가의 비중이나 작품의 수준으로 보아 모두 수상작이 될 만했다. 조해진은 〈눈 속의 사람〉에서 과거로부터의 소환과 구술역사, 그리고 한국 근대사의 비극적 상징인 한 남자의 죽음과 장례식이라는 모티프를 통해, 과거가 계속되고 있어서 마치 숫자와 눈금이 없는 시계 속 나라 같은 한국사회의 문제점을 문학적으로 형상화하는 데 성공하고 있다.

윤고은의 〈부루마블에 평양이 있다면〉은 아직 짓지도 않은 북한의 아파트를 통일에 대비해 미리 분양받는다는 설정을 통해 남북한 문제, 영토문제, 한반도의 미래 등을 재치 있게 그러나 씁쓸한 페이소스로 패러디하고 있다. 개성신도시의 모델하우스는 용인에 있고 평양 2차 아파트 모델하우스는 남산타워가 있는 한강변에 있다는 것, 그리고 사실은 남한의 아파트를 갖고 싶지만, 돈이 부족해 북한의 신축 아파트를 분양받으려 한다는 설정을 통해 이 작품은 우리의 역사적, 심리적 상처를 은유적으로 건드리고 있다.

이기호는 재미있는 스토리텔링과 신선한 감각을 갖춘 역량 있는 작가다. 중편 〈나를 혐오하게 될 박창수에게〉에서 작가는 42세의 주인공 김숙희와 그녀와 관계를 맺고 있는 세 남자의 각기 다른 특징, 남편 살해, 그리고 서로가 서로에게 먹이는 수면제의 모티프를 통해 정상적인 것과 비정상적인 것 사이의 경계를 해체하며, 메마른 현대의 풍경을 블랙유머를 통해 잘 보여주고 있다.

노래 '성불사의 밤'을 소설화한 것 같은 구효서의 〈풍경소리〉는 큰 글자로 된 화자의 서술과 작은 글자로 된 주인공의 독백이 서로 교차하면서, 각기 다른 시각으로 사물을 바라보는 새로운 서사 기법을 보여주고 있다.

미와는 친구 서경의 '달라지고 싶으면 성불사에 가서 풍경소리를 들으라'는 말에 성불사에 간다. 미와가 바라는 것은 성불사의 풍경소리를 들으며 과거의 기억에서 들려오는 환청을 지우는 것이다. 그녀가 지우고 싶어 하는 환청은 자기가 집을 떠난 후, 어머니가 키우던 고양이 상철이의 울음소리다. 고양이의 울음소리는 곧 엄마에 대한 기억을 상징한다. 아버지를 모르고 자라난 미와는 혼자 방에서 레고를 갖고 놀면서 어린 시절을 보내다가 24세 때 나노블록 회사에 취직되어 서울로 올라온다. 레고는 그녀가 구축한 그녀만의 세계를 상징한다. 미와가 떠난 후, 엄마는 상철이라는 이름의 고양이와 둘이 살다가, 그 고양이를 좋아하는 연하의 미국인 남자와 결혼해서 미국에 가지만, 곧 지병으로 죽어 미국에 묻힌다.

미와는 엄마의 죽음 후에 환청으로 들려오는 묘음, 즉 고양이 소리를 피해 성불사로 피신한다. 평화로운 성불사의 풍경소리가 고양이 소리가 상징하는 어두운 기억을 지워주기를 바랐기 때문이다. 고양이의 이름인 상철이 생철/양철에서 유래했다는 사실은 상징적이다. 테네시 윌리엄스의 희곡 〈뜨거운 양철지붕 위의 고양이〉는 햇볕에 달구어진 뜨거운 양철지붕 위에서 안절부절 못하는 고양이가 처한 상황을 주인공의 상황에 빗대어 묘사하고 있기 때문이다.

미와는 휴대폰도 노트북도 가져오지 않음으로써 고양이 소리를 비롯한 과거의 모든 소리와 단절한다. 그녀가 가져온 노트는 글을 쓸 때, '슥삭슥삭 작은 톱질할 때 나는 소리'만 날 뿐이다. 그러나 미와는 곧 부처님도 묘음, 즉 묘한 소리를 낸다는 것, 그래서 '소리가 곧 부처'이고, 결국 '모든 소리의 근원'은 같은 것이라는 사실을 깨닫는다.

그러므로 이제 미와는 더 이상 성불사의 풍경소리를 들을 필요가 없어졌고, 그래서 그녀는 절을 떠난다. 그녀는 그동안 꺼놓은 휴대폰에 걸려온 168통의 전화와 남겨진 54개 문자 메시지의 주인공인 남자 친구에게도 목소리를 들은 후, 결별을 선언한다. 이제 그녀는 자기를 부르는 과거의 소리에 더 이상 연연하지 않는다.

〈풍경소리〉는 우리가 듣고 기억하는 '소리'를 통해, '인간은 과연 어디에서 와서 어디로 가는 것인가?'라는 존재론적 물음을 던지고 있다. 미와는 자신의 뿌리를 모른다. 아버지도 모르는 딸을 낳아 감추어 기르고, 그 딸이 떠나자, 고양이에게 애정을 주다가 낯선 이국땅에 묻힌 엄마를 회상하며, 미와는 알 수 없는 곳에서 와서, 알 수 없는 곳으로 가는 것이 인간의 삶이라는 사실을 깨닫는다. 참을 수 없는 가벼움의 시대에 이처럼 무거운 주제를 상징적으로 잘 담아냈다는 점에서, 구효서의 〈풍경소리〉를 이상문학상 대상 수상작으로 추천한다.

아름다운 선禪의 모습

— 윤후명 · 소설가

후보작으로 올라온 작품들은 다들 나름의 세계를 보여주며 아직도 이 땅에 소설이란 게 목소리를 내고 있으니 안심하라고 말하는 듯했다. 소설이 무엇인지 이제 알 만한 때가 되었는가 싶었는데, 어느 결에 쇠퇴하고 말지 모른다는 우려조차 일던 터였다. 그러면, 지중해안 어디서 마지막 보았다는 동고트 족처럼 어디론가 사라지고 말면 그만일 테지,

하는 비관적인 인류학자 같은 생각도 들곤 했었다. 그러나 나는 다시 심사에 임했고, 살아야지, 긍지를 되살렸다. 내가 안타까운 듯 아우성치는 작가들이 있었다.

여기서 구효서를 말하는 게 어쩐지 민망해진다. 나는 50에 이 상을 받으며 늦었다고 자조했었다. 그런데 그는 60이라고 했다. 아, 하고 나는 자조했던 내가 부끄러웠다. 그의 소설 역정은 또 어떠했는가. 재미도 재미려니와 그 관심의 폭은 실로 놀라웠다. 일찍이 '깡통따개'에서 '소금가마니'를 거치며 보여준, 지적 수준을 민화民話로 설정하는 소설적 방법론은 경이로웠다. 요즘 젊은 소설가들의 패기도 이처럼 '녹아야' 하리라는 전거를 제시하고 있는 데 부족함이 없는 역정이었다.

그런데 다시 이 소설이 있었다. '슥삭슥삭' 다가오는 듯하더니 어느덧 깊은 마음을 한글의 '묘음'으로 울리는 이 소설이 있었다. '소설은 문장'이라는 말이 있는데, 먼저 번역투를 면하는 것부터가 시작이라고 배웠다. 하지만 근래의 젊은 소설들은 오히려 번역투를 새로움의 미학으로 택하는 경향까지 보인다. '아는 만큼 보인다'는 온고이지신의 확실한 결여인 것이다. 그런 소설들에 '풍경소리'로 낮은 경종을 울리는 듯하다가 마침내 일갈, '영, 공, 빵'의 우주론에 이르는 이 소설이 있었다.

그 소리는 어떤 소리일까. 그들이 듣는 소리. 허공에서 오는 소리. 연필로 적을 수 있는 소리일까. 들을 수나 있는 소리일까. 소리라면 들을 수 있고 적을 수 있는 거겠지만 나는 그들과 그다지 멀리 떨어져 있지 않았으면서도 그 소리를 듣지 못했다. 스삭스삭, 스와와와, 쓰쓰쓰스,

탁탁탁탁탁, 똑똑똑똑. 이런 소리는 아니었을 소리. 뜨뜨뜨뜨, 오이오이. 이런 소리도 아닐 것만 같은 소리.

이런 공간에 '붉은 빛 뚝뚝 흐르는' '맨드라미를 밟지 않으려는 듯 기척도 내지 않고 살금살금' 움직이는 여자가 있고, '너무 커서 들을 수 없는 소리'가 뒤따라온다. '대적'의 소리, '묘음'의 소리.

한국소설이 여기에 이르렀구나, 나는 감탄했다. 한글의 아름다움이 선禪의 모습이리라고도 받아들여졌다. 아무렴. 우리 소설이 힘없이 꺾일 리야 없지. 나는 오랜만에 허공을 벗하여 깊은 숨을 쉴 수 있었다.

후보작으로 올라온 다른 소설들 가운데, 이기호와 김중혁과 윤고은과 조해진과 한지수 등의 작품에 눈길이 머물렀다. 윤고은은 빈틈없는 아귀의 놀라움을 보여주었고, 조해진은 좀 더 너그럽게 사물을 감싸고 있었다. 김중혁은 여전히 집요했고, 오랜만에 만나는 이기호는 진지해지고 치열해져서 믿음직했다. 한지수는 자기만의 세계를 향하는 자세가 흔들리지 않는 작가정신이 새삼스러웠다.

기막힌 사건들과 지식 또는 무지, 그리고 청아한 풍경소리

— 정과리 · 문학평론가

배경과 맥락을 최소화하고 현재적 상황에 집중하는 건 오늘날 한국소설의 일반적인 특성인 것처럼 보인다. 그 덕분에 현장의 사건성이 펍

진화되고 동시에 모호해진다. 그 모호성은 "왜 이러지?"라는 순수한 물음에서부터 "아니 이렇게까지?"라는 당혹에 이르는 의문부호들을 마찰계수가 제로인 벽면에 부딪는 탁구공들처럼 튀게 한다. 흥미롭게도 저 의문부호를 정보화된 지식들이 고치처럼 감싸면서 보편적 앎으로 인도하는 게 한국 소설의 또 하나의 경향으로 보인다. "너희가 무어무어를 아느냐"라는 도발적인 질타의 유행 이후 한국 소설은 이상하게 보편적 지식에 대한 욕망의 수렁 속으로 깊숙이 진입해 들어갔다. 그게 바람직했던가? 나는 자꾸 귀를 쫑긋거린다.

정이현의 〈서랍 속의 집〉은 현대 한국인의 욕망의 윤곽을 섬세하게 새기고 있다. 생활의 사생과 심리의 묘사가 적확하다. 그녀에게 의미의 샘은 오로지 생 그 자체이다. 그 점이 정이현을 오늘의 소설 마당에서 도드라지게 만드는 특징이다. 다만 마지막 대목은 반전이 아니라 엽기이다. 그것은 그럴듯하기도 하고 그렇지 않기도 하다. 이 대목이 꼭 들어갈 이유가 있었을까?

한지수의 〈코드번호 1021〉은 고문기술자였던 사람의 자살 직전의 자술서이다. 격렬한 비린내가 자욱한 삶이 헛것에 불과했다는 뒤늦은 지혜가 애수처럼 깔려 있다. 이 희극은 그런데 썩 익숙한 것이다.

윤고은의 〈부루마블에 평양이 있다면〉은 제목에 함정이 있다. 젊은 세대의 영악하고도 치열한 생존의 싸움을 게임판 위에 올려놓으면 무슨 일이 일어날까? 개성個性이 개성開城으로 고정되고 양평이 평양으로 황당해진다. 그러나 그런데도 조금도 신나지 않다. 세상은 요란방정으로 지리멸렬하다. 그러나 그렇다 해도 게임은 게임이다. 게임을 돌파해 현실을 직시하는 귀환적 절차가 보이지 않는다. 작가는 시방 다음에 놓을 돌 하나가 지구만큼 무거운 모양이다.

김중혁의 〈스마일〉은 마약운반책이 기내에서 겪는 사건에 관한 이야기이다. 이 소설의 재미는 기내에서 벌어지는 모든 사건들이 마약운반을 성사시키기 위한 완벽한 시나리오인지 아니면 주인공을 계속 불안 속으로 밀어 넣는 우연한 사건들인지 알쏭달쏭하게 만드는 데서 나온다. 두 해석 모두 가능하고 그 다음은 없다.

조해진의 〈눈 속의 사람〉은 오늘날 가장 중요한 행동 양태로 부상한 '증언'에 대한 탐구이다. 애초의 의도는 증언의 진실성을 천착하는 일이었던 것 같다. 그러나 소설의 전개는 증언할 일 속에 담긴 세목들의 무한한 다양성에 관한 것이다. 즉, 사실의 결을 다 헤아릴 수 없는 말의 턱없는 부족함을 실감케 한다. 마지막 대목에서 '여진'과 '최길남'의 실제적 연관성에 대한 암시는 그 절정이다. 그런데 이상하게도 그 정반대의 사태들도 노출된다. 즉, 말을 간섭하는 자질구레한 사실들의 누적이 독서의 긴장을 방해하는 것이다. '나'는 왜 거기에 그렇게 끌려 다니는가? 알 수가 없다.

황정은의 〈웃는 남자〉와 이기호의 〈나를 혐오하게 될 박창수에게〉는 최저인생을 사는 사람들에 관한 이야기이다. 다루는 시각이 다르고 방법이 다르며 둘 다 멋지게 잘 그려냈다.

황정은은 무의미한 사물로 전락해 가는 세월을 내내 의미를 길어 올리고자 하는 투쟁의 시간으로 바꾼다. 그 투쟁은 소음과 잡음을 음악으로 만드는 예술적 작업이기도 하다. 같은 방향에서 언어는 사실들의 예술이다. 그럼으로써 예전에 사실의 버거움에 밀려 말의 유희로 도피하던 그녀가 이제는 말을 사실들의 직물로 만드는 데 성공하고 있다. 그녀의 미니멀리즘이 최상의 의미를 획득하고 있다. 다만 모든 뜨개질이 자수刺繡는 아니다. 이 한없는 견딤과 아름다움 사이에 어떤 단절이 있을까? 작가가 고민할 문제이다.

이기호 소설은 가난한 사람들 밑바닥에 깔려 있는 근원적인 '피폐감'에서 출발한다. 그 감정은 블랙홀과도 같아서 어떤 것도 그로부터 탈출하지 못한다. 그래서 생을 긍정하려는 정겨운 시도조차 삶을 '자근자근 밟는' 잔인으로 귀착한다. 그런 삶에서 어떻게 의미를 구출할 수 있을 것인가? 이기호의 소설은 우리의 기초적인 윤리의식을 정면으로 부정한다. 하류인생 '김숙희'에게 그녀의 인생을 있는 그대로 긍정해주거나 그것도 삶이라고 위무하는 것이야말로 진실로 그녀를 모독하는 것이다. 주인공의 은밀한 폭발은 그로부터 나온다. 그리고 그녀도 살아나기 위해 그 모독을 자발적 무지의 포장지로 쓴다. 거기에 탈출구는 없다. 이것은 잔혹소설이다.

구효서의 〈풍경소리〉는 아주 맑은 소설이다. 주인공 '미와'의 기구한 인생도 그 자체로서 흥밋거리지만 핵심은 거기에 있는 게 아니라 '성불사'의 모든 사람들, 스님과 객들의 모든 인생이, 더 나아가 그들을 읽는 독자들의 인생마저도 몽땅, 그곳의 풍경 속에서 청정히 씻어지는 경험을 하게 된다는 것이다. 그걸 가능케 하는 눈에 띄는 장치와 숨은 장치, 두 종류가 있다. 작은 노트에다 손글씨로 기록하는 '미와'의 씨억씨억한 잡문쓰기와 거기에 장단 맞추는 사람들의 말, 걸음, 동작들이 드러난 장치이고, 이 모든 움직임들을 지긋이 바라보는 성불사 그 자신의 목소리, 즉 풍경소리가 숨은 장치이다. 풍경소리가 숨은 장치라는 건 그게 '나는 소리'가 아니라 '내는 소리'인데 다른 소리들과 어울려 '나는 소리'처럼 드러나기 때문이다. 사람들은 성불사에 와서 성불사의 은근한 조력으로 가만가만히 성불하고 있다. 그 과정이 이 소설이다. 이 과정은 어떤 걸림도 없이 아주 자연스럽다. 이 소설을 '맑다'고 한 소이이다. 이제 구효서는 어떤 경지에 들어서고 있는 듯하다. 그에게 이상문학상이 돌아가는 것 역시 아주 자연스럽다. 다만 나는 그에게 당신은 여전히 '젊어야 하오'라고 외치고 싶다. 그 또한 풍경소리이기를!

'이상문학상'의 취지와 선정 규정

한국의 가장 오랜 그리고 으뜸의 문학상으로 평가받는 것은
이 규정에 따른 심사의 공정성과 작품성에 있다.

1. **취지와 목적** : 《문학사상》(이하 주관사라고 한다)이 1972년에 제정한 '이상문학상(李箱文學賞)'(이하 '본상'이라고 한다)은 요절한 천재 작가 이상(李箱)이 남긴 문학적 유산과 업적을 기리며, 매년 가장 탁월한 소설 작품을 발표한 작가들을 표창하고, 《이상문학상 작품집》(이하 '작품집'이라고 한다)을 발행하여 널리 보급함으로써, 한국문학의 발전에 기여할 것을 목적으로 한다.
2. **수상 대상 작품** : 전년도 〈본상〉 심사 대상(對象) 작품의 마감 이후인 발행일자를 기준으로 하여, 당해년도 1월부터 12월 말 사이에 발표된 작품을 모두 심사와 수상의 대상에 포함한다. 문예지(월간지의 경우 당해년도 1월 초부터 12월 말일 이전 일자에 발행된 것으로 하고 계간지도 포함한다)를 중심으로 해서, 각종 정기간행물 등에 발표된 작품성이 뛰어난 중 · 단편소설을 망라하여 본심에 회부한다. 예비심사 과정에서는 심사 대상에 오른 작품이 대상 또는 우수작상으로 선정될 경우, 본상의 규정에 따른 수락 의사 유무를 직접 또는 간접적으로 확인한다. 중 · 단편소설을 시상 대상으로 하는 까닭은, 문학의

중심이 장편소설에서 점차 중·단편소설로 이행하는 추세를 감안하고, 작품 구성과 표현에 있어서의 치밀성과 농축성으로, 짙고 강렬한 소설 미학의 향기와 감동을 자아내게 한다고 믿기 때문이다.

3. **상의 종류** : 본상은 가장 뛰어난 작품에 대한 대상(大賞) 1명과, 10명 이내의 대상(大賞)에 버금하는 작품에 대한 우수상을 선정하여 시상한다.
4. **예심 방법** : 예심은 월간《문학사상》편집진이 매 연도에 각 매체에 발표된 작품을 선별하여, 주관사의 편집위원과 편집주간 및 편집임원으로 구성된 이상문학상 운영위원회에서, 저명한 대학교수·문학평론가·작가·각 문예지 편집장·일간지 문학담당 기자 등 약 200명에게 추천을 의뢰하여 비밀리에 예비심사를 진행한다. 3회 이상 우수상을 받은 작가는 추천을 거치지 않고도 당해년도에 발표된 작품 중 뛰어난 작품을 선정하여 본심에 회부할 수 있다.

   이와 같은 독특한 예심 방법은 소수의 예심 및 본심의 심사위원이, 짧은 시일 내에 수많은 작품 속에서 본심에 회부할 작품을 선정하고 본심 심사위원이 단시간에 여러 작품을 심사하고 수상 작품을 선정하는 일반적인 문학상 심사제도의 단점을 보완하고, 되도록 문학 발전에 관심이 깊고, 전문 지식을 지닌 다수의 전문가에 의해 장기간에 걸쳐 많은 작품을 수시로 검토하여 심사 대상에 망라함으로써, 신중하고 세심한 예심 과정을 밟기 위한 것이다.
5. **본심 방법** : 예심을 거쳐 본심에 회부된 작품은, 권위 있는 탁월한 평론가와 작가로 구성된 5인 이상 7인 이내의 심사위원회에 넘겨져, 수일간 개별적인 검토를 거친 후 본심위원 회의에서 최종 결정을 한다. 본심 회의는 대체토론을 통해 본심에 회부된 작품 가운데 10편 내외의 작품을 먼저 선정한다. 이 작품 속에서 1편의 대상(大賞) 작

품을 선정하고, 나머지 작품 중에서 우수상 작품을 선정한다. 수상 작품 결정에 있어 심사위원의 의견이 일치하지 않을 경우에는, 3인의 연기명 비밀 투표로써 다수결 원칙에 따라 최종 결정을 한다.

6. **저작권** : 대상(大賞) 수상 작품(이하 '대상 작품'이라고 한다)의 저작권은 본상의 규정에 따라 주관사가 갖는다. 단, 주관사의 작품집 발행 후 3년이 경과한 이후부터, 동 대상 작품을 대상을 받은 작가의 작품집에 한해서 수록할 수 있다. 다만, 어떤 경우에도 본 작품집의 표제(대상 작품명)와 중복되거나, 혼동의 우려가 없도록 하기 위하여 대상 수상작가가 발행하는 작품집의 서명(書名, 표제작)으로는 쓰지 않기로 한다.
7. **이상문학상 작품집 발행** : 이 작품집은 본상의 공정성과 권위를 광범위한 독자에게 널리 알리고, 수록된 작품과 그 작가들에 대한 표창과 영예의 뜻을 담고 있다.
8. **이상문학상 운영위원회** : 주관사의 발행인을 위원장으로 하고 월간 《문학사상》의 편집주간 및 이사회가 선임한 위원으로 구성되며, 본상의 운영에 관한 모든 업무를 관장한다.
9. **이상문학상 심사위원회** : 이상문학상 운영위원회는 매 연도마다 5~7인의 본상 심사위원을 위촉하여 심사위원회를 구성한다.
동 심사위원회는 본상의 대상(大賞)과 우수상을 수여할 작품을 심의 결정한다.

(주) 문학사상

이상문학상 운영위원회

제41회 이상문학상 작품집

1판 1쇄 2017년 1월 18일
1판 20쇄 2021년 11월 2일

지은이 구효서 외

펴낸이 임지현
펴낸곳 (주)문학사상
주소 경기도 파주시 회동길 363-8, 201호(10881)
등록 1973년 3월 21일 제1-137호
전화 031)946-8503
팩스 031)955-9912
홈페이지 www.munsa.co.kr
이메일 munsa@munsa.co.kr

ISBN 978-89-7012-963-1 (03810)